LEONID JUSEFOWITSCH

Das Medaillon

Buch

Es beginnt scheinbar harmlos: Iwan Dmitrijewitsch Putilin, Polizeichef von St. Petersburg, soll das Verschwinden einer alten Dame aufklären. Marfa Nikititschnas Sohn Jakow Kukolew ist in großer Sorge. Er vermutet seine Mutter bei seinem Bruder Semjon, kann das aber nicht selbst herausfinden, weil er seit langem aufs Ärgste mit ihm zerstritten ist. So stattet Putilin zunächst Semjon Kukolew einen Besuch ab. Doch auch der scheint nichts über Marfa Nikititschnas Verbleib zu wissen. Am nächsten Tag macht Putilin eine seltsame Entdeckung. Bei einem Waldspaziergang mit seinem kleinen Sohn Wanja begegnet er Jakow Kukolew in Begleitung einer geheimnisvollen Frau, die ihr Gesicht hinter einem roten Schirm verbirgt. Das Paar verhält sich merkwürdig: Sie suchen den Waldboden ab, als hätten sie etwas verloren. Der kleine Wanja ist es dann, der kurze Zeit später beim Spielen im Wald zufällig auf das gesuchte Objekt stößt und es stolz seinem Vater präsentiert: ein Medaillon, in das das Sternbild des Großen Bären eingraviert scheint. Seinen Rand ziert eine Inschrift: »Das Zeichen der sieben Sterne öffnet das Tor.« Was hat es mit diesem Medaillon auf sich? Bevor Iwan Putilin das herausfinden kann, ereilt ihn die Nachricht vom Tode Jakow Kukolews. Im Hotel »Arkadia«, einem stadtbekannten Bordell, wurde er vergiftet aufgefunden…

Autor

Leonid Jusefowitsch wurde 1947 in Moskau geboren und wuchs im Ural auf. Er studierte Geschichte an der Universität Perm, danach war er Offizier in der Sowjetarmee, diente in Burjatien und in der Mongolei. Später lebte Jusefowitsch als Geschichtsprofessor in Moskau und verfasste zahlreiche Sachbücher sowie wissenschaftliche Artikel. Bekannt wurde er in den 80er Jahren mit einer Biographie des Barons von Ungern-Sternberg, eines Generals der Weißen Armee, der 1921 drei Monate lang Diktator der Mongolei war. Berühmtheit erlangte er jedoch erst mit seiner 2001 erschienenen Krimi-Trilogie um den Kriminalpolizeichef Iwan Putilin, der im St. Petersburg des späten 19. Jahrhunderts ermittelt. Der erste Band der Trilogie, *Im Namen des Zaren*, wurde verfilmt, und der dritte Band, *Der mongolische Fürst*, wurde mehrfach literarisch ausgezeichnet, u. a. mit einem der angesehensten Literaturpreise Russlands, dem *Nationalen Bestseller-Preis*. Jusefowitsch lebt mit seiner Frau und seinen beiden Kindern in Moskau.

Von Leonid Jusefowitsch außerdem lieferbar:

Im Namen des Zaren. Iwan Putilin ermittelt (45538)

Leonid Jusefowitsch

Das Medaillon

Iwan Putilin ermittelt

Roman

Aus dem Russischen
von Alfred Frank

GOLDMANN

Die Originalausgabe erschein 2001
unter dem Titel ДОМ СВИДАНИЙ bei Wagrius, Moskau.

Umwelthinweis:
Alle bedruckten Materialien dieses Taschenbuches
sind chlorfrei und umweltschonend.

1. Auflage
Deutsche Erstveröffentlichung August 2004

Umschlaggestaltung: Design Team München
Umschlagfoto: Corbis
Satz: Uhl + Massopust, Aalen
Druck: GGP Media, Pößneck
Verlagsnummer: 45593
JE · Herstellung: Max Widmaier
Made in Germany
ISBN 3-442-45593-6
www.goldmann-verlag.de

Inhalt

Prolog

Tags darauf konnten sich beide nicht mehr erinnern, womit es angefangen hatte, aber nach dem Abendessen waren sie irgendwie auf die Frauen zu sprechen gekommen.

»In meiner Jugendzeit«, sagte Iwan Dmitrijewitsch, wobei er wie gewohnt seine rechte Backenbarthälfte zum Zöpfchen flocht, »galt weibliche List keineswegs als Makel. Manche zählten sie sogar zu den Tugenden des schönen Geschlechts. Was, wenn nicht das Einhalten der Naturgesetze, ist schließlich Tugend? Stellen Sie sich vor, der Fuchs ließe von den Hasen, um sich fortan von Weidenrinde zu ernähren – könnten wir ihn dann tugendhaft nennen? Meiner Meinung nach ist es sündhaft, gegen die eigene Natur zu handeln. Ich weiß nicht, wie es heutzutage damit steht, doch zu meiner Zeit sah man das so. Ein Freund erzählte mir von seiner Frau: Sie verheimlichte ihm als Bräutigam, dass sie bereits lange vor der Hochzeit ihre Unschuld verloren hatte, und richtete es so ein, dass die Brautnacht mit dem ersten Tag ihres Monatsflusses zusammenfiel. Indessen war mein Freund in diesen Dingen noch reichlich grün. Blut floss, der stolze Bräutigam nahm das als Beweis für die Jungfernschaft seiner Braut, doch später kam die Täuschung irgendwie heraus. Und was glauben Sie? Glauben Sie, der Ehemann sei beleidigt, entrüstet gewesen, hätte sich dem Trunk ergeben, seine Frau davongejagt? Nichts dergleichen! Nach ihrer Entlarvung brachte er eine so aufrichtige Hochachtung für die Betrügerin auf, dass er keine Bedenken hatte, ihr sämtliche finanziellen Dinge in ihrer Ehe zu überlassen, und überhaupt in ihr geradezu einen Odysseus im Frauenrock sah. Sie finden, das sei eines Mannes unwürdig? Ich bitte Sie, als ich in Ihrem Alter war, hielt es niemand von den wahren Männern für eine Schande, von einer Frau betrogen zu werden. Nur das kleine Kind weiß nicht, dass Feuer brennt und Hunde beißen. Ein Mann, der den Kampf mit den Elementen aufnimmt, ist sich dessen wohl bewusst, dass man sie besiegen, sich untertan machen, jedoch nicht ändern kann.«

»Sind Sie ein Frauenfeind?«, wollte Iwan Dmitrijewitschs Gesprächspartner wissen.

»Aber woher denn! Ich akzeptiere die Frauen lediglich so, wie sie der Herrgott geschaffen hat, und zweifle weder an der Zweckmäßigkeit seines Plans noch an der Qualität der Ausführung. Sie jungen Leute von heute hingegen glauben nicht an Gott, deshalb haben Sie die Frau zum Idol erhoben. Natürlich sind Sie alle Progressisten, Umstürzler, in die Kirche gehen Sie nicht, aber zu den Prostituierten genauso wenig. Ins Rotlicht keinen Schritt! Ihre Generation ist eingeschüchtert durch Veröffentlichungen über die Konsequenzen von Geschlechtskrankheiten, Konkubinen können Sie sich nicht leisten, und wenn Sie schon mal mit irgendeiner Kursistin schlafen, dann sehen Sie in ihr natürlich vor allem eine Persönlichkeit. Was kann es da für Ekstasen geben! Ein wenig Enthaltsamkeit bei einem Übermaß an Einbildungskraft und Mangel an Religiosität, und schon erscheint der Frauenrock als heiliger Schutzmantel, der göttliche Abgründe verhüllt. Der Atheismus, die Angst vor der Syphilis und die Verehrung der Frau gehen stets Hand in Hand.«

Gesprächspartner Iwan Dmitrijewitsch Putilins, des unlängst in den Ruhestand getretenen legendären Chefs der

Petersburger Kriminalpolizei, war der zweitklassige hauptstädtische Schriftsteller Safronow. Mit gelichtetem Blondhaar, höflich und korrekt, war er in einem Alter, da man sich allein nach den Vorstellungen eines schon mit einem Bein im Grabe Stehenden mit umstürzlerischen Gedanken tragen kann.

»Eva wurde aber nicht aus Erde gemacht wie Adam, sondern aus seiner Rippe«, widersprach Safronow. »Das heißt aus bereits gereinigtem Urstoff. Man muss nicht unbedingt ein Atheist sein, um als Krone der Schöpfung die Frau zu betrachten.«

»Überlassen wir diesen Streit den Theologen«, sagte Iwan Dmitrijewitsch lächelnd. »Besser, ich erzähle Ihnen eine Geschichte.«

Safronow schlug das vor ihm auf dem Tisch liegende Heft auf, machte sich schreibbereit und fragte:

»In welchem Jahr war das?«

»Wozu wollen Sie das wissen?«

»Sie haben doch selbst darum gebeten, alle Ihre Geschichten in dem Buch nicht so anzuordnen, wie Sie sie mir erzählen, sondern chronologisch«, erwiderte Safronow leicht gereizt, da auf die Datierung dieses oder jenes Verbrechens schon mehrfach die Rede gekommen war und es dabei jedes Mal gewisse Unstimmigkeiten gegeben hatte.

Er war hergekommen, um aus den Erzählungen Iwan Dmitrijewitschs ein Erinnerungsbuch zu machen, das unter dessen Namen erscheinen sollte. Nach ihrer Vereinbarung sollte der Held der Memoiren zwei Drittel und der Verfasser ein Drittel des Honorars erhalten. Safronow hatte zunächst dessen Halbierung angesprochen, doch sofort nachgegeben, als er gesagt bekam, dass sich auch eine billigere Feder finden werde.

Noch nicht lange im Ruhestand, war Iwan Dmitrijewitsch

von den Ufern der Newa an das Ufer des Wolchow übergesiedelt. Zwei, drei Jahre zuvor hatte er seine gesamten Ersparnisse darauf verwendet, im Gouvernement Nowgorod ein altes Gutshaus zu kaufen: aus Holz gebaut, noch zu Zeiten Araktschejews*, und seitdem nicht instand gesetzt, aber mit Veranda und einem herrlichen Obstgarten. Hier verlebte Iwan Dmitrijewitsch seine ihm vom Schicksal zugemessenen letzten Monate. Safronow brachte drei Wochen mit ihm zu.

Auf dem Gut herrschten spartanische Sitten. Der Gast schlief auf Laken mit Wanzenflecken, von dem nicht gar gekochten Fisch revoltierte sein Magen, und wegen der Feuchtigkeit durch die Flussnähe quälte ihn sein Asthma. Trotzdem bereute er es später nie, hergekommen zu sein, waren diese drei Wochen auch ein Opfer auf dem Altar seines ehelichen Friedens. Es fehlte an Geld, und seine Frau hatte ihn zu der Reise veranlasst. Mit blutendem Herzen musste er sich von der Arbeit an seinem Roman losreißen, einer allegorischen Darstellung aus dem Leben einer Puppenstadt, die von dressierten, einem Wanderzauberer entflohenen Monsterflöhen erobert wird. An diesem Roman arbeitete Safronow mit voller Hingabe, ohne jemals damit fertig zu werden, ähnlich wie es ihm bei allen anderen Werken über zwei Druckbogen Umfang erging. Die einzige Ausnahme bildeten die Memoiren Iwan Dmitrijewitschs. Safronow baute darauf, dass die Erinnerungen des berühmten Kriminalisten Erfolg haben würden, und damit ging er nicht fehl. Das Honorardrittel warf beträchtliche Summen ab, das Buch erlebte mehrere Auflagen, Iwan Dmitrijewitsch selbst starb freilich noch vor Erscheinen der ersten.

* Graf Alexej Andrejewitsch Araktschejew (1769–1834), russischer Staatsmann und General, enger Vertrauter Alexanders I., 1808–1810 Kriegsminister, 1817 zum Chef der Militärkolonien ernannt. (Hier und im Folgenden Anm. d. Übers.)

»In welchem Jahr ist das also gewesen?«, wiederholte Safronow seine Frage.

»Genau kann ich es nicht sagen, jedenfalls fällt es in meine Jugendzeit. Ich war etwa so alt wie Sie jetzt. Mein Sohn Wanetschka konnte schon lesen, und wir hatten einen zahmen Stieglitz, den wir Fomka nannten. Ein höchst possierliches Tierchen...«

Nach zwei Wochen war Safronow daran gewöhnt, dass Iwan Dmitrijewitsch, bevor er über ein besonders rätselhaftes und blutiges Verbrechen zu erzählen begann, sich jedes Mal den zärtlichsten Erinnerungen an seine selige Frau oder an seinen heiß geliebten Sohn hingab.

»Wenn ich zu Hause etwas schrieb, setzte sich Fomka aufs Papier und suchte die unter meiner Feder auftauchenden Buchstaben wegzupicken. Die Feder erschien ihm wahrscheinlich als Schnabel eines Vogels, der sich an etwas auf dem Blatt gütlich tat. Der arme Fomka wollte sich daran mitlaben. Als er dann von der Katze gerissen wurde, habe ich mich meinem Sohn gegenüber vielleicht zum ersten Mal nicht gerade von meiner besten Seite gezeigt... Interessiert Sie das?«

»Aber ja!«, bestätigte Safronow taktvoll.

Er wusste bereits, dass Iwan Dmitrijewitsch beim abendlichen Tee auf der Veranda zu weinerlicher Sentimentalität neigte und sogar auf Verbrechen zu sprechen kam, die er nicht aufzudecken vermocht hatte. All das war für die Erinnerungen völlig überflüssig, Safronow sah indessen ein, dass es den Helden blutleerer machte, wenn er die lyrische Feuchte aus dem Text herauspresste.

»Wissen Sie, ich komme ins Zimmer gelaufen, sehe den toten Stieglitz in Wanetschkas Händen und schreie: ›So ein Mistvieh! Wo ist sie?‹ Er hebt seine verweinten, verständnislosen Augen zu mir auf: ›Wer, Papi?‹ – ›Die Katze! Das soll sie…‹ Beschämend, davon zu sprechen, aber so ist es gewesen. Mein Sohn hatte Kummer, und ich dachte als Erstes an Rache. Zunächst musste ich die Katze bestrafen, erst dann konnte ich Mitgefühl für meinen weinenden Wanetschka aufbringen. Ja, leider«, schloss Iwan Dmitrijewitsch nicht ohne Koketterie, »die Rachsucht ist Teil meiner Natur… Warum schreiben Sie denn nicht ?«

»Das lässt sich nicht verwerten«, sagte Safronow. »Wozu wollen Sie Ihre Schwäche eingestehen?«

»Schwäche? Wieso Schwäche?« Iwan Dmitrijewitsch fühlte sich gekränkt.

Er hatte vergessen, dass er eben noch diesen Zug seines Charakters selbst für kritikwürdig hielt.

»Genauer gesagt, Ihre Machtlosigkeit.«

»Das wird ja immer besser!«

»Sie standen doch im Dienst des Staates, Iwan Dmitrijewitsch. Und zwar einem Dienst besonderer Art, einem, der für Gerechtigkeit in der Gesellschaft zu sorgen hat.«

»Ja und?«

»Nun, Rachsucht eignet Menschen, die nicht an die Kraft des Gesetzes glauben. Blutrache gedeiht im Kaukasus, aber nicht in England.«

»Oh, da hat es Sie aber weit weggetragen von meinem Stieglitz«, sagte Iwan Dmitrijewitsch und biss mit immer noch kräftigen Zähnen in seinen Zwieback, statt ihn wie Safronow in den Tee zu tunken.

»Ich warte auf die versprochene Geschichte«, erinnerte der, »es wäre bloß gut, wenn Sie kurz die Epoche umreißen könnten, in der das alles geschehen ist. Den historischen Hintergrund, bitte schön, wenn ich schon nicht die Möglichkeit habe, das genaue Datum anzugeben.«

»Ein üppiger Hintergrund, Sie können sich das gar nicht vorstellen«, seufzte Iwan Dmitrijewitsch. »In jener Zeit verstand man unter Politik ausschließlich Ereignisse wie den Krieg zwischen dem türkischen Mehmed Sultan und dem ägyptischen Mehmed Pascha*, die Zeitungen vertraten alle dieselbe Richtung, und an die Juden erinnerte man sich nur, wenn Geld gebraucht wurde. Oh«, fuhr er fort, »das war eine wunderbare Zeit! In Ihrem Alter wissen Sie noch nicht, dass eine Epoche der Frau gleicht, mit der man zusammenlebt: Um sie richtig schätzen zu lernen, muss man sich für immer von ihr trennen.«

Es war im Frühherbst des Jahres 1893. Vor dem geöffneten Verandafenster fiel bereits das Laub von den Bäumen, und vom Steilufer des Flusses taten sich herzbeklemmende Weiten auf. Die warme Luft war still und durchsichtig. Eine Zeit des Wohlgefühls an der Lebensneige, gestillter Wünsche und einer letzten törichten Hoffnung, dass diese Ruhe bis zum Tode so anhalten möge.

»Ich war damals nicht Chef der gesamten Kriminalpolizei«, sagte Iwan Dmitrijewitsch versonnen, »sondern Bezirksaufseher im Spasski-Revier.«

* Gemeint ist der in den dreißiger Jahren des 19. Jahrhunderts ausgetragene militärische Konflikt zwischen dem türkischen Sultan Mahmud II. (1784–1839) und seinem unbotmäßigen Vasallen Mehmed Ali, ägyptisch Muhammad Ali (1769–1849), der Ägypten aus dem Osmanischen Reich herauszulösen versuchte.

ERSTES KAPITEL

DAS VERSCHWINDEN

I

An jenem lange zurückliegenden Abend saßen Iwan Dmitrijewitsch und sein Sohn Wanetschka nach dem Abendessen auf dem Fußboden, mit einem Spiel beschäftigt, das er sich selbst ausgedacht und mit Aquarellfarben, denen Honig beigemischt war, in die Realität eines Blatts Papier umgesetzt hatte. Diesem Spiel maß er große Bedeutung für die Erziehung seines Sohnes bei.

Das ganze Blatt entlang wand sich, wie eine Schlange in Todeszuckungen, ein Weg mit nummerierten Quadraten. Seine bizarren Windungen führten über allerlei Versuchungen, die jeden Menschen, besonders den jungen, auf seiner Lebensbahn umlauerten. Hinter der ersten Biegung drohte dem Wandersmann UNBOTMÄSSIGKEIT, weiter lief er Gefahr, FLEGELHAFTIGKEIT, FAULHEIT, PRASSEREI, TRUNKSUCHT, GELDGIER und sonstigen Lastern zu verfallen. Sie alle hatte Iwan Dmitrijewitsch als abscheuliche Subjekte vorwiegend männlichen Geschlechts aufgemalt, obwohl auch Frauen darunter waren und höchst widerliche Scheusale, undefinierbar, ob zweigeschlechtig oder überhaupt geschlechtslos.

Wanetschka und er würfelten abwechselnd und bewegten dann ihre Spielfiguren entsprechend der geworfenen Augenzahl vorwärts. Der Weg war gefahrvoll. Geriet die Figur auf ein Quadrat, das mit einem Laster bezeichnet war, musste man je nach dessen Schwere ein- bis dreimal aussetzen oder gar umkehren, um seine Verfehlung auf dem Feld einer entsprechenden Tugend wieder gutzumachen. Die gab es auf diesem dornenreichen Weg auch, freilich nicht in solchem Überfluss wie Versuchungen. Sie waren teils aus erzieherischen Gründen weniger zahlreich, teils einfach deshalb, weil Iwan Dmitrijewitsch sich mit positiven Charakteren schwer tat. Wie so vielen Autoren gerieten ihm die negativen wesentlich ausdrucksstärker.

Am Schluss des Wegs erwartete den Sieger ein von Iwan Dmitrijewitschs Frau gemalter Engel. In den Händen hielt er eine mit einem Band umschlungene Schachtel, wie sie viele Jahre später durch Terroristen vor die Kutschen von Zaren, Gouverneuren, Ministern und Oberprokuroren des Heiligen Synods geworfen wurden. Was in der Schachtel war, behielt Iwan Dmitrijewitsch lieber für sich. Ihr Inhalt blieb für Wanetschka ein Geheimnis – die beste Garantie gegen unausbleibliche Enttäuschung, egal wie die Antwort ausfiel.

Wanetschka würfelte und griff mit zitterndem Händchen nach seiner Figur. Vor Verdruss klappte seine Lippe herunter. Er hatte in Gedanken schon die Felder ausgezählt und erkannt, dass er dreimal aussetzen musste. Seine Figur landete auf einem Quadrat, das gelb war wie der Gewerbeschein einer Prostituierten und neben das Iwan Dmitrijewitsch ein scheußliches Weib mit Zottelhaar gemalt und mit feurigen Buchstaben GENUSSSUCHT geschrieben hatte. Das war wohl das gefährlichste Hindernis auf dem Weg zum Engel mit der Bonbonniere. Warum das so sein sollte, konnte Wanetschka nicht begreifen. Die zottelige Dicke mit der kindlichen Pelerine erschien ihm als Verkörperung verbrecherischer Gier nach Schokolade und Himbeerkonfitüre – einer Leidenschaft, die natürlich verhängnisvoll war, aber doch nicht so, dass man gleich dreimal aussetzen musste.

Er ließ die Unterlippe noch stärker hängen, dann fegte er wütend beide Figuren vom Blatt und heulte los.

In dem Moment klingelte es an der Tür. Iwan Dmitrijewitschs Frau öffnete und kam mit Jewlampi zurück, dem vertrauten Lakaien des im selben Aufgang ihres Hauses wohnenden Kaufmanns Kukolew. Die Wohnung Iwan Dmitrijewitschs lag im zweiten Stock und die von Kukolew im Hochparterre.

»Jakow Semjonowitsch bitten Sie untertänigst, sich in einer wichtigen Angelegenheit zu ihm zu bemühen«, sagte Jewlampi.

Wanetschka schluchzte bitterlich an der Brust seiner Mutter, die Iwan Dmitrijewitsch unter ihren dichten seidigen Augenbrauen kalte Blitze zuschleuderte, sodass er froh war, sich davonmachen zu können. Andernfalls hätte er es nicht versäumt, seine Würde zu wahren und den verehrten Jakow Semjonowitsch zu bitten, er möchte sich selbst zu ihm bemühen.

Auf dem Treppenabsatz stand sein Nachbar Gnetotschkin, Graveur an der Akademie der Künste, und drehte den Schlüssel im Schloss. Gnetotschkins Wohnung lag vis-à-vis.

»Einen Spaziergang machen?«, fragte er. »Ja, das muss man bei dem Wetter. Herrlich! Die letzten schönen Sommertage. Mit Wärme jedenfalls hat unser Herrgott in diesem Jahr nicht gegeizt.«

Beim Hinuntergehen traf Iwan Dmitrijewitsch weitere Nachbarn: den Steuerbeamten Saizew mit Gattin und zwei Töchtern im heiratsfähigen Alter, die recht trübsinnig dreinblickten, was man von ihrer Mutter in keiner Weise sagen konnte. Sie war ein fülliges geschwätziges Frauenzimmer um die vierzig. Iwan Dmitrijewitsch machte sie ständig schöne Augen, war darauf bedacht, ihn auf der Treppe mit ihrer Turnüre zu streifen, und sprach mit seiner Frau wie mit einer Bediensteten.

»Ein Wetterchen, wie?«, sagte Saizew. »Es flüstert geradezu.«

»Was flüstert es denn?«, wollte Iwan Dmitrijewitsch wissen.

»Kommt drauf an«, Madame Saizewa lächelte rätselhaft. »Jedem seinem Alter entsprechend.«

Als sie das Erdgeschoss erreicht hatten, erkundigte sich Iwan Dmitrijewitsch:

»Was ist denn bei euch passiert?«

»Das werden Jakow Semjonowitsch Ihnen selbst berichten«, erwiderte Jewlampi. »Uns ist es untersagt.«

»Und wenn ich dir ein Zwanzigkopekenstück gebe?«

Die Frage stellte er fast mechanisch. Nach etlichen Jahren Dienst als Polizeiagent hatte sich Iwan Dmitrijewitsch angewöhnt, Diener für alle Fälle auf die Probe zu stellen, wie ergeben sie ihrem Herrn waren, ob sich aus ihnen etwas herausholen ließ.

»Uns ist untersagt, darüber zu reden, dass die alte Herrin verschwunden ist«, fiel der treue Jewlampi sofort um.

»Marfa Nikititschna?«

»Ja, sie... Haben Sie das Zwanzigkopekenstück bei sich? Oder wollen wir umkehren?«

Plötzlich tat es Iwan Dmitrijewitsch Leid um das Geld. Das Geheimnis war es nicht wert. Was hatte er es so eilig gehabt? In fünf Minuten hätte er es sowieso erfahren, unentgeltlich.

»Das Zwanzigkopekenstück?«, fragte er verwundert.

»Sie haben versprochen, mir eins zu geben, wenn ich es sage.«

»Ah! Gut, dass du mich erinnerst. Wenn ich mein Gehalt bekomme, gebe ich's dir.«

Jewlampi machte ein pikiertes Gesicht, sagte aber nichts dazu. Er öffnete die Wohnungstür, Iwan Dmitrijewitsch trat ein als gerufener und erwünschter Gast, doch entgegen seinen Erwartungen begrüßte ihn Kukolew nicht in der Diele, sondern im Wohnzimmer und auch hier nicht an der Tür. Allerdings stehend und nicht sitzend, was, wie die Dinge lagen, eine völlig unverzeihliche Flegelei gewesen wäre.

»Nehmen Sie Platz, wo Sie möchten«, forderte er seinen Besucher auf und bot ihm mit einer raschen Geste einen Sessel, das Sofa und zwei Stuhlreihen rechts und links an den gegenüberliegenden Wänden an.

Dabei fiel Iwan Dmitrijewitsch auf, dass seine rechte Hand bandagiert war, unter dem Verband sahen nur die Fingerspitzen hervor.

»Ich habe mich mit kochendem Wasser verbrüht«, beantwortete Kukolew die Frage, was denn mit seiner Hand sei.

»Bloß gut, dass es kochendes Wasser war und nicht Brühe oder siedendes Öl«, tröstete ihn Iwan Dmitrijewitsch. »Öl ist am schlimmsten. Mein Frau hat letztes Jahr…«

»Setzen Sie sich, setzen Sie sich«, unterbrach ihn Kukolew ungeduldig.

Iwan Dmitrijewitsch brauchte einen Moment, um sich zwischen dem Sofa und den beiden Stuhlreihen zu entscheiden, und setzte sich auf einen Stuhl. Dabei sah er sich rasch um und registrierte Bronze, Kristall, teure Tapeten, Stiche an den Wänden, ein Porträt in teurem Rahmen. Davon, dass der Hausherr einer Altgläubigendynastie von jenseits der Wolga entstammte, zeugte allenfalls das Fehlen von Aschenbechern auf den diversen Tischen. Dem Glauben seiner Ahnen hatte Kukolew in früher Jugend zwar entsagt, ihren Abscheu gegen Tabak jedoch geerbt.

»Ich wende mich als Nachbar an Sie«, sagte er. »Helfen Sie mir, mein Guter, ich weiß einfach nicht weiter. Meine Mutter ist verschwunden. Gestern Nachmittag ging sie frische Luft schnappen und ist seither nicht zurückgekehrt.«

»Marfa Nikititschna?«, hakte Iwan Dmitrijewitsch nach.

»Ich habe nur eine Mutter.«

»Und Sie haben immer noch nicht die Polizei verständigt?«

»Dazu besteht keine Notwendigkeit. Ich denke, wir werden das als gute Nachbarn miteinander regeln. Ehrlich gesagt, ich befürchte nicht, dass sie in die Hände von Räubern gefallen ist. Wer braucht schon eine alte Frau, die auf die siebzig zugeht! Schmuck trägt sie, abgesehen von ihrem Ehering, keinen, und was sie anzieht, ist, wie Sie ja selbst wissen, die schlichte Kleidung einer Kleinbürgerin. Meine Tochter geniert sich, mit der Großmutter auf der Straße gesehen zu werden. Sie läuft bloß in altem Zeug herum, und sie dazu zu bringen, dass sie etwas Anständiges anzieht, ist völlig unmöglich. In ihrem Zimmer steht lauter Plunder. Aber versuch mal, den rauszuschmeißen! Geschrei, Getobe.«

»Mit meiner Schwiegermutter geht es mir ganz genauso.«

»Dann können Sie mich ja verstehen. Dabei erzählt die Saizewa allen, meine Mutter hätte bei mir nichts zu lachen.«

»Was will man auf die hören! Ist doch als Tratsche bekannt.«

»Nach Marfa Nikititschnas Verschwinden also entdeckte ich, dass sie aus irgendeinem Grund ihr Flauschtuch und ihren warmen Mantel mitgenommen hat, den ich ihr vor zwei Jahren geschenkt hatte. Die ganzen Jahre, müssen Sie wissen, hat sie ihn nicht ein einziges Mal angezogen, stattdessen trug sie ihren alten ab. Der neue lag, wegen irgendwelcher ketzerischer Knöpfe verschmäht, in ihrer Truhe wie im Grab. Gestern nun ist er plötzlich zu seinem Recht gekommen! Außerdem hat sie aus meinem Schreibschrank die Brieftasche mit dem Geld mitgenommen.«

»War denn viel Geld drin?«

»Immerhin an die hundertfünfzig Rubel.«

»Sie glauben also, dass Marfa Nikititschna nicht entführt wurde, sondern das Weite gesucht hat. Habe ich Sie richtig verstanden?«

»Völlig richtig! Sehen Sie, ich habe einen älteren Bruder, Semjon heißt er. Nach dem Tod unseres Vaters ist er ebenso wie ich zur Orthodoxie konvertiert und hat nach Absolvierung des Demidow-Lyzeums jetzt eine Stellung im Finanzministerium. Allerdings unterhalten wir keinerlei Beziehungen miteinander. Warum es dazu kam, das ist eine lange und, glauben Sie mir, langweilige Geschichte. Marfa Nikititschna war jedoch oft bei ihm, woran ich sie nicht gehindert habe. Und jetzt hat sie offenbar zu meinem Verdruss beschlossen, zu ihrem älteren Sohn zu ziehen.«

»Wieso plötzlich das?«

»Eigentlich geschieht bei meiner Mutter immer alles plötzlich. Aber vor ein paar Tagen ist es zu einem Missverständnis mit Scharlotta Genrichowna gekommen.«

Das war Kukolews Frau, eine dürre exaltierte Person um die fünfunddreißig. Obwohl der Altersunterschied der Gatten gut zehn Jahre betrug, schienen sie gleichaltrig zu sein. Scharlotta Genrichowna war völlig unberechenbar. Wenn sie Iwan Dmitrijewitschs Frau begegnete, brachte sie es fertig, hochmütig an ihr vorbeizusehen, sie gar wochenlang nicht zu grüßen, bis sie dann eines schönen Tages auf sie zustürmte, um sie zu umarmen, zu küssen und zu bedrängen, ihre Olenka müsse sich unbedingt mit Wanetschka anfreunden, er sei ja ein so fabelhafter Junge. Im Übrigen akzeptierte sie von allen Mietern ihres Hauses als wirklich gleichrangig lediglich Baron und Baronin Neihardt, die im Nebenaufgang wohnten.

»Sie zankte sich mit Marfa Nikititschna des Öfteren wegen irgendwelcher häuslicher Belanglosigkeiten«, erklärte Kukolew. »Diesmal bildete eine neue Tischdecke den Anlass. Die eine wollte sie für den einen, die andere für einen anderen Tisch verwenden. Wer für welchen war, ist mir nicht recht klar geworden.«

»Und was wünschen Sie von mir?«

»Zu dieser Jahreszeit, solange es noch warm ist, lebt mein Bruder für gewöhnlich mit der Familie auf seiner Datscha hinter dem Ochta-Tor. Wo genau sie sich befindet, kann ich nicht sagen, ich bin dort nie gewesen. Aber meine Mutter hat mir davon erzählt, sodass ich eine ungefähre Vorstellung habe. Sie passieren das Tor … Nein, besser, ich male es Ihnen auf. Bleiben Sie sitzen, ich hole Papier und Bleistift.«

Auf dem rechten Bein leicht hinkend – er lahmte von Geburt –, durchquerte Kukolew das Wohnzimmer, und als er in den Korridor trat, war von dort Scharlotta Genrichownas Zischen zu hören:

»Warum hast du diesem Polizeimann nicht gesagt, dass deine Mutter sich mit dem heißen Bügeleisen auf mich gestürzt hat?«

»Leise! Lottotschka, ich bitte dich …«

Beider Flüstern entfernte sich in die Tiefe der Wohnung. Iwan Dmitrijewitsch trat zu dem Tischchen am Fenster, auf dem ein Bücherstapel lag, und sah ihn durch. Es waren lauter Publikationen über Handelsthemen. Aus Langeweile griff er nach einem der Bücher, einem Bändchen mit dem Titel *Die Handelszölle in Frankreich unter Ludwig XVIII.*, blätterte darin herum und entdeckte zu seiner Verblüffung ganz hinten eingeklebte Seiten mit Dämchen in unzüchtigen Posen.

Das Blut strömte ihm schneller durch die Adern. Während er sich die Bilder genauer ansah, blickte er verstohlen zur Tür und lauschte, ob Kukolew zurückkam. Eines der Dämchen streifte sich den Träger des Büstenhalters über die Schulter, ein anderes hob spielerisch den Saum seines Morgenkleids, ein drittes schlüpfte in einen Strumpf, ein viertes, mit herabgerutschten Strümpfen wie bei einem Kind, wiegte ihre Strumpfhalter vor der Brust. Ein fünftes, ein sechstes... Alle waren mollig und schwarzhaarig wie Madame Saizewa.

Iwan Dmitrijewitsch stellte mit einem gewissen Bedauern fest, dass die Positionen, in denen sie der Maler beobachtet hatte, noch ziemlich unschuldig waren, als handelte es sich um keine verdorbenen Frauen, keine Kurtisanen, sondern lediglich um junge Mädchen, die, ihrer Keuschheit unendlich müde, leidenschaftlich davon träumten, sich dieser zu entledigen. Es hatte den Anschein, als zögen sie sich nicht vor einem Mann aus, sondern probten, um nichts falsch zu machen, vor dem Spiegel ihrer Mädchenkammer. Unter einem solchen Buchdeckel hätten sie sich noch weit größere Freiheiten erlauben können.

Iwan Dmitrijewitsch legte das Buch wieder an seinen Platz und wandte sich den Bildern an den Wänden zu.

Von dem großen und einzigen Porträt, das hier hing, sah ein in Öl gemalter alter Mann herab. Er hatte kalmückenähnliche Züge, einen durchdringenden Blick und wie aus Stein gemeißelte Wangen und Lippen, die deutlich unter dem dürftigen asiatischen Bartwuchs hervortraten. Daraus, dass er in der schönen Ecke hing, fast auf gleicher Höhe mit den Ikonen, schloss Iwan Dmitrijewitsch, Marfa Nikititschnas Gatten vor sich zu haben, Jakow Semjonowitschs Vater und Olenkas lange vor ihrer Geburt gestorbenen Großvater. Der Maler hatte ihn mit der ganzen Schönheit alter Strenggläubigkeit verewigt – Bart, Kaftan aus den Zeiten der Strelitzenhinrichtungen*, in den Händen eine lederne Altgläubigengebetsschnur, deren Bezeichnung Iwan Dmitrijewitsch erst am nächsten Tag einfiel: Lestowka.

Als Hintergrund für das Porträt dieses Gerechten mit einem Kapital von zigtausend Rubel diente eine mit Feuerwachttürmen übersäte, gleichzeitig von Sonne und Mond beschienene, golden und zinnoberrot strahlende Wunderstadt. Unschwer zu erraten, dass dies Jerusalem sein sollte. Alle Nachbarn hatten von Marfa Nikititschna zu hören bekommen, und zwar nicht nur einmal, dass ihr seliger Mann eine Wallfahrt ins Heilige Land unternommen und ihr von dort Jordanwasser mitgebracht habe. Seitdem sei es bei ihm geschäftlich aufwärts gegangen.

Was die Stiche betraf, so ließen sie sich in zwei Arten unterteilen: Auf den einen waren Ruinen dargestellt, auf den anderen Schiffbrüche. Jeder Stich trug in der Ecke den schlichten Namenszug Gnetotschkins, der seine Produkte dem reichen Nachbarn offenbar en gros verkauft hatte.

Zwei kleine Bilder hingen separat: eine Lithographie und ein Aquarell. Das erste, in volkstümlicher Manier, stellte eine Schar Teufel in einer Schenke dar, die einen nackten Zecher auf Feuerhaken gespießt hatten und ihn zu einem Kellerloch mit hochgeklapptem Deckel schleppten, von dem ein unterirdischer Gang vermutlich direkt zu den Kesseln mit siedendem Pech führte. Etwas weiter weg, ein Brustkreuz in der Hand, das er bestimmt von dem ausgezogenen Zecher für ein letztes Glas Wodka bekommen hatte, stand der Wirt. Mit

* Strelitzen (russ. »strelzy« – Schützen): Mitte des 16. Jahrhunderts von Iwan dem Schrecklichen als Leibwache geschaffene und mit Feuerwaffen ausgerüstete stehende Truppe. Nach der blutigen Niederschlagung ihrer Erhebung gegen Peter I. (fast 1200 Strelitzen wurden hingerichtet) 1698 aufgelöst.

zwei Kreuzen, seinem eigenen und dem soeben erworbenen, fühlte er sich völlig sicher und beobachtete das Geschehen mit einer Miene, als habe er sich nichts vorzuwerfen.

Derartige Bilder hingen für gewöhnlich in Etablissements, in denen keine hochprozentigen Getränke ausgeschenkt wurden. Iwan Dmitrijewitsch hatte es längst festgestellt: je belehrender ein Gemälde, desto geringer die erkennbare Sorge um Naturtreue. Hier fand diese Gesetzmäßigkeit ihre volle Bestätigung: Der arme Trinker hatte nach vorn gekehrte Ellbogen, das eine Bein war kürzer als das andere, und die Zahl der Finger und Zehen schwankte um die fünf, ohne ihr auch nur einmal zu entsprechen. Die Teufel, einschließlich ihres obersten, der dieses verwegene Unternehmen leitete, wiesen gleichfalls diverse Defekte auf, aber das konnte man dem Maler nachsehen, da es für sie keine allgemein gültigen anatomischen Normen gab. Allein ihre Feuerhaken waren naturgetreu gemalt.

Das Aquarell hing, obwohl einer ganz anderen Kunstrichtung zuzuordnen, neben der Lithographie. Von volkstümlicher Machart keine Spur, als Ort der Handlung hatte der Maler keine billige Schenke, sondern das Treppenhaus eines grundsoliden Hauses gewählt. Auf den Stufen lag ein Läufer, eine Marmorvase mit Relief krönte einen Sockel. Eine bronzene Najade hielt mit gesenktem Kopf einen wahrscheinlich soeben erloschenen Leuchter hoch. Über ihm stieg noch ein dünner Rauchfaden auf.

Im Vordergrund standen zwei Gestalten: ein von draußen hereingekommener riesiger Ritter mit Rüstung vom Hals bis zu den Fersen, auf dem Kopf einen Helm mit herabgelassenem Visier, und, ihm gegenüber, ein die Treppe herabgestiegener Herr mittleren Alters mit Melone und einem modisch langen Mantel, wie ihn Iwan Dmitrijewitschs Frau so gern bei ihm gesehen hätte. Beide standen zwischen den unteren

Treppenstufen und der geöffneten Tür des Hauseingangs, ihre Hände waren sich bereits begegnet, der gegenseitige Händedruck in die Phase eingetreten, da er gleich in ein leichtes Schütteln übergehen würde. Das Gesicht des Ritters verdeckte das Visier, während auf dem ein wenig zur Seite gewandten Gesicht des Herrn mit Melone ein gequältes, fast leidvolles Lächeln erstarrt war. Dabei war zu spüren, dass er eben noch freundlich gelächelt hatte und sein Gesicht sich im nächsten Moment zu einer Grimasse des Entsetzens und unaussprechlicher Qual verzerren würde. Auf welche Weise dieser, nebenbei bemerkt, ziemlich unangenehme Eindruck erreicht wurde, war nicht zu entdecken. Iwan Dmitrijewitsch kam zu dem Schluss, dass er nicht das Verdienst des Meisters war, sondern mehr zufällig von seiner eigenen Stimmung herrührte. Leider würde er noch erkennen müssen, dass der Eindruck nichts mit Stimmung zu tun hatte, dass es sich vielmehr um einen Effekt handelte, auf den der Maler gesetzt hatte.

Ein sonderbares Sujet! Da die Figuren absolut nicht zusammenpassten, gehörten sie doch verschiedenen, drei oder vier Jahrhunderte auseinander liegenden Epochen an, hätte das Bild eine Karikatur sein können, aber das schwere Kolorit mit dominierenden Grau- und Schwarztönen, die sich an den Konturen in jenseitig-gespenstischem Blau auflösten, und das Fehlen jeder erläuternder Hinweise zeugten davon, dass der Maler sich wohl kaum die Aufgabe gestellt haben konnte, auf etwas Aktuelles zu reagieren. Zudem hängt man Karikaturen nicht eingerahmt in Wohnzimmer.

Iwan Dmitrijewitsch betrachtete dieses Aquarell vielleicht zwei Minuten lang, trotzdem konnte er sich später nicht erinnern, ob es ihm gleich aufgefallen war oder ob er es im Nachhinein in seinem Gedächtnis rekonstruiert hatte, dass hinter dem Ritter mit der Rüstung die Tür des Hauses weit offen stand in die Nacht, in den finsteren Himmel mit bedrohlich funkelnden Gestirnen, unter denen die sieben Sterne des Großen Bären in die Augen sprangen.

»Entschuldigen Sie, dass es so lange gedauert hat«, sagte Kukolew im Hereinkommen und schwenkte die bereits fertige Skizze. »Die rechte Hand ist, wie Sie sehen, krankheitshalber im Urlaub, ich habe mit der Linken gezeichnet, und die ist bei mir von klein auf unbegabt, nicht einmal die Fingernägel an der Rechten kann sie beschneiden. Ich muss meine Frau darum bitten.«

Als Antwort wies Iwan Dmitrijewitsch auf die Lithographie mit den Teufeln:

»Meines Erachtens hängt man solche Bilder in Teehäusern auf. Wie kommt es, dass Sie es in Ihrer Wohnung haben?«

»Meine Mutter hat es mir geschenkt.«

»Ihnen?«

»Mir. Was finden Sie daran so verwunderlich?«

»Die Teufel. Wie ist sie auf die Idee gekommen, ihrem Sohn diese Gehörnten zu schenken?«

»Es sollte ein Wink sein«, erklärte Kukolew. »Wohin es führt mit dem Alkohol!«

»Trinken Sie denn?«

»Nein, aber früher kam es schon vor.«

»Und was ist das?«, fragte Iwan Dmitrijewitsch, von der Lithographie zum Aquarell übergehend.

»Das? Ach, das ist nichts weiter.«

»Auch ein Geschenk?«

»Ja, von einem Freund.«

»Und ebenfalls ein Wink?«

»Das würde jetzt zu weit führen. Kommen wir zur Sache«, sagte Kukolew. »Rücken Sie näher heran, ich erkläre Ihnen alles.«

Natürlich hatte Kukolew es eilig, und doch kam schon damals in Iwan Dmitrijewitsch die dunkle Ahnung auf, dass ihm nicht nur die Zeit fehlte, sondern dass er auch keine Lust hatte, über dieses Aquarell zu sprechen.

Mit der gesunden Hand breitete Kukolew die Skizze auf dem Tisch aus, und sie nahmen Platz, um sie zu studieren.

»Tun Sie mir den Gefallen«, bat er, nachdem er mit seiner Wegbeschreibung fertig war, »fahren Sie zu meinem Bruder als offizielle Person, schüchtern Sie ihn irgendwie mit der Polizei ein und bringen Sie in Erfahrung, ob Marfa Nikititschna dort ist. Noch besser, wenn Sie sie zur Heimkehr bewegen können. Vielleicht schaffen Sie es ja. Mein lieber Bruder war schon immer etwas feige, und Sie sind, soweit mir bekannt, ein findiger Mann ... Ich danke Ihnen im Voraus.«

Mit diesen Worten holte Kukolew einen Zehnrubelschein aus der Tasche und legte ihn auf die Skizze.

»Wie denn«, fragte Iwan Dmitrijewitsch, ohne den Schein anzurühren, »gleich jetzt?«

»Ja, mein Guter.«

»Wozu diese Eile, wenn Ihrer Mutter keine Gefahr droht?«

»Meine Olenka hat heute den ganzen Tag geweint. Sie kann nicht leben ohne ihre Oma.«

»Entschuldigen Sie, Jakow Semjonowitsch, aber für zehn Rubel kann ich das nicht glauben.«

»Und für wie viel können Sie es?«

»Zumindest für die Hälfte der Summe, die Marfa Nikititschna mitgenommen hat.«

»Gut«, seufzte Kukolew, »ich will es ehrlich eingestehen. Die Brieftasche enthielt neben dem Geld etwas, was nicht für fremde Augen bestimmt ist.«

»Was denn?«

»Für Sie hat es keine Bedeutung. Für Marfa Nikititschna

auch nicht. Ich möchte nicht, dass dieses Etwas in die Hände meines Bruders fällt.«

Diese Geheimnistuerei wirkte auf Iwan Dmitrijewitsch fast noch stärker als der verführerisch leuchtende rote Schein auf dem Tischchen. Neben der Rachsucht bildete Neugier den Grundstein seines Charakters.

»Na schön«, gab er nach. »Legen Sie noch einen Roten drauf, und ich stehe zu Ihren Diensten.«

Die Bitte wurde unverzüglich erfüllt: Auf den ersten legte sich ein zweiter Zehnrubelschein.

»Und für die Droschke«, verlangte Iwan Dmitrijewitsch.

»Bitte.«

Kukolew gab zu den zwanzig Rubel noch ein Halbrubel-, zwei Zwanzig-Kopeken- und ein Zehn-Kopeken-Stück hinzu.

»Oh, ob das wohl reicht? Die Kutscher sind dreist geworden, nehmen einen aus, diese Unmenschen.«

»Keine Sorge. Damit kommen Sie zweimal hin und zurück.«

»Ich glaub's ja. Geben Sie mir noch fünf Rubel, und ich fahre.«

»Ist das nicht ein bisschen viel? Wozu die fünf Rubel?«

»Na so. Zur Abrundung.«

»Zehn, zehn, ein Rubel Kleingeld und fünf«, zählte Kukolew zusammen. »Das macht sechsundzwanzig Rubel. Ist das bei Ihnen eine runde Summe? Dann müssen Sie mir schon das Kleingeld zurückgeben. Oder nein, geben Sie mir alles zurück, Sie bekommen einen Fünfundzwanzigerschein von mir, und die Sache ist geregelt.«

»Nein, lassen wir es, wie es ist«, sagte Iwan Dmitrijewitsch fest. »Mir bringen Zahlen Glück, die durch dreizehn teilbar sind.«

In der Diele steckte er ein Zwanzig-Kopeken-Stück unauffällig Jewlampi zu, womit er sein Versprechen erfüllte, und ging hinaus.

II

Iwan Dmitrijewitschs Frau konnte es nicht leiden, wenn er abends nicht zu Hause war. Selbst fünfundzwanzig Rubel konnten ihr Herz nicht erweichen und ihr einen Abschiedskuss entreißen. Seine Frau gehörte zu denen, die sich ihre Liebe und Vergebung nicht mit noch so viel Geld abkaufen ließen.

Iwan Dmitrijewitsch ging auf die Straße hinaus, rief an einer belebten Kreuzung einen Droschkenkutscher herbei und klopfte gegen neun Uhr nach einem prüfenden Blick auf seinen Plan bereits an einem ordentlich aussehenden kleinen Holzhaus jenseits des Ochta-Tors. Lange wurde nicht geöffnet. Endlich fragte eine unfreundliche Frauenstimme hinter dem Zaun:

»Wer ist da?«

»Polizei«, gab Iwan Dmitrijewitsch wie üblich zur Antwort.

Die Pforte ging auf, und er sah eine hoch gewachsene, wohlgestaltete Dame im Hauskleid vor sich. Ihr Alter war in der tiefen Abenddämmerung schwer zu bestimmen.

»Haben Sie denn kein Dienstmädchen?«, erkundigte er sich, indem er seine Polizeimarke vorwies.

»Heute ist Samstag. Und samstagabends genießt unser Dienstmädchen volle Freiheit.«

Gesagt wurde das in einem Ton, in dem man mit dem Regierungskurs nicht ganz konforme politische Ansichten äußert.

»Ihr Familienname, Madame? Oder, entschuldigen Sie, Mademoiselle?«

»Madame Kukolewa. Wie denn das? Sie klopfen an einem Haus und kennen den Namen der Eigentümer nicht?«

»Was für eine angenehme Überraschung!«, rief Iwan Dmitrijewitsch. »Sie sind doch nicht etwa die Gattin Semjon Semjonowitsch Kukolews?«

»Ja…«

»Desselben?«

»Sie kennen meinen Mann?«

»Persönlich nicht, aber ich habe viel von ihm gehört. Er ist doch im Finanzministerium tätig?«

»Ja.«

»In unserer Zeit gehen Fragen der Staatswirtschaft alle an. Ich hoffe, Sie glauben nicht, dass bei der Polizei lauter Ignoranten arbeiten?«

»Dass mein Mann sich solcher Bekanntheit bei der Polizei erfreut, hätte ich wirklich nicht gedacht.«

Iwan Dmitrijewitsch wies mit dem Kopf auf die erleuchteten Fenster:

»Und er ist jetzt dort?«

»Wo sollte er sonst sein? Es ist schon spät.«

»Und wer ist noch bei Ihnen?«

»Niemand weiter.«

»Kinderchen haben Sie nicht?«

»Sie sind mit der Kinderfrau in der Stadtwohnung.«

»Tja, eine üble Sache ist das.«

»Was ist denn eigentlich los? Was wollen Sie?«

Iwan Dmitrijewitsch senkte seine Stimme:

»Nach unseren Informationen versteckt sich irgendwo in der Nähe ein entwichener Sträfling. Ein Mörder! Ein schreckliches Wesen, das sein menschliches Antlitz verloren hat.«

»O Gott!«, entsetzte sich Kukolewa.

»Wir überprüfen alle Häuser in der Nähe des Ochta-Tors,

und Sie haben, wie ich sehe, weder einen Hund noch ein Dienstmädchen. Er kann über den Zaun geklettert sein und sich in Ihrem Garten oder im Keller versteckt haben.«

»Kommen Sie herein, kommen Sie. Ich rufe meinen Mann.«

Einen Augenblick später erschien der ältere Kukolew. Er war eine Kopie seines jüngeren Bruders, nur verkleinert und wie eingetrocknet. In der Hand hielt er eine brennende Laterne. Iwan Dmitrijewitsch ging voran, die Eheleute folgten ihm. Sie stöberten im Fliedergebüsch am Zaun, sahen in der kleinen Küche im Hof nach, im Keller. Dabei hielt sich Semjon Semjonowitsch möglichst nahe am Haus und sagte von Zeit zu Zeit:

»Ach, diese Polizei! Schmiergelder nehmen sie, aber die Räuber laufen bei ihnen frei herum. Haben ihn wohl im Suff entkommen lassen!«

Seine Frau, das musste man ihr lassen, zeigte sich ungleich mutiger.

»Teufel nochmal!« Iwan Dmitrijewitsch schlug sich die Hand gegen den Kopf. »Dass ich das nicht bedacht habe!«

»Was ist denn?«, wollte der beunruhigte Kukolew wissen.

»Während wir hier herumsuchen, kann dieser Mensch in der Dunkelheit ins Haus eingedrungen sein. Die Tür steht offen …«

Sofort war ihm klar, dass er ein wenig übers Ziel hinausgeschossen war: Madame Kukolewa warf ihm einen argwöhnischen Blick zu. Offenbar erschien ihr die Geschichte mit dem flüchtigen Sträfling, der sich in ihrem Haus verkrochen haben konnte, nicht gerade überzeugend.

Gleichwohl schien es ratsam, das Sommerhaus von innen in Augenschein zu nehmen. Möglicherweise hatte Marfa Nikititschna ihn durchs Fenster gesehen und erraten, wer ihn herschickte, nun hielt sie sich versteckt, während die beiden

Eheleute eigene Gründe hatten, ihre Anwesenheit vor ihm zu verbergen. Sein Gefühl sagte ihm, dass man dieser Madam besser nicht aufs Wort glaubte, eingegangener Verpflichtungen aber pflegte sich Iwan Dmitrijewitsch auf redliche Weise zu entledigen. Zumal wenn sie bezahlt waren… Er stürmte die Vortreppe hoch. Ein Zimmer, das zweite, das dritte. Nichts.

Die Hausherrin lief ihm nach, schaffte es jedoch nicht, ihn zu stoppen.

»Fuu!«, sagte Iwan Dmitrijewitsch wie erleichtert. »Gott sei Dank keiner hier.«

»Ich habe auf der Marke Ihren Namen gelesen«, versetzte sie, »und morgen werde ich mich Ihretwegen erkundigen, Herr Putilin, und wegen des entflohenen Häftlings gleich mit, sofern es ihn überhaupt gibt. Wer hat Sie ausgeschickt, ihn in meinem Haus zu jagen?«

»Gnädige Frau! Um Ihrer Sicherheit willen…«

»Ich habe genügend Beziehungen, um morgen alles bei Ihren Vorgesetzten zu klären.«

»Morgen ist Sonntag.«

»Dann eben übermorgen. Ich fürchte, wir werden uns noch begegnen.«

»Ich werde mich glücklich schätzen«, erwiderte Iwan Dmitrijewitsch und zog sich hinters Tor zurück.

Er stieg in die Droschke, die hinter der Ecke auf ihn gewartet hatte, und machte sich den ganzen Rückweg Vorwürfe wegen seines übertriebenen Eifers. Das von dem jüngeren Kukolew erhaltene Geld drohte ihm statt Gewinn ernsthafte Verluste einzutragen. Für solche Sachen konnte man ohne weiteres aus seinem Dienst fliegen.

Auf sein Klingeln kam Jakow Semjonowitsch persönlich an die Tür.

»Wahrscheinlich ist Marfa Nikititschna zu ihnen in die

Stadtwohnung gefahren«, sagte er, nachdem er sich den Bericht angehört hatte.

»Wird von mir etwas verlangt?«

»Nein, danke. Dorthin kann ich auch selbst fahren, da mein Bruder mit seiner Frau auf der Datscha ist. Gute Nacht.«

ZWEITES KAPITEL

DAS ZEICHEN DER SIEBEN STERNE

I

Tags darauf, am Sonntag, erwachte Iwan Dmitrijewitsch in trüber Stimmung. Geschlafen hatte er getrennt von seiner Frau, die nicht gewillt gewesen war, ihm seine abendliche Abwesenheit nachzusehen, und auf seinem einsamen Lager quälte ihn der Gedanke an die zu erwartenden dienstlichen Unannehmlichkeiten noch mehr. Wozu auch dieser Übereifer?

Er zog sich an und ging ins Kinderzimmer, wo das Fensterbrett, der Tisch, das Bett seines Sohnes – alles beschmutzt war von dem frei im Zimmer umherflatternden Stieglitz. Wanetschka war darauf verfallen, den Käfig zu öffnen, um Fomka nicht länger der Freiheit zu berauben. Etwas Neues war das also nicht für Iwan Dmitrijewitsch, aber in seiner der Katerstimmung gleichenden Verfassung machte ihn dieser unmögliche Zustand rasend. Geschickt warf er ein Tuch über den Stieglitz, packte den armen Vogel und trug ihn zum Fenster. Auf der Stelle raus mit ihm aus der Wohnung! Wanetschka wurde wach, heulte los, stürzte zum Vater. Iwan Dmitrijewitschs Frau kam herbeigelaufen, anscheinend hatte sie über Nacht teilweise ihre Schuld eingesehen, denn entgegen aller Gewohnheit stellte sie sich auf die Seite ihres Mannes.

Vergeblich fiel Wanetschka, bloß im Hemdchen, auf die

Knie, schluchzte, fasste nach den Händen der Eltern. Weder Mutter noch Vater gaben seinem Betteln, seinen Tränen und seinen Schwüren nach, den Stieglitz nie, nie mehr aus dem Käfig herauszulassen. Der Schmutzfink Fomka wurde zur Verbannung verurteilt. Allerdings erbarmte sich Iwan Dmitrijewitsch seines Sohnes insoweit, als er ihm ein Zugeständnis machte: Er fand sich bereit, Fomka nicht in der Stadt, sondern in dessen natürlicher Umgebung freizulassen.

Nach einem freudlosen Frühstück nahmen sie den Käfig mit dem Stieglitz und machten sich in einer Droschke auf den Weg zu einem Wäldchen am Stadtrand. Wanetschka hatte sich beruhigt, vom heftigen Weinen quälte ihn aber noch der Schluckauf. Endlich erreichten sie den Ort, an dem Fomka die Freiheit geschenkt werden sollte. Der Wald war hier licht, eine Datschengegend. Von Raubvögeln, derentwegen Wanetschka sich Sorgen machte, keine Spur, Würmer gab es dafür ganz bestimmt. Zudem herrschte eine so milde Witterung, dass Mücken und Schmetterlinge wieder hervorgekrochen waren. In nächster Zeit drohte Fomka kein Hungertod. Als sie den Käfig öffneten, flog er munter heraus, zwitscherte noch etwas, was Wanetschka als Versprechen ewiger Erinnerung und Liebe deutete, und löste sich in der durchsichtigen Spätsommerluft auf.

Nicht lange, und Wanetschka tröstete sich mit einem Pilz, den sie fanden. Er ließ ihn für die Eichhörnchen stehen, die sich Vorräte für den Winter anlegen, als er aber noch einen entdeckte, machte er ihn ab und kehrte zu dem ersten zurück. Zum Hineintun hatten sie nichts als den Käfig. Nach einer halben Stunde enthielt er ein paar mürbe Milchlinge, zwei Täublinge und eine Rotkappe. Wanetschka war selig, doch dann stieß er sich den Fuß, wurde müde und quengelig, und zur Strafe wurde der gesamte Pilzschatz gnadenlos an den Wegrand gekippt.

»So, das hast du davon, dass du dich nicht benehmen kannst!«, sagte Iwan Dmitrijewitsch, während er die letzten Pilzreste aus dem Käfig schüttete. »Ab nach Hause!«

Er packte den ganz verstörten Wanetschka bei der Hand und zog ihn hinter sich her. Der schluchzte nur hin und wieder leise auf, während Iwan Dmitrijewitsch, dessen Zorn mittlerweile verraucht war, allmählich Zweifel an der Rechtmäßigkeit einer so harten Bestrafung kamen.

»Wieso benimmst du dich so?«, sagte er zunehmend verunsichert. »Schämst du dich nicht, dass du mich aus der Fassung gebracht hast? Wie kann man sich so aufführen, schäm dich was.«

Wanetschka schwieg, und Iwan Dmitrijewitsch räumte eine Stellung nach der anderen:

»Ich zum Beispiel schäme mich, dass ich mich nicht beherrschen konnte und aus der Haut gefahren bin. Ich weiß, dass ich Schuld habe. Und du? Schämst du dich nicht? Du hast mich dazu gebracht, die Selbstbeherrschung zu verlieren, ich schäme mich, und du schämst dich also nicht? Nein, Bruderherz, wir beide müssen eingestehen ...«

In einer Entfernung von vielleicht fünfzig Schritt bemerkte er am Waldrand zwei Gestalten, eine männliche und eine weibliche: Dieses Pärchen suchte etwas im Gras. Die Frau war offenbar nicht allzu sehr betrübt über den Verlust, sie stocherte träge mit ihrem Schirm herum, während der Mann sich hingehockt hatte und sorgsam mit den Händen die Erde abtastete. Nicht ohne Verwunderung erkannte Iwan Dmitrijewitsch in ihm den jüngeren Kukolew, der jetzt statt eines zu Boden gefallenen Geldbeutels oder Damentüchleins seine verschollene Mutter hätte suchen sollen.

»Hee!«, rief er dem Nachbarn von weitem zu. »Jakow Semjonowitsch!«

Die Frau stand mit dem Rücken zu ihm, halb verdeckt von

einem Baum, und er kam nicht dazu, sie richtig zu betrachten. Als sie seine Stimme hörte, huschte sie flugs ins Gebüsch.

»Was haben Sie denn da verloren?«, fragte Iwan Dmitrijewitsch im Näherkommen.

»Nichts weiter. Eine Fünfzig-Kopeken-Münze ist mir aus der Hand gefallen.«

»Das ist auch Geld. Soll ich Ihnen helfen?«

»Nicht nötig.« Kukolew kniff argwöhnisch die Augen zusammen. »Beobachten Sie mich schon lange?«

»Ich komme gerade erst hier entlang. Was ist, hat sich Marfa Nikititschna eingefunden?«

»Noch nicht.«

»Aber in der Stadtwohnung Ihres Bruders sind Sie gewesen?«

»Hören Sie mal, warum interessiert Sie das so?«

»Seltsame Frage, Jakow Semjonowitsch.«

»Nicht seltsamer als unsere Begegnung. Wie kommen Sie hierher?«

»Was finden Sie daran so verwunderlich? Ich mache einen Spaziergang mit meinem Sohn. Es ist Sonntag, da sind wir losgegangen Pilze suchen.«

»Wo wollen Sie sie denn hineintun? Ich sehe keinen Korb.«

»Sie können ja hier rein.« Iwan Dmitrijewitsch schwenkte Fomkas ehemaligen Kerker.

»Pflegen Sie immer mit einem Vogelkäfig Pilze suchen zu gehen?«

»Vielleicht fragen Sie noch, ob ich Wasser in einem Sieb trage. In diesem Käfig hat ein Stieglitz gesessen.«

»Und wo ist er jetzt?«

»Wir haben ihn freigelassen.«

»Um Platz zu machen für die Pilze?«

»Könnte man meinen. Aber natürlich …«

»Und Pilze haben Sie keine gefunden?«

»Doch, haben wir.« Iwan Dmitrijewitsch warf Wanetschka einen schrägen Blick zu. »Schöne Pilzchen haben wir gefunden.«

»Wo, entschuldigen Sie, sind sie dann?«

»Ich habe sie weggeworfen.«

»Sie haben schöne Pilzchen gefunden, wie Sie sagen, um sie wegzuwerfen?«

»Ja, es musste sein.«

»Damit Sie statt ihrer wieder den Stieglitz reinsetzen können, hinter dem Sie im Augenblick her sind. Ich verstehe.« Kukolew nickte. »Jetzt endlich haben Sie mir alles plausibel gemacht. Logik kann man Ihnen nicht absprechen. Jeder Schritt ergibt sich bei Ihnen leicht und natürlich aus dem vorhergehenden, und zusammengenommen sind sie einfach von verblüffender Zweckmäßigkeit.«

»Sie glauben mir nicht?«, sagte Iwan Dmitrijewitsch verwirrt.

»Würden Sie es denn an meiner Stelle?«

»Aber warum sollte ich Sie belügen?«

»Wer weiß. Gestern wollten Sie mir ja für ein rotes Scheinchen nicht glauben. Selbst fünfzig Rubel waren Ihnen zu wenig.«

Iwan Dmitrijewitsch lächelte:

»Sie hatten keine Zeugen.«

»Haben Sie denn welche?«

»Bitte schön, mein Sohn kann es bestätigen … Wanetschka, sag es Onkel Jascha.«

Doch Wanetschka senkte das Köpfchen und schwieg rachsüchtig, dachte gar nicht daran, ihm nach dem erfahrenen Leid irgendwie beizuspringen. Nicht umsonst hieß es, dass Wanetschka mit seinem Charakter nach dem Vater kam.

»Bringen Sie dem Kind nicht bei, die Unwahrheit zu sagen«, grinste Kukolew. »Sagen Sie lieber ehrlich, wer Sie beauftragt hat, mir nachzuspionieren.«

»Waaas?«

»Sagen Sie es, und ich gebe Ihnen mein Wort, dass es unter uns bleibt.«

»Jakow Semjonowitsch, Verehrtester …«

»Wenn Sie es nicht sagen, werde ich es schon herausbekommen. Umso schlechter für Sie.«

»Sie sind ja verrückt geworden!«, stieß Iwan Dmitrijewitsch wutentbrannt hervor.

Plötzlich fiel ihm die Lösung ein:

»Ganze fünfzig Schritt von hier, Jakow Semjonowitsch, da liegen sie.«

»Wer – sie?«, fuhr Kukolew auf.

»Wer wohl! Die Pilze, die ich weggeworfen habe.«

»Ah …«

»Gehen wir, wenn Sie es nicht glauben, zeige ich sie Ihnen.«

Kukolew nahm den Vorschlag gern an:

»Na schön, gehen wir.«

Er hatte sich schon die ganze Zeit wie ein Wachtelweibchen verhalten, das den Fuchs von seinem Nest weglockt: Während ihres Gesprächs hatte er beharrlich, wenn auch unauffällig versucht, Iwan Dmitrijewitsch möglichst weit von der Stelle wegzubekommen, wo die Frau mit dem roten Schirm ins Gebüsch geschlüpft war. Seitdem gab sie kein Lebenszeichen von sich.

»Gehen wir, gehen wir.«

Iwan Dmitrijewitsch führte ihn zu einer am Wegrand stehenden alten Birke mit hervortretendem Wurzelstock, neben der sie, wie er sich genau erinnerte, diese unglückseligen Pilze weggetan hatten, doch sonderbarerweise fanden sie sich hier nicht. Vom Winde verweht, lag vereinzelt grauer Pilzbruch da, doch den nahm Kukolew überhaupt nicht zur Kenntnis. In der Tat ließen sich diese kümmerlichen Spuren schwerlich als Beweis akzeptieren.

»Ist denn das die Möglichkeit!«, sagte Iwan Dmitrijewitsch irritiert, da er sich als Vollidiot vorkam.

»Na bitte«, brummte Kukolew.

»Wahrscheinlich hat sich jemand von den Datschenbesitzern bedient. Heute ist Sonntag und der Wald voll von ihnen.«

Die Vermutung lag nahe: Unweit auf einer Lichtung waren Hüte mit Bändern zu sehen, Kinderlachen klang herüber, doch Kukolew wollte all das nicht wahrnehmen.

»Pilze sind also nicht da, und nach Ihrem Stieglitz brauchen wir erst recht nicht zu suchen«, sagte er.

»Bei Gott, sie lagen hier. Wanetschka, sag es, Junge«, bat Iwan Dmitrijewitsch mit schmeichlerischer Stimme.

Sein Sohn schwieg, die Äuglein funkelten zornig unter den mütterlichen Brauen. Mit seiner Rachsucht kam er nach dem Vater, mit seinem Starrsinn nach der Mutter.

»Folgendes, Herr Putilin«, sagte Kukolew ruhig. »Sagen Sie, wer Sie ausgeschickt hat, mich zu beobachten, und wie viel Sie bekommen haben. Ich zahle Ihnen das Doppelte.«

Er zückte seine Brieftasche.

»Pfui Teufel!« Iwan Dmitrijewitsch spuckte entrüstet aus und packte Wanetschka bei der Hand.

»Das werden Sie noch bedauern!«, rief ihm Kukolew nach.

Iwan Dmitrijewitsch hielt inne, stemmte die Arme in die Hüften und versetzte:

»Ha! Was wollen Sie mir denn anhaben!«

Kukolew schnipste mit dem Fingernagel gegen die Brieftasche.

»Ihre Vorgesetzten könnten sich als nicht so prinzipienfest erweisen. Sie werden Unannehmlichkeiten bekommen.«

Der haute in die gleiche Kerbe! Eine nette Familie. Iwan Dmitrijewitsch zwang sich zur Ruhe.

»Was werden über die Polizei nicht alles für Verleumdungen verbreitet«, sagte er in treuherzigem Ton. »Bestechlich sind wir, und Trunkenbolde, und Faulpelze. Außerdem erzählt man, wir steckten mit den Kriminellen unter einer Decke, hätten Freunde unter den Dieben und Mördern. Wir vergnügten uns nachts in Diebesspelunken sogar selber mit Kartenspiel. Welcher vernunftbegabte Mensch wie Sie wird denn solchen Schwachsinn glauben! Wenn bei Ihnen zum Beispiel plötzlich ein Warenlager niederbrennt oder in der Nacht in Ihrem Schlafzimmer irgendein Kain mit einem Messerchen aufkreuzt, um Ihnen die Kehle durchzuschneiden, dann kommt Ihnen doch auch nicht in den Sinn, dessen die Polizei zu bezichtigen. Nicht wahr, Jakow Semjonowitsch? Was wollen Sie also von einem kleinen Polizeiagenten, der gänzlich auf die Gewogenheit seiner Vorgesetzten angewiesen ist?«

Sagte es und erschauerte. Als Wirkung dieser ihm durch das Gekränktsein entrissenen Worte glaubte er auf Kukolews Gesicht plötzlich den Stempel des Todes zu sehen. Einen Augenblick lang verzerrte und verstärkte er kaum merklich dessen Züge, bevor er sich im Sonnenglanz auflöste.

Überhaupt sind bei Tageslicht schicksalsträchtige Zeichen selbst für die schwer lesbar, die sich auf diese Geheimschrift verstehen. Der Herrgott verbirgt sie vor den Sterblichen. Dafür trachtet natürlich der Herrscher der Nacht, sie erkennbar zu machen.

Was sein Gesprächspartner und Nachbar in diesem Moment empfand, sollte Iwan Dmitrijewitsch nie erfahren.

»Das war ein Scherz, Jakow Semjonowitsch«, sagte er versöhnlich.

Kukolew gab keine Antwort. Schweigend drehte er sich um und ging zurück zu dem Gebüsch, hinter dem sich seine scheue Freundin versteckt hielt. Zwischen dem Gelb und Grün dort schimmerte ein weißes Kleid, dazu das leuchtende Rot ihres Schirms. Ein schmaler Streifen rote Seide, der sich Iwan Dmitrijewitsch gut einprägte.

II

Iwan Dmitrijewitsch machte sich mit Wanetschka auf den Heimweg. Seinen Sohn auszuschimpfen, hatte er kein Verlangen, ihm eine Standpauke zu halten schon gar nicht. Wanetschkas Verhalten ließ sich sowohl als Verrat wie auch, im Gegenteil, als Beweis bei einem Kind erstaunlicher Charakterstärke werten. Da er nicht wusste, welcher Variante er den Vorzug geben sollte, beschloss er, sich Zeit zum Nachdenken zu lassen.

»Zu Hause reden wir«, sagte Iwan Dmitrijewitsch.

Wie jedes sensible Kind hatte Wanetschka Bange vor einer aufgeschobenen Auseinandersetzung, doch im Moment machte die Drohung auf ihn keinen Eindruck. Er hüpfte den Weg entlang, sein blasses kleines Gesicht strahlte vor Glück. Iwan Dmitrijewitsch erschrak sogar: Sollte der Junge derart verdorben sein, dass er alles vergessen und so ausgelassen die Freude seiner Rache für den Stieglitz, für die weggeworfenen Pilze genießen konnte? Bald aber bemerkte er, dass Wanetschka seine rechte Hand zur Faust geballt hatte und sich hin und wieder umdrehte, um verstohlen etwas zu betrachten. Dort, in der kleinen schmutzigen Faust, verbarg sich eine Kostbarkeit, da lag das Glück, das das Gesicht seines Sohns zum Strahlen brachte.

»Was hast du denn da?«, wollte Iwan Dmitrijewitsch wissen.

Wanetschka presste die Finger noch fester zusammen. Er

duckte sich stumm und sah seinen Vater gehetzt an. Das Schicksal Fomkas und der Pilze stand ihm wieder in seinem ganzen Schrecken vor Augen.

»Was du da hast, habe ich gefragt!«

»Ich hab es nicht gemopst, Papi! Ich hab es gefunden.«

»Zeig her.«

»Und Sie nehmen es mir nicht weg?«

»Ich nehme es nicht weg. Zeig.«

»Bekreuzigen Sie sich, Papi«, sagte der Sohn angesichts der ihn überflutenden Erinnerungen mit leidvoller Stimme.

»Ich gebe dir das Wort eines Adligen«, versprach Iwan Dmitrijewitsch feierlich, jedoch ohne sich zu bekreuzigen.

Dieser Schwur griff den Ereignissen etwas voraus, denn den Adelstitel sollte er erst mit seinem nächsten Amt verliehen bekommen, zu dem er sich noch lange hinaufdienen musste.

Beeindruckt von diesem Eid, machte Wanetschka die Finger auf. In seiner Hand lag eine kleine glänzende Scheibe aus gelblichem Metall von der Größe und Stärke einer Fünfzig-Kopeken-Münze.

Iwan Dmitrijewitsch nahm sie und biss darauf. Das Metall gab nicht nach, obwohl er gute Zähne hatte.

»Gold?«, fragte Wanetschka hoffnungsvoll.

Um ihn nicht zu enttäuschen, ließ Iwan Dmitrijewitsch die Frage seines Sohnes unbeantwortet und sah sich das Fundstück genauer an. Auf der einen Seite war die Scheibe völlig glatt, auf der anderen trug sie eine nicht übel gemachte Prägung: sieben kleine Sterne, kellenförmig angeordnet wie beim großen Bären. Und den Rand entlang, wie bei einer Münze oder Medaille, die kreisförmige Inschrift: DAS ZEICHEN DER SIEBEN STERNE ÖFFNET DAS TOR.

»Wo hast du denn das gefunden?«

»Wo Sie sich mit Onkel Jascha unterhalten haben.«

»Und da sagst du, du hättest es gefunden.«

»Ehrenwort, Papi! Ich hab es gefunden!«

»Nein, Bruderherz! Wenn du etwas findest, was ein anderer verloren hat, und du weißt, wer es war, dann ist das genauso wie gestohlen.«

»Geben Sie es mir zurück«, sagte Wanetschka mit eisenharter Stimme, »Sie haben es versprochen.«

»Na schön.« Iwan Dmitrijewitsch ließ sich erweichen und gab seinem Sohn das Fundstück zurück. »Spiel einstweilen damit, und wenn du genug hast, bringst du es seinem Besitzer. Gut?«

»Mhm«, Wanetschka nickte.

Eine ganze Ewigkeit stand ihm zur Verfügung. Dass ihm so etwas Wunderbares irgendwann einmal über werden könnte, war völlig unvorstellbar.

»Bringst es Onkel Jascha«, fügte Iwan Dmitrijewitsch in heuchlerischem Ton hinzu, »und als Finderlohn schenkt er uns vielleicht einen halben Rubel.«

Dabei überlegte er mit Behagen, dass dieses kleine Spielzeug Kukolew wohl etwas teurer zu stehen kommen würde als einen halben Rubel. Zweifellos handelte es sich um keinen wertlosen Gegenstand, das Schicksal hatte ihm in der Partie gegen Jakow Semjonowitsch einen Trumpf in die Hand gespielt, und der würde sich hüten, gegen seinen Nachbarn zu intrigieren, der hinter dieses Geheimnis gekommen war. Er würde noch von sich aus etwas drauflegen. Das Zeichen der sieben Sterne öffnet das Tor. Was für ein Tor? Weshalb? Ein sonderbares Ding.

Iwan Dmitrijewitsch zwinkerte seinem Sohn verschwörerisch zu:

»Pass nur auf, dass du es selber nicht verlierst!«

Als die Erzählung an dieser Stelle angekommen war, wurde Safronow unruhig, was Iwan Dmitrijewitsch nicht entging.

»Ich spüre«, sagte er, »dass Sie mich etwas fragen wollen.«

Da Safronow die Impulsivität seines Gesprächspartners kannte, beschloss er, sich für alle Fälle rückzuversichern:

»Ärgerlich werden Sie nicht werden?«

»Nein, nein, fragen Sie.«

»Sie sprachen davon, dass den Stieglitz Fomka die Katze gerissen habe…«

»Ja, leider, der Ärmste hatte Pech.«

»Entschuldigen Sie, aber…«

»Was haben Sie denn für Bedenken?«

»Sie haben ihn also im Wald freigelassen, und von dort hat er in Ihre Wohnung zurückgefunden?«

»Ich bitte Sie, das ist doch ein Stieglitz und keine Katze!«

»Dann belieben Sie den Widerspruch aufzuheben. Ich für mein Teil zweifle nicht daran, dass Sie die Wahrheit erzählen, aber die Leser könnten sich weniger leichtgläubig zeigen.«

»Habe ich denn nicht davon gesprochen«, erwiderte Iwan Dmitrijewitsch lächelnd, »dass in unserem Haus zu jeder Zeit diverse Vögel gelebt haben? Ja, und alle hießen Fomka, so war das eben bei uns üblich. Eine Familientradition. Ein Papagei, ein Kanarienvogel, ein Star, zwei Stieglitze – und alle bekamen den Namen Fomka. Den einen Stieglitz habe ich mit Wanetschka freigelassen, und den anderen hat tatsächlich die Katze gerissen.«

»Und als Zweites«, sagte Safronow hart. »Als Sie über den Mord an dem österreichischen Militärattaché in Petersburg, Fürst von Arensberg*, erzählten, erwähnten Sie mehrfach Ihren dreijährigen Sohn Wanetschka.«

* Dieser Mord steht im Mittelpunkt der Handlung im ersten Band von Leonid Jusefowitsch Romantrilogie, erschienen unter dem Titel *Im Namen des Zaren.*

»Habe ich. Und?«

»Ludwig von Arensberg wurde 1871 ermordet. Richtig?«

»Völlig richtig.«

»Und die Geschichte, die Sie mir jetzt erzählen, hat sich etwa zwölf Jahre eher zugetragen. Bald nach dem Krimkrieg, wenn ich recht verstehe. Damals hatten Sie sich noch nicht einmal zum personengebundenen Adelstitel hochgedient.«

»Nun, nicht zwölf, da haben Sie wohl zu hoch gegriffen, aber sieben, acht Jährchen eher war es schon«, räumte Iwan Dmitrijewitsch ein.

»Sagen wir, sieben. Und Ihr Wanetschka war zu der Zeit, seinem Verhalten im Wald nach zu urteilen, etwa sechs Jahre alt. So ist es doch?«

»So ungefähr. Später wurde sein Charakter wesentlich sanfter.«

»Wir addieren also sechs und sieben«, Safronow grinste verschlagen, »und heraus kommt, dass er 1871 mindest dreizehn Jahre alt gewesen sein muss. Und nicht drei! Oder haben Sie mehrere Söhne? Und sie alle bekamen, wie die Stieglitze, denselben Namen?«

»Leider habe ich nur ein Kind. Die Übrigen sind im Säuglingsalter gestorben.«

»Dann müssen wir alles irgendwie auf einen Nenner bringen. Wenn zum Zeitpunkt des Mordes an von Arensberg Ihr einziger Sohn drei Jahre alt war, dann kann er nicht in dieser Geschichte auftauchen. Er war noch gar nicht auf der Welt.«

»Aber nein«, protestierte Iwan Dmitrijewitsch, »hier spielt er eine tragende Rolle, ohne ihn kommen wir einfach nicht aus. Lassen wir in jener Geschichte weg, dass er drei Jahre ist. Sagen wir einfach ohne genauere Angabe: Sohn Wanetschka. Alle Geschichten in unserem Buch werden chronologisch angeordnet, wenn die Leser es wollen, können sie überschlagen, wie alt mein Sohn im Jahre 1871 war.«

»Sie werden es überschlagen und sehr verwundert sein.«

»Warum?«

»Weil er bei Ihnen in jener Geschichte«, erinnerte ihn Safronow, »wie besessen dauernd einen Blechschmetterling am Stock durch die Wohnung fährt. Ein seltsames Spiel für einen dreizehnjährigen Jungen. Das wirft ja wohl Fragen auf.«

»Was tun? Streichen wir auch das mit dem Schmetterling, obwohl ich es, ehrlich gesagt, ungern tue. Schade drum. Ich möchte, dass mein Sohn in dem ganzen Buch ein kleines Kind bleibt.«

»Nun, den Schmetterling können wir ohne weiteres von der anderen Geschichte in diese herüberholen.«

»Zu spät«, seufzte Iwan Dmitrijewitsch. »Hier ist Wanetschka sechs Jahre, in dem Alter las er bereits Victor Hugo. Meine Frau hielt ihn dazu an. Es war ihr Lieblingsschriftsteller.«

III

Das Haus, in dem Iwan Dmitrijewitsch mit Frau und Sohn wohnte, stand abseits der lärmerfüllten Hauptstraßen, wenn auch nicht am äußersten Stadtrand. Es war ein ganz normales viergeschossiges Mietshaus mit zwei Aufgängen, gebaut wahrscheinlich vor etwa fünfzehn Jahren, zu einer Zeit, als Gebäude dieser Höhe in der Hauptstadt zwar keine Seltenheit mehr waren, aber doch noch als etwas Besonderes galten. Jetzt, in den Jahren des beginnenden Baufiebers, hatte das Haus seine Monumentalität weitgehend eingebüßt. Zudem war es unproportional flach, wie eine hochkant gestellte Konfektschachtel, und die Wohnungen hatten nicht die Tiefe und das sich verzweigende Ausmaß, das reichen Leuten lebensnotwendig erscheint. Die Korridore waren schmal, die Zimmer eng, die Öfen dafür unverhältnismäßig groß, sodass die wohlhabenderen Mieter sich schon nach kurzer Zeit etwas Besseres zu suchen pflegten. Von den alten waren nur zwei geblieben: Kukolew und Neihardt. Beide erfolgreiche Geschäftsleute, wohnten sie hier schon lange und hatten nicht die Absicht auszuziehen, opferten möglichen Komfort ihren Jugenderinnerungen. Beide waren weit über vierzig, und in diesem Alter sind Erinnerungen und Gewohnheiten schwer voneinander zu trennen. Dazu kam, dass sich Kukolew und Neihardt angesichts der restlichen Hausbewohner wie Könige fühlten, was in diesem Alter auch nicht gering zu veranschlagen ist. Kukolew wäre freilich nicht abgeneigt gewesen auszuziehen, doch Marfa Nikititschna lehnte sich dagegen auf.

Die Übrigen waren kleine Beamte wie Saizew oder Iwan Dmitrijewitsch selbst, der, vor zwei Jahren hier eingezogen, sein Zuhause einfach als luxuriös betrachtete. Seine Frau hatte sich gar der Tränen nicht erwehren können vor Glück, als sie zum ersten Mal über die Schwelle dieser Wohnung getreten war, die ihnen, zusätzlich zu allem anderen, noch ermöglichte, monatlich vier Rubel von dem Wohngeld einzusparen, das Iwan Dmitrijewitsch auf Grund seines Dienstes zustand. Im Herbst und im Winter wurde allerdings ein Großteil des so gesparten Betrages von den Holzkosten verschlungen: Die Öfen taugten zugegebenermaßen nicht viel.

Das Haus war in jenen Jahren gebaut worden, als in ganz Europa, von Gibraltar bis Petersburg, nahende Veränderungen ihre Schatten vorauswarfen. Schon gerieten Throne ins Wanken und mit ihnen Versmaße und Baustile. Die Damenröcke wurden kürzer, die Entfernungen kleiner, von den Schiffsmasten fielen die Segel, bei der Kohle stiegen die Preise, während sie beim Hanf sanken, und die Dichter hörten Reime dort, wo früher selbst das feinste Gehör nicht den geringsten Gleichklang vernommen hatte. Zu dieser Zeit also wuchs das Haus mit seinen drei Stockwerken in die Höhe, das dann Iwan Dmitrijewitsch samt seiner Familie aufnahm.

Der Architekt war offenbar ein Mann mittleren Alters gewesen. In einer Epoche des Stilumbruchs in der Kunst musste ihm alles Neue trivial und alles Alte pompös und langweilig erschienen sein, weshalb er auf alles gepfiffen hatte und ohne jeden Stil ausgekommen war. Der Bauherr hatte es ihm allem Anschein nach auch nicht zur Aufgabe gemacht, seinen Namen mit einem architektonischen Meisterwerk Ruhm zu verschaffen. Einzig und allein darauf bedacht, möglichst viele Mieter in das Gebäude hineinzupferchen, hatte er es vorgezogen, sein Geld statt für Verzierungen für einen dritten Stock auszugeben.

So hatte das Haus eine schmucklose Fassade bekommen und ein ganz gewöhnliches Dach ohne Türmchen. Nirgends irgendwelche Erker, Basreliefs, Löwenmäuler mit Nasenringen, Köpfe mit Myrtenkränzen. Eine gewisse Extravaganz verriet allenfalls die Anlage der Dachfenster. Zudem war über den beiden Hauseingängen etwas Stuckartiges, Alabasternes mit Blütenblättern in das Mauerwerk eingefügt.

Das Haus gehörte einem Industriellen aus Reval, der es dem Moskauer Kaufmann Shigunow verpachtet hatte und der wiederum einem Petersburger Geschäftsmann mit südlichem Blut und dem Namen Karajew-Bek, dessen legitime Interessen ein Jude vertrat, der sich hatte taufen lassen, um in den Metropolen wohnen zu dürfen. Weder den Ersten noch den Zweiten, noch den Dritten, noch den Vierten hatte

Iwan Dmitrijewitsch je zu Gesicht bekommen. Es waren geradezu mythische Figuren. Im Übrigen wurde gemunkelt, dass auch der Jude nicht der Letzte in der Kette war, er hatte seine Vertrauten. Und über dem Revaler Industriellen stand auch noch jemand. Das Haus gehörte ihm dem Vernehmen nach nur auf dem Papier, der eigentliche Besitzer war angeblich sein Gläubiger, ein britischer Staatsangehöriger, der nach Indien ausgereist war und von dort über alle Stufen genaue Anweisungen für die Entlohnung des Hausmeisters erteilte.

Mit einem Wort, beide Enden dieser Treppe verloren sich hoffnungslos im Nebel, aus dem einmal im Monat ein flinker Bursche von rein Rjasaner Äußerem trat, um die Miete zu kassieren. Er war streng, gewährte jedoch bereitwillig Aufschub, zuzüglich zehn Prozent Zinsen monatlich zugunsten all der zahllosen Hauseigentümer plus weitere zehn Prozent, die er bekam. Lediglich Neihardt und Kukolew hatten nichts mit ihm zu tun. Diese beiden waren vor undenklichen Zeiten Eigentümer ihrer Wohnungen geworden.

Nicht verwunderlich, dass bei so schwierigen Besitzverhältnissen das Haus mehr und mehr herunterkam: Die Regenrohre rosteten und zerfielen, die Schornsteine versotteten, vom Dach floss es auf die Fassade, und die Wände herab schlängelten sich hässliche Wasserspuren. Stellenweise begann sich der Putz zu lösen. Das Haus verlangte längst nach Instandsetzung, doch offensichtlich kamen aus Indien keinerlei Anordnungen, möglicherweise gingen sie irgendwo unterwegs verloren.

Iwan Dmitrijewitsch musste wieder einmal daran denken, als er nach glücklicher Beendigung des sonntäglichen Ausflugs mit Wanetschka in einer Droschke an ihrem Hauseingang vorfuhr. Unterwegs war Wanetschka eingeschlafen und kam nur mühsam wieder hoch. Jetzt war er schläfrig, warm und folgsam. Iwan Dmitrijewitsch hieß ihn zur Mama laufen, während er selbst durch den anderen Eingang zum dritten Stock hochstieg und klingelte. Hier wohnte Selenski, Lateinlehrer an einem Mädchengymnasium, Kenner aller toten Sprachen und aller in diesen Sprachen geschriebenen heiligen Bücher. Er hatte seinem Nachbarn schon einmal geholfen, als er ihm aus dem Althebräischen die Korrespondenz zweier Falschmünzer übersetzte, die das Idiom ihrer Urahnen als für die Polizei nicht entschlüsselbare Geheimschrift benutzten.

Die Tür öffnete die Köchin, der Herr sei nicht zu Hause, sagte sie. Iwan Dmitrijewitsch bat um ein Blatt Papier und hinterließ Selenski eine Nachricht folgenden Inhalts:

Sehr geehrter Sergej Bogdanowitsch!
Untertänigst bitte ich Sie, so bald als möglich eine Gelegenheit zu finden, mir darüber Auskunft zu geben, ob in den Büchern der Heiligen Schrift, im Alten oder Neuen Testament, folgender Satz vorkommt: DAS ZEICHEN DER SIEBEN STERNE ÖFFNET DAS TOR, und wenn ja, das Buch anzugeben, dem er entstammt, Kapitel und Vers.
Hiermit verbleibe ich Ihr ergebener Diener und Nachbar
Putilin Iwan Dmitrijewitsch.

DRITTES KAPITEL

DAS HAUS DER BEGEGNUNGEN

I

Kaum dass Iwan Dmitrijewitsch am Montagmorgen im Dienst erschien, trat Fedja Schitkowski, ebenfalls Polizeiagent, und zwar einer der Besten, auf ihn zu. Eine Zeit lang hatten sie um den Ruhm des Allerbesten gewetteifert, doch Schitkowski war unterlegen. Es zeigte sich, dass er zu schwach auf der Brust war, um sich gegen Iwan Dmitrijewitsch zu behaupten. Zwei Jahre war es ihm gelungen, sich in zweiten Rollen zu halten, jetzt aber trat er, wie es ehrgeizigen Leuten nach einer Niederlage mitunter ergeht, immer weiter in den Schatten der Unbekanntheit, ja beinahe des Einsiedlerdaseins zurück, sofern man das von einem Polizeiagenten sagen kann. Iwan Dmitrijewitsch wusste allerdings, dass Schitkowski eifersüchtig seine Erfolge beobachtete und sich die Gelegenheit, seinem glücklichen Rivalen etwas zu vermasseln, nicht entgehen lassen würde.

»Schläfst lange, Wanja«, sagte Schitkowski. »Die Obrigkeit sucht dich.«

»Kann ruhig warten«, erwiderte Iwan Dmitrijewitsch und überlegte, wer es wohl geschafft hatte, ihn zuerst anzuschwärzen, Jakow Semjonowitsch selbst oder dessen Schwägerin.

»Es kursiert das Gerücht, dass man einen lukrativen Fall für dich reserviert hat. Willst du mich nicht als zweiten Mann nehmen? Aus alter Freundschaft. Hm, Wanja?«

Wäre es ein anderer gewesen, der ihm das sagte, hätte sich Iwan Dmitrijewitsch nichts dabei gedacht, doch von Schitkowski war nichts Gutes zu erwarten. Der höhnte nur.

»Du kannst mich mal!«, sagte Iwan Dmitrijewitsch.

Da kam schon ein anderer Agent angelaufen, Gaipel, der dieselbe Neuigkeit für ihn hatte: Du wirst gesucht.

Das war ein unzuverlässiger junger Mann, ein ehemaliger Student, spindeldürr und beschränkt. Die Anstellung bei der Polizei hatten ihm Verwandte verschafft und ihm geholfen, die unteren Dienststufen einfach zu überspringen, sodass er schon in kürzester Zeit Iwan Dmitrijewitsch gleichgestellt war, dem nie jemand geholfen hatte.

Gaipel selbst war diese Ungerechtigkeit freilich bewusst. Er verehrte Iwan Dmitrijewitsch als Dienstälteren, scheute sich nicht, ihn vor allen um Rat zu fragen, und betonte ihm gegenüber ständig, ja übertrieb sogar seine Unerfahrenheit und schlechte Lebenskenntnis. Zu seinen Pflichten gehörte die Kontrolle der Prostituierten. Ermittlungen bei Verbrechen, in die das horizontale Gewerbe verwickelt war, wurden Gaipel übertragen, und auf diesem Gebiet besaß Iwan Dmitrijewitschs Unterstützung wahrhaft unschätzbaren Wert. Hier ließ er sich von der alten Regel leiten: Wenn der Mann schießt, lädt ihm die Frau das Gewehr. Diese Regel ließ verschiedene Interpretationen zu, von der schlüpfrigen bis zur buchstäblichen.

»Gehen Sie, gehen Sie«, drängte ihn Gaipel. »Man hat schon jemanden zu Ihnen nach Hause geschickt.«

»Worum handelt es sich denn, hast du nichts gehört?«, wollte Iwan Dmitrijewitsch wissen, nachdem er mit ihm außer Hörweite Schitkowskis gegangen war.

»Irgendein Kaufmann ist im Hotel vergiftet worden.«

»Und das ist alles?«, sagte Iwan Dmitrijewitsch, gleich fröhlicher geworden.

»Vergiftet hat man ihn, den Krämer«, bekräftigte Gaipel im gleichen fröhlichen Ton.

»Und was freust du dich da so?«

»Nach mir hat man auch gesucht«, sagte Gaipel, den die Vorgesetzten selten mit ihrer Aufmerksamkeit verwöhnten.

»Wozu brauchen sie dich denn?«

»Das ist ein bekanntes Hotel, Iwan Dmitrijewitsch, das ›Arkadia‹. Weniger ein Hotel als ein Freudenhaus. Und das fällt schließlich in meine Zuständigkeit.«

Bevor Iwan Dmitrijewitsch mit der absichtlichen Förmlichkeit des selbstbewussten Fachmanns an der Tür seines Vorgesetzten klopfte, erkundigte er sich:

»Ist der Name des Kaufmanns genannt worden?«

Während sie den Korridor entlanggingen, ließ ihn eine Ahnung erschauern, und als der Name fiel, verwunderte er sich nicht im Geringsten. Das Zeichen der sieben Sterne öffnet das Tor. Das Tor des Todes? Es war aufgegangen, um Jakow Semjonowitsch einzulassen, und hatte sich wieder geschlossen.

Eine Stunde später fuhren Iwan Dmitrijewitsch und Gaipel, der ihm als Assistenten beigegeben worden war, in einer Kutsche mit Dienstpferden vor dem Hotel »Arkadia« vor.

Sie betraten die Halle, der Hotelbesitzer begrüßte sie – hier lang, bitte schön. Er wies zur Treppe, auf der ein Läufer, unten an den Stufen mit blank polierten Messingstäben befestigt, durch ein stuckverziertes Portal mit Palmenkübeln in den Gang des ersten Stocks hinaufführte. Etwas Schamloses hatte sie an sich, diese Verbindung von haarigen gedrungenen Stämmen mit zarten Stängeln. Darüber Efeu, irgendwelches exotisches Geschlinge mit Lianen. Ringsum Stille. Ein ausgestorbener, vom Dschungel eroberter Palast eines gestürzten Maharadschas, wo in Haremsruinen, an ausgetrockneten Springbrunnen mit Katzengeschrei Affen kopulieren.

Iwan Dmitrijewitsch wusste nicht, welcher Konfession die Maharadschas angehörten und wie sie es mit der Polygamie hielten, doch zu erkennen, dass Atmosphäre und Zweckbestimmung des Hotels nicht seinem Namen entsprachen, dazu reichte seine Bildung. Er hatte eine vage Vorstellung von Arkadien als einem Land der Eichenwälder und kristallklaren Quellen, mit deren Wasser zarte Nymphen ermüdeten Wandersleuten die Füße wuschen. Ein Hort stiller Ruhe, reiner Wonne, eines anspruchslosen bukolischen Glücks.

In diesem »Arkadia« wehte der Geist gänzlich anderer Genüsse. Überall falsches Gold, Alabasterstuck, Draperien aus Plüsch, der sich als Samt ausgab. Es war noch der alte Luxus, dennoch vermerkte Iwan Dmitrijewitsch, dass dieses Haus wohl kaum von irgendwelchem lotterigem Volk vom Apraxin-Markt frequentiert werden dürfte.

»Nein, Bruderherz, das fällt nicht in deine Zuständigkeit«, flüsterte er Gaipel zu.

»Schicken Sie mich nicht weg!«, beschwor ihn dieser. »Ich werde alles tun, was Sie mir auftragen!«

Das Hotel war klein, mit Obergeschoss. Gut ein Dutzend Zimmer.

»Ich habe sogar davon abgesehen, erst einmal einen Schutzmann zu holen«, sagte der Hotelbesitzer, während sie die Treppe hinaufstiegen. »Bin gleich zu Ihnen, ins Revier. Aber tun Sie mir den Gefallen – ohne Aufsehen. Für meinen Ruf kann nichts schlimmer sein.«

Er hatte bereits in Iwan Dmitrijewitsch den Dienstälteren erkannt, und ohne seinen Redefluss zu unterbrechen, schob er ihm einen Silberrubel in die Hand, der wortlos angenommen wurde, ohne Dank und irgendwelche Versicherungen und Versprechungen.

Sie blieben vor einem Zimmer am hinteren Ende des Flurs stehen. Der Hotelbesitzer steckte den Schlüssel ins Schlüsselloch, doch Iwan Dmitrijewitsch hielt ihn zurück:

»Die Besichtigung eilt nicht. Zunächst möchte ich Sie anhören.«

»Nun, dann fragen Sie.«

»Besser, Sie erzählen selbst alles der Reihe nach.«

»Ich weiß gar nicht, wo ich anfangen soll.«

»Fangen Sie am Ende an«, schlug Iwan Dmitrijewitsch vor.

»Sie belieben zu scherzen?«

»Keineswegs. Wie haben Sie festgestellt, dass Kukolew tot ist?«

»Das Zimmermädchen hat ihn tot aufgefunden.«

»Wann?«

»Am Morgen. Genau um neun.«

»Wie, Sie haben sofort auf die Uhr gesehen?«

»Nein, das hängt so zusammen. Jakow Semjonowitsch übernachtete ja nicht zum ersten Mal bei mir.«

»Nicht zum ersten Mal?«

»Auch nicht zum zweiten und zum dritten Mal. Und immer, da war er ganz eisern, wurde ihm am Morgen auf dem Zimmer ein weich gekochtes Ei serviert. Punkt neun, auf die Minute. Getrunken hat er, aber dass er früh einen Katerschluck gebraucht hätte – niemals. Am Morgen wollte er sein Ei haben. Und zwar nicht irgendwie gekocht. Bei mir weiß auch der Koch, was verlangt wird, Jakow Semjonowitsch hat es ihm selbst beigebracht. Ins kalte Wasser legen, aufs Feuer stellen, sobald das Wasser zu kochen beginnt, zweimal das Vaterunser beten und sofort herausnehmen. Weder eher noch, behüte Gott, später. Dann ist es haargenau so, wie er es haben möchte. Sonst schlägt er das Ei auf, verzieht das Gesicht und sagt: ›Hast es wohl eilig, du Schuft?

Verschluckst das Amen?‹ Ist also schlecht getroffen, zu flüssig. Oder umgekehrt ...«

»Geht es vielleicht kürzer?«, fragte Iwan Dmitrijewitsch.

»Jawohl ... Also, wir kochen heute das Ei, legen es aufs Tablett, dazu ein Löffelchen, ein Gläschen, mit einer Serviette abgedeckt. Er aß sein Ei ohne Salz. Das Zimmermädchen trägt es ins Zimmer. Sie weiß auch, dass es zu neun sein muss – wie ein Kanonenschuss. Die Uhr schlägt, sie steht schon an der Tür. Klopft, niemand öffnet. Dass er um neun schläft, ist noch nie vorgekommen. Sie geht mich holen – ich hin. Die Tür öffne ich mit meinem Schlüssel und ... Was soll ich weiter erzählen! Sie werden es selbst sehen.«

»Ist ein Arzt da gewesen?«, wollte Iwan Dmitrijewitsch wissen.

»Aber ja, von Ihnen, aus dem Spasski-Revier. Tot, sagt er.«

»Kramer war hier«, warf Gaipel ein.

»Mhm«, der Hotelbesitzer nickte, »er wurde aus dem Bett geholt, anschließend ging er erst mal frühstücken.«

»Wann hat Jakow Semjonowitsch das Zimmer bestellt? Gestern?«

»Vorgestern. Am Sonnabend.«

»Und hergekommen ist er gestern Abend?«

»Ja, nach zehn.«

»War er allein?«

»Allein kann man sich auch zu Hause ordentlich ausschlafen.«

»Ich möchte wissen, ob die Dame nachkam, ihn im Zimmer erwartete oder ob sie zusammen hier erschienen sind.«

»Sie war vor ihm da.«

»Ist Jakow Semjonowitsch bereits vorher mit ihr bei Ihnen gewesen?«

»Das kann ich nicht sagen.«

»Was heißt – können Sie nicht?«

»Ich habe nicht gesehen, wie sie das Haus betrat.«

»Und wer hat es gesehen? Der Portier? Das Zimmermädchen?«

»Das ist es ja, dass sie niemand gesehen hat.«

»Wie kann das sein?«

»Keine Menschenseele«, sagte der Hotelbesitzer schuldbewusst.

»Wenn es so ist, Verehrtester, dann müssen wir uns anderenorts unterhalten.«

»Bitte sehr, ich werde wo auch immer dasselbe sagen, selbst unter Eid. Niemand hat bemerkt, wie sie nach oben gegangen ist. Jakow Semjonowitsch hat sich den Schlüssel schon am Sonnabend geholt und ihn ihr offenbar übergeben. Wie sie es geschafft hat, unbemerkt am Portier vorbeizuschlüpfen, das ist ein großes Rätsel.«

Der Portier wurde herbeigeholt, doch auch er schwor, Jakow Semjonowitschs Geliebte nicht gesehen zu haben. Die Dämchen seien zusammen mit den Herren an ihm vorbeigegangen, aber dass eine allein, ohne Kavalier, das Hotel betreten hätte, nein, das habe es nicht gegeben.

»Und gegangen ist sie allein?«

Es stellte sich heraus, dass auch beim Verlassen des Hotels alle in Begleitung ihrer Kavaliere gewesen waren.

»Da muss sie wohl eine Tarnkappe aufgehabt haben«, sagte Gaipel.

»Woher wissen Sie denn«, fragte Iwan Dmitrijewitsch, zum Hotelbesitzer gewandt, »dass Kukolew in der Nacht mit einer Frau zusammen gewesen ist?«

»Das Zimmermädchen hat ihre Stimme gehört.«

Das herbeigeholte Zimmermädchen sagte, ja, irgendwann nach Mitternacht habe sie im Zimmer zwei Stimmen gehört, eine männliche und eine weibliche.

»Haben Sie an der Tür gelauscht?«, fragte Iwan Dmitrijewitsch.

»Nicht doch! Bei uns in der Kammer hört man Stimmen aus diesem Zimmer durch den Schornstein. Was gesprochen wird, ist nicht zu verstehen, aber dass da ein Mann ist und eine Frau, das hört man.«

»Gesehen hast du sie also nicht?«

»Nein. Weder wie sie hereingekommen noch wie sie hinausgegangen ist!«

»Was für ein Teufelsspuk. Wo ist sie denn abgeblieben?«

»Ich überlege schon selber«, pflichtete ihm das Zimmermädchen bei. »Ob es ihr gelungen ist, uns irgendwie abzulenken?«

»Na schön.« Iwan Dmitrijewitsch gab es auf und verschob dieses Rätsel auf später. »Öffnen Sie die Tür.«

II

Als sie ins Schlafzimmer traten, rutschte Gaipel auf etwas Flüssigem und Klebrigem aus und wäre, als er entsetzt den Fuß zurückriss, beinahe gestürzt. Er glaubte, in eine Blutlache getreten zu sein, doch was da lag, war das weich gekochte Ei. Beim Anblick des Toten am Morgen hatte das Zimmermädchen das Tablett fallen lassen, das Ei war aufgeplatzt und das Eigelb auf dem Fußboden ausgelaufen.

Iwan Dmitrijewitsch nahm den Zylinder ab und bekreuzigte sich, die Übrigen taten dasselbe. Gaipel ging zum Fenster, öffnete es, schätzte den Abstand zur Erde ab und sagte:

»Zu hoch zum Runterspringen. Erst recht für eine Dame.«

Das Fenster lag nach der Straße, über der, wie schon gestern, ein friedlich blauer Himmel strahlte.

Ein Gehrock hing am Kleiderständer in der Ecke, eine cremefarbene Seidenweste lag über eine Sessellehne geworfen, die restlichen Kleidungsstücke, in denen der Tote hergekommen war, hatte er noch an, einschließlich Socken, Hosenträger und Krawatte, die so stark gelockert war, dass man sie auch über seine Füße hätte abstreifen können. An denen trug er schicke, akkurat geschnürte Stiefeletten.

Jakow Semjonowitsch lag bäuchlings auf dem Bett, den Kopf in das zerknautschte Kissen gewühlt, auf dem große Speichelflecken zu sehen waren und an einer Stelle etwas eingetrocknetes Erbrochenes. Mehr hatte er nicht herausgebracht, sonst wäre er womöglich gar nicht gestorben. Beim Betrachten seiner weit gespreizten Beine auf der zerdrückten Bettdecke wäre niemand darauf gekommen, dass das eine kürzer war als das andere wie bei dem nackten Zecher auf der Lithographie mit den Teufeln. Das eine Hosenbein war hochgerutscht, sodass es den halben Unterschenkel entblößte, ein Arm auf unnatürliche Weise verrenkt, der andere hing fast bis zum Fußboden herab. Ach, Nachbar, Nachbar!

»Soll ich ihn auf den Rücken drehen?«, bot Gaipel an.

»Nicht nötig«, erwiderte Iwan Dmitrijewitsch und ging zu dem Tischchen, das neben dem Bett stand. Es war voll gestellt mit Obst, Konfekt, Törtchen und zwei grünen Flaschen – mit Kognak und mit Jerez –, dazu kamen kleine Teller und Messer, Rosen in einer schmalhalsigen Vase, die sich für jenen Kranich bestens zum Bewirten des Fuchses geeignet hätte, sowie diamanten funkelnde Schnapsgläser und zwei Weingläser. Serviert hatte man für zwei Personen, eine davon war selbstverständlich eine Frau gewesen.

»Wann ist das alles ins Zimmer gebracht worden?«, wollte Iwan Dmitrijewitsch wissen.

»Schon am Abend«, sagte der Hausherr. »Jakow Semjonowitsch verlangte immer, dass bei seinem Eintreffen alles vorbereitet sei.«

Wie auch bei ihm zu Hause war hier von Aschenbechern nichts zu sehen. Ein einzelner Apfelgriebs lag, schon dunkel verfärbt, einsam auf einem Teller. Überhaupt sah man, dass das Liebespaar nicht viel Zeit mit dem Mahl verbracht hatte. Jemandes Fingerchen hatten träge Gebäck zerkrümelt, ein Mandarinenscheibchen abgelöst, eine Weinbrandkirsche ausgewickelt und dann liegen gelassen – das war schon das ganze Gelage. Offenbar wollte man sich später stärken, nachdem man sich tüchtig ausgearbeitet hatte, doch dazu schien es gar nicht gekommen zu sein, sonst hätte Kukolew nicht nur Rock und Weste ausgezogen. Kaum anzunehmen, dass er, von Leidenschaft entbrannt, sich einfach nicht die Zeit genommen hatte, seine Stiefeletten aufzuschnüren.

Die Flaschen waren zwar geöffnet, aber fast noch voll. Von dem Kognak hatten sie nur genippt, von der zweiten Flasche etwas mehr getrunken. Auf dem Grund der Gläser waren goldfarbene Weinreste eingetrocknet. Iwan Dmitrijewitsch schnupperte an dem einen – Jerez, beim zweiten stellte er neben dem edlen Weingeruch noch etwas Fremdartiges fest – geheimnisvoll, verbrecherisch.

»Genau, genau«, sagte der Hausherr.

»Gift?«, fragte Gaipel, wie trunken von seinem eigenen Scharfsinn. »Hat sie ihm welches in den Wein geschüttet?«

»Kluger Kopf!«, lobte ihn Iwan Dmitrijewitsch.

»Dieses Dämchen«, sagte der Hotelbesitzer, »ist irgendwoher gekommen und irgendwohin verschwunden …«

»Er hat sicher vor seinem Tod geschrien. Dass Sie das nicht gehört haben?«

»Oh, Herr Kriminalist, bei uns hier wird geschrien und gekreischt und gestöhnt und gegrunzt. Wir achten gar nicht mehr darauf, haben uns daran gewöhnt.«

Unterdessen betrachtete Gaipel ehrfürchtig das Bett, auf dem der Tote lag. Das war in der Tat sehenswert. Geräumig, auf massiven Füßen, erinnerte es an einen gigantischen Kasten ohne Deckel. Die verspiegelten Wände ragten gut eineinviertel Meter über der Bettfläche auf und verschafften dem, der diesen Luxus bezahlte, den zusätzlichen Genuss, während des Beischlafs sich und seine Bettgenossin aus jeder Position begucken zu können. Drei Wände waren hochgeklappt, während die vierte, zum Tischchen mit dem Wein und den Früchten hin, samt Halterung herunterhing. Darin spiegelten sich Gaipels Beine in ungeputzten Stiefeln und die Eispuren auf dem Fußboden. Diese Wand wollte Kukolew offenbar hochklappen und einhängen, sobald er sich mit seiner Freundin in dem Kasten befand.

»Ein hübsches Bettchen«, meinte Iwan Dmitrijewitsch.

»Es ist ja auch nicht billig«, meinte der Hotelbesitzer, der es vorzog, an der Tür zu bleiben.

Für Liebesfreuden geschaffen, war dieses Bett für Jakow Semjonowitsch zum Todeslager geworden. Zwischen den Spiegeln lag er wie in einem Kristallsarg.

In den Jahren seines Polizeidienstes hatte Iwan Dmitrijewitsch Dutzende von Leichen zu sehen bekommen, es nach Möglichkeit jedoch vermieden, sie zu berühren, vor allem mit bloßen Händen. Er hockte sich neben Kukolew, um dessen halb im Kissen vergrabenes Gesicht zu betrachten. Zu sehen waren lediglich seine verwirrten Haare an der Schläfe, ein geschlossenes Auge und ein Nasenloch.

Iwan Dmitrijewitsch registrierte automatisch, dass an der rechten Hand, die vom Bett herabhing, wohl etwas fehlte. Aber was? Der Ehering? Nein. Plötzlich ging es ihm auf: der Verband! Der Verband war nicht dran. Nach Kukolews Aussage hatte er sich mit kochendem Wasser verbrüht, doch der rechte Handrücken trug keinerlei Anzeichen von Verbrühung: Die Haut war heil, offensichtlich alt, nicht rosigzart, kindlich, wie sie unter aufgeplatzten Blasen hervorkommt.

Um sein Taschentuch mit dem von seiner Frau gestickten Monogramm zu schonen, zog Iwan Dmitrijewitsch den Lakenrand hoch, griff damit nach der herabhängenden rechten Hand des Toten, drehte sie um und stellte fest, dass Jakow Semjonowitsch ihm vorgestern die Wahrheit gesagt hatte, wenn auch nicht die volle. Er hatte sich verbrannt – und das vor kurzem –, nicht verbrüht. Weder Wasser noch eine andere siedende Flüssigkeit hätte solche Spuren hinterlassen können.

Zwei fast gleichmäßige rote, zum Teil verkrustete Linien zogen sich quer über den Handteller. Die eine durchschnitt den Ballen unterhalb des Daumens am so genannten Venusberg, die zweite führte am Mittel- und am Ringfinger über das zweite sowie am kleinen Finger und am Zeigefinger jeweils über das dritte Glied. Nach dem ersten Eindruck verliefen die Linien parallel, doch bei genauerem Betrachten wurde deutlich, dass sich der Abstand vom Daumen zum kleinen Finger hin verringerte. Anscheinend hatte Jakow Semjonowitsch ein glühend heißes längliches Stück Eisen angefasst.

Sofort sah Iwan Dmitrijewitsch wieder das in Kukolews Wohnzimmer hängende Aquarell mit dem Ritter und dem Herrn mit Melone, der übrigens seinem Besitzer ähnelte, vor sich. Er musste nichts ahnend seinem in die Rüstung eingeschlossenen Gast die Hand gereicht, jedoch kaum dass er den eisernen Handschuh ergriff, seine unmenschliche Hitze verspürt haben. Diesen Moment hatte der Maler festgehalten. Mit gequältem Lächeln bemühte sich Kukolew noch, seine Würde zu bewahren und den höllischen Schmerz auszuhalten, dann aber, nach dem auf dem Bild dargestellten

Augenblick, verzerrte sich sein Gesicht zu einer Grimasse des Entsetzens und unerträglicher Qual. Ebenjener, mit der er jetzt in seiner spiegelnden Falle lag.

Pfui Teufel! Iwan Dmitrijewitsch schüttelte den Kopf, um dieses grässliche Bild zu verscheuchen.

Er ging um das Bett herum. Plötzlich sprang ihm etwas ins Auge, was neben dem Toten lag und ihm das Herz bis in den Hals hämmern ließ. O Gott, und mit diesem Ding spielt Wanetschka? Wegnehmen, gleich heute, und fort damit! Vorsichtig, mit einem geradezu abergläubischen Ekelgefühl griff Iwan Dmitrijewitsch das bekannte gelbe Scheibchen vom Bett. Kurz hochgeworfen und aufgefangen, zeigte das Metallstück, was zu erwarten war: den Großen Bären und kreisförmig darüber die Worte, die wie eine Beschwörungsformel klangen. Sie blitzten in Iwan Dmitrijewitschs Hirn auf, ehe seine Augen sie lasen: DAS ZEICHEN DER SIEBEN STERNE ÖFFNET DAS TOR.

Wieder fiel ihm dieser Ritter ein, hinter dem die Haustür offen stand und am Nachthimmel bedrohlich jene sieben Sterne funkelten. Iwan Dmitrijewitsch presste seine Faust so fest zusammen, dass sich die Fingernägel in die Haut bohrten wie gestern bei Wanetschka.

Gaipel schaffte es, ihm über die Schulter zu blicken.

»Können Sie sich denken, was das ist?«, fragte er leise.

»Nein. Weißt du es?«

»Das ist ein Freimaurerzeichen.«

»Was hast du mir versprochen?«, erinnerte ihn Iwan Dmitrijewitsch ebenso leise.

»Was?«

»Alles zu tun, was ich dir auftrage.«

»Und was soll ich tun?«

»Den Mund halten.«

Sie traten wieder auf den Flur hinaus.

»Haben Sie ein Buch, in das Ihre Gäste eingetragen werden?«

»Das schon…«, sagte der Hotelbesitzer verlegen.

Der Portier brachte ein dickes Buch von amtlichem Format mit Schnur und Siegel. Einmal monatlich wurde es von Bezirksaufseher Budjagin kontrolliert, was er mit seiner Unterschrift auf jeder dreißigsten Seite bestätigte. Dieser Namenszug kostete den Besitzer des »Arkadia«, wie leicht vorstellbar war, nicht nur ein Glas Wodka. Fast alle Gäste, die die Nächte auf dem arkadischen Liebeslager verbrachten, wurden nämlich unter Pseudonym geführt. Wenn sie in den spiegelnden Kästen ihrer Lust frönten, entwickelten sie wahrscheinlich nicht geringe Phantasie, doch was die Namen, unter denen sie das taten, betraf, verließ sie in der Regel ihr Einfallsreichtum. Das umfangreiche Verzeichnis war von bedrückender Eintönigkeit.

»Hm, ja«, brummte Iwan Dmitrijewitsch, als er die letzte Seite erreicht hatte.

Am gestrigen Abend waren von vierzehn Zimmern acht belegt gewesen. Im Buch eingetragen standen: vier Iwanows, Petrow, Enski, Enenski, Fürst Niktodse.

»Kennen Sie diese Leute?«, wollte Iwan Dmitrijewitsch wissen.

»Manche kenne ich«, gab der Hotelbesitzer beflissen Auskunft, »bei anderen fand ich es, wie Sie verstehen werden, taktlos, Fragen zu stellen. Hier, zum Beispiel Jakow Semjonowitsch.« Er zeigte auf den untersten Iwanow.

Zu dessen drei Namensvettern, deren einer das Nebenzimmer belegt hatte, wusste er nichts von Belang zu sagen: keine besonderen Merkmale, Leute wie andere auch.

»Kennen Sie von Petrow den richtigen Namen?«

»Er heißt tatsächlich Petrow, arbeitet im Seezollamt. Dem kann keiner was, darum gibt er immer seinen Namen an.«

»Und Enski? Enenski?«

»Die beiden habe ich gestern zum ersten Mal gesehen. Sie waren noch nicht bei mir gewesen. Sind aber beide respektable Herren.«

»Und Fürst Niktodse?«

Der Hausherr druckste etwas, sagte dann aber fest und nicht ohne Stolz auf sein Haus, das solche Gäste beherbergte:

»Das ist ein hoch gestellter Mann.«

»Nämlich?«

»Ich würde Ihnen nicht empfehlen, Herr Kriminalist ...«

»Sagen Sie schon!«, verlangte Iwan Dmitrijewitsch.

»Nein, das geht nicht. Ich kann sein Vertrauen nicht enttäuschen.«

»Wenn es so ist, dann machen Sie sich fertig, wir fahren zu uns aufs Revier. Wenn Sie meinem Chef sagen, dass Ihnen Ihr Gewissen nicht erlaubt, die Namen Ihrer Gäste zu verraten, wird er sehr angetan sein von Ihrem Edelmut.«

»Das ... Das ist der Gouverneur von Pensa, Fürst Pantschulidsew«, sagte der Hotelbesitzer kleinlaut.

»Ein Mann mit feinem Humor*«, befand Iwan Dmitrijewitsch. »Und alle kamen mit Frauen?«

»Alle bis auf Jakow Semjonowitsch.«

»Ist Ihnen bei einer der Damen vielleicht ein roter Schirm aufgefallen?«

»Natalja!«, rief der Hotelbesitzer dem Zimmermädchen zu, das gerade am Ende des Flurs auftauchte. »War gestern eine mit einem roten Schirm dabei?«

»Nicht dass ich wüsste«, antwortete sie zu Gaipels großer Enttäuschung.

Er hatte sich schon darauf eingestellt, dass Iwan Dmitrije-

* Weil sich der Fürst Niktodse nennt. »Nikto« (russ.) – niemand.

witsch mit diesem wer weiß woher gekommenen Schirm den Schleier des Geheimnisses direkt vor seinen Augen lüften würde.

»Und was für eine Dame war mit Fürst Pantschulidsew zusammen?«

»Allem Anschein nach eine wichtige«, erwiderte der Hotelbesitzer, »aber das Gesicht konnte ich nicht erkennen. Ihr Hutschleier war tiefschwarz, die Maschen dicht. Nichts zu erkennen, wie bei einer Perserin.«

»Und mit Petrow?«

»Mit ihm war Xenka. Eine Hafendirne, bekannt wie ein scheckiger Hund. Ich wollte sie erst gar nicht hereinlassen, aber Petrow stellte sich entschlossen vor sie. Brüllte, dass es auf der ganzen Etage zu hören war, ich solle sein Schätzchen nicht beleidigen. Sie sei eine edle Seele, verdiene das Geld für den Kumys, den ihr schwindsüchtiger Papa brauche.«

Über die restlichen Schätzchen war nichts Brauchbares zu erfahren. Alle hatten sich unter Hutschleiern versteckt, den Mund nicht aufgemacht und sich eilig in die Zimmer begeben.

»Na schön«, entschied Iwan Dmitrijewitsch, »dann auf zum Fürsten.«

»Er hat uns bereits verlassen«, sagte der Hausherr.

»Haben Sie ihn verständigt?«

»Er ist ein alter Kunde von mir. Ich war verpflichtet, ihm mitzuteilen, dass die Polizei bald kommt.«

»Dann zu Petrow.«

»Ihn habe ich auch verständigt«, gestand der Hotelbesitzer.

»Und die Iwanows? Enski? Enenski?«

»Sie sind hier. Schlafen wahrscheinlich noch.

Sie sahen in einem Zimmer nach, im zweiten – keiner da. Sie gingen ins Erdgeschoss hinunter, warfen noch einen

Blick in eine Suite. Ebenfalls leer, aber selbst Gaipels Verstand reichte aus zu erkennen, dass alle das Weite gesucht hatten, ohne sich auszulieben oder auszuschlafen.

Der Hotelbesitzer stürzte in den Flur:

»Natalja! Wo sind sie alle abgeblieben?«

»Haben sich fertig gemacht und sind weg, während Sie die Droschke für den Fürsten holten.«

»Noch nicht mal elf Uhr! Warum so früh?«

»Sind weg«, wiederholte das Zimmermädchen mit unschuldigem Augenaufschlag.

Da endlich begriff der Hausherr, wer in seiner Abwesenheit die Hotelgäste alarmiert hatte.

»Ach, du Aas!«, flüsterte er mit drohendem Unterton und rückte der Verräterin auf den Leib. »Zahle ich dir vielleicht zu wenig? Davon also ist dir eine dritte Titte gewachsen, wie ich sehe. Was hast du da reingestopft? Geld? Hast du es für den Wink genommen, du Aas?«

»Kommen Sie mir nicht zu nahe«, versetzte das Zimmermädchen ruhig. »Diese Titte ist nicht für Sie da. Die zwei, bitte schön, die können Sie von mir aus begrapschen, aber von der Finger weg.«

»Schlange! Du wirst auf der Stelle entlassen!«

»Denken Sie erst mal daran, was ich der Polizei über Sie erzählen kann. Dann können Sie ans Entlassen denken.«

Iwan Dmitrijewitsch berührte Gaipel am Ellbogen:

»Gehen wir. Sollen Sie doch …«

Das »Arkadia« war also leer. Ein Iwanow lag tot da, die übrigen drei, Enski und Enenski, von der hinterhältigen Natalja in Kenntnis gesetzt, waren zusammen mit ihren Damen in der Frühe verschwunden, in der Straßenmenge der großen Stadt aufgegangen. Gespenster mit hölzernen Familiennamen, mit namenlosen Geliebten, wo wollte man sie jetzt finden! Natürlich ließen sich der Zöllner Petrow und der georgische Fürst auf dem Thron von Pensa ausfindig machen, doch lohnte sich das? Das Gefühl sagte Iwan Dmitrijewitsch, dass dies nicht der richtige Weg war.

»Pantschulidsew und Petrow interessieren nicht«, sagte Iwan Dmitrijewitsch, »bleiben fünf. Mit einem von ihnen ist dieses Dämchen hergekommen. Hat Kukolew zum Rendezvous bestellt und ist mit einem anderen hergekommen.«

»Diesen Gedanken hatte ich auch«, warf Gaipel ein, der gierig nach jeder Gelegenheit haschte, um zu zeigen, dass er nicht umsonst zum Assistenten gemacht worden sei. »Nein, denke ich, hier ist was faul, sie muss einen Komplizen haben.«

»Das mit der Tarnkappe zumindest dürften wir geklärt haben.«

»Ehrenwort«, ereiferte sich Gaipel weiter, »ich habe selbst erkannt, dass neben der Frau ein Mann in die Sache verwickelt sein muss! Als ich dieses Medaillon sah, habe ich es erkannt, aber ich konnte mich nicht entschließen, meine Meinung zu äußern, aus Furcht, sie würde mit Ihrer nicht übereinstimmen. Mit Ihrer Autorität halten Sie mich doch ganz schön nieder. Ich schwieg, wie Sie mich geheißen hatten, aber die Gedanken arbeiteten weiter. Meine Überlegungen waren so: Da haben wir dieses Medaillon gefunden…«

»Wir haben es gefunden?«

»Nun, Sie, Sie. Unwichtig. Wichtig ist, wie es da hinkam. Wem es gehört hat. Dem Mörder oder dem Opfer? Sofern dem Mörder – hat er es verloren oder mit Absicht neben der Leiche liegen gelassen? Hat er es liegen gelassen, dann für wen? Für uns beide oder für jemanden, der vor uns dort gewesen ist? Und zu welchem Zweck wurde es dort liegen gelassen? Wenn das Medaillon aber im Gegenteil dem Opfer gehört hat – wusste das der Mörder oder nicht? Hat er es auf dem Bett bemerkt und liegen gelassen, oder hat er es einfach nicht bemerkt? Wenn er es bemerkte und liegen ließ, dann wiederum...«

»Was redest du wie aufgezogen!«, beschwor ihn Iwan Dmitrijewitsch.

»Sie können meinen Überlegungen wohl nicht folgen?«, freute sich Gaipel. »Kurz und gut, eine Frage folgt der andren, und eine Antwort habe ich vorläufig noch nicht.«

»Ach nein! Und was machst du mir dann ein X für ein U vor?«

»Wie dem auch sei, das Medaillon legt die Vermutung nahe, dass Kukolew oder sein Mörder oder, was am wahrscheinlichsten ist, beide mit den Freimaurern im Bunde stehen. Derartige Zeichen sind typisch für die Freimaurer, und Frauen werden bekanntlich nicht in Freimaurerlogen aufgenommen. Hinter der Giftmörderin muss also ein Mann gestanden haben.«

»Schon gut«, Iwan Dmitrijewitsch nickte, »halt dich mal weiter an das, was ich dich geheißen habe.«

»Was denn?«

»Kein leeres Stroh zu dreschen.«

Sie waren bereits ins Erdgeschoss hinuntergegangen. Aufs Sofa geflegelt, trank Bezirksaufseher Budjagin hier Tee mit Sahne und erklärte dem Portier, wie man einen echten Zehnrubelschein von einem falschen unterschied, wie ihm gestern jemand von den Iwanows einen untergeschoben hatte.

»Du lässt dir den Tee schmecken, und wir dürfen deinetwegen bis zum Abend hier sitzen, wie?«, fuhr ihn Iwan Dmitrijewitsch an. »Wer wird denn das Protokoll für dich schreiben? Ein guter Onkel?«

»Ich dachte, ihr macht das gleich mit«, versetzte Budjagin ungerührt und biss in seinen Kringel, den er zum Tee kostenlos dazubekommen hatte.

»Das sagst du mir?«

»Ja, dir, Wanja.«

»Du? Mir?«

»Was regst du dich so auf? Ihr habt euch dort alles angesehen, bleibt nur noch das Aufschreiben. Wozu muss ich da noch hingehen? Soll es dein Assistent schreiben, er ist ja ein schreibkundiger Mann, wir beide werden uns dann schon einig.«

»Nein«, sagte Iwan Dmitrijewitsch scharf, »wir denken gar nicht daran, dir die Arbeit abzunehmen. Haben selber mehr als genug zu tun!«

Safronow legte den Bleistift weg, dehnte sich, streckte den steif gewordenen Rücken und sagte:

»In der heutigen Zeit würde sich Ihr ›Arkadia‹ keiner Beliebtheit beim vornehmen Publikum erfreuen. Jetzt betrachtet man derlei Vergnügungsstätten unter einem anderen Blickwinkel.«

»Welchem denn?«, wollte Iwan Dmitrijewitsch wissen.

»Dem der technischen Ausstattung. Als ich vor kurzem in Moskau war, bin ich mit einem Freund in den ›Ermitage‹-Garten frühstücken gegangen. Wir sitzen im Restaurant, mein Freund sagt: ›Übrigens gehört dem Besitzer dieses Restaurants ein stadtbekanntes Haus der Begegnungen. Da kann man ein Zimmer für eine Stunde, für zwei, drei, bis zum Abend oder für eine ganze Nacht bestellen, alles hat seinen eigenen Preis. Nicht weit von hier ist das, am Boulevard. Äußerlich ein unansehnliches zweigeschossiges Haus, bringt es seinem Eigentümer kolossale Einnahmen, größere als dieser Garten und das Restaurant zusammen. Die Inneneinrichtung entspricht dem technischen Höchststand ...‹ Wie sich herausstellte, beruht die Beliebtheit dieses Hauses auf seinem speziellen Signalsystem. Wenn ein Pärchen das

Haus betritt, drückt die Fluraufsicht an ihrem Tresen auf einen Knopf, und die Türen aller Zimmer werden automatisch verschlossen, keiner kann heraus, bevor das neue Paar sein Zimmer betreten hat. Sie gehen hinein, geben der Fluraufsicht ein Zeichen, die drückt auf einen anderen Knopf – die Türen lassen sich wieder öffnen. Bevor die beiden das Haus verlassen, geben sie der Aufsicht erneut ein Zeichen, die verschließt durch Knopfdruck wieder alle Zimmer, und auch beim Hinausgehen kann sie keiner beobachten. Die Damen brauchen natürlich keinerlei Schleier«, schloss Safronow.

»Ja, der Fortschritt.« Iwan Dmitrijewitsch nickte.

»Hören Sie weiter. Wir sitzen da also, und mein Freund macht mich auf einen Mann in Polizeiuniform am Nebentisch aufmerksam. ›Das ist der Vorsteher des Reviers hier‹, sagt er, ›dieses Haus der Begegnungen befindet sich in seinem Bereich. Ein halb legales Etablissement, doch er drückt ein Auge zu. Schmiergeld nimmt er nicht, dafür kommt er täglich hierher frühstücken. Für ihn ist stets ein Tisch reserviert. Zusätzlich zum Frühstück serviert man ihm frischen Kaviar und eine Flasche Kognak, er isst alles schön auf, trinkt die Flasche leer und bittet um die Rechnung. Die guckt er sich dann gar nicht an, gibt dem Kellner drei Rubel und sagt: Bring das Wechselgeld. Der weiß schon, was er zu tun hat. Er geht zum Restaurantleiter …‹ An der Stelle drückt mir mein Freund den Ellbogen in die Seite und sagt: ›Da, er ist gerade los … Passen Sie auf, was jetzt passiert!‹ Es vergehen vielleicht zwei Minuten. Ich sehe den Kellner zurückkommen, er läuft an uns vorbei, auf seinem Tablett liegen die Rechnung und das Wechselgeld in Gestalt eines Hundertrubelscheins. Ihr Budjagin ist im Vergleich zu den heutigen Monstern geradezu ein Heiliger.«

»Natürlich.« Iwan Dmitrijewitsch nickte wieder. »Schon Jean-Jacques Rousseau hat gesagt, dass die Entwicklung der Wissenschaft und der Verfall der Sitten Hand in Hand gehen.«

VIERTES KAPITEL

ZWEI MALER

I

Iwan Dmitrijewitsch schimpfte noch eine Weile mit Budjagin, dann rief er den Besitzer des »Arkadia« und hieß ihn, in das Zimmer zu gehen, in dem Jakow Semjonowitsch ermordet worden war, und sich dort mit Natalja zu unterhalten. Er selbst belauschte von der Kammer aus ihr Gespräch durch den Schornstein und überzeugte sich, dass man keine Worte verstehen, sondern lediglich das Timbre der Stimmen unterscheiden konnte.

Nebenbei verhörte er noch zwei Lakaien, doch auch sie wussten über die Gäste von gestern nichts Neues zu berichten. Keiner von ihnen hatte eine Narbe im Gesicht oder Warzen an den Wangen gehabt, niemand, bis auf den Toten, hinkte, alle sprachen ohne Akzent, waren ordentlich gekleidet, von mittelgroßer Gestalt und mittleren Alters. Endlich blitzte, wie eine Perle in einem Misthaufen, eine wertvolle Aussage auf: Einer der Iwanows, und zwar der aus dem Zimmer gleich neben Jakow Semjonowitsch, hatte mit seiner Geliebten das Hotel fluchtartig verlassen, noch bevor Natalja sie über das baldige Eintreffen der Polizei verständigen kam. Als sie bei ihnen klopfte, war das Zimmer bereits leer. Der Zeitpunkt ihrer Flucht allerdings blieb ein Geheimnis: Der Portier gab zu, dass ihn gegen Morgen der Böse bezwungen hatte, er war auf seinem Posten eingeschlafen, sodass sie an ihm vorbeischlüpfen konnten.

Beim Aufblitzen der Perle blieb es jedoch. Als Iwan Dmitrijewitsch alle der Reihe nach über dieses Pärchen aus Kukolews Nebenzimmer befragte, bekam er wieder dieses unbrauchbare Zeug zu hören: nicht lahm und nicht einäugig, Arme und Beine – alles dran, das Gesicht der Dame unter einem Netz. Natalja kam ein paarmal angelaufen mit leuchtenden Augen und mit allen möglichen Details, eins unnützer als das andere. Bald fiel ihr ein, dass die Schuhchen der Geliebten dieses Iwanow schwarz, bald, dass die Mantelknöpfe grau und schwarz gerändert waren, passend zur Farbe der Schuhchen, die Farbe des Mantels selbst, der Schnitt und der Stoff, aus dem er genäht war, indessen hatten sich ihrem Mädchengedächtnis nicht eingeprägt. Im Übrigen wurden selbst diese spärlichen Merkmale bald revidiert: Natalja erschien wieder, und Grau wurde flugs zu Schwarz, Schwarz zu Braun, die Schuhchen zu Stiefelchen, und an die Stelle der Knöpfe traten Häkchen. Von ihren ganzen Wahrnehmungen verdiente wohl nur eine, ernst genommen zu werden, und die war psychologischer Natur. »Man merkte«, sagte sie, »dass nicht sie mit ihm, sondern er mit ihr hier war.«

Sie betraten das Zimmer der beiden, entdeckten jedoch nichts, was bei ihrer Flucht vergessen worden wäre. Nicht einmal eine fallen gelassene Haarnadel! Ein gewöhnliches Bett, ohne Spiegel und schon in Erwartung neuer Gäste frisch bezogen.

»Haben sie sich die Nacht über ins Bett gelegt? Oder haben sie bis zum Morgen durchgesessen?«, wollte Iwan Dmitrijewitsch wissen.

»Sie haben sich hingelegt«, erinnerte sich Natalja. »Die Laken waren zerknittert.«

Er stellte ihr noch ein paar Fragen intimer Art, die insbesondere die Laken betrafen. Er wollte herausfinden, ob die beiden miteinander ein Verhältnis hatten oder nur Komplizen waren, doch daraus wurde nichts. Natalja hatte sie nicht beobachtet, und die Laken waren schon mit den anderen in die Wäscherei gegangen.

Unterdessen untersuchte der Arzt Kramer den Leichnam und füllte seine Papiere aus. Iwan Dmitrijewitsch war nicht dabei, denn er redete nicht mit Kramer und gab ihm seit der Geschichte mit dem Kaufmann Swerew auch nicht die Hand. Die Erben hatten den Kaufmann in eine Abstellkammer gesperrt und verhungern lassen, und dieser Äskulapjünger brachte es fertig, ohne mit der Wimper zu zucken, in seinen Befund hineinzuschreiben, der alte Mann wäre an Speiseröhrenverengung gestorben. Natürlich war ihm diese Diagnose großzügig honoriert worden, beweisen ließ sich jedoch nichts, Kramer spielte die gekränkte Unschuld, und Iwan Dmitrijewitsch war der Dumme.

»Sag ihm, dem Hundesohn«, wies er Gaipel an, »dass er gleich mitfeststellen soll, was für ein Gift in den Jerez geschüttet worden ist.«

»Er ist doch Arzt und kein Pharmazeut oder Chemiker«, widersprach Gaipel.

»Ein Polizeiarzt muss alles können. Wenn er selbst dazu nicht in der Lage ist, muss er sich eben an ein Labor, an die Universität oder sonst wohin wenden und mir dann Bericht erstatten.«

»Sie reden doch nicht mit ihm. Wie soll er Ihnen Bericht erstatten?«

»Schriftlich«, sagte Iwan Dmitrijewitsch und ging zum Ausgang.

»Und ich?«, rief ihm Gaipel mit kläglicher Stimme nach.

»Geh mal ins Revier. Ich komme bald.«

»Und wo wollen Sie jetzt hin?«

»Ein bisschen Luft schnappen.«

»Mir scheint, Sie verbergen etwas vor mir.«

»Wenn's dir scheint, dann bekreuzige dich«, warf ihm Iwan Dmitrijewitsch über die Schulter zu.

Die Kutsche, die ihn und Gaipel hergebracht hatte, wartete auf der Straße. Nachdem er sich hineingesetzt hatte, wies er den Kutscher an:

»Zum Schtschukin dwor.«

Eine Erklärung folgte nicht, und Safronow riss sich von seinem Heft los mit der Bemerkung:

»Hier könnte eine Fußnote nicht schaden. Ich fürchte, nicht alle Leser werden wissen, was für ein Schtschukin dwor* das ist. Ich zum Beispiel habe keine Ahnung.«

»Es gab mal einen Markt in Petersburg, der den Namen des Kaufmanns Schtschukin trug. Die schon etwas Älteren dürften sich daran erinnern.«

»Und wozu sind Sie dort hingefahren?«

Als Antwort darauf griff Iwan Dmitrijewitsch nach dem Buch, das er vorsorglich auf dem Fensterbrett bereitgelegt hatte, schlug es beim Lesezeichen auf und las vor:

»›Nirgends blieb so viel Volk stehen wie vor der kleinen Gemäldehandlung im Schtschukin dwor. Dieser Laden stellte in der Tat eine Sammlung der verschiedenartigsten Kuriositäten dar. Die Bilder waren größtenteils in Öl gemalt, mit dunkelgrünem Firnis überzogen und steckten in dunkelgelben Talmirahmen. Winter mit weißen Bäumen, ein tiefroter, an den Feuerschein eines Brandes erinnernder Abend, ein flämischer Bauer mit Tabakspfeife und ausgerenktem Arm, der eher einem Truthahn mit Manschetten als einem Men-

* Kaufhof in Petersburg.

schen glich – das waren im Allgemeinen die Sujets. Hinzu kamen einige Stiche: ein Porträt Chosrew Mirzas* mit Lammfellmütze, die Porträts von Generälen mit Dreispitzen und schiefen Nasen. Außerdem pflegt die Tür eines solchen Ladens reihenweise mit großformatigen Holzschnitten behängt zu sein, Werken, die von der urwüchsigen Begabung des russischen Menschen zeugen. Auf einem sah man die Zarentochter Miliktrissa Kirbitjewna, auf einem anderen die Stadt Jerusalem, über deren Häuser und Kirchen sich rücksichtslos ein roter Farbstrom ergoss, der auch einen Teil der Landschaft und zwei betende russische Bauern mit Fäustlingen erfasste.‹ Besonders hübsch machen sich diese Fäustlinge. In Jerusalem!«, sagte Iwan Dmitrijewitsch bewegt und klappte das Buch zu.

Dann strich er liebevoll über den Einband und fragte:

»Nun, Herr Schriftsteller, woraus ist das?«

»Gogol, die Erzählung *Das Porträt*«, antwortete Safronow wie aus der Pistole geschossen.

»Richtig. Der Lieblingsautor meiner Frau war Hugo, und meiner ist Gogol, darum beschloss ich, mich ihm anzuvertrauen. Ist es nicht egal, mit welchem Bilderladen ich anfange? dachte ich. Warum nicht mit diesem, im Schtschukin dwor?«

»Ah«, erriet Safronow, »Sie wollten etwas über das Aquarell in Erfahrung bringen, das Sie bei Kukolew gesehen hatten.«

»Ja, ob es nicht irgendwo zum Verkauf angeboten worden war, wie es hieß, wer der Maler war. Und vor allem, wer es gekauft hatte.«

»Und?«

»Stellen Sie sich vor, ich brauchte in keine anderen Läden

* Persischer Fürst, der 1829 Russland besuchte.

zu fahren. An Ort und Stelle, im Schtschukin dwor, habe ich alles herausbekommen. Gogol...«

Iwan Dmitrijewitsch ging ins Zimmer, stellte das Buch an seinen Platz zurück und schloss, als er auf die Veranda zurückkehrte:

»Gogol ist ein mystischer Schriftsteller.«

II

Bei Gogol pries der Ladenbesitzer die Bilder an, packte die Passanten bei den Händen, rief: »›Was ist das aber auch für eine Malerei! Blendet geradezu das Auge; kommt frisch von der Börse, der Firnis ist noch nicht trocken.‹« Jetzt gehörte das alles der Vergangenheit an. Das Geschäft führte ein bebrillter junger Mann in modischem Jackett, der wie ein Student aussah. Er machte sich im Schaufenster zu schaffen, rückte etwas zurecht, stellte etwas um, ohne Iwan Dmitrijewitsch irgendwie Beachtung zu schenken, bis der sagte:

»Ich bin von der Polizei. Putilin.«

Der Ladenbesitzer gab seine Beschäftigung auf und richtete den Blick schweigend auf den Besucher.

»Ich klappere alle Bilderläden ab, keine Sorge«, beruhigte ihn Iwan Dmitrijewitsch. »Mich interessiert da ein Bild...«

»Von wem?«

»Es gehörte dem Kaufmann Kukolew.«

»Dann sind Sie bei mir falsch, Gestohlenes verkaufe ich nicht. Ich beziehe meine Ware direkt von den Malern, das können Sie anhand der Bücher nachprüfen. Bei mir ist alles komplett verzeichnet.«

»Ich hege keinerlei Verdacht gegen Sie und möchte lediglich wissen, ob die Arbeit, die mich interessiert, nicht vielleicht hier gekauft worden ist. Den Namen des Malers kenne ich nicht, aber es ist ein Aquarell, die Größe etwa so.« Iwan Dmitrijewitsch zeigte mit seinen Händen, wie hoch und breit es war. »Darauf ist ein Ritter in Rüstung zu sehen, der ein Haus betreten hat und mit einem Händedruck...«

»Kenne ich, kenne ich«, unterbrach ihn der Ladenbesitzer. »Das hat Rjabinin gemalt.«

»Nie gehört von so einem Maler.«

»Von welchen zeitgenössischen russischen Malern haben Sie denn gehört?«

»Brüllow kenne ich. Dann diesen... Wie heißt er doch gleich? Der Gogol illustriert.«

»Agin«, soufflierte der Ladenbesitzer und wechselte zu einem respektvolleren Ton. »Wenn Sie von Agin gehört haben, dann werden Sie in fünf Jahren auch von Rjabinin hören. So viel Zeit braucht es im Durchschnitt, damit Bekanntsein in Kollegen- und Kennerkreisen sich zur Beliebtheit beim Publikum entwickelt.«

»Dieses Aquarell«, kehrte Iwan Dmitrijewitsch zu seinem Thema zurück, »haben Sie es irgendwo gesehen, oder wurde es bei Ihnen zum Verkauf angeboten?«

»Ja, bei mir.«

»Und wer hat es gekauft?«

»Niemand. Ein halbes Jahr hing es hier, dann hat es Rjabinin zurückgenommen.«

»Haben Sie seine Adresse?«

Der Ladenbesitzer brachte ein Buch, suchte die entsprechende Seite und fuhr murmelnd mit dem Finger darüber:

»Rjabinin... Rjabinin... Aha, hier! Tairow-Gasse, Haus de Roberti, erster Stock, über der Druckerei von Shernakow.«

Eine halbe Stunde später war Iwan Dmitrijewitsch dort. Die Tairow-Gasse, die kniеartig den Sennaja-Platz mit der Bolschaja Sadowaja verbindet, war ihm gut bekannt wegen ihrer reichhaltigen Auswahl an Kellerlokalen der untersten Klasse mit ihren »Prynzessinnen«. Jetzt schliefen sie sich aus oder kochten in ihren Löchern Kohlsuppe, am Abend dann würden sie aus den Souterrainbehausungen, deren schief hängende Türen direkt auf die Straße gingen, herausgekrochen kommen, in Grüppchen dastehen, sich mit heiseren Stimmen unterhalten, hin und wieder unvermittelt aufkreischen, ausgelassen tun, mit geschwollenen Füßen in Ziegenlederschuhen stampfen.

Im ersten Stock des Hauses de Roberti gab es möblierte Zimmer. Iwan Dmitrijewitsch erkundigte sich, in welchem Rjabinin wohnte, ging den Flur entlang und klopfte. Niemand antwortete. Er klopfte stärker, zog am Griff, und als er sah, dass die Tür verschlossen war, hockte er sich hin, um durchs Schlüsselloch zu spähen. Ganz in Anspruch genommen, bemerkte er nicht gleich, dass aus dem Nebenzimmer ein sonderbares Wesen mit langem ungefügem Leib auf kurzen Beinen, verzogenen Schultern und dünkelhaft zurückgeworfenem Kopf heraussah. Das bleiche Gesicht wurde von einer riesigen fliehenden Stirn zusammengedrückt.

»Was tun Sie da? Wer sind Sie?«, fragte das Wesen und schob sich in den Flur.

Erst da begriff Iwan Dmitrijewitsch, dass er einen Buckligen vor sich hatte, und zwar einen mit zwei Buckeln.

»Ich bin von der Polizei. Und wer sind Sie?«

»Wir beide«, der Bucklige wies mit dem Kopf auf die Tür, vor der er Iwan Dmitrijewitsch überrascht hatte, »wir sind Maler. Mein Name ist Helfreich.«

»Wissen Sie nicht zufällig, wo Ihr Nachbar ist?«

»Hat er etwas angestellt, dass Sie ihn suchen?«

»Gott bewahre! Ich interessiere mich einfach für eine seiner Arbeiten.«

»Wollen Sie sie kaufen?«

»Sie ist schon verkauft. Ich hätte gern ein paar Angaben über den Käufer.«

»Wo er ist, weiß ich nicht«, sagte Helfreich beruhigt, »aber ich denke, er wird bald hier sein. Wenn er nicht zu Hause übernachtet, kommt er für gewöhnlich um die Zeit, um ein Nickerchen zu machen und abends noch zu arbeiten. Wenn Sie möchten, können Sie bei mir auf ihn warten.«

»Gern«, sagte Iwan Dmitrijewitsch erfreut. Die letzte Nacht, registrierte er, hatte Rjabinin also anderswo verbracht.

»Dann darf ich bitten. Haben Sie eine Katze zu Hause?«

»Einen Kater. Warum fragen Sie?«

»Treten Sie ein, treten Sie ein«, sagte Helfreich lächelnd.

Iwan Dmitrijewitsch fiel sofort auf, dass das ganze Zimmer voll gestellt und gehängt war mit großen und kleinen Darstellungen dieser Tiere, die so meisterhaft und so erstaunlich lebensecht gemalt waren, dass es ihm im ersten Moment den Atem benahm. Von überall blickten ihn goldfarbige, himmelblaue, smaragdene, gesprenkelte, raublustig verengte oder wonnig zusammengekniffene Äuglein an. Gestreifte und gefleckte, puschlige und glattfellige, sibirische, Angora- und weiß der Teufel was noch für Katzen saßen in ihren Körbchen mit einem herzergreifenden Ausdruck stiller Fügsamkeit, rollten Wollknäuel, lugten niedlich unter Portieren oder hinter Sträuchern mit fetten Konditorrosen hervor, machten Jagd auf Vögel, schleckten Milch, schliefen, schliefen und schliefen nochmals auf Sofas, türkischen Ottomanen, Kissen, gepolsterten Höckerchen, auf kleinen Teppichen, in jenen unbeschreiblich wohligen Posen, die nur sie einzunehmen vermochten. In der Beziehung waren sie einzigartig. Sie konnten sich dem Schlaf mit so selbstvergessener Leidenschaft hingeben, dass allein dies Iwan Dmitrijewitsch mit Hochachtung vor diesen Geschöpfen erfüllte, die genau wussten, wozu der Herrgott sie erschaffen hatte.

Die meisten Kätzchen waren romantisch-überhöht gemalt, daneben gab es aber auch Konzessionen an den in Mode kommenden Realismus sowie Porträts im kleinbürgerlichen Stil: Ein Kater hielt ein Weinglas in der Pfote, eine Katze arbeitete am Stickrahmen. Außerdem waren da noch fünf oder sechs gleichartige geflochtene Handkörbe, in denen ganze Würfe bezaubernder Kätzchen mit rosig schimmernden Ohren saßen. Katzengeruch gab es in dem Zimmer allerdings nicht.

»Wir alle sind gezwungen, uns auf ein spezielles Gebiet zu werfen und uns darin zu vervollkommnen, sonst lässt sich nichts verdienen«, sprach Helfreich. »Der eine malt das Meer, andere Ruinen, Pferde, den Krieg, Bauern mit Heugabeln. Natürlich hat das seine Nachteile, ich persönlich habe bereits fast alles andere verlernt. Dieses Sofa hier hat mir Rjabinin gemalt, und dieses Kissen, und diese Vögelchen auch. Wenn ich verkaufe, zahle ich ihm, versteht sich, seinen Anteil aus.«

»Sind Sie sicher, dass er bald kommt? Ich kann auch später vorbeischauen.«

»Er wird schon kommen, bestimmt. Nehmen Sie Platz. Möchten Sie ein Glas Wodka?«

»Da sage ich nicht Nein.«

Sie setzten sich an den Tisch, tranken, aßen einen eingesäuerten Apfel nach. Der Wodka machte Helfreich offenherzig.

»Früher waren sie mein Ein und Alles, ich konnte sie nicht ohne Rührung betrachten«, erzählte er von den Prototypen seiner Bilder, »jetzt dagegen hasse ich sie. Wenn mir in der Toreinfahrt eine Katze über den Weg läuft, such ich ihr einen Tritt zu versetzen. Schuld ist dieses Geld! Es ruiniert einen als Künstler. Was meinen Sie, was ich für solchen Mist hier nehme?«

»Keine Ahnung«, erwiderte Iwan Dmitrijewitsch, nachdem er einen Blick zu dem Handkorb mit den Kätzchen geworfen hatte, auf das sein Gesprächspartner wies.

»Zwanzig Rubel«, prahlte Helfreich.

»Oho!«

»Eben! Und vor Aufträgen kann ich mich gar nicht retten. Für den Winter werde ich eine ordentliche Wohnung mit Atelier mieten und aus dieser Wanzenhöhle ausziehen.«

»Und was ist mit Ihrem Nachbarn? Wer wird Ihnen in der neuen Wohnung Vögelchen malen?«

»Dort gebe ich die Sache auf«, sagte Helfreich und leerte das vierte Glas, während Iwan Dmitrijewitsch schon beim zweiten gepasst hatte. »Wenn ich genügend Geld zusammen habe, male ich etwas Richtiges, für eine Ausstellung. Ich denke an ein Sujet im russischen Geist. Stellen Sie sich das Facettenpalais vor...«

Er begann mit einer detaillierten Erläuterung seines Sujets, an dem Zar Alexej Michailowitsch, Patriarch Nikon und der Protopope Awwakum beteiligt waren. Diese drei sollten einen öffentlichen Glaubensstreit austragen und nebenbei noch die Frage klären, welche Macht die höhere war – die weltliche oder die geistliche.

»Jeder beansprucht die Wahrheit für sich, verstehen Sie? Ich will zeigen, dass jeder von ihnen seine historische und menschliche Wahrheit hat«, erläuterte Helfreich hitzig – seine Schultern verzogen sich dabei noch höher, und in den Mundwinkeln perlte Speichel. »Ich, ein Buckliger, ein erbärmlicher Außenseiter, ein verachteter Kleckser, ich werde aus der Tiefe meines Pariadaseins ihnen allen, die sich einbilden, die wahren Künstler zu sein, zeigen, dass jeder auf dieser Erde Lebende seine eigene...«

»Und Rjabinin?«, gelang es Iwan Dmitrijewitsch endlich etwas einzuwerfen, »auf welchem speziellen Gebiet vervollkommnet er sich?«

»Sein Gebiet ist Puschkin.«

»Alexander Sergejewitsch?«

»Ja, Rjabinin illustriert seine Werke wie Agin die von Gogol. Gelegentlich nur malt er in Öl Sujets aus seiner Biographie. Deswegen hatte er übrigens kürzlich Unannehmlichkeiten mit Ihresgleichen.«

»Mit der Polizei?«

»Mit den Gendarmen.«

»Weswegen?«

»In diesem Frühjahr stellte er zum Saisonabschluss sein neues Bild aus, *Der Beitritt Alexander Puschkins zur Freimaurerloge im Jahre 1820*. Es hing drei Tage, am vierten erschienen zwei Männer in blauen Uniformen und verlangten, es unverzüglich abzuhängen. Das sei Verleumdung, Puschkin sei niemals Freimaurer gewesen. Rjabinin versuchte nachzuweisen, dass er doch einer gewesen sei, dafür gebe es Belege, aber diesen Herren etwas zu beweisen ist ein Ding der Unmöglichkeit.«

»Und was ist mit dem Bild geworden?«

»Allen unseren Händlern gefiel es daraufhin überhaupt nicht mehr, und auch die Kritik fand nun plötzlich vieles daran auszusetzen. Der Besitzer des Bilderladens im Schtschukin dwor, ein im Grunde fortschrittlich gesinnter Mann, gab Rjabinin vorsichtshalber alle seine früheren Arbeiten zurück. Nur gut, dass sich in Europa Leute finden, die bereit sind, die freie russische Kunst zu unterstützen. Dieses Bild kaufte ein Franzose.«

»Ein Freimaurer?«

»Das weiß ich nicht.«

»Und Rjabinin selbst, gehört er nicht auch einer Loge an?«

Diese Frage machte Helfreich schlagartig nüchtern, ihm fiel ein, mit wem er sich da eigentlich unterhielt. Er trommelte mit den Fingern auf dem Tisch, blickte zum Fenster, hinter dem es noch heller Tag war, und sagte:

»Wie früh es jetzt schon zu dämmern beginnt! Anscheinend wird Rjabinin heute doch nicht mehr kommen.«

Iwan Dmitrijewitsch schlug sogleich einen offiziellen Ton an:

»Herr Helfreich, richten Sie bitte Herrn Rjabinin aus, er möchte sich morgen die Zeit nehmen, im Spasski-Revier vorzusprechen, bei Putilin. Das bin ich. Wenn es sich tagsüber nicht einrichten lässt, kann ich ihn am Abend bei mir zu Hause empfangen.«

Er riss ein Blatt aus dem Notizblock, schrieb seinen Namen auf, dazu seine dienstliche und private Adresse, schob das Blatt dem verdrießlich dreinblickenden Helfreich hinüber und ging.

FÜNFTES KAPITEL

DER HIMMEL ÜBER ARKADIEN

I

Den Nachmittag verbrachte Iwan Dmitrijewitsch mit dienstlichen Verrichtungen. In einigen Fällen war noch etwas zu Ende zu bringen, außerdem hatte er ein Gespräch mit seinem Vorgesetzten, von dem von anderer, ungleich höherer Stelle schnellstmögliche Aufklärung des Mordes an Kaufmann Kukolew verlangt wurde. Den Grund dieser Dringlichkeit hielt man ebenso geheim wie das Interesse, das dieses Verbrechen, an dem doch eigentlich nichts Außergewöhnliches war, in höchsten Kreisen fand.

Schließlich platzte ihm der Kragen, und da gab man ihm, weiterhin ohne jede Erklärung oder Angabe eines Namens, zu verstehen, dass der Vorfall im »Arkadia« die Sicherheit einer sehr wichtigen Person berühre.

Um wen es sich bei dieser Person handelte, bekam er nicht heraus, er solle keine überflüssigen Fragen stellen, hieß es. Iwan Dmitrijewitsch gab es auf und fuhr nach Hause.

Als er vor seinem Eingang aus der Droschke stieg, wurde er angerufen:

»Iwan Dmitrijewitsch!«

Er wandte sich müde um und sah Selenski vor sich, den Latinisten und Lehrer an einem Mädchengymnasium, der im Nebenaufgang wohnte. Sie wechselten einen Händedruck, und Selenski sagte:

»Ich wollte gerade zu Ihnen, gestern bin ich zu spät nach Hause gekommen, um Sie noch zu stören. Wenn es recht ist, könnte ich jetzt Ihre gestrige Frage beantworten.«

»Meine Frage?« Iwan Dmitrijewitsch begriff nicht gleich, worum es ging.

»Ich war nicht zu Hause, und Sie haben mir eine Nachricht hinterlassen. Sie erkundigten sich nach der Quelle eines Satzes über sieben Sterne, die das Tor öffnen.«

»Ach ja! Ich hatte es ganz vergessen.«

Selenski reagierte leicht pikiert:

»Ich sehe, das beschäftigt Sie nicht mehr. Haben Sie sich inzwischen woanders Auskunft geholt?«

»Im Gegenteil, Sergej Bogdanowitsch, es beschäftigt mich sehr! Im Dienst wird man einfach so in Trab gehalten, dass es mir entfallen war.«

»Dann möchte ich Ihnen sagen, dass in unserer« – Selenski betonte das letzte Wort – »Heiligen Schrift, im Neuen wie im Alten Testament, so ein Satz nicht enthalten ist.«

»In unserer nicht, aber in welcher dann?«

»In keiner der mir bekannten. Weder in der Bibel noch im Talmud, noch im Koran, ebenso wenig in den Büchern, die bei den Römern und den alten Griechen heilig gehalten wurden. Überhaupt sieht es nicht danach aus, dass dieser Satz irgendeiner antiken Quelle entstammen würde, aber für die Inder, die Ägypter, die Perser oder die Chinesen kann ich mich nicht verbürgen. Für die Babylonier, die Sumerer und die Azteken auch nicht.«

»Und die Freimaurer?«

»Für sie bis zu einem gewissen Grade – ja, das kann ich. Soviel ich weiß, kommt in Freimaurertexten häufiger die Fünf als die Sieben vor. Fünf Wunden Jesu Christi, fünf Extremitäten des menschlichen Körpers und fünf geheime

Zentren seiner Kraft. Daher das Pentagramm. In der Musik wird der Quinte ebenfalls der Vorzug gegeben.«

»Die Sieben gilt den Freimaurern also nichts?«

»Nun, kategorisch würde ich das nicht behaupten, aber im Prinzip weist die Zahl sieben eher darauf hin, dass Ihr Satz islamischen Ursprungs ist. Genauer gesagt, arabischen. Bei den Türken und den Tataren hat die Neun den Vorrang. Übrigens steht das alles in den Lehrbüchern.«

»Ich bin ein unwissender Mensch«, sagte Iwan Dmitrijewitsch, »habe eine mehr als dürftige Bildung genossen.«

»Stellen Sie Ihr Licht nicht unter den Scheffel. Ihre Intuition ist zumindest den Magistergrad wert.«

»Zu schön, um wahr zu sein, Sergej Bogdanowitsch.«

»Ich kann es nicht verhehlen«, gestand Selenski, »Sie haben mich neugierig gemacht. Hängt es mit einem Verbrechen zusammen? Können Sie meine Wissbegier nicht stillen? Auf der Straße spricht es sich schlecht, und im Unterschied zu Ihnen bin ich Junggeselle, niemand wird uns stören. Nicht einmal meine Köchin ist jetzt da. Wir können beim Tee in Ruhe reden.«

Selenski wohnte im gleichen Aufgang wie die Neihardts, sie im ersten Stock, er im dritten. Sie betraten ein ungepflegtes Zimmer, voll gestopft mit Büchern, die in den Regalen keinen Platz gefunden hatten, alten Zeitungen, Mappen und diversem Papierkram. Bücher mit Goldprägungen und Ledereinbände standen direkt neben schäbigen Broschüren, ja sogar Zwiebelschalen und herumliegenden schmutzigen Socken.

»Den Buchtiteln nach zu urteilen«, sagte Iwan Dmitrijewitsch, »ist dies das Arbeitszimmer eines Wissenschaftlers. Aber eine Bibliothek in solcher Unordnung habe ich bisher nur einmal gesehen, und das war bei einem Dichter.«

»Sie treffen wie immer den Nagel auf den Kopf«, meinte

Selenski lächelnd, »mein wunder Punkt. Da wir auf die Moslems zu sprechen kamen – bei ihnen gibt es einen interessanten Volksglauben. Er kommt mir öfter in den Sinn, wenn ich über mein Leben nachdenke. Es geht um Folgendes: In grauer Vorzeit soll Allah ein Mohammedbild geschaffen haben, um das jahrtausendelang die Seelen noch nicht geborener Menschen schweben. Und wer von ihnen es schafft, einen Blick auf den Kopf des Propheten zu werfen, der wird im irdischen Leben als Kalif oder Sultan geboren, wer die Stirn erblickt – als Fürst oder wenigstens als Baron wie unser Neihardt.«

»Es heißt, er habe seinen Titel bei einem deutschen Kurfürsten oder Herzog käuflich erworben«, warf Iwan Dmitrijewitsch ein.

»Unwichtig. Also, wessen Blick die Wangen des Propheten trifft, der wird als Gerechter geboren, erreicht er den Hals – als Prediger, den Nacken – als Kaufmann, nun, und so weiter. Wer Mohammed in die Augen schaut, wird Theologe, und wer seine Brauen zu sehen bekommt – Dichter. Ich argwöhne, dass ihn mein Blick zwischen Brauen und Augen getroffen hat, und so ist aus mir weder das eine noch das andere geworden. Daher rührt alles Durcheinander in meinem Leben.«

Sein vollständiger Name lautete Selenski-Sitschka. Er entstammte einer verarmten, aber ruhmbedeckten kleinrussischen Familie, zählte zu seinen Vorfahren Leute, die den Hetmans nahe standen, hatte in Deutschland studiert, als Dozent an der Kiewer Universität gearbeitet, wo er Opfer seiner Kosakengesinnung geworden war, weswegen er in den Norden ging und hier untertauchte. Graugesichtig und nervös, sah er mit seinen vierzig Jahren wie fünfzig aus. In den letzten Jahren unterrichtete er Gymnasiastinnen in Latein, lebte allein, hatte keine Freunde und anscheinend auch keine Geliebten, und seine Bekanntschaften außerhalb des Dienstes beschränkten sich auf Nachbarn.

»Könnten Sie mir vielleicht etwas über das Sternbild des Großen Bären erzählen?«, bat Iwan Dmitrijewitsch.

»Im astronomischen Sinne?«

»Ich muss wissen, ob er als Zeichen verwendet werden kann.«

»Darum geht es also. Das Zeichen der sieben Sterne öffnet das Tor... Sie glauben, in diesem Satz sei der Große Bär gemeint? Aber wie kommen Sie darauf? In vielen Sternbildern gibt es sieben Sterne.«

Nach kurzem Schwanken nahm Iwan Dmitrijewitsch davon Abstand, Selenski das mysteriöse Scheibchen zu zeigen. Besser, er hielt es vor den Nachbarn einstweilen geheim. Wer weiß! Über Jakow Semjonowitschs Tod sprechen mochte er auch nicht, sonst erriet Selenski noch, dass es hier einen Zusammenhang gab.

»Ich werde Ihnen alles etwas später erklären«, sagte er, »jedenfalls handelt es sich um eine ernste Angelegenheit, ich brauche Ihre Hilfe. Ich möchte herausfinden, ob der Große Bär ein Zeichen sein kann.«

»Ein Zeichen wovon?«

»Von irgendwas.«

»Die Fragestellung ist so, dass die Antwort nicht leicht fällt. Bei manchen Völkern gibt es seit Urzeiten die eine Bedeutung, bei anderen eine ganz andere. Für Sie ist das eine Himmelskelle, für uns Ukrainer ein Wagen. Was Ihnen als Kellengriff erscheint, ist für uns eine Deichsel. Weshalb das so ist? Deshalb, nehmen Sie es mir nicht übel, weil der großrussische Mushik zur Trunksucht neigt, während den kleinrussischen Bauern von alters her Arbeitsamkeit auszeichnet. Jedes Volk betrachtet den Himmel unter dem Blickwinkel seines nationalen Charakters. Auch die Lebensweise spielt eine Rolle. Für die Samojeden zum Beispiel ist das weder ein Bär oder eine Bärin wie bei den Russen, sondern eine himmlische Renkuh, die Urmutter allen Lebens auf der Erde. Für die Beduinen …«

»Die lassen wir mal beiseite«, unterbrach ihn Iwan Dmitrijewitsch höflich. »Kehren wir in unsere Breiten zurück. Woher kommt überhaupt diese Marja Iwanowna?«

»Marja Iwanowna?«

»Nun, in den russischen Märchen heißen die Bären doch Michailo Potapytsch und Marja Iwanowna.«

»Zu uns kam sie aus Griechenland. Es gibt einen Zyklus arkadischer Mythen über die Herkunft der Großen Bärin.«

Iwan Dmitrijewitsch stutzte:

»Arkadischer?«

»Ja, arkadischer. Warum auf einmal so aufgeregt?«

»Ach, nichts … Aus jenem Arkadien?«

»Ich fürchte, Ihre Vorstellungen von Arkadien sind von der neuesten Literatur geprägt. Von allen möglichen Eklogen, Elegien, Idyllen. In Wirklichkeit war das ein wildes, von Wäldern bedecktes gebirgiges Land … Wie möchten Sie ihn, nicht zu stark?«, fragte Selenski, indem er seinem Gast die Teetasse hinschob.

»Wodka haben Sie wohl nicht bei sich wohnen?«, fragte Iwan Dmitrijewitsch dreist.

Bei ihm zu Hause wohnte die Smirnowskaja mit falschen Papieren wie ein Jude, der, ohne das Sakrament der Taufe empfangen zu haben, aus Gomel nach Sankt Petersburg übergesiedelt ist. In eine Flasche mit Seltersetikett umgegossen, hauste sie, von jüdischer Furcht erfüllt, in der hintersten Ecke der Kommode und wagte sich nur im Schutze der Nacht hervor.

Selenski brachte eine Karaffe und zwei Gläschen. Iwan Dmitrijewitsch trank aus und lehnte sich auf seinem Stuhl zurück, bereit zuzuhören. Nach dem hungrig verbrachten Tag wurde es in seinem Magen rasch warm, Wohlbehagen breitete sich aus, zur Brust hinauf. Dort war sein eigenes kleines Arkadien, eines, das es nach Selenskis Worten nie gegeben hatte. Eichenwälder rauschten, Nymphen tummelten sich in Bächen, Hirten und Hirtinnen sammelten, einander küssend und Schalmei spielend, die Herden zum abendlichen Melken, und über dem ruhigen Wasser eines fischreichen Meers rang, zur Nacht diese Welt verlassend, die junge Eos wehen Herzens ihre rosenfingrigen Hände.

»Wie möchten Sie sie dargelegt haben?«, fragte Selenski mit dem verzeihlichen Sarkasmus des Fachmanns. »Nach Apollodor? Nach Ovid? Oder vielleicht nach Beta-Erathostenes?«

»Legen Sie los, mit eigenen Worten«, sagte Iwan Dmitrijewitsch.

II

In jenen sagenhaften Zeiten herrschte in Arkadien König Lykaon, ein Tyrann und Wüstling, Vater von neunundvierzig ebenso ruchlosen Söhnen wie er selbst und einer einzigen, von einer Nymphe geborenen Tochter, der schönen Kallisto. Sie gehörte offenbar zu jenen wunderbaren Geschöpfen, die aus irgendwelchen Gründen meist entweder in Königsschlössern aufwachsen oder in den Hütten von Hirten, Holzfällern und Köhlern, und zwar unter zwei Voraussetzungen: Sie müssen von klein auf unbegrenzte Freiheit genießen und dürfen keine Schwestern haben. Diese Mädchen sind eigenwillig, romantisch, verträumt und zugleich ein wenig maskulin, schlank, aber nicht selten allzu schmalhüftig, was im Übrigen ihrer Schönheit keinen Abbruch tut.

Für gewöhnlich hegen sie eine standhafte Abneigung gegen Ringelreihen und Spinnrad einerseits und Tanz und Klavierstunden andererseits, dafür finden sie Gefallen daran, Männerkleidung zu tragen, nachts in der Brandung oder in einem eiskalten Teich zu baden, mit Hunden übers Feld zu laufen und zu reiten, doch bei alldem kann sie die Rolle der Kavalleristin nicht verlocken. An Liebe denken diese wilden Wesen vorderhand nicht, stählen indessen unbewusst Geist und Körper für künftige Liebesschlachten. Ihren Altersgenossinnen begegnen sie mit Verachtung, ihren älteren Ratgeberinnen mit Hass, und da sie oft ohne Mutter aufwachsen, umgeben von ungeschliffenen Brüdern oder an der Seite eines despotischen Vaters wie Kallisto, werden sie – das ist das Paradoxe! – unwiderstehlich von femininen Männern angezogen. Verlieben sie sich in solche Männer, bleiben sie jedoch egoistisch und unfähig, ein Opfer zu bringen. Ihr mütterlicher Instinkt ist ebenfalls eher schwach, und deshalb setzt bei diesen Wesen nach einem kurzen Erblühen exotischer und kühler Weiblichkeit ein rasches Dahinwelken ein. Das zauberhafte Chaos, das in der Zeit des Reifens ihre Seele erfüllte, geht so nie in den göttlichen Zustand der Reife über.

Etwa so stellte sich Iwan Dmitrijewitsch, gestützt auf seine eigenen Erfahrungen, nach dem dritten Glas Wodka all das dar, was ihm Selenski erzählte.

Kallisto war zweimal Glück beschieden. Erstens wurde Artemis, die Jägerin, auf sie aufmerksam und nahm sie zu sich in ihr Gefolge. Zweitens erlag kein Geringerer als Zeus ihrem Zauber, obwohl er sich darüber im Klaren war, dass Mädchen wie Kallisto ganz andere Männer vorzogen und es ihm schwer fallen würde, sie mit seinem eigentlichen Erscheinungsbild zu verführen. Deshalb trat er in der Gestalt Apollons vor die junge Wilde, um sie nicht durch Macht, nicht durch Stärke, sondern durch Eleganz und gute Manieren zu bezwingen. Seine Rechnung ging auf. Die Romanze nahm ihren Anfang, bald gebar Kallisto einen Sohn, der den Namen Arkas erhielt.

Doch Zeus hatte noch einen Grund für dieses Maskenspiel: Ewig hatte er unter Heras Eifersucht zu leiden und war es gewohnt, seine Spuren zu verwischen. Vom samenstrotzenden Bullen, vom Goldregen hatte selbst Iwan Dmitrijewitsch gehört, trotz seiner mehr als dürftigen Bildung. Über Äonen, ausgefüllt mit endlosem Verrat, hatte Hera die Fähigkeit entwickelt, ihren Mann zu erkennen, wie immer er sich tarnte. Hera, die Beschützerin der Ehe, die Matrone, die personifizierte Häuslichkeit, quälte anscheinend weniger die Untreue ihres Gatten, als dass diese Fälle allgemein bekannt wurden. Wie konnte sie den Neuvermählten Beistand leisten, wenn sie sich unfähig zeigte, das Feuer im heimischen Herd am Brennen zu halten? Doch als echte Frau vermochte Hera sich selbst davon zu überzeugen, dass in solchen Situationen die Schuld an allem stets die Frau trage. Sie war fast aufrichtig der Ansicht, dass Zeus nicht mehr als das Opfer einer neuen Verführerin geworden sei. Kurz und gut, Hera beschloss, sich nicht an ihrem Mann zu rächen, wie es Kallisto an ihrer Stelle getan hätte, sondern an dieser selbst: Lykaons unglückliche Tochter wurde in eine Bärin verwandelt.

Doch auch das war noch nicht alles. Sei es, dass Zeus' Romanze mit Kallisto ziemlich lange dauerte, sei es, dass Arkas als Halbgott ungewöhnlich schnell erwachsen wurde, jedenfalls stieß er eines Tages während der Jagd im Wald auf eine Bärin. Möglicherweise stürzte Kallisto ihm entgegen in der Hoffnung, der Sohn werde sie erkennen. Doch ach, Arkas spannte den Bogen und schoss den Pfeil ab. Zwar holte Zeus seine Geliebte ins Leben zurück, aber wieder in Bärengestalt. Selbst in seiner Macht lag es nicht, Heras Fluch aufzuheben, er versetzte Kallisto lediglich an den Himmel, damit sie nicht wieder die Beute irgendeines Jägers wurde.

Es ist nicht bekannt, ob Arkas später erfuhr, dass er seine eigene Mutter umgebracht hatte, sein verhängnisvoller Fehler aber kostete auch ihn das Leben. Die Hauptschuld an der Tragödie trug abermals Zeus. Zum Teil verstand ihn Hera richtig, der Vater der Götter und der Menschen besaß eine ungeheure Naivität, die in ihm brodelte wie Lava im Vulkankrater, alles um sich vernichtete, was die Reinheit seiner Absichten nicht zu würdigen vermochte. Sonst hätte er sich nicht entschlossen, Lykaon einen Besuch abzustatten, war es doch unschwer zu erraten, dass der König der Arkadier bei allen seinen üblen Neigungen keine Sympathie für den hegen konnte, der seine Tochter ins Verderben gestürzt hatte.

Boten brachten Lykaon die Kunde von dem bevorstehenden Besuch, aber der zeigte nicht die geringste Freude. Als der Gast den Boden Arkadiens betrat, wurde kein Weihrauch abgebrannt, nirgends ein Lamm zur Schlachtbank geführt. Kein Opferrauch stieg über den Altären auf. Für Zeus war das eine unangenehme Überraschung, er wähnte sich ja völlig schuldlos.

Lykaon war indessen nicht grundlos der Auffassung, dass der Olympier die Konsequenzen seiner unbesonnenen Leidenschaft hätte absehen müssen, und dachte nicht daran, das Schicksal seiner verführten Tochter zusammen mit ihrem Verführer zu beweinen. Er war ganz offenkundig nicht aus dem Holz geschnitzt, dass ihn gemeinsames Leid mit dem Feind hätte versöhnen können. Mehr noch, den Hass gegen Zeus übertrug der König auch auf dessen mit Kallisto gezeugten Sohn, seinen Enkel Arkas. Der Muttermörder wurde geschlachtet, gebraten und dem Gast serviert – gewissermaßen um den Weltherrscher der Prüfung seiner Allwissenheit zu unterziehen. Zeus jedenfalls interpretierte das so. Er war sich keinerlei Schuld Lykaon gegenüber bewusst und entbrannte in Zorn. Mehr noch als das eigentliche Verbrechen empörte ihn der rebellische Zweifel an seiner göttlichen Allwissenheit. Ein Blitz zuckte, von den neunundvierzig an der väterlichen Missetat beteiligten Brüdern Kallistos blieb nichts als Asche, während Lykaon selbst in einen Wolf verwandelt wurde und aus dem in Flammen stehenden Palast floh.

Seitdem reißt er jede Nacht mit gefletschten Zähnen sein Maul zum Firmament empor und lässt sein wehmütiges und schauriges Geheul durch die arkadischen Wälder schallen, doch blickt er dabei keineswegs zum Mond, wie aus irgendeinem Grund angenommen wird. Nein, seine grauen, gelb funkelnden Werwolfaugen sind dorthin gerichtet, wo in der Höhe die sieben Sterne des Großen Bären blinken.

Sie standen am Septemberhimmel über Petersburg, als Iwan Dmitrijewitsch, von Selenski kommend, auf die Straße trat, und in dieser Nacht sah er sie fortwährend im Fenster oder auch im Traum, er machte darin sowohl eine Bärin als auch eine Renkuh, einen Wagen, eine Kelle und sogar einen Schlüssel aus. Den raffinierten Nachschlüssel eines Diebs. Im Traum fand sich auch ein Schlüsselloch dafür, das Schloss schnappte, das Tor ging auf, der tote Kukolew stand dahinter. Er begann von der Frau zu erzählen, die ihn vergiftet hatte. Iwan Dmitrijewitsch hörte ihm zu, begriff alles, vermochte jedoch nicht aufzuwachen und hatte am Morgen alles vergessen.

SECHSTES KAPITEL

MORGENDLICHE ERLEDIGUNGEN

1

Gestern, bei der Planung dieses Tages, hatte Iwan Dmitrijewitsch auf seinem Merkzettel als ersten Punkt den Besuch bei Scharlotta Genrichowna notiert, doch jetzt, am Morgen, beschloss er, ihn auf eine spätere Stunde zu verschieben, um die Witwe ein wenig zur Ruhe kommen zu lassen. Inzwischen empfahl es sich, einen Besuch bei ihrem Schwager und der Schwägerin zu machen. Am frühen Morgen ließ sich aus einem Gespräch mit ihnen größerer Nutzen ziehen. Selbst wenn sie bereits von Jakow Semjonowitschs Tod wissen sollten, dürften sie kaum dermaßen vom Leid niedergedrückt sein, dass sie nicht in der Lage waren, Fragen zu beantworten.

Vorher sprach er noch mit Jewlampi, den er auf die Treppe herausholte. Von ihm erfuhr er Folgendes: Am Sonntag hatte ihn sein toter Herr zum älteren Bruder in dessen Stadtwohnung geschickt, doch Marfa Nikititschna war nicht dort, Semjon Semjonowitsch mit seiner Frau Nina Alexandrowna und den Töchtern Katja und Lisa auch nicht, es war überhaupt keiner da bis auf das Dienstmädchen, das ihm sagte, ihre Herrschaft wollte Montagabend von der Datscha zurückkommen, also gestern.

Iwan Dmitrijewitsch ließ sich die Adresse geben und betrat eine halbe Stunde später den von einem Portier bewachten Eingang eines solide gebauten Hauses auf der Gorochowaja, der ihn irgendwie an den Haupteingang auf Rjabinins Aquarell erinnerte, stieg die Treppe hinauf, klingelte und fragte den Lakaien, der die Tür öffnete:

»Ist Herr Kukolew Semjon Semjonowitsch zu Hause?«

»Zu so früher Stunde empfangen sie nicht«, lautete die strenge Antwort des Lakaien.

»Mich werden sie empfangen. Melde ihnen – Besuch von der Polizei, Putilin.«

Als er fünf Minuten später das Arbeitszimmer des älteren Kukolew betrat, flatterten zwei Mädchen in Hauskleidern heraus. Die eine war hellblond, wie die Mutter, die zweite dunkler, wie der Vater. Offenbar waren sie beim Vater gewesen, um ihm einen guten Morgen zu wünschen. Ihr genaues Alter zu bestimmen fiel Iwan Dmitrijewitsch schwer. Neuerdings schienen ihm weibliche Wesen zwischen fünfzehn und fünfundzwanzig allesamt achtzehnjährig zu sein. Das konnte für ihn nur eines bedeuten: Die Jugendzeit war passé.

»Setzen Sie sich, Herr Putilin«, forderte Kukolew ihn auf. »Was verschafft mir das Vergnügen, Sie wiederzusehen, überdies zu so früher Stunde? Sollte Ihr flüchtiger Sträfling solche Dreistigkeit entwickelt haben, dass er beschlossen hat, sich in unserer Stadtwohnung zu verstecken?«

»Lassen wir ihn beiseite. Ich komme in einer wirklich wichtigen Angelegenheit zu Ihnen«, erwiderte Iwan Dmitrijewitsch. Sein Gesprächspartner wusste anscheinend noch nichts vom Tod seines jüngeren Bruders.

»Aber ich gehe sicherlich nicht fehl in der Annahme«, Kukolew lächelte scharfsinnig, »dass es zwischen Ihrem sonnabendlichen Besuch bei uns auf der Datscha und dem heutigen einen Zusammenhang gibt.«

»Sie gehen nicht fehl. Ich suche Marfa Nikititschna.«

»Meine Mutter?«

»Die Ihrige und die von Jakow Semjonowitsch.«

»Bei ihm müssen Sie suchen. Sie wohnt bei ihm.«

»Ihre Mutter ist verschwunden.«

»Verschwunden? Verstehe ich nicht.«

»Am Freitag hat sie das Haus verlassen und ist nicht zurückgekommen. Ich bin auf Jakow Semjonowitschs Bitte hin zu Ihnen auf die Datscha gefahren, aber da ich Sie nicht beunruhigen wollte…«

»Und Sie ist immer noch weg?«, fiel ihm Kukolew ins Wort. »Wo kann sie denn sein?«

»Das ist es, was mich zu Ihnen führt. Was meinen Sie, wo sie sein könnte?«

»Keine Ahnung! Verwandte hat sie nicht, bis auf mich und meinen Bruder. Das heißt, irgendwo an der Wolga gibt es noch welche, aber sie hat sich längst mit allen zerstritten.«

»Dass sie sich versöhnt hat, kann nicht sein?«

»Sie kennen meine Mutter nicht. Lieber stirbt sie.«

»Oder dass sie zu einer Vertrauten gefahren ist?«

»Was sollte sie für Vertraute haben!«

»Oder in eine Einsiedelei gegangen? Sie ist doch, scheint's, eine Altgläubige.«

»Von wem haben Sie das?«

»Ehrlich gesagt, wir wohnen im selben Haus.«

»Und Sie haben sie nicht in der Kirche getroffen? Wahrscheinlich gehen Sie selbst nicht in die Kirche. Sie ist schon vor vielen Jahren zum orthodoxen Glauben konvertiert.«

»Wenn nicht in eine Einsiedelei, dann vielleicht in ein orthodoxes Kloster.«

»Nein, nein, das ist ausgeschlossen.«

»Vielleicht hatte Marfa Nikititschna einen Freund?«

»Wie meinen Sie das?«

»Wenn sie jünger wäre, würde ich ein anderes Wort verwenden. Keinen Freund, sondern…«

»Wofür zahlt man Ihnen bloß Geld!«, entfuhr es Kukolew. »Über sechzig ist die Frau.«

»Vor sechzig jedenfalls bringen russische Frauen noch wahre Recken zur Welt«, sagte Iwan Dmitrijewitsch in einem so würdevollen Ton, als ob er selbst eine Frau wäre.

»Ich ziehe den Hut vor Ihrem Patriotismus. Gleichwohl hat meine Mutter keinen Liebhaber, wie sie auch sonst niemanden hat, zu dem sie hätte fahren können. Um die Wahrheit zu sagen, sie hat einen schwierigen Charakter.«

»Ist das auch die Ansicht von Jakow Semjonowitsch?«

»Fragen Sie ihn. Sie sind doch Nachbarn.«

»Ach ja! Ich hatte vergessen, dass Sie keinen Umgang miteinander pflegen.«

»Oho! Sogar das wissen Sie? Übrigens, warum sind Sie so überzeugt, dass meine Mutter irgendwohin gefahren ist?«

»Dieser Meinung ist Jakow Semjonowitsch.«

»Immer hören Sie auf ihn. Er wird Ihnen noch ganz andere Sachen auftischen. Vielleicht ist sie gar nicht mehr am Leben?«

»Tot aufgefunden worden ist sie jedenfalls nicht.«

»Sie kann in einen Kanal geworfen worden sein oder in die Newa. Schließlich kann man sie auch entführt haben!«

»Wozu sollte sie jemand entführen?«

»Um von mir und meinem Bruder Lösegeld zu erpressen. Obwohl, bei mir ist nicht viel zu holen. Ich lebe von meinem Gehalt.«

»Sicher«, räumte Iwan Dmitrijewitsch ein, »wenn es unter kriegerischen Kaukasiern wäre. Aber in meiner Petersburger Praxis hat es solche Fälle bisher nicht gegeben.«

»Das kommt noch, Sie werden an mich denken! Schaschlik braten haben unsere Räuber gelernt, und auch Geiseln zu nehmen werden sie lernen. Warum sollte meine Mutter nicht den Anfang machen? Schicken Sie die Polizei aus, suchen Sie. Wer sie findet, tot oder lebendig, dem verspreche ich von meinem eigenen Geld«, Kukolew überlegte, »dem verspreche ich zehn Rubel. Verkünden Sie das Ihren Helfern, das wird ein Anreiz für sie sein. Und wenn es etwas gibt, teilen Sie es mir unverzüglich in den Dienst mit. Heute werde ich bis zum Abend im Ministerium sein.«

Iwan Dmitrijewitsch zückte sein Notizheft.

»Erklären Sie mir liebenswürdigerweise, wie man Sie da findet. Ich notiere es mir …«

Wie auf der Suche nach einem Bleistift, der irgendwo stecken musste, obgleich er sich ebenso gut einen von den Stiften hätte nehmen können, die aus dem Glas vor ihm auf dem Tisch spießten, begann er in seinen Taschen zu kramen. Nacheinander kamen folgende Gegenstände zum Vorschein: ein mit Tabak bekrümeltes nicht mehr frisches Taschentuch, eine Tabaksdose, eine Zahnbürste, eine Walnuss in Silberpapier, die ihm Wanetschka geschenkt hatte, Geld. Endlich kam das zum Vorschein, weshalb er das Ganze inszeniert hatte. Wie beiläufig legte Iwan Dmitrijewitsch das Scheibchen auf den Tisch, die Sterne nach oben.

Die Wirkung übertraf alle seine Erwartungen. Kukolews Gesicht verfärbte sich, seine Hand griff unwillkürlich nach dem Scheibchen.

Der Bleistift hatte sich nicht gefunden, doch Iwan Dmitrijewitsch gab die Suche auf.

»Ich sehe«, sagte er einschmeichelnd, »Ihnen ist dieses Metallstück bekannt.«

»Deshalb also haben Sie diese Taschenrevision veranstaltet! Sie hätten sich die Mühe sparen und mich offen fragen können. Meine Antwort lautet: Ja, es ist mir bekannt. Sehr gut sogar.« Kukolew ging zur Tür und rief: »Nina!«

Seine Gattin kam herein und wurde diesmal in aller Form vorgestellt:

»Meine Frau, Nina Alexandrowna … Du erkennst Herrn Putilin wieder?«

Jetzt, bei morgendlichem Licht, konnte Iwan Dmitrijewitsch sie genauer betrachten. Sie gehörte zu dem Frauentyp, bei dem sich auf den ersten, ja nicht nur auf den ersten Blick nicht so einfach sagen lässt, ob die Betreffende dreißig ist, aber wie über vierzig aussieht, oder umgekehrt über vierzig ist, aber wie dreißig wirkt. Allerdings hatte Iwan Dmitrijewitsch bereits ihre Töchter gesehen. Die Mädchen waren erwachsen, deshalb entschied er sich für letztere Variante.

»Sieh doch mal, Liebste, was Herrn Putilin zu uns führt«, sagte Kukolew, indem er auf das Scheibchen wies.

Bei dessen Anblick vergaß er seine verschollene Mutter genauso schnell, wie Iwan Dmitrijewitsch es aufgegeben hatte, den in seiner Tasche abhanden gekommenen Bleistift zu finden.

»Grässlich!« Einen Moment lang schloss Nina Alexandrowna sogar die Augen, um nicht sehen zu müssen, was ihr Mann ihr da zeigte. »Woher haben Sie dieses scheußliche Ding?«

»Nehmen Sie es nicht übel, Madame, aber dazu etwas später.«

»Dieses Metallstück«, sagte Kukolew leise, »ist ein Todesbote.«

»So etwas hatte ich mir schon gedacht«, erwiderte Iwan Dmitrijewitsch ebenso leise.

II

Das Schicksal trägt kein Glöckchen um den Hals, seine Schritte sind lautlos, und als der ältere Kukolew eines Morgens vor einem halben Jahr, als er sich seinem neuen Departementdirektor vorstellen wollte, zu Hause die Schatulle öffnete, in der seine Manschettenknöpfe für festliche Anlässe lagen, und statt ihrer dieses Scheibchen darin entdeckte, machte er sich deswegen zunächst keine Gedanken. Weitaus beunruhigender war in dem Moment das Verschwinden seiner Manschettenknöpfe. Schließlich fanden sie sich in einer anderen Schatulle, und da er in dem Scheibchen ein weibliches Accessoire vermutete, fragte er beim Abendessen Frau und Töchter, wem es denn gehöre. Alle drei erklärten, es zum ersten Mal zu sehen. Der Lakai und das Dienstmädchen wurden befragt, doch auch von ihnen war nichts zu erfahren.

Da nicht aus Gold, wurde das Scheibchen beiseite gelegt und vergessen, ein paar Tage später aber geschah etwas Schreckliches. Eines Abends, als Kukolew vom Dienst nach Hause kam, herrschte in der Wohnung hellste Aufregung. Seine Frau sagte, vor einer halben Stunde sei Lisa, die ältere Tochter, plötzlich ohnmächtig umgefallen. Die Situation erinnerte an einen grauenhaften Traum: Eine allgemeine Gliederstarre hatte Lisa befallen, das Herz schlug kaum. Zum Glück kam bald ein Arzt, sie bekam ein Brechmittel verabreicht und kehrte buchstäblich durch ein Wunder ins Leben zurück.

»Als sie das Bewusstsein wiedererlangte und sich beruhigte«, fuhr Kukolew fort, »gelang es Nina Alexandrowna und mir, die Ursache des Vorfalls herauszubekommen. Lisa hatte ein Glas von meinem guten zehnjährigen Jerez getrunken. Hin und wieder trinke ich vor dem Schlafengehen ein Gläschen davon, dann träume ich nicht von Berichten mit Zahlen, sondern etwas Angenehmeres. Verstehen Sie, worauf ich hinauswill? In den Wein war Gift getan worden.«

»Sie glauben, jemand wollte Sie vergiften, aber stattdessen hat sich Lisa vergiftet?«

»Leider sind wir alle hinterher klüger. Im Affekt habe ich den Wein in den Abort geschüttet und die Flasche weggeworfen. Das war mein Fehler. Die Zusammensetzung des Giftes ist so ein Geheimnis geblieben.«

»Wer kann denn an Ihren Jerez herangekommen sein?«

»Geduld«, sagte Kukolew, »darauf wollte ich gerade zu sprechen kommen. Ja, wer? Nina Alexandrowna oder Katja? – Lächerlich allein der Gedanke. Das Dienstmädchen? Wir haben die Frau ins Haus genommen, als sie noch ein junges Mädchen war. Der Lakai? Er ist schon viele Jahre bei uns und liebt mich wie seinen leiblichen Sohn.«

»Wo hat die Flasche gestanden?«, wollte Iwan Dmitrijewitsch wissen. Unwillkürlich fiel ihm seine eigene ein, die aus konspirativen Gründen ständig ihren Aufenthaltsort ändern musste.

»Hier.« Kukolew wies auf das Bücherregal.

»Ein Fremder ist nicht in Ihrem Arbeitszimmer gewesen?«

»Geduld, Geduld, Herr Putilin. Sehen Sie, gerade zu der Zeit war ich mit der finanziellen Seite der Tätigkeit einer gewissen Person befasst. Den Namen möchte ich nicht nennen, nur so viel: Bei seinen Geschäften genießt dieser Mann die Unterstützung Pantschulidsews, des Gouverneurs von Pensa. Und den protegiert bekanntlich der Gossudar* höchstpersönlich. Also, ich hatte Dokumente in der Hand, die den Betreffenden eindeutig ungesetzlicher Finanzmanipulationen überführten. Die Details müssen Sie nicht wissen, jedenfalls waren Hunderttausende im Spiel. Baron N. – nennen wir ihn so, obwohl er seinen Titel bei irgendeinem deutschen Kurfürsten käuflich erworben hat – wusste von diesen Dokumenten und machte mir über diverse Leute wiederholt Andeutungen, dass es sich für mich sehr vorteil-

* Bezeichnung des Zaren; Herrscher, Seine Majestät.

haft auswirken würde, wenn ich die Untersuchung einem anderen Beamten überließe, einem vermutlich bereits von ihm Gekauften. Ich tat, als verstünde ich die Andeutungen nicht. Da stattete der Baron mir persönlich einen Besuch ab, und zwar nicht im Ministerium, sondern zu Hause. Ich war gezwungen, ihn zu empfangen.«

»Sprechen Sie von Baron Neihardt?«

»Kennen Sie ihn? Ach ja, ich hatte es vergessen ... Stell dir vor, Ninotschka, Herr Putilin wohnt im selben Haus wie Jakow.«

»Ich fühle mit Ihnen.« Sie lächelte spöttisch. »Keine sehr angenehme Nachbarschaft, das muss man schon sagen.«

»Warum das, Madame?«

»Hat Scharlotta denn noch nicht versucht, Ihrer Frau die Augen auszukratzen?«

»Weshalb sollte sie? Sie haben ein gutes Verhältnis. Mein Sohn Wanetschka ist mit Ihrer Nichte befreundet.«

»Seltsam ...«

»Sagen Sie«, wandte sich Iwan Dmitrijewitsch an Kukolew, »war unter den Leuten, die Neihardt zu Ihnen schickte, nicht auch Jakow Semjonowitsch?«

»Genau!«, rief Nina Alexandrowna begeistert und kam damit ihrem Mann zuvor, der überlegte, ob er antworten sollte oder nicht. »Haargenau!«

»War das nicht der Grund, Semjon Semjonowitsch, warum Sie sich mit Ihrem Bruder entzweit haben?«

»Ja.« Kukolew nickte widerstrebend. »Aber ich fahre fort. Hier in meinem Arbeitszimmer versuchte Neihardt mich zu bestechen. Damit ich ihn in Ruhe lasse, versteht sich. Die Summe war beträchtlich.«

»Siebentausend Rubel«, fügte Nina Alexandrowna nicht ohne Stolz hinzu. »Können Sie sich das vorstellen? Und mein Mann hat abgelehnt.«

»Ich lebe von meinem Gehalt«, sagte Kukolew, »aber mein Gewissen verkaufe ich nicht. Das war auch die Antwort, die dieser Schurke mit Baronstitel von mir zu hören bekam. Er ging…«

»Unverrichteter Dinge«, schaltete sich wieder Nina Alexandrowna ein.

»Er ging, ein paar Tage später aber erschien er wieder bei mir. Und zwar bat er dieses Mal nicht, sondern drohte. Ich blieb fest, und er musste mit demselben Ergebnis abziehen. Und jetzt komme ich zur Hauptsache. Nach seinem ersten Besuch entdeckte ich dieses Scheibchen, nach dem zweiten wäre um ein Haar meine Tochter gestorben.«

»Die Schatulle mit den Manschettenknöpfen befand sich auch in Ihrem Arbeitszimmer?«, erkundigte sich Iwan Dmitrijewitsch nach einer Anstandspause.

»Sie sitzen neben dem Sekretär, in dem ich einige Dinge für festliche Anlässe aufbewahre, darunter auch die Manschettenknöpfe.«

»Hatte Neihardt bei seinen Besuchen die Möglichkeit, an Ihren Sekretär heranzukommen? Ihnen Gift in den Wein zu tun?«

»Das ist es ja! Beim ersten Mal verließ ich das Zimmer, um mich mit meiner Frau zu beraten, und beim zweiten, um den Lakaien zu Hilfe zu holen, denn im Guten dachte dieser Schuft nicht daran, zu gehen. In beiden Fällen blieb er ein paar Minuten in meinem Arbeitszimmer allein.«

»Nehmen wir an, dass Neihardt Sie vergiften wollte«, sagte Iwan Dmitrijewitsch, »aber was sollte er für einen Grund gehabt haben, Ihnen dieses Scheibchen unterzuschieben?«

»Es war eine Art Warnung vor drohender Vergeltung.«

»Und Sie haben ihren Sinn verstanden?«

»Später ja, da habe ich es.«

»Was meinen Sie, was wohl diese Sterne bedeuten? Eine Inschrift?«

»Die sieben Sterne«, sagte Kukolew, »stehen für die siebentausend Rubel, die Neihardt mir als Schmiergeld anbot.«

»Und das Tor? Was für ein Tor sollten sie öffnen?«

»Hier ist eine zweifache Interpretation möglich. Eine symbolische und eine praktische sozusagen. Erstens das Tor der Festung meiner Seele. Zweitens das Tor eines Hauses. Ein altes Herrenhaus ist etwas anderes als unser armseliges Landhäuschen. Nina Alexandrowna und ich träumten davon, eins zu kaufen, bekamen aber das Geld nicht zusammen.«

»Und Sie glauben, dass Neihardt von Ihrem Traum wusste?«

»Bestimmt hat ihm Jakow davon erzählt. Das mit dem Großen Bären ist doch kein Zufall!«

»Was hat er damit zu tun?«

»Ganz einfach«, lächelte Kukolew unfroh, »das Haus, das es uns so angetan hatte, steht in einem Dorf, das sich Medwedkowo* nennt.«

»Bei der Interpretation ist das kein Zeichen des Todes, sondern der Versuchung«, befand Iwan Dmitrijewitsch.

»Von vorn betrachtet, verhält sich das so. Da haben Sie Recht. Wenn wir aber die Rückseite nehmen? Was ist da dargestellt?«

»Wie – was?« Iwan Dmitrijewitsch drehte das Scheibchen verwundert zwischen den Fingern. »Nichts.«

»Nichts ist da. Leere. Und was bedeutet Leere? Genau das ist es, Verehrtester! Ich werde vor die Wahl gestellt: entweder das Tor meiner Seele zu öffnen und den Teufel einzulassen, wofür sich mir das Tor des Hauses in Medwedkowo öffnet, oder… Oder zu sterben.«

* Von »medwed« – Bär.

Nachdem sie eine Weile geschwiegen hatten, fragte Iwan Dmitrijewitsch:

»Haben Sie sich an die Polizei gewandt?«

»Die Dummheit habe ich begangen. Dass das nutzlos sein würde, hätte ich mir denken können.«

»Erinnern Sie sich noch, wem der Fall übertragen worden ist?«

»Ihrem Kollegen Schitkowski. Buchstäblich nach zwei Tagen erklärte er mir, alles Vorgefallene wäre ein Produkt meiner Phantasie. Ich verurteile ihn nicht. Neihardt ist ein Furcht einflößender Mann. Und ein mächtiger! Wer sich ihm in den Weg stellt, ist nicht zu beneiden. Letzten Endes habe ich selbst genauso gehandelt wie dieser Schitkowski.«

»Nämlich?«

»Nina Alexandrowna und ich haben Familienrat gehalten und beschlossen zu kapitulieren. Schwach ist der Mensch! Ich habe alle Papiere dem Beamten übergeben, an den ich von Neihardts Gönnern verwiesen wurde, und der hat sie auf Eis gelegt.«

»Den Namen des Beamten möchten Sie mir nicht sagen?«

»Nein. Und ich rate Ihnen von dem Versuch ab, ihn herauszubekommen.«

Iwan Dmitrijewitsch steckte das Scheibchen in die Tasche und erhob sich.

»Also dann …«

»Warten Sie«, hielt ihn Kukolew zurück. »Nina Alexandrowna und ich möchten wissen, weshalb Sie mit diesem Ding zu uns gekommen sind. Sollte man bei der Polizei tatsächlich den Mut aufgebracht haben, sich mit Baron Neihardt zu befassen?«

»Mit dem Baron werde ich mich später befassen. Und jetzt muss ich Ihnen mitteilen, dass genauso ein Metallding noch ein Mensch bekommen hat …«

»Wer?«

»Ihr Bruder … Und nun ist er tot.«

Als Iwan Dmitrijewitsch ein halbe Stunde später das Arbeitszimmer verließ, hörte er das flüchtige Rascheln eines Kleides und sah eine von Kukolews Töchtern vor sich. Sie erstarrte mit einem Buch in den Händen, das sie verkehrt herum hielt. Noch eine Sekunde, und sie hätte die Tür vor die Stirn bekommen. Das liebe Fräulein hatte bis zum Schluss gelauscht, um sich kein Wort entgehen zu lassen, war aber gerade noch rechtzeitig beiseite gesprungen, das Zicklein. Sonst wäre ihr die klassische Beule, das Schandmal der Spionin, an der Mädchenstirn nicht erspart geblieben.

Iwan Dmitrijewitsch vermerkte, dass die Lauscherin diejenige der beiden Schwestern war, die mit ihrer hellen Haar- und Hautfarbe sowie den Äuglein nach der Mutter kam.

»Lisotschka«, sagte Kukolew zu ihr, »hol doch mal Katja. Mama und ich müssen euch etwas sagen.«

III

Im Dienst hoffte Iwan Dmitrijewitsch Schitkowski vorzufinden, um ihn wegen der Geschichte mit Neihardt und diesem verflixten Scheibchen zu befragen, traf ihn aber nicht an. Dafür war Gaipel da. Er saß an seinem Tisch und schrieb mit klugem Gesicht etwas aus einem Buch ab. Iwan Dmitrijewitsch klappte es zu und las auf dem Umschlag den Namen des Autors – Abbé Bonneville – und den Titel: *Die aus den Reihen der Freimaurerei vertriebenen Jesuiten und ihr von den Freimaurern zerbrochener Dolch*, Übersetzung aus dem Französischen, herausgegeben im vorletzten Jahr, gedruckt in der Shernakow-Druckerei.

»Wie ich sehe, bist du heute stark beschäftigt«, grinste er. »Und was hast du gestern gemacht? Ich hatte dich gebeten, zu kontrollieren, dass Kramer das Gift ermittelt. Hast du ihn kontrolliert?«

»Nicht geschafft«, sagte Gaipel. »Gestern haben sie im Steinernen Theater, das heißt im Marientheater, die *Zauberflöte* in russischer Übersetzung gegeben, und ich fand, dass ich mir die Gelegenheit nicht entgehen lassen durfte.«

»Was für eine Gelegenheit? Wen hast du dort beschattet?«

»Niemanden. Es bot sich nur eine sehr günstige Gelegenheit, diese Oper zu hören.«

»Ach, du Nervensäge!«, brauste Iwan Dmitrijewitsch auf. »Großartiger Helfer! Hat sich selber aufgedrängt und ist für keinen Auftrag zu gebrauchen! Mozart musste er hören! Melomane du!«

»Mozart, falls Sie es nicht wissen sollten, ist Freimaurer gewesen«, erwiderte Gaipel würdevoll.

»Von mir aus auch ein kahler Teufel! Was habe ich dir gesagt?«

»Die *Zauberflöte* gilt, nebenbei bemerkt, als Enzyklopädie der Freimaurersymbole. Ich habe gelesen, da seien alle ihre geheimen Zeichen verschlüsselt, man müsse sie nur zu entschlüsseln wissen.«

»Und du hast sie entschlüsselt?«

»Ich versuche es.« Gaipel klopfte bedeutsam auf das vor ihm liegende Buch. »Mir scheint, mehr noch als der Text der Arien, zudem in russischer Übersetzung, kann uns die Musik selbst helfen, den Sinn der Inschrift auf diesem Medaillon zu begreifen. Da ist von sieben Sternen die Rede und eines der populärsten Sternbilder dargestellt, Mozart aber vermittelt mit seiner Musik bekanntlich die Bewegung der Himmelssphären. Wer Ohren hat zu hören sozusagen ...«

Gaipel lächelte kaum merklich, womit er andeutete, dass

Iwan Dmitrijewitsch ein groooßer Bär aufs Ohr getreten habe.

Iwan Dmitrijewitsch packte das Werk des Abbés Bonneville mit beiden Händen und holte nach dem Hinterkopf seines Assistenten aus.

»Erst anhören, dann zuschlagen«, sagte Gaipel.

»Nun?«

»Erinnern Sie sich, dass Sie gestern im ›Arkadia‹ Natalja nach dem roten Schirm gefragt haben?«

»Habe ich. Und?«

»Die Eintrittskarte habe ich von meinem Geld gekauft, nicht auf Staatskosten«, flocht Gaipel gekränkt mit einem schrägen Blick zu Iwan Dmitrijewitsch ein. »Und während der Vorstellung kam mir plötzlich der Gedanke… Wahrscheinlich war es die Wirkung der Musik… ich dachte: Da sucht er eine Person mit einem roten Schirm, ohne zu ahnen, dass dieser Schirm womöglich nichts anderes ist als ein geheimes Freimaurerzeichen.«

»Zeichen wovon?«

»Der Sonne zum Beispiel. Die meisten ihrer Zeichen entlehnen sie ja der Astronomie und Astrologie. Ich habe zu dem Buch gegriffen und versuche dahinter zu kommen. Überlegen wir logisch: Wenn der Große Bär das Tor öffnet, dann muss, umgekehrt, die Sonne es schließen.«

»Warum das?«

»Weil es um etwas geht, was danach oder, genauer gesagt, als Ergebnis des auf dem Medaillon beschriebenen Vorgangs geschieht. Über dem Horizont geht das Sternbild des Großen Bären auf – die Nacht beginnt, die Sonne geht auf – der Tag beginnt. Ein beängstigendes Symbol, wie Sie zugeben werden, denn die Öffnung des Tors bedeutet Freiheit für irgendwelche finsteren Kräfte.«

Iwan Dmitrijewitsch legte das Werk Bonnevilles auf den

Tisch zurück. Der Titel des Buches bewies, dass die Jesuiten jedenfalls mit dem Mord an Kukolew nichts zu tun hatten: Ihren Dolch hatten die Freimaurer zerbrochen.

»Möglich, dass das alles Unsinn und nicht die Bohne wert ist, aber mir will scheinen«, fuhr Gaipel fast flüsternd fort, »dass der tote Kukolew hinter ein Geheimnis gekommen ist. Vielleicht hat er dieses Tor zufällig geöffnet und wurde von den herausfliegenden finsteren Kräften getötet. Was die Besitzerin des roten Schirms betrifft, die Sie interessiert, so wollte sie ihn retten, denke ich mir, bekam das von ihm geöffnete Tor jedoch nicht rechtzeitig zu.«

Iwan Dmitrijewitsch schwieg. Freimaurer hin, Freimaurer her, vor etwas musste Jakow Semjonowitsch in der Tat Angst gehabt haben. Wie hatte er doch im Wald losgeschrien: »Wer hat Sie beauftragt, mir nachzuspionieren?« Komisch, aber das kam doch nicht von ungefähr. Und Marfa Nikititschnas Verschwinden schien nun auch mit seinem Tod im Zusammenhang zu stehen. Was, wenn ihm damit erneut ein Wink gegeben worden war: Nimm dich in Acht! Und was mochte seine Mutter mitgenommen haben, zufällig oder nicht? Nicht etwa so ein Scheibchen, das Gaipel als Medaillon bezeichnete?

»Folgendes«, sagte Iwan Dmitrijewitsch. »Alles, was dich jetzt beschäftigt, dem kannst du, bitte schön, in deiner Freizeit nachgehen. Solange du im Dienst bist und meinen Assistenten abgibst, darfst du gefälligst meine Aufträge ausführen. Also, als Erstes sei so lieb, Kramer ausfindig zu machen, er soll sich ranhalten, um herauszufinden, was für ein Gift in den Jerez gemischt worden ist, und mir einen Bericht schreiben. Zweitens ... du hast, soviel ich weiß, einen Verwandten in Schuwalows Kanzlei.«

Graf Pjotr Andrejewitsch Schuwalow war in der Hauptstadt Oberpolizeimeister.

»Ein Onkel war es wohl«, fuhr Iwan Dmitrijewitsch fort. »Er hat dir auch die Stelle hier verschafft, so ist es doch?«

»Ja, ein Onkel«, bestätigte Gaipel, »aber kein leiblicher. Er ist der Mann meiner Tante.«

»Geh ihm um den Bart und versuch in Erfahrung zu bringen, warum man da oben«, Iwan Dmitrijewitsch richtete die Augen zur Decke, »an der schnellstmöglichen Aufklärung dieses Falls so sehr interessiert ist. Was hat sie so aufgeschreckt? Unsere Vorgesetzten wissen entweder selbst nichts, oder man hat ihnen Stillschweigen verordnet. Ich habe aus ihnen nur herausgekriegt, dass der Mord an Kukolew die Sicherheit einer sehr wichtigen Person berührt. Was für einer Person? Versuch irgendwie an deinen Onkel heranzukommen, hm?«

»Ich werd's versuchen.« Gaipel nickte.

Iwan Dmitrijewitsch wandte sich der Tür zu, doch Gaipel lief voraus und versperrte ihm den Weg:

»Einen Augenblick! Wenn wir beide in demselben Fall ermitteln, dann müssen wir einander auch voll vertrauen. Erklären Sie mir, weshalb Sie gestern nach dem roten Schirm gefragt haben. Ich habe ein Recht, das zu wissen.«

»Wenn du zu viel weißt, wächst dir bald eine Glatze«, warnte ihn Iwan Dmitrijewitsch. »Alles, mein Lieber, will bezahlt sein«, fügte er hinzu, »wir beide aber sind arme Leute, zum Bezahlen haben wir nichts als gewisse im Schweiße unseres Angesichts beschaffte private Informationen. Kurz und gut, machen wir es so: Du erzählst mir etwas über diese wichtige Person und ich dir über den roten Schirm. Abgemacht?«

»Sie stellen unsere Beziehungen auf eine geschäftliche Grundlage?«

»Was soll denn daran schlecht sein? Je fester die Freundschaft, desto häufiger die Rechnungen.«

»Du lieber Gott, ich erzähle Ihnen doch auch so, was ich weiß! Kostenlos«, sagte Gaipel fast weinend. »Mir tut es der gemeinsamen Sache wegen nicht Leid drum. Im Halse stecken bleiben soll Ihnen Ihr Schirm.«

Iwan Dmitrijewitsch überhörte die Replik und fragte:

»Hat mich heute hier vielleicht jemand gesucht?«

»Wer sollte Sie denn suchen?«

»Ein gewisser Rjabinin, ein Maler.«

»Nein, war nicht hier«, erwiderte Gaipel.

SIEBENTES KAPITEL

KATZEN UND GRIECHISCHE MYTHOLOGIE

I

Nach dem Gespräch mit Gaipel rief Iwan Dmitrijewitsch eine Polizeikutsche und fuhr zu seinem Haus, doch bevor er Scharlotta Genrichowna aufsuchte, beschloss er, mit Frau und Sohn Mittag zu essen. Statt mit seinem Schlüssel zu öffnen, klingelte er, um seine Frau zu überraschen. Als sie ihn vor sich sah, sagte sie:

»Gott sei Dank, endlich denkst du an deinen Magen! Heute früh hast du wieder aus dem Mund gerochen.«

Zehn Minuten später dampfte herrliche bernsteingelbe Fischsuppe in seinem Teller, er aß und lobte sie, aber seine Frau saß mit düsterem Gesicht da. Kukolews Tod, von dem bereits alle Nachbarn wussten, bedrückte sie. Nicht, dass sie Jakow Semjonowitsch und Scharlotta Genrichowna so sehr gemocht hätte, doch das Mitgefühl mit ihnen, besonders mit der achtjährigen Olenka, rührte sie zu Tränen. Außerdem war es für sie wie für jede Frau ein grausiges Gefühl, die Schritte des Sensenmannes so dicht an ihrem eigenen Zuhause vernommen zu haben. Schließlich wohnten sie im selben Aufgang!

Iwan Dmitrijewitsch hatte schon lange bemerkt, dass Männer, wenn sie mit dem Tod in Berührung kommen, mangelndes Empfinden durch betonte Feierlichkeit kaschieren. Sie leben mit dem Kopf, deshalb erinnern sie sich zu solchen

Zeiten gewisser Konventionen, die den Frauen gar nicht in den Sinn kommen. Als Wanetschka beim Mittagessen übermütig wurde, machte Iwan Dmitrijewitsch »pst!«, erklärte ihm tadelnd, es sei nicht schön, sich so zu benehmen, wenn zwei Etagen tiefer Onkel Jascha noch nicht beerdigt liege, seine Frau hingegen dachte gar nicht daran, sich über die ungehörige Ausgelassenheit des Sohnes zu entrüsten. Ihr erschien das unwichtig, gemessen an dem Unfasslichen und Furchtbaren, das gestern einem Menschen, den sie gekannt hatten, zugestoßen war und jetzt noch fortdauerte da unten, wo die Witwe ihren toten Mann beweinte.

»Zu wissen, dass dein Mann die letzte Nacht in einer Lasterhöhle verbracht hat mit irgendeiner Dirne, von der er auch noch umgebracht worden ist! Grässlich! Ich vermag mir gar nicht vorzustellen, was ich an ihrer Stelle fühlen würde«, sagte Iwan Dmitrijewitschs Frau, die sich das Essen trotzdem schmecken ließ, wie stets, wenn sie etwas aufwühlte. »Im Haus ist von nichts anderem die Rede. Als ich heute mit Wanetschka vor dem Eingang spazieren ging, haben wir die Baronin Neihardt getroffen. Sie wirkte völlig verstört. Dann trafen wir noch Saizewa, die ist auch tief erschüttert. Wir haben uns verabredet, morgen alle drei einen Besuch bei Scharlotta Genrichowna zu machen.«

»Ich bin mit meinem Dingelchen spazieren gegangen, und alle Tanten haben es angeguckt«, prahlte Wanetschka. »Eine Tante hat gefragt: Woher hast du dieses hübsche Spielzeug?«

»Was für eine Tante?«, wollte Iwan Dmitrijewitsch wissen.

Dass Wanetschka mit dem Dingelchen das im Wald gefundene Scheibchen mit den sieben Sternen meinte, war auch so klar.

»Die Baronin fragte ihn«, erklärte seine Frau.

»Und was hast du ihr geantwortet, Söhnchen?«

»Dass Mami es mir gekauft hat.«

»Was du nicht sagst! Da hast ja geschwindelt?«

»Mhm.«

»Und wozu das?«

»Sie soll nicht glauben«, sagte Wanetschka rachsüchtig, »dass wir arm sind und uns nichts Schönes kaufen können.«

Bei dieser Antwort konnte Iwan Dmitrijewitsch einen Ächzer nicht unterdrücken. Um seine Verwirrung zu verbergen, fischte er mit dem Löffel einen Fischschwanz aus der Suppe, ergriff ihn mit zwei Fingern, beugte sich hinunter und rief:

»Mursik, Mursik! Miez-miez-miez!«

»Mursik ist seit gestern bei Laurenz, beglückt seine Schönen«, sagte seine Frau. »Du bist so wenig zu Hause, dass es dir wahrscheinlich auch nicht gleich auffallen würde, sollte morgen Wanetschka verschwinden.«

Laurenz war ein Major a. D., der eine Etage höher wohnte, ein Junggeselle und Besitzer von fünf Katzen mit Namen antiker Göttinnen: Minerva, Juno, Persephone und wie sie alle hießen. Weder auf die Straße noch auf den Dachboden durften sie, in ihrer hoffnungslosen Lage stimmten sie hin und wieder ein abscheuliches Geheul an, und dann fand Mursik als patentiertes Beruhigungsmittel Verwendung.

In Iwan Dmitrijewitschs Wohnung war dieser Kater unter so ungewöhnlichen Umständen gelangt, dass er es vorzog, sie vor seiner Frau geheim zu halten.

Vor etwa zwei Jahren hatten sich im Hof eines Hauses am Wosnessenski-Prospekt, zwischen den Holzschuppen und dem Müllhaufen, plötzlich ganze Scharen streunender Hunde versammelt, die verbissen die Erde aufwühlten. Der Hausmeister konnte ihrer einfach nicht Herr werden, die Köter liefen auseinander, kamen aber hartnäckig zu der Stelle zurück. Offenbar zog sie etwas in der Erde Vergrabenes unwiderstehlich an. Man argwöhnte eine verscharrte Leiche und erstattete Anzeige. Schließlich schickte Bezirksaufseher Budjagin, in dessen Bereich der Hof lag, zwei Polizisten mit Spaten hin, die, den Spuren der Hundeausgrabungen folgend, die Erde auszuheben begannen und in einer Tiefe von vielleicht zwei Arschin* auf einen Kasten stießen, in dem ein pechschwarzer Kater steckte, in Todesangst, aber lebendig. Dass er nicht erstickt war, verdankte er dem Röhrchen, das aus dem Kasten an die Erdoberfläche führte und ihn mit frischer Luft versorgte.

An Budjagins Unüberlegtheit lag es, dass die Ausgrabung am Tage vorgenommen wurde und es einen großen Volksauflauf gab. Natürlich verbreiteten sich Gerüchte über Zauberei, über Juden und Polen, die in Piter** alle orthodoxen Menschen auszurotten trachteten, daher ließ sich die Sache nicht vertuschen. Mit den Ermittlungen wurde Iwan Dmitrijewitsch betraut. Ohne lange zu überlegen, nahm er den Kasten, den sich ganz offensichtlich jemand hatte anfertigen lassen, und klapperte damit zwei Dutzend Tischler der Umgebung ab. Einer von ihnen erkannte seine Arbeit wieder und nannte auch den Namen des Auftraggebers: Guljajew, Kaufmann der dritten Gilde. Er wohnte in besagtem Haus am Wosnessenski-Prospekt. Beim Verhör sagte Guljajew aus, dass ihm kürzlich Wertpapiere abhanden gekommen seien, die Mitgift seiner Frau, und die Schwiegermutter ihm beigebracht habe, wie man den Dieb mit Hilfe eines schwarzen Katers ausfindig machen könne. In seinem unterirdischen Verlies musste der Kater drei Tage zubringen, dann war er unauffällig auszugraben, zu schlachten, sein Fell ab-

* Altes russisches Längenmaß = 0,71 m.

** Volkstümliche Bezeichnung von Sankt Petersburg, auch in der Zeit, als die Stadt Leningrad hieß.

zuziehen, in Streifen zu schneiden und diese kreisförmig auf den Erdboden zu legen. Genau um Mitternacht sollte Guljajew, splitternackt, die entsprechenden Beschwörungen auf den Lippen und ein Stück Fleisch des getöteten Katers im After, in den Kreis treten und, auf diese Weise gerüstet, den Dämon Sananail anrufen, der, wie seine Schwiegermutter versicherte, unverzüglich erscheinen und alle Fragen nach den verlorenen Wertpapieren beantworten würde.

Guljajew wurde aus der Hauptstadt ausgewiesen, und den Kater brachte Iwan Dmitrijewitsch nach Hause, verheimlichte seiner Frau allerdings, woher er ihn hatte. Wie seine Frau auf das, was der Kater durchgemacht hatte, reagieren mochte, war nicht vorauszusagen. Sie konnte ihn ins Herz schließen wegen der ausgestandenen Qualen oder weil er ein Opfer des Aberglaubens geworden war, doch ebenso konnte sie kurzerhand diese unreine Kreatur hinauswerfen, da ihre Anwesenheit im Haus die Gefahr von Krankheiten, von Geldnot, der Untreue des Mannes oder eines Besuchs der Schwiegermutter heraufbeschwor. Kurz und gut, Iwan Dmitrijewitsch dachte sich eine rührende Biographie aus, und der neue Mitbewohner wurde ohne Krach, wenn auch ohne Begeisterung in die Familie aufgenommen. Das erste halbe Jahr probierte Iwan Dmitrijewitschs Frau bei ihm die Namen ihrer Lieblingshelden aus Victor Hugos Büchern durch, aber keiner war von Bestand, und letzten Endes wurde er Mursik getauft. Dem Stieglitz Fomka tat er nie etwas zuleide.

»Geh ihn holen. Vom Süßen in Maßen«, sagte Iwan Dmitrijewitschs Frau. »Laurenz gibt ihm immer rohe Leber zu fressen, und bei mir rümpft er dann beim frischesten Fisch die Nase.«

»Wie, gleich jetzt?« Iwan Dmitrijewitsch verzog das Gesicht.

»Wenn es dir zu schwer fällt, kann ich auch selber gehen.«

»Ich verstehe die Eile nicht. Was willst du von ihm? Mag er sich noch ein bisschen vergnügen.«

»Nein. Es reicht.«

»Weshalb?«

»Hat sich genug vergnügt«, erklärte seine Frau, da sie kein gewichtigeres Argument fand.

Iwan Dmitrijewitsch ließ das Streiten und trottete seufzend zum dritten Stock hoch.

»Warum so früh?«, wunderte sich Laurenz. »Ihr Mursik hat noch gar nichts vollbracht. Hat sich gestern Abend satt gefressen, ist unters Bett gekrochen und sitzt dort wie ein Einsiedler. Sie füttern ihn wohl schlecht?«

»Wir füttern ihn gut«, sagte Iwan Dmitrijewitsch verschnupft. »Ihre Hübschen sind ihm einfach über. Es hat alles seine Grenzen!«

»Womit sollten sie denn sein Missfallen erregt haben? Sehen Sie doch, wie allerliebst sie sind!« Laurenz wies irgendwohin zu den Zimmern, obwohl seine Schmusekatzen ihm hier in der Diele um die Beine strichen.

Wie ein Zauberer zog er eine alte ausgeblichene Portiere zurück, hinter ihr an der Wand tat sich das Gruppenporträt der gesamten Majorsmannschaft auf: Minerva, Juno, Persephone und noch zwei rothaarige Kätzchen saßen und lagen malerisch auf einem von Rjabinin gemalten Sofa. Gestern in der Tairow-Gasse hatte Iwan Dmitrijewitsch mehrere Bilder von genau derselben Machart gesehen.

»Umwerfend!«, sagte er, ehrlich beeindruckt. »Wie viel haben Sie dafür bezahlt?«

»Viel. Aber gut getroffen sind sie dafür, wie?«

»Wie lebendig. Hat Helfreich sie gemalt?«

»Woher wissen Sie das?«, staunte Laurenz.

»Das bringt der Dienst mit sich.«

»Nein, ernsthaft. Woher?«

»Wer kann das denn in Petersburg noch so? Allein Helfreich«, meinte Iwan Dmitrijewitsch lächelnd, während er zusah, wie Laurenz sich alte Lederhandschuhe anzog, anscheinend aus Angst, Mursik könnte ihn falsch verstehen und die Krallen zeigen.

Eine Minute später kam Laurenz zurück, den Kater im Arm, und sagte, als er ihn Iwan Dmitrijewitsch übergab:

»Übrigens, was Ihren Dienst betrifft: Wie man hört, ist Ihnen die Aufklärung des Mordes an Jakow Semjonowitsch übertragen worden. Stimmt das?«

»Ja.«

»Und kommt schon Licht in die Sache?«

»Vorläufig nicht sonderlich.«

»Es heißt, irgendeine Frau hätte ihn umgebracht, mit der er die Nacht verbrachte. Stimmt das auch?«

»Ja, auch.«

»Ich denke, nein.« Laurenz schüttelte den Kopf.

»Was – nein?«

»Das stimmt nicht. Solche Männer wie Jakow Semjonowitsch werden nicht von Frauen umgebracht. Ich denke, ihn hat der Mann der Frau ermordet, die gestern Nacht mit ihm zusammen war, sie selbst jedenfalls nicht.«

»Haben Sie Gründe, das anzunehmen?«

»Habe ich. Ich wohne in diesem Haus schon viele Jahre, war mit Jakow Semjonowitsch befreundet, bevor er Charlotta Genrichowna heiratete, und seinerzeit auch über einige seiner Abenteuer im Bilde. Er bevorzugte stets verheiratete Damen, und solche Eskapaden rächen sich. Früher oder später musste ihm das passieren, was passiert ist.«

»Über seine letzten Abenteuer wissen Sie nichts?«

»Leider nein. Aus Freunden sind wir längst zu bloßen Nachbarn geworden, aber ich bin sicher, dass er seinen alten

Vorlieben treu geblieben ist. Kurz und gut, wenn Sie mehrere Verdächtige haben, rate ich, sich auf die zu konzentrieren, die zwei Voraussetzungen erfüllen: Erstens muss es sich um einen Mann handeln, und zweitens muss der Mörder verheiratet sein.«

»Danke, ich werde es berücksichtigen.« Iwan Dmitrijewitsch nickte und trat auf den Treppenabsatz hinaus.

Mursik begriff augenblicklich, wohin er getragen wurde, und versuchte sich mit kläglichem Miauen loszureißen, zurück zur Leber und den allerliebsten Kätzchen. Iwan Dmitrijewitsch sah sich gezwungen, ihm einen Nasenstüber zu geben. Ängstlich kniff Mursik die Augen zusammen und verhielt sich still.

Iwan Dmitrijewitsch stieg bereits die Treppe hinunter, als er von Laurenz noch einen Rat nachgeschickt bekam:

»Am besten wird es sein, wenn Sie unter irgendeinem passenden Vorwand überhaupt die Aufklärung des Falls abgeben. Sonst werden Sie sich zwangsläufig Unannehmlichkeiten mit den Nachbarn einhandeln. Letzten Endes wird die Frau die Leidtragende sein.«

»Wessen Frau?«

»Ihre. Ich habe keine Frau.«

»Was soll denn ihr passieren?«

»Lieben Sie sie?«

»Natürlich. Sie ist doch meine Frau.«

»Dann denken Sie daran, dass sie im Unterschied zu Ihnen ein verletzlicher Mensch ist. Sie wird darunter zu leiden haben, wenn sich Ihre Tätigkeit auf das Verhalten der Nachbarn zu ihr auswirkt. Und so wird es kommen«, prophezeite Laurenz, bevor er die Tür zuschlug.

II

Im Vorraum seiner Wohnung ließ Iwan Dmitrijewitsch den Kater auf den Fußboden hinunterspringen, und der rannte sofort zu seinem Napf. Er selbst nahm den Zylinder von der Garderobe, um nach dem Besuch bei Scharlotta Genrichowna gleich zum Dienst zu fahren. Da bemerkte er, dass bei seinem neben ihm stehenden Sohn die Unterlippe Besorgnis erregend herunterhing: Gleich würde er losheulen.

»Sie hatten versprochen, nach dem Mittagessen ein Spiel zu spielen«, erinnerte ihn Wanetschka mit vor Kränkung brüchiger Stimme.

Ehe dieser kleine Riss zum bodenlosen Abgrund aufklaffen konnte, folgte ihm Iwan Dmitrijewitsch gehorsam ins Kinderzimmer, wo die Zinnsoldaten auf dem Fußboden in dichten Kolonnen dem Tod und unsterblichem Ruhm entgegengingen. Die Plüschhäsin sah ihnen traurig nach.

In der Ecke bewachten vier Jäger mit aufgepflanztem Bajonett eine runde Halwa*-Schachtel.

»Was haben sie denn zu behüten?«, fragte Iwan Dmitrijewitsch.

Er warf einen Blick hinein und begriff plötzlich, weshalb sein Sohn beim Mittagessen so froh gelaunt gewesen war: In diesem hölzernen Mausoleum lag sein kostbares Scheibchen. Jetzt, da Onkel Jascha tot war, entfiel die Notwendigkeit, ihm zurückzugeben, was er verloren hatte. Sein Sohn freute sich so treuherzig über die glückliche Fügung, dass Iwan Dmitrijewitsch es einfach nicht übers Herz brachte, mit ihm zu schimpfen und sein Glück zu trüben.

* Orientalische Süßigkeit, die aus einer flockigen Mischung von zerstoßenem Sesamsamen und Honig oder Sirup besteht.

»Heute nehmen wir mal statt der Spielfiguren Soldaten«, schlug Wanetschka vor.

Er wählte einen russischen Grenadier und einen napoleonischen Gardisten mit Bärenfellmütze. Während Iwan Dmitrijewitsch den Landsmann seinem Sohn überließ, nahm er sich den Froschesser. Auf dem schmalen Weg zwischen Fleisch fressenden Monstern, die sie von überall mit blutunterlaufenen Augen anstarrten, drängten sich die beiden sofort ängstlich aneinander. Eigentlich Erzfeinde, fühlten sie sich jetzt nicht als Soldaten einander bekriegender Imperien, sondern einfach als Menschen, als von bösen Geistern und Ungeheuern drangsalierte göttliche Geschöpfe. Das Gewehr im Anschlag, schritten sie langsam vorwärts, doch die Spieler würfelten, und sie mussten sich wieder trennen. Jedem wurde das seinem nationalen Charakter entsprechende Schicksal zuteil: Der Grenadier strauchelte zweimal, über TRUNKSUCHT und UNBOTMÄSSIGKEIT, dem Franzosen passierte es nur einmal, dafür aber durch GENUSSSUCHT. Das war seine Beresina, hier blieb er auf ewig. Gleich dreimal musste er aussetzen. Da klingelte es an der Tür. Iwan Dmitrijewitschs Frau öffnete, und als der russische Recke, allen übrigen Versuchungen entgangen, vor den Engel mit der Bonbonniere trat, erschien Selenski in der Tür.

»Haben Sie das selbst gemalt?«, erkundigte er sich, indem er Iwan Dmitrijewitschs Bild betrachtete. »Sehr lehrreich.«

»Der Onkel soll mitspielen«, sagte Wanetschka seinem Vater mit laut vernehmlichem Flüstern ins Ohr.

Selenski tat, als höre er nichts.

»Möchten Sie nicht einen kleinen Spaziergang machen, Iwan Dmitrijewitsch?«, fragte er. »Das Wetter ist phantastisch.«

Bei diesen Worten fuhr Wanetschka auf:

»Papi, nach dem Mittagessen hatten Sie zwei Spiele versprochen! Und für den Abend noch eins.«

Iwan Dmitrijewitsch parierte das mit einem Gegenvorschlag:

»Lass uns jetzt eins machen und am Abend zwei.«

»Nein«, sagte Wanetschka.

»Na schön, am Abend machen wir drei Spiele. Gut?«

Während Vater und Sohn feilschten, ging Selenski durchs Zimmer und betrachtete Wanetschkas Schätze mit der gleichmütigen Neugier des Junggesellen. So könnte es wahrscheinlich aussehen, wenn sich ein stolzer Indianerhäuptling die Exponate des Polytechnischen Museums ansah: sich daran erfreute, aber keine Begeisterung zeigte, um der Würde seiner Person und seiner Lebensweise nichts zu vergeben.

Schließlich einigten sie sich auf drei Spiele vor dem Schlafengehen. Iwan Dmitrijewitsch griff nach seinem Zylinder, um mit Selenski die Treppe hinunter- und, vorbei an Kukolews Wohnung im Erdgeschoss, auf die Straße hinauszugehen. Alles ringsum erfüllte schüttere herbstliche Wärme. In der Nähe war die Luft klar, in der Ferne, über den Dächern, näherte sich ihre Dichte der von böhmischem Glas.

»Schon einmal habe ich Ihnen einen Dienst erwiesen«, sagte Selenski. »Ich meine die beiden Juden, die Falschgeld hergestellt haben, ihre Korrespondenz. Und mir scheint, entschuldigen Sie meine Selbstgefälligkeit, dass ich Ihnen wieder nützlich sein kann. Gestern haben Sie mir aus irgendeinem Grund Jakow Semjonowitschs Tod ebenso verheimlicht wie das sonderbare Verschwinden Marfa Nikititschnas. Ich verstehe – Dienstgeheimnis. Nach Ihren Beweggründen frage ich nicht, das geht mich nichts an, doch heute weiß es schon das ganze Haus, und für mich persönlich ist es auch kein Geheimnis, dass Sie mit den Ermittlungen betraut worden sind. Nein, nein, Sie dürfen nicht annehmen, dass ich zur

Polizei gegangen bin, genauso wenig habe ich jemanden speziell befragt. Ihr gestriges Interesse für den Mythos über Kallisto, für den arkadischen Mythos«, betonte er, »hat mir vieles erklärt. Und Sie sind auf dem richtigen Weg.«

»Nämlich?«

»Zwar sind Sie kein übermäßig gebildeter Mensch, aber an Intuition mangelt es Ihnen nicht. Sie haben es erraten: Mythen überdauern deshalb Jahrtausende, weil sie sich ewig wiederholen. In die Welt kommen Neuerungen wie Eisenbahnen, Gewehre mit gezogenem Lauf oder Klappzylinder, doch der Mensch bleibt, wie er war und immer sein wird. In ihrer Mythologie haben die alten Griechen alle möglichen Sujets unseres Lebens zusammengetragen. Eine geniale Sammlung, die sich bis auf den heutigen Tag nutzen lässt. Auch bei der Suche nach dem Mörder Jakow Semjonowitschs kann die Geschichte der armen Kallisto für uns von Nutzen sein.«

»Für uns?«

Von freiwilligen Helfern hielt er nicht viel mehr als von Agenten, die die Polizei nicht des Geldes wegen mit Informationen versorgten, sondern aus staatsbürgerlichem Pflichtbewusstsein.

»Wenn Sie meine Dienste zurückweisen«, sagte Selenski fest, »werde ich diesen Fall allein aufzuklären versuchen. Möchten Sie sich meine Überlegungen anhören?«

»Gern.«

»Fangen wir der Reihe nach an. Jakow Semjonowitsch wurde in der Nacht von Sonntag auf Montag ermordet. Und Sonntagabend, unmittelbar vor seinem Tod, haben Sie Ihre Nachricht an mich geschrieben. Daraus schließe ich, dass der Tote um die ihm drohende Gefahr gewusst hat. Sie, Iwan Dmitrijewitsch, verbergen viel vor mir, aber ich denke, dass Jakow Semjonowitsch kurz vor seinem Tod eine Warnung erhalten hat in Form des rätselhaften Satzes über die sieben Sterne, die das Tor öffnen. Er rief Sie zu Hilfe, Sie mich. An jenem Abend trafen Sie mich nicht zu Hause an und hinterließen mir die Nachricht. Übrigens hätte ich dieses Kryptogramm an jenem Tag sowieso nicht entschlüsseln können. Jetzt sieht es anders aus. Jetzt bin ich überzeugt: Mit diesem Satz warnte der künftige Mörder Jakow Semjonowitsch, dass sein Geheimnis enträtselt sei und die Sühne nicht lange auf sich warten lassen werde.«

Iwan Dmitrijewitsch fiel Gaipel ein. Der vermutete, dass Kukolew selbst hinter jemandes Geheimnis gekommen sei, bei Selenski war es umgekehrt. Doch das Ergebnis war bei beiden gleich: der Tod.

»Der Satz ist so, dass man aus ihm herauslesen kann, was man will«, widersprach er, da ihm das Haus in Medwedkowo eingefallen war und die siebentausend Rubel, die Baron Neihardt dem älteren Kukolew angeboten hatte.

»Das Orakel von Delphi drückte sich auch in einer anderen Sprache aus, als man sie in den Rechenbüchern findet. Aber der Reihe nach. Erkennen Sie meine bisherigen Gedankengänge als logisch an?«

»Durchaus.«

»Dann weiter. Erstens ist da das Sternbild des Großen Bären. Zweitens das Hotel ›Arkadia‹. Und der Sonntag ist, nebenbei bemerkt, der siebente Tag der Woche. Sollte das alles bloß Zufall sein? Und als Letztes: Ist Ihnen nicht in den Sinn gekommen, dass das Verschwinden Marfa Nikititschnas mit dem Tod ihres Sohnes im Zusammenhang stehen könnte?«

»Den Gedanken hatte ich.«

»Und dass Jakow Semjonowitsch … Haben Sie nicht darüber nachgedacht?«

»Was – Jakow Semjonowitsch, was?«

»Nein, ich glaube es nicht, dass Sie den Gedanken nicht gehabt haben!«

Selenskis Augen weiteten sich auf absonderliche Weise, das Gesicht nahm einen Ausdruck an, als sitze er, wie die Pythia von Delphi, auf einem Dreifuß über einer ins Erdinnere hinabreichenden Spalte, aus der giftige Dünste quellen: Sie umnebeln das Hirn mit heiligem Irrsinn, verschleiern das Sichtbare und machen das Unsichtbare zugänglich.

»Haben Sie nicht darüber nachgedacht, Iwan Dmitrijewitsch? Das ist aber bedenkenswert! Nicht umsonst lahmte er von Geburt an wie der Teufel.«

»Daaas also meinen Sie...«

»Trauen Sie sich nicht, es laut auszusprechen? Zu schrecklich, das in den Mund zu nehmen?«

»Sie haben Jakow Semjonowitsch in Verdacht, dass er... ein Muttermörder ist? Wie Arkas?«

»Ich war sicher, dass Ihnen dieser Gedanke kommen müsste.« Selenski nickte befriedigt.

Längere Zeit gingen sie schweigend. Iwan Dmitrijewitsch war es, der den Gesprächsfaden wieder aufnahm:

»Irgendwie ist das schwer vorstellbar, aber nehmen wir es einmal an. Was sollte er für einen Grund haben, sie umzubringen?«

»Am ehesten einen ganz banalen: Geld. Wenn das Gold klingt, verstummen alle Gefühle. Wie die Musen während des Krieges.«

»Was denn für Geld? Marfa Nikititschna hatte nichts weiter als ihre Truhe mit neuen Sachen, die zu tragen sie sich weigerte.«

Selenski schüttelte den Kopf:

»Sie irren. Als ihr Mann starb, überschrieb er den größten Teil des Vermögens nicht den Söhnen, sondern seiner Frau. Nach dem Gesetz gehörte es ihr, obwohl über alles der jüngere Sohn verfügte. Ihm fiel nach dem Testament auch alles zu. Doch vor kurzem begann Marfa Nikititschna davon zu reden, dass sie ein neues Testament schreiben und zum Haupterben nicht den Jüngeren machen wolle, sondern, wie es sich gehört, den Älteren.«

»Und weshalb das?«

»Sie hatte sich endgültig mit Scharlotta Genrichowna überworfen. Dazu kam, dass diese Olenka gegen die Großmutter einnahm. Auf ihre alten Tage war Marfa Nikititschna auch allmählich klar geworden, was ihr Jüngerer für einer war. Anscheinend war ihr etwas zu Ohren gekommen.«

»Was denn?«

»Da gab es so einiges«, erwiderte Selenski ausweichend.

»Und woher wissen Sie das alles?«

»Marfa Nikititschna sprach offen mit mir.«

»Womit haben Sie denn ihre Freundschaft verdient?«

»Mit dem, womit ich auch Ihre verdient habe: der Kenntnis des Altgriechischen. Sie war zwar zur Orthodoxie konvertiert, damit ihre Söhne und die Schwiegertöchter sie nicht von den Enkelinnen isolierten, doch dem Heiligen Synod misstraute sie. So erschienen ihr gewisse Stellen in der synodalen Bibelübersetzung zweifelhaft. Sie argwöhnte, dass hier die Wahrheit vor dem Volk verborgen wurde, und bat mich, den russischen mit dem griechischen oder, noch besser, mit dem hebräischen Text zu vergleichen. Auf diese Weise haben wir uns angefreundet.«

Sie machten eine Runde um die benachbarten Karrees und näherten sich wieder ihrem Haus.

»Aber wenn Marfa Nikititschna, wie Sie meinen, Kallisto ist, wer soll dann Lykaon sein?«, wollte Iwan Dmitrijewitsch wissen.

»Wenn ich es wüsste, würde ich es Ihnen als Erstem sagen.«

»Aber die Frau geht doch auf die siebzig zu, Sergej Bogdanowitsch. Ihr Vater dürfte kaum noch am Leben sein. Noch unwahrscheinlicher ist, dass ein Greis, alt wie Methusalem, seinen Enkel getötet hat, um Rache für die Tochter zu nehmen.«

»Mein Teurer, man kann doch nicht alles so buchstäblich nehmen!« Selenski verzog das Gesicht. »Selbst eine Rechnung, die Sie im Restaurant bekommen, lässt verschiedene Deutungen zu. Erst recht ein Mythos. Weil es dort einen Großvater gibt, muss es auch hier unbedingt einen geben? Nichts dergleichen! Jakow Semjonowitsch ist doch nicht in Stücke geschnitten und gebraten worden, wie Lykaon es mit Arkas gemacht hat. Bei alldem handelt es sich um Details, und Details sind für uns unwesentlich. Das ist schließlich kein Roman! Lenski zum Beispiel wird von Onegin getötet, und wir wären sehr erstaunt, in einer neuen Ausgabe zu lesen, dass er in Wirklichkeit durch die Hand von Tatjanas Kinderfrau umgekommen sei. Aber auch Kallisto, Arkas und Lykaon sind ja keine literarische Helden! Sie sind Symbole. Bedenken Sie das, Iwan Dmitrijewitsch!«

»Und dann noch dies: Nach Ihrer Version muss Jakow Semjonowitschs Mörder im Voraus gewusst haben, dass der die Absicht hat, sich seiner Mutter zu entledigen. Das ist wiederum kaum glaubhaft.«

»Ich zwinge niemandem etwas auf, mein Teurer. Ob Sie es glauben oder nicht, das ist Ihre Sache. Sie sind ein erfahrener Kriminalist, ich dagegen bloß ein Dilettant. Aber eigentlich habe ich mich Ihnen ja nicht als Gehilfe aufgedrängt, Sie selbst haben mich in diese Sache hineingezogen, und jetzt liegt es nicht mehr in Ihrer Macht, mir zu verbieten, Überlegungen anzustellen und Schlüsse zu ziehen. Ich glaube nicht, dass ich Sie von der Richtigkeit meiner Gedankengänge überzeugen konnte, doch möchte ich Ihnen zum Abschluss einen Rat geben: Übereilen Sie nichts. Schwimmen Sie mit dem Strom. Sie sind ein Mann der Tat, aber dieses Mal ist es besser, sich in Geduld zu fassen. Unser Lykaon wird sich bald selbst verraten.«

»Ich bitte Sie! Wie denn?«

»Arkas' Mörder muss auch sterben«, sagte Selenski.

Vor dem Haus verabschiedeten sie sich, jeder ging zu seinem Eingang. Selenski hatte bereits die Tür geöffnet, doch Iwan Dmitrijewitsch konnte sich nicht enthalten, ihm zuzurufen:

»Einen Augenblick!«

Selenski drehte sich bereitwillig um.

»Sergej Bogdanowitsch, ist denn Lykaon gestorben? Sie sprachen doch selbst davon, dass Zeus ihn in einen Wolf verwandelt hat.«

»Von mir aus«, Selenski lächelte sarkastisch, »wenn Sie einen solchen Ausgang des Geschehens für möglich halten, wage ich nicht zu widersprechen. Kann sein, dass der Werwolf in allernächster Zeit in Erscheinung tritt, machen Sie die Augen auf. Wünsche Erfolg.«

Iwan Dmitrijewitsch stand noch auf der Straße, als eine Kutsche vorfuhr, aus der Baronin Neihardt stieg und zu ihrem Eingang ging, nachdem eine Minute zuvor aus dem anderen Madame Saizewa erschienen war.

»Eine schöne Frau«, flüsterte sie, indem sie verschwörerisch ihre Äuglein zwischen Iwan Dmitrijewitsch und der bereits verschwundenen Baronin hin und her huschen ließ. »Sie tut einem Leid.«

»Warum?«

»So eine Frau – und so ein Mann. Mit meiner besseren Hälfte habe ich in einer gewissen Hinsicht auch nicht gerade das große Los gezogen, aber ich weiß, wie ich ihn in

Schwung bringe. Ihr dagegen steht ins Gesicht geschrieben, dass sie das nicht weiß.«

Iwan Dmitrijewitsch ließ sich auf dieses Gespräch gern ein:

»Sie meinen, der Baron …«

»Ja, diesen Männertyp kenne ich gut. Sie scheinen zwar durchaus leidenschaftlich zu sein, haben aber alle einen kurzen Atem im Sinne der nichtplatonischen Liebe.«

»Wie das – einen kurzen Atem?«

»Oooh«, sagte Saizewa mit samtiger melodiöser Katzenstimme, »für wen halten Sie mich? Ich kann doch nicht offen darüber sprechen! Unsere Beziehungen sind nicht so, dass ich alles so offen aussprechen könnte. Kommen Sie abends bei mir vorbei, wenn wir ungestört sind, werde ich Ihnen alles erklären. Wie denn! Soll ich mich vielleicht der Fingersprache bedienen?«

»Erklären Sie es bei Gelegenheit meiner Frau«, schlug Iwan Dmitrijewitsch vor, »und sie erzählt es mir weiter. Unsere Beziehungen lassen das ohne weiteres zu.«

»Oooh, Iwan Dmitrijewitsch«, erwiderte Saizewa ebenso tief und gedehnt, »das ist zwecklos. Ihre Frau wird es nicht verstehen. Ihr steht ins Gesicht geschrieben, dass sie solche Sachen nicht versteht.«

Aus dem Hauseingang tauchten ihre Töchter auf, zwei Minuten später ihr Mann.

»Na, ihr Hühnchen«, rief er munter, »wartet ihr schon sehr auf euer Hähnchen?«

Als er jedoch Iwan Dmitrijewitsch bemerkte, machte er ein trauriges Gesicht und sagte in ganz anderem Ton:

»Schrecklich, schrecklich. Arme Scharlotta Genrichowna …«

ACHTES KAPITEL

ZU BESUCH BEI DER WITWE

I

Das Erste, was Iwan Dmitrijewitsch wahrnahm, als er Jewlampi vom Vorraum in den Korridor folgte, war der dem toten Wohnungsinhaber verhasste Tabakgeruch. Je weiter er ging, desto stärker wurde der Geruch. Als sie das Wohnzimmer betraten, sah er den Qualm in der Luft schweben, graublau ringelte er sich über der Zigarre, die Baron Neihardt in der Hand hielt. Auf dem Tisch vor ihm stand ein massiver Aschenbecher aus böhmischem Glas. Iwan Dmitrijewitsch betrachtete ihn nicht ohne Verwunderung: ja, kein Tellerchen oder Schälchen, sondern ein großer Aschenbecher. Zu Lebzeiten Jakow Semjonowitschs war er sicher irgendwo in die hinterste Ecke verbannt worden, jetzt aber, nach seinem Tod rehabilitiert, zurückgekehrt. So holt ein neuer Zar nach seiner Thronbesteigung als Erstes die unter seinem Vorgänger in Ungnade Gefallenen aus Sibirien zurück und wieder an den Hof.

Noch größer wurde Iwan Dmitrijewitschs Verwunderung, als er sah, dass Neihardt sich eilig erhob und ihm die Hand hinstreckte wie seinesgleichen, was er noch nie getan hatte.

»Freut mich, freut mich sehr, Herr Putilin. Ich wage zu hoffen, dass wir, da die Ermittlungen Ihnen anvertraut worden sind, bald den Namen des Mörders erfahren werden.«

»Danke. Der Glaube an meine bescheidenen Fähigkeiten verleiht mir Kraft.«

Scharlotta Genrichowna war nicht im Zimmer.

»Sie ist zu Hause. Gleich kommt sie«, beantwortete Neihardt Iwan Dmitrijewitschs stumme Frage.

Tatsächlich, im Korridor wurden Schritte hörbar, dann eine beleidigte Männerstimme:

»Da lachen ja die Hühner! Wir hatten das Doppelte vereinbart ...«

Das war schon die dritte Überraschung: An der Stimme erkannte Iwan Dmitrijewitsch Gnetotschkin. Woher nahm er die Kühnheit, hierher zu kommen? Scharlotta Genrichowna musste ihm wohl etwas Schwerwiegendes anzulasten haben, wenn sie erst vor einer Woche, als sie auf der Treppe mit ihm zusammentraf, in rasender Wut mit dem Schirm auf ihn losgegangen war. Iwan Dmitrijewitschs Frau und Wanetschka waren zufällig Zeugen dieser hässlichen Szene geworden.

»Sagen Sie mir danke schön, dass ich Ihnen so viel gebe«, versetzte die Witwe. »Nehmen Sie das und verschwinden Sie.«

Eine Minute später betrat sie das Wohnzimmer. Eingefallene dunkle Augen, fast wimpernlos. Welkende Tränensäcke. Ein langer, noch glatter Hals. Energische, aber fahrige Bewegungen: Die Hand fährt hoch, um die Frisur zu korrigieren, aber es sieht so aus, als wollte sie sich eine Ohrfeige geben. Und irgendwie wirkte die hagere Scharlotta Genrichowna in ihrem Trauerkleid klapprig wie der Tod.

»Ah, Herr Putilin! Ich habe Sie erwartet. Bei der Polizei sagte man mir, dass mit der Suche nach dem Mörder meines Mannes Sie beauftragt wurden.«

»Mein aufrichtigstes Beileid. Keine Worte vermögen ... Alles, was in meiner Macht steht ...«

»Ich zweifle nicht daran.«

»Ich hätte eher kommen sollen, habe aber beschlossen, Ihnen Zeit zu lassen, ein wenig zur Ruhe zu kommen und die Tragödie zu bewältigen.«

»Dazu werde ich mein ganzes verbleibendes Leben brauchen«, sagte sie.

Nach dieser Erklärung wusste Iwan Dmitrijewitsch nicht recht, wie er das Gespräch einleiten sollte, und begann deshalb mit dem Protokollarischen:

»Möglicherweise werde ich die Rede auf partiell intime Themen bringen müssen. Selbstverständlich nur, insoweit Sie es gestatten. Ist Ihnen das genehm im Beisein des Herrn Barons?«

»Der Baron ist ein alter Freund meines Mannes. In seiner Gegenwart können Sie alles sagen.«

Der alte Freund zündete sich eine neue Zigarre an.

Nach allem, was der ältere Kukolew über seinen Nachbarn erzählt hatte, betrachtete Iwan Dmitrijewitsch ihn mit besonderer Aufmerksamkeit. Madame Saizewa hatte gleichfalls Öl ins Feuer seiner Neugier gegossen. Sieh an, diesen Männertyp kennt sie gut. Welchen? Neihardt hatte runde Schultern, eine ebensolche Brust und volle Hüften. Seine ganze ungefüge feminine Gestalt stellte ein unangenehmes Ensemble dar mit den scharfen und nüchternen Gesichtszügen eines Asketen und dem vorstehenden Unterkiefer eines Nussknackers.

»Sie und Jakow Semjonowitsch sind Kompagnons gewesen?«, erkundigte sich Iwan Dmitrijewitsch.

»Nein, aber hin und wieder haben wir gemeinsame Geschäfte betrieben.«

Der Leichnam des Toten lag in einem der Nebenzimmer, seine Seele schwebte, im Tabaksqualm fast erstickend, irgendwo hier herum und musste ohnmächtig mit ansehen, wie ihre Wohnung voll gequalmt wurde!

»Nehmen Sie Platz, meine Herren«, forderte Scharlotta Genrichowna ihre Besucher auf und begleitete diese Worte mit einer so energischen Geste, dass ein Außenstehender hätte meinen können, sie weise ihnen die Tür.

Alle drei setzten sich um einen großen Tisch, auf den eine perlengestickte Decke aufgelegt war. Sie mochte der Auslöser der letzten, verhängnisvollen Auseinandersetzung zwischen der alten und der jungen Hausherrin gewesen sein.

»Bei unseren gemeinsamen Geschäften«, brach Neihardt als Erster das Schweigen, »konnte ich mich stets auf Jakow Semjonowitsch verlassen wie auf einen Bruder. Er erwiderte dieses vorbehaltlose Vertrauen.«

»Weil er kein Glück mit seinem leiblichen Bruder hatte«, pflichtete Scharlotta Genrichowna ihm bei. »Sie sind völlig verschiedene Naturen, nichts Gemeinsames. Der Ältere kommt charakterlich nach der Mutter, der Jüngere nach dem Vater. Semjon ist ein beschränkter Mensch, er möchte nach seinem Verstand leben, Verstand hat er bloß wenig. Jascha dagegen hat aus vollem Herzen gelebt. Zudem hinkte mein Mann, wie Sie wissen, von Geburt an. Als kleiner Junge konnte er sich nicht an Kinderspielen beteiligen, er wurde verträumt und sonderte sich ab.«

»Bildeten diese charakterlichen Eigenschaften bei seinen kaufmännischen Geschäften kein Hindernis?«, fragte Iwan Dmitrijewitsch.

»Im Gegenteil, seine durch Einzelgängertum in der Kindheit entwickelte Einbildungskraft war für ihn hilfreich.«

»Seine Phantasie war oftmals der Motor unserer gemeinsamen Unternehmungen«, bestätigte der Baron.

»Heute Nacht saß ich allein an seinem Sarg und betete, plötzlich höre ich seine Stimme: ›Lottotschka, quäl dich nicht, geh schlafen…‹ So fürsorglich, wie er zu Lebzeiten war, ist er auch nach seinem Tod geblieben. Ich gehorchte und legte mich hin, konnte aber nicht einschlafen. Da sagt er wieder von irgendwo zu mir: ›Nimm unsere Traukerzen, Lottotschka…‹ Sie, Baron, haben sie gesehen, sie stehen bei uns auf der Konsole hinter den Ikonen. Das ist unser Familienheiligtum. Meine Schwiegermutter wollte sie viele Male dort entfernen, aber Jaschenka hat es nicht zugelassen. Er hat sogar Oljuschka eingeschärft: Wenn wir beide sterben, dann behüte du sie, sie werden dir ebenso Glück bringen wie Mama und mir.«

Wo und unter welchen Umständen ihr Gatte umgebracht worden war, das ließ Scharlotta Genrichowna nicht nur unerwähnt, sie schien sich nicht einmal darüber Gedanken zu machen. Mehr noch, sie ging offenbar davon aus, dass auch ihre Zuhörer dies als Belanglosigkeit vergessen hatten. Das Bett mit den Spiegelwänden war ein verbotenes Thema. Iwan Dmitrijewitsch beschloss, das Tabu, mit dem die Witwe das Wort »Arkadia« belegt hatte, vorderhand nicht zu verletzen.

»Ich stieg auf einen Stuhl«, sagte sie leise, den Blick auf einen Punkt gerichtet, »griff nach diesen Kerzen, und kaum dass ich sie berührte, spürte ich unter meinen Fingern nicht Wachs, sondern menschliches Fleisch. Ich schrie auf, doch nach einer Sekunde begriff ich: Nein, das sind keine Kerzen mehr, sondern die Finger meines Jaschenka. Kalt…«

»Haben Sie nur seine Finger gefühlt«, fiel ihr Iwan Dmitrijewitsch ins Wort, »oder auch die Handfläche?«

»Ja, auch die Handfläche…«

»Und?«

»Kalt. Extrem kalt…«

»Ich meine, ob es die rechte oder die linke Hand war.«

Die Witwe fuhr auf und sah ihn verärgert an:

»Ist das nicht egal? Ob die rechte oder die linke, das habe ich nicht bemerkt.«

»Das hätten Sie aber können, denn seine rechte Handfläche hatte sich Jakow Semjonowitsch verbrannt.«

»Sie haben Recht«, gab sie zu, »das hatte ich ganz vergessen. Tatsächlich, kurz vor seinem Tod hat sich Jascha zufällig mit kochendem Wasser verbrüht, aber als er in der Nacht nach meiner Hand fasste, habe ich nichts gespürt. Also war es die linke Hand.«

»Auf welche Weise hat er sich denn verbrüht? Haben Sie es gesehen?«, ließ Iwan Dmitrijewitsch nicht locker.

»Nein, als es passierte, war ich nicht dabei.«

»Und wer hat ihm den Verband angelegt?«

»Marfa Nikititschna… Worum geht es eigentlich?«

»Alles, was mit Jakow Semjonowitsch in letzter Zeit gewesen ist, kann das Geheimnis seines Todes erhellen.«

»Wahrscheinlich hat ihn Marfa Nikititschna selbst verbrüht«, sagte die Witwe nach kurzer Überlegung. »Sie ist so.«

»Gut, gut. Fahren Sie fort.«

»Leicht gesagt. Wo war ich stehen geblieben?«

»Sie begriffen, dass das keine Kerzen mehr waren, sondern Jakow Semjonowitschs Finger«, soufflierte der Baron.

»Ja, ja, die Finger… Kalt. Extrem kalt, aber so vertraut. Ich hatte das Gefühl, nicht ich hielte sie, sondern sie hielten meine Hand. Ich spürte, wie er mir vom Stuhl herunterhalf, dann führte er mich zu unserem Ehebett, damit ich mich ausstreckte, legte mir die Hand auf die Brust, und ich entschlummerte augenblicks.«

»Sie hätten den Moment nutzen sollen, um ihn zu fragen, wer ihn umgebracht hat«, sagte Iwan Dmitrijewitsch. »Er hätte antworten können, solange das Totenamt nicht gehalten ist.«

»Nach dem Totenamt kann er es nicht mehr?«, wollte Neihardt wissen.

»Nach dem Totenamt ist es den Verstorbenen untersagt, sich in unsere Angelegenheiten einzumischen.«

»Wozu sollte ich fragen?«, sagte Scharlotta Genrichowna mit eisiger Stimme. »Ich weiß es auch so.«

Der Baron griff nach ihrer Hand:

»Scharlotta, Teuerste, wovon reden Sie?«

»Ja, ich weiß es.«

»Und können Sie den Namen des Mörders nennen?«, fragte Iwan Dmitrijewitsch.

»Dazu, Herr Putilin, habe ich Sie hergerufen.«

»Mich hat niemand hierher gerufen. Ich bin von allein gekommen.«

»Sie haben einfach nicht erkannt, dass Sie meinem Ruf gefolgt sind. Ich habe Sie über den Ofen hergerufen.«

»Verstehe.« Iwan Dmitrijewitsch nickte.

Er kannte das von klein auf, der Baron hingegen stammte aus einer Gegend, wo man damit nicht vertraut war, deshalb fragte er beunruhigt:

»Über den Ofen? Scharlotta...«

»Ja, ich habe die Ofentür geöffnet und den Namen von Herrn Putilin ins Feuer gesprochen. Meine Schwiegermutter machte das immer so, wenn sie jemanden bei sich sehen wollte. Mir gelingt das zwar selten, aber heute hat es geklappt.«

»Sie wollten den Namen des Mörders nennen«, erinnerte Iwan Dmitrijewitsch sie.

»Erst müssen Sie beide schwören, dass Sie ihn geheim halten werden.«

»Ich gebe Ihnen mein Wort«, sagte der Baron.

Doch Iwan Dmitrijewitsch schüttelte den Kopf:

»Ich bin Staatsdiener, ein solches Versprechen kann ich nicht geben. Wenn ich mich darauf einlasse, ist es mir nicht möglich, den Verbrecher festzunehmen.«

»Dessen werden Sie nicht bedürfen.«

»Gnädige Frau, was wollen Sie damit sagen?«

»Er braucht nicht festgenommen zu werden... Er ist tot.«

Vor Überraschung zuckte Iwan Dmitrijewitsch fröstelnd mit den Schultern. Genau wie Wanetschka, wenn er Pipi machen musste. Sollte Selenskis Prophezeiung so schnell eingetroffen und Lykaon bereits tot sein?

»Gut«, willigte er ein, »wenn es sich so verhält, verspreche ich zu schweigen.«

Scharlotta Genrichowna stellte indessen eine neue Bedingung:

»Küssen Sie das Kreuz.«

Für alle Fälle griff Iwan Dmitrijewitsch zu einem Trick. Er zog unterm Kragen das kleine Brustkreuz hervor, verdeckte es mit seiner Hand und drückte statt der Lippen seine Nase daran. Diese uralte List ließ ihm die Hoffnung, dass, sollten ihn seine dienstlichen Pflichten zwingen, den Schwur zu brechen, in der Himmelskanzlei Nachsicht mit ihm geübt würde. Das Kreuz glitt wieder unter sein Hemd, und aus einem fernen Winkel seines Gedächtnisses erreichte ihn: »Wer aber verletzet des Kreuzes Küssen, über den komme des Herren Hand, Pest und Hunger, und Feuer und Schwert...«

»Auch Sie, Baron, küssen Sie das Kreuz«, verlangte Scharlotta Genrichowna.

»Ich bin lutherischer Konfession.«

»Dann schwören Sie auf die Bibel.«

Sie brachte die Heilige Schrift in der von Marfa Nikititschna so missbilligten synodalen Übersetzung und schlug die erste Seite des Johannesevangeliums auf. Neihardt erhob sich, legte die linke Hand auf den Vers »Im Anfang war das Wort, und das Wort war bei Gott, und Gott war das Wort«, reckte zwei Finger der rechten Hand hoch und schwor, das Gehörte geheim zu halten.

Die Zeremonie war vollzogen, alle drei nahmen wieder ihre Plätze am Tisch ein. Scharlotta Genrichowna seufzte tief. Niemand trieb sie zur Eile, aber letzten Endes kam aus ihrem Munde annähernd das, was Iwan Dmitrijewitsch schon vor Beginn dieser ganzen schwülstigen Inszenierung, deren Raffiniertheit selbst für ihn irreführend war, zu hören erwartet hatte.

»Jakow Semjonowitsch hat sich selbst umgebracht«, erklärte die Witwe, ohne noch etwas hinzuzufügen.

Bei diesen Worten verspürte Iwan Dmitrijewitsch Enttäuschung, nicht so starke allerdings, dass er nicht bemerkt hätte: Aus irgendeinem Grund wirkten sie auf den Baron belebend.

»Na, so was!«, rief er aus. »Eines verstehe ich nicht: Weshalb muss darüber geschwiegen werden?«

»Was ist hier nicht zu verstehen? Ich will nicht, dass mein Mann als Selbstmörder außerhalb der Kirchenmauer beerdigt wird.«

»Seien Sie unbesorgt«, sagte der alte Freund fröhlich. »Ich bin stumm wie ein Grab.«

Iwan Dmitrijewitsch schwankte einen Augenblick, ehe er sich entschloss, das Tabu zu brechen mit der Frage:

»Scharlotta Genrichowna, ist Ihnen bekannt, wo und unter welchen Umständen Ihr Mann gestorben ist?«

»Selbstverständlich«, erwiderte sie mit beneidenswerter Ruhe.

»Und waren Sie in dem Zimmer? Haben Sie das Bett gesehen, in dem er seine letzte Nacht verbracht hat?«

»Nein, aber ich kann es mir vorstellen.«

»Was meinen Sie, warum Jakow Semjonowitsch wohl auf die Idee gekommen ist, seinem Leben an so einem Ort ein Ende zu setzen?«

»Aus Liebe zu mir.«

»Ach? Aus Liebe zu Ihnen? Bei aller Hochachtung...«

»Mein Mann hat seinen Tod mit Absicht so arrangiert, damit er mir weniger Schmerz bereitet.«

»Lassen Sie uns ganz offen sprechen«, begann Iwan Dmitrijewitsch, um größtmögliche Sanftheit seiner Worte bemüht. »Es wird hart sein für Sie, aber die Sache ist zu ernst. Lieber würde ich dieses Gespräch nicht vor Zeugen führen, doch Sie sagten selbst, dass Sie vor dem Herrn Baron keine Geheimnisse haben.«

»Jetzt nicht«, präzisierte sie.

»Ich bitte um Entschuldigung, aber Sie wissen, dass Jakow Semjonowitsch im ›Arkadia‹ mit einer anderen Frau zusammen gewesen ist?«

Sie lächelte nachsichtig:

»Ist es Ihnen gelungen, sie ausfindig zu machen, Herr Putilin? Haben Sie sich mit ihr getroffen?«

»Bisher nicht. Aber...«

»Nun, es war gar keine Frau mit ihm zusammen, das können Sie mir glauben. Er hat nur alles so eingerichtet, als wäre da eine gewesen.«

»Wem wollte er denn etwas vormachen?«

»Mir.«

»Ich glaube, Scharlotta Genrichowna, Sie machen sich selbst etwas vor.«

»Sie sind von anderer Art, für Sie ist es schwer zu verstehen, dass mein Mann mit dem ihm eigenen Edelmut gehandelt hat. Ja, ja! Und sehen Sie mich nicht wie eine Verrückte an. Begreifen Sie, Jakow wollte, dass der Gedanke an dieses grässliche Hotel mir hilft, ihn schneller zu vergessen. Dass ich glaube, er wäre in dieser Nacht mit einer anderen Frau zusammen gewesen, und nicht so sehr um ihn trauere. Er wollte mein Leiden erleichtern und war bereit, sogar die Erinnerung an ihn, an seinen guten Namen zu opfern…«

»Ich verneige mich vor der Reinheit Ihres liebenden Herzens«, sagte Iwan Dmitrijewitsch, »doch diese Version erscheint mir fragwürdig.«

Draußen verlosch der Tag. Die Wohnung lag im Hochparterre, und kaum dass die Sonne hinter die Dächer der Häuser auf der gegenüberliegenden Seite gesunken war, wurde es im Wohnzimmer durch die dichten dunklen Gardinen schummerig.

Iwan Dmitrijewitsch fiel ein, dass gestern der Tag des Säulenheiligen Simeon gewesen war, Herbstbeginn, da ganze Schwalbenzüge im Tiefflug über die Seen zogen und die Nattern aus dem Wasser ans Ufer und drei Werst* weit über die Wiesen krochen. An diesem Tag heizten die Hausfrauen Hunderte Werst von Petersburg entfernt, in dem armseligen Provinzstädtchen, in dem er geboren war und bis zum Alter von sechzehn Jahren gelebt hatte, die Öfen mit neuem Feuer, lebendigem, das aus Holz gerieben und nicht mit dem Feuerstahl geschlagen wurde. Mit dieser Flamme erweckte man auch Späne, Kerzen, Lämpchen zum Leben. Sein Vater beherrschte die Kunst, solches Feuer zu erzeugen, was Iwan Dmitrijewitsch in seiner Kindheit mit Stolz erfüllt hatte. Am Morgen schon loderte im Hof das geheiligte Feuer, von dem die Nachbarn Kohlestückchen und schwelende Holzscheite zu ihren Höfen trugen. Hier dagegen betrat Jewlampi das Wohnzimmer, um stinkende Schwefelhölzer zu entzünden und die Kerzen im Leuchter zum Brennen zu bringen. Kein Mensch verstand sich in Petersburg darauf, durch Reiben Feuer aus reinem Holz zu gewinnen, deshalb gab es hier

* Altes russisches Längenmaß = 1,067 km.

weder richtige Wärme noch ordentliches Licht. Und so, wie jegliche Flamme nach Schwefel stank und jeden, der so einem gespenstischen Licht folgte, in ein Sumpfloch zu locken trachtete, schien alles von Scharlotta Genrichowna Gesagte nicht als Illusion der Liebe und nicht als rührende Verblendung, sondern als Arglist und Betrug.

»Olenka habe ich mit der Kinderfrau gleich zu meiner Schwester auf die Wassili-Insel geschickt«, sagte sie, »sonst bindet noch jemand von den Nachbarn dem Mädchen auf die Nase, wo sein Vater gestorben ist. Die Nachbarn hier sind gehässig, das wissen Sie ja selbst. Meine Köchin ist von auswärts, aber ich werde sie entlassen, damit sie sich nicht verplappert. Bloß Jewlampi behalte ich, er ist ein treuer Mensch. Wenn Sie, Herr Putilin, schon nicht begreifen konnten, warum Jakow so gehandelt hat, wie will man es dann einem achtjährigen Kind erklären. Behüte Gott, dass es ihr jemand sagt und sie mit diesem seelischen Schmerz aufwachsen muss! Vorläufig wird sie bei meiner Schwester wohnen, inzwischen suche ich nach einer anderen Wohnung... Ja«, fiel Scharlotta Genrichowna ein, »Sie werden sicher wissen wollen, was Jakow veranlasst hat, sich zu so einem schrecklichen Schritt zu entschließen?«

»Wäre nicht verkehrt«, sagte Iwan Dmitrijewitsch.

»Alles verhält sich ganz einfach. Er hatte sich in riesige Schulden gestürzt, um irgendein riskantes Geschäft in Angriff zu nehmen, das ihn ruiniert hat. In die Details hat er mich nicht eingeweiht.«

»Hätte er sich nicht bankrott erklären können? Soviel ich weiß, gehört der größte Teil des Vermögens Marfa Nikitischna. Folglich wäre der Bankrott für ihn ein idealer Ausweg aus der Situation gewesen.«

»Jakow war doch ihr Alleinerbe. Also hätte er das Erbe ausschlagen oder seinen Gläubigern überlassen müssen.«

»Sie sprechen, als wäre Marfa Nikititschna nicht mehr am Leben.«

»Davon bin ich überzeugt.«

»Warum?«

»Weil Jakow gestorben ist. Sie wissen doch, dass meine Schwiegermutter zwei Tage vor seinem Tod verschwunden ist. Offenbar hat er eine Nachricht erhalten, dass sie tot ist, woraufhin er beschloss, aus dem Leben zu scheiden.«

»Aber wer kann denn Ihre Schwiegermutter umgebracht haben?«

»Wer kann das nicht gewesen sein!«, erwiderte Scharlotta Genrichowna mit nervösem Lachen. »Bei ihrem Charakter! Sie legte sich doch mit jedem an, bald mit dem Hausmeister, bald mit dem Droschkenkutscher. Man traute sich kaum, sie allein auf den Markt zu lassen. Einmal hat sie mit ihrem Feilschen den Bogen dermaßen überspannt, dass sie einen gefrorenen Fisch auf den Kopf gehauen bekam.«

»Sollte Jakow Semjonowitsch seine Mutter so sehr geliebt haben, dass er ohne sie nicht leben wollte? Irgendwie, wissen Sie ...«

»Er hat mich und Olenka geliebt. Der Selbstmord war für ihn die einzige Chance, uns vor bitterer Armut zu bewahren.«

»Ich verstehe gar nichts«, gestand Iwan Dmitrijewitsch.

Scharlotta Genrichowna wandte sich zu Neihardt.

»Erklären Sie es ihm. Mir fällt es schwer, darüber zu sprechen.«

Neihardt knackte mit dem knochigen Kiefer und ging daran, die Bitte der Witwe zu erfüllen:

»Herr Putilin, im Handeln meines Freundes liegt eine gewisse Logik. In ihrem Testament hat Marfa Nikititschna ihren jüngeren Sohn als Erben eingesetzt, und nach der Logik der Dinge fällt im Falle seines Ablebens das Vermögen

Olenka zu. Nun ist sie, wie Sie wissen, erst acht Jahre alt. Gewisse juristische Feinheiten gibt es da, aber grundsätzlich braucht sie bis zu ihrer noch in weiter Ferne liegenden Volljährigkeit keine Schulden von Vater und Großmutter zu begleichen. Anders ausgedrückt, über eine lange Zeit braucht sich Scharlotta Genrichowna als Vormund ihrer Tochter keinerlei Sorgen zu machen.«

Iwan Dmitrijewitsch schwieg bedrückt. Diese ganze spitzfindige Konstruktion, die wie ein Mausoleum über dem Leichnam Jakow Semjonowitschs errichtet worden war und die Version von seinem Selbstmord stützen sollte, besaß nicht mehr Stabilität als ein Kartenhaus. Wollten sie ihn etwa für dumm verkaufen?

»Wie man hört«, sagte er vorsichtig, »hat sich Ihre Schwiegermutter mit der Absicht getragen, ihr Testament auf den älteren Sohn umzuschreiben.«

»Auch davon wissen Sie? Wirklich, das ist kein Haus hier, sondern ein Schlangennest.«

Scharlotta Genrichowna ging kurz hinaus und kam mit einem Kuvert zurück, das mit drei roten Prägesiegeln verschlossen war.

»Sie können sich überzeugen. Über Gespräche mit Nachbarn ist die Sache nicht hinausgegangen, das Testament ist unverändert geblieben.«

»Es wird nach Auffinden des Leichnams von Marfa Nikititschna eröffnet werden«, erklärte Neihardt, »oder nach Ablauf der gesetzlichen Frist für verschollen Gemeldete.«

»Ich habe sie hergerufen, Herr Putilin, damit Sie sich keine Umstände machen mit der vergeblichen Suche nach dem Mörder meines Mannes. Aber Sie werden gezwungen sein zu berichten, dass es Ihnen nicht gelungen ist, den Verbrecher zu ermitteln. Ihren Ehrgeiz müssen Sie dabei vergessen. Denken Sie daran, dass Sie das Kreuz geküsst haben.«

Sie schlug mit der Handkante auf den Tisch und zog damit den Schlussstrich unter das Gespräch. Beide, der alte Freund und die Witwe, blickten irgendwohin zur Seite, ins Leere. Angespanntes Schweigen trat ein, wie es so ist, wenn von drei Anwesenden zwei allein bleiben möchten. Iwan Dmitrijewitsch wurde deutlich zu verstehen gegeben, dass die Audienz beendet sei. Doch er rührte sich nicht vom Fleck, fuhr fort, Fransen der Tischdecke zum Zöpfchen zu flechten. Einen Backenbart hatte er sich zu der Zeit noch nicht zugelegt.

Rechts von Scharlotta Genrichowna hing das Porträt ihres seligen Schwiegervaters vor dem Hintergrund von Jerusalem, links die Lithographie mit den Teufeln, die einen nackten Säufer in den Keller schleppten, und das Aquarell von Rjabinin. Iwan Dmitrijewitsch deutete darauf und fragte:

»Wissen Sie, wer der Maler ist?«

»Nein. Dieses Bild hat Jascha von einem Freund geschenkt bekommen. Möglich, dass der es selbst gemalt hat.«

»Den Namen des Freundes können Sie mir nicht nennen?«

»Wenn ich ihn wüsste, hätte ich ihn gleich genannt. Ist etwas mit diesem Aquarell?«

»Ein seltsames Sujet. Ich begreife seinen Sinn nicht.«

»Da ist gar nichts Seltsames dran, alles verhält sich ganz einfach. Der Ritter verkörpert die Vergangenheit der Menschheit, der Herr mit Melone die Gegenwart, und der Vergleich zwischen ihnen fällt nicht zugunsten des Letzteren aus. Wie Sie sehen, hat er Mühe, den Händedruck seines Vorfahren auszuhalten. Es handelt sich um eine Allegorie. Worum es geht, ist nicht die Begegnung von Menschen an sich, sondern zweier Kulturen. Kurz und gut, der Sinn besteht darin, dass unsere zeitgenössische Kultur im Niedergang ist und sich nicht mit der Kultur der Vergangenheit messen kann.«

»Sind Sie von allein darauf gekommen, oder hat Ihr Mann Ihnen das so erklärt?«

»Ja, mein Mann.«

»Finden Sie nicht«, fragte Iwan Dmitrijewitsch vorsichtig, »dass dieser Herr Jakow Semjonowitsch ähnlich sieht?«

»Sie haben Recht«, die Witwe nickte, »eine gewisse Ähnlichkeit zwischen ihnen besteht schon, aber das betrifft vor allem die Kleidung. Jascha hat so einen Mantel. Seine Melone allerdings ist nicht ganz die gleiche.«

»Und dann scheint bei dem, der die zeitgenössische Kultur verkörpert, das eine Bein etwas kürzer zu sein als das andere«, äußerte Iwan Dmitrijewitsch, was ihm selbst erst jetzt aufgefallen war.

»Ja, mag sein.«

»Und Sie verwundert diese Ähnlichkeit nicht?«

»Nicht im Geringsten. Im Unterschied zu den meisten unserer Zeitgenossen war mein Mann ein geistig suchender Mensch.«

»Worin fand das seinen Ausdruck?«

»Darin zum Beispiel, dass er nie mit der Eisenbahn fuhr, mit keiner Stahlfeder schrieb, keinen Tee trank. Statt Tee wurde ihm heißes Wasser mit Konfitüre serviert. Mit anderen Worten, er bewahrte gewissen Traditionen seiner Vorfahren die Treue. Deshalb hält mein Mann, wenn auch mit Mühe, dem Händedruck dieses Ritters stand. Andere würden ihn nicht eine Sekunde aushalten.«

»Das hat auch er Ihnen erzählt?«, erkundigte sich Iwan Dmitrijewitsch.

Eine Antwort erhielt er nicht. Scharlotta Genrichowna verlor die Geduld, schritt entschlossen zur Tür, riss sie auf und rief in die Leere des dunklen Korridors:

»Jewlampi! Bring Herrn Putilin hinaus.«

II

Die Tür des Wohnzimmers schlug zu, Iwan Dmitrijewitsch blieb im Korridor allein. Ringsum war niemand, Jewlampi reagierte aus irgendeinem Grund nicht auf den Ruf der Hausfrau. Alle Zimmer waren geschlossen, an den Türen schimmerten die Messingklinken.

In der kukolewschen Wohnung war Iwan Dmitrijewitsch bereits gewesen und wusste noch, wie er zum Vorraum kam. Stille, kein Geruch zeugte davon, dass in einem dieser Zimmer ein Toter lag – weder Weihrauch noch Küchendüfte, die auf die Vorbereitung des Totenmahls gedeutet hätten. Plötzlich roch es nach Wermut. Er erkannte diesen Geruch: Seine Frau streute für den Sommer getrockneten Wermut auf ihre Pelzkleidung, damit die Motten sie nicht zerfraßen. Am Ende des Korridors stand eine Tür spaltbreit offen. Iwan Dmitrijewitsch näherte sich ihr, spähte hinein und erblickte einen mannshohen Spiegel – nicht zugehängt, wie es sich gehörte, wenn man einen Toten im Hause hatte. Der schwarze Stoff war über den Rahmen zurückgeworfen, im Spiegel sah Iwan Dmitrijewitsch Jewlampi, in einem luxuriösen Wolfspelzmantel. Er nahm majestätische Posen ein, wie sie seinen Lakaienvorstellungen entsprachen, schlug den Mantel bald so, bald so zurück, betrachtete sich über die Schulter, winkte lässig mit der Hand, runzelte die Brauen.

Nachdem Iwan Dmitrijewitsch ihn ein Weilchen beobachtet hatte, stieß er die Tür auf und trat ein:

»Hier steckst du also! Deine Herrin hat dich gerufen, du sollst mich hinausbringen.«

»Sofort«, erwiderte Jewlampi, wobei er versuchte, gleichzeitig den Spiegel zu verhängen und den Pelzmantel abzuwerfen.

Er war verlegen, aber nicht allzu sehr.

»Warte. Lass dich wenigstens mal angucken, wie du dich machst im Herrenpelz... Großartig!«

Im Winter hatte sich Jakow Semjonowitsch gern mit diesem Pelzmantel ausstaffiert und, wenn sie sich begegneten, lachend gesagt: »Am Pelz erkennt man das Tier...« Das Wolfsfell war noch frisch, nicht abgerieben, und roch nach Wermutsteppe im Mondschein, nach freizügigem Diebesleben. Völlig klar, dass sich die Motten da nicht heranwagten.

»Der selige Herr würde sich jetzt aber über deinen Anblick freuen«, sagte Iwan Dmitrijewitsch.

»Na und? Der wird doch jetzt verkauft, damit ihn jemand abträgt.«

»Willst du ihn womöglich kaufen? Wohlhabend geworden?«

»Kostet natürlich einen Batzen...«

»Steht dir dafür gut.«

Jewlampi nahm wieder eine würdevolle Haltung an.

»Eines ist schlecht«, warnte ihn Iwan Dmitrijewitsch, »wenn du in so einem Pelz herumläufst, wächst dir ein Wolfszahn. Hier.« Er öffnete seinen Mund und drückte den Finger gegen den Gaumen.

»Späßchen machen Sie? Gar nicht schön bei einem Toten«, sagte Jewlampi und zog den Pelzmantel aus.

Iwan Dmitrijewitsch betrachtete sich ebenfalls im Spiegel: »Stiefel putzen könnte nicht schaden.«

»Das müssen Sie schon selber machen. Ich tu's nicht.«

»Und für einen Fünfer?«

»Nein, tu ich nicht.«

»Für einen Zwanziger?«

»Bisschen wenig.«

Damit endete ihr Handel, Iwan Dmitrijewitsch machte es nichts aus, seine Stiefel selber zu wienern. Sie gingen in den

Vorraum, Jewlampi öffnete einen raffinierten Kasten mit Bürsten verschiedener Art, Samtbändern, Läppchen, Döschen und Wichse, damit begnügte er sich aber auch. Iwan Dmitrijewitsch durchsuchte den Kasten in der Hoffnung, eine Bürste mit langem Griff zu entdecken, um vor einem fremden Lakaien nicht den Buckel krumm machen zu müssen, und so eine fand sich auch. Er fasste sie und zog zusammen mit ihr ein an den Borsten hängen gebliebenes Strickbündel heraus, das ihm direkt vor die Füße fiel. Schon drauf und dran, es mit der Stiefelspitze in den Kasten zurückzubefördern, erstarrte er plötzlich, auf einem Bein balancierend wie ein Reiher. Sieh einer an! An dem herabhängenden Strickende waren ihm rotbraune Pünktchen aufgefallen, die sich in die Fasern hineingefressen hatten. So etwas war ihm in seinem Leben oft genug an den verschiedensten Gegenständen begegnet. Etwas anderes als eingetrocknetes Blut konnte das nicht sein.

Marfa Nikititschna stand ihm sofort leibhaftig vor Augen. Er packte den Strick, zog das verschmutzte Ende heraus und fragte mit honigsüßer Stimme:

»Was ist das?«

»Wissen Sie es nicht selbst?«, erwiderte Jewlampi mit stoischer Gelassenheit. »Ein Strick.«

»Nein, was ist das?«

»Ah, damit habe ich neulich ein Hündchen erdrosselt.«

»Und woher kommt das Blut?«

»Hat sich mit seinen Krallen den Hals zerkratzt, als ich die Schlinge drüberwarf. Wollte die Schlinge runterreißen. Hat ihn verschmiert, tat mir bloß Leid drum.«

»Um den Hund?«

Jewlampi schielte in die Tiefe der Wohnung und ließ sich Zeit mit der Antwort:

»Nö, um den Strick. Ich dachte, ich säubere ihn hinterher,

drum hab ich ihn nicht weggeworfen. Sehr guter Strick. Schiffstau, holländisches.«

»So... Und wem gehörte der Hund?«

»Niemandem. Shulka trieb sich doch bei uns im Hof herum. Sie kannten sie bestimmt.«

»Shulka?«, stöhnte Iwan Dmitrijewitsch auf und überlegte gequält, wie er vor Wanetschka den schrecklichen Tod seines Lieblings verbergen sollte. »Weswegen hast du sie...«

»Ihre Durchlaucht haben es mich geheißen.«

»Was für eine Durchlaucht? Hat es bei dir ausgehakt?«

»Sitzen gerade bei der Herrin. Baron Neihardt.«

»So was von Dummkopf! Durchlaucht – das ist ein Fürst. Oder ein Graf. Barone – die sind einfach Wohlgeborene.«

»Kann sein...«

»So wie ich«, fügte Iwan Dmitrijewitsch hinzu.

Da behauptete er die Unwahrheit, denn den Adelstitel besaß er noch nicht, erst mit dem nächsthöheren Amt hatte er die Aussicht, in den Adelsstand erhoben zu werden. Doch wie sollte sich ein Jewlampi in solchen Feinheiten auskennen!

»Äh«, antwortete der, »bei denen ist es nicht wie bei Ihnen, ungeahnten Reichtum besitzen die! Dass das Hündchen erdrosselt wird, haben sie sich so viel kosten lassen, dass man es sich gar nicht auszusprechen traut.«

»Wie viel hat er dir Schinder denn bezahlt?«

»Schrecklich zu sagen. Drei Rubel haben sie gegeben.«

»Was hat ihm Shulka denn getan?«

»Gebissen hat sie ihn«, sagte Jewlampi.

»Wie mag sie darauf verfallen sein? Nie hat sie doch jemanden gebissen.«

»Weiß ich nicht. Hat mich gebissen, sagten sie. Na, und dass ich sie von ihr befreien sollte.«

»Wer ist er für dich, dass du ihm gehorchst?«

»Für drei Rubel erdrossele ich auch einen Bären.«

»Und deine leibliche Mutter?«

»Werden Sie nun Ihre Stiefel polieren?«, fragte Jewlampi düster.

»Unmensch, du!« Iwan Dmitrijewitsch holte mit der Bürste gegen ihn aus. »Die Fresse polieren müsste man dir für solche Sachen!«

NEUNTES KAPITEL

WAR DA ÜBERHAUPT EIN TOTER?

I

Ungeachtet der späten Stunde war Schitkowski immer noch im Revier, lungerte untätig im Flur herum.

»Wanja«, sagte er sanft, als Iwan Dmitrijewitsch wissen wollte, wie das war, als Baron Neihardt den älteren Kukolew vergiften wollte, sich aber dessen Tochter Lisa vergiftet hatte. »Überleg doch mal, Wanja, was konnte ich denn tun? Den Wein hat er weggegossen, die Flasche weggeworfen, und selbst wenn jemand bei ihm gewesen ist, der ihm Schmiergeld angeboten hat, gibt es keine Zeugen. Unter den Tisch hat er keinen gesetzt, den man fragen könnte. Den Ehefrauen wird in solchen Angelegenheiten kein Glauben geschenkt, das muss ich doch dir nicht erklären. Neihardt kenne ich nicht, Kinder habe ich nicht mit ihm getauft, urteile selbst, Wanja, wie hätte ich ausgesehen, wenn ich bei ihm aufgekreuzt wäre? Guten Tag, Herr Baron, möchten Sie nicht nach Sibirien, zur Ansiedlung? Ach, davon träumen Sie schon lange? Na wunderbar, dann erzählen Sie mal von Herrn… wie hieß er doch gleich?«

»Kukolew.«

»Erzählen Sie mal, wie Sie Herrn Kukolew ins Jenseits befördern wollten. Sollte das so gehen? Der Dumme zu sein, weißt du, dazu habe ich auch keine Lust. Außerdem ist dieser Kukolew meiner Meinung nach mit Vorsicht zu genießen. Bei dem stimmt's doch nicht ganz. Irgendwelche Manschettenknöpfe, Sterne, Bären. Spricht im Flüsterton, sieht sich um. Oder zwinkert einem zu: Wir beide verstehen uns, aber – psst! Ein Irrenhaus, weiß Gott. Irgendeinen Gouverneur bringt er auch noch ins Spiel.«

»Den aus Pensa«, soufflierte Iwan Dmitrijewitsch.

»Aber auch das reicht ihm nicht, er greift höher. Macht Andeutungen, dass der Gossudar sich mit falschen Leuten umgibt. Kurzum, hol ihn der Teufel, deinen Kukolew! Reif für die Klapsmühle.«

Damit trennten sie sich.

Iwan Dmitrijewitsch suchte nach Gaipel, fand ihn aber nicht und setzte sich mit den Schreibern zusammen Tee trinken. Zucker hatte er eigenen.

Beim Tee breitete sich der jüngste und magerste der Schreiber in einer flammenden Rede über die bekannte These aus, dass es sich in Russland gar prächtig und fröhlich leben lassen werde, sobald Petersburg, Quell allen russischen Ungemachs, pathogener Auswuchs auf dem unter seiner Last verfallenden nationalen Organismus, endlich auf den Grund des Finnischen Meerbusens gesunken sei und das launenhafte Meer darüber woge. Als das Gespräch auf die relativen Vorzüge von Gänse- und Stahlfedern kam, machte er sich mit feurigen Worten zum Fürsprecher des Gänsekiels, dann ritt er unversehens eine Attacke gegen die Stenographie, prophezeite bittere Früchte, die bald, sehr bald, weitaus schneller, als viele dächten, an diesem scheinbar unschuldigen französischen Baum reifen würden, der unbedachterweise auf russischen Boden verpflanzt worden sei. Es war abzusehen, dass es diesen Burschen mit der flinken Zunge und dem ach so reinen Herzen nicht lange unter den Schreibern halten, dass er aber auch keine große Karriere machen würde. Die Patrioten und Verfechter des Alten nahmen für gewöhnlich bei der Polizei die unteren und mittleren Stufen der Dienstleiter ein, die Liberalen stiegen höher, und ganz oben setzten sich stets Leute fest, die das Wohlergehen der eigenen Familie über alles stellten. Diese Ordnung der Dinge fand Iwan Dmitrijewitsch alles in allem richtig.

Als er seinen Tee ausgetrunken hatte, trat er hinaus auf den Flur und sah Gaipel auf sich zukommen. Im ersten Moment durch seinen Anblick schreckhaft verunsichert, entschied der rasch, dass es für ihn keinen Grund gab, etwas zu befürchten, da er sich nichts hatte zuschulden kommen lassen, beide Aufträge waren erfüllt.

»Ich komme gerade aus der Kanzlei des Grafen Schuwalow, mit meinem Onkel habe ich gesprochen«, berichtete er. »Er machte dunkle Andeutungen, ich musste kolossale Beharrlichkeit zeigen. Unter dem Siegel strengster Verschwiegenheit sagte er mir dann doch, dass von dem Mord an Kukolew ...«

Er sah sich nach allen Seiten um, und nachdem er sich überzeugt hatte, dass niemand lauschte, schloss er:

»... eine der Großfürstinnen betroffen ist.«

Als Antwort darauf stieß Iwan Dmitrijewitsch bloß einen Pfiff aus.

»Der Meinung bin ich auch«, sagte Gaipel mit zufriedener Miene, sichtlich genoss er es, an den Geschicken der Großen dieser Welt teilzuhaben.

»Kennst du den Namen?«, fragte Iwan Dmitrijewitsch nach einer Pause.

»Nein, mein Onkel weigerte sich, ihn zu nennen. Ich denke mir, er kennt ihn selbst nicht.«

»In welcher Beziehung stand diese Großfürstin zu Kukolew?«

»Das kann ich nicht sagen. Ich weiß nur, dass sein Tod ihre Sicherheit gefährdet.«

»Wodurch, zum Teufel?«

»Weiter weiß ich nichts«, erwiderte Gaipel.

In der Hand hielt er eine Mappe, die er jetzt öffnete, um einige Papiere herauszunehmen. Es war Kramers Bericht, dem der Extrakt des ärztlichen Befunds über Kukolews Tod und das Ergebnis der außerhalb angefertigten chemischen Analyse des Inhalts der Jerezflasche beilagen.

Nach der Geschichte mit dem Kaufmann Swerew, der angeblich an Speiseröhrenverengung gestorben war, war Kramer vor Iwan Dmitrijewitsch auf der Hut und gab sich alle Mühe, ihm zu Gefallen zu sein. Seine heutige Mitteilung war dementsprechend abgefasst, die Anrede zwei Zeilen lang, wie sie in Berichten an Vorgesetzte angebracht ist, und das ganze Papier in solchen Wendungen gehalten, als wäre er, Iwan Dmitrijewitsch, kein Polizist im Range eines Bezirksaufsehers, sondern der türkische Sultan, der mit der Helligkeit seines Antlitzes die des Sirin*-Gesangs übertrifft. »Untertänigst schlage ich vor...«, »mit dem Ausdruck vorzüglichster Hochachtung füge ich bei...«, »erlaube ich mir, Ihre Aufmerksamkeit darauf zu lenken, dass...« Pfui Teufel! Der ausgefeilte Medizinerstil erschwerte es, den Kern der Sache zu erfassen.

Andererseits musste man es Kramer lassen, dass er ein kenntnisreicher Mann war, und löste man die Wortgeflechte auf, so hatte er alles ausführlich und verständlich dargelegt. In der Hauptsache ging es um Folgendes: Der Wein enthielt Gift, und zwar allem Anschein nach ein starkes Gift, dem offenbar noch ein ebenfalls hoch dosiertes Schlafmittel beigemischt war, damit Kukolew mit getrübtem Bewusstsein den nahenden Tod nicht gleich merkte. Der Herzstillstand

* Mystischer Vogel mit Frauengesicht und -brust in der altrussischen Literatur und in der Volksdichtung.

trat ein infolge … Die rein medizinischen Details überflog Iwan Dmitrijewitsch nur noch, und die lateinische Bezeichnung des Gifts überging er ganz.

Für den gefälschten Befund darüber, was den Tod des Kaufmanns Swerew herbeigeführt hatte, war Kramer bestimmt fürstlich belohnt worden, hier dagegen konnte er keinerlei Nutzen daraus ziehen, wenn er die Unwahrheit schrieb. Nein, diesmal bestand kein Anlass, an seiner professionellen Ehrlichkeit zu zweifeln.

»Klappere mal die Apotheken ab«, ordnete Iwan Dmitrijewitsch an, während er Gaipel eines der Papiere zurückgab, »und erkundige dich, ob jemand Interesse für dieses fürchterliche Zeug gezeigt hat. Die Hoffnung ist gering, über das Gift wird natürlich keiner reden wollen, selbst wenn es jemandem unter der Hand verkauft wurde. Bring wenigstens etwas über dieses Schlafmittel in Erfahrung.«

»Es wäre gut, sich noch mit den Gendarmen zu beraten. Über unsere Freimaurer können sie allerhand erzählen.«

»Dir werden sie nichts erzählen. Bekomm du lieber heraus, wo sich Fürst Pantschulidsew in Petersburg einquartiert hat. Du hast doch hoffentlich nicht vergessen, wer das ist?«

»Der Gouverneur von Pensa, gestern Nacht war er im ›Arkadia‹. Glauben Sie, mit ihm war diese …«

Gaipel sah sich wieder um und fügte fast im Flüsterton hinzu:

»… diese Großfürstin zusammen?«

»Pssst!«, machte Iwan Dmitrijewitsch.

Sie traten zusammen auf die Vortreppe, hier erkühnte sich Gaipel, an den roten Schirm zu erinnern, der ihm keine Ruhe ließ.

»Sie haben versprochen, mir alles zu erklären, wenn ich mit meinem Onkel rede«, sagte er in kläglichem Tonfall.

»Du hast dein Gespräch mit ihm schlecht angepackt. Wenn er der Mann deiner Tante ist, hättest du über sie vorgehen sollen. So hast du mit ihm geredet – und was ist dabei herausgekommen? Nichts hast du erfahren.«

»Etwas habe ich schon erfahren.«

»Zu wenig.«

»Sie haben auch das nicht gewusst.«

»Na schön«, erbarmte sich Iwan Dmitrijewitsch seiner. »Diesen Schirm hatte eine Dame bei sich, ich habe sie unmittelbar vor Kukolews Ermordung mit ihm zusammen gesehen, konnte aber ihr Gesicht nicht erkennen.«

»Und das ist alles?«

»Alles.«

»Geben Sie mir Ihr Ehrenwort?«

»Das wird ein bisschen viel des Guten. Wenn du nicht willst, dann glaub's nicht«, erwiderte Iwan Dmitrijewitsch.

Er setzte sich in die an der Vortreppe stehende Polizeikutsche, die ihm für die Zeit der Aufklärung dieses Falls persönlich zur Verfügung stand, und hieß den Kutscher über den Sennaja-Platz zur Tairow-Gasse fahren. Sie setzten sich in Bewegung, doch Gaipel ging, die Hand am Kutschenrand, nebenher. Seinen Blick verschleierte ein heimlicher Gedanke.

»Du hast den Verdacht«, sagte Iwan Dmitrijewitsch halblaut, wobei er sich zu ihm herabbeugte, »die mit dem roten Schirm könnte sie gewesen sein?«

»Wer – sie?«

»Stell dich nicht blöd! Die, von der dir dein Onkel erzählt hat. Etwa nicht?«

Gaipel blieb die Antwort schuldig, aber seinem Gesicht war abzulesen, dass es sich genau so verhielt.

11

Den Weg machte er umsonst, weder Rjabinin noch Helfreich waren zu Hause. Nach dem Tränken der Pferde beschloss Iwan Dmitrijewitsch, ins Finanzministerium zu fahren. Mit dem älteren Kukolew hatte er schon zu tun gehabt und wusste, dass weder das Verschwinden seiner Mutter noch der Tod seines Bruders diesen Mann dazu bringen konnten, seine dienstlichen Pflichten zu vernachlässigen. »Heute werde ich bis zum Abend im Ministerium sein«, hatte er gesagt und ihn damit nicht getäuscht: Der Dienst habende Beamte bestätigte, dass Kollegienrat Kukolew in seinem Zimmer war.

»Treten Sie ein«, sagte er, als Iwan Dmitrijewitsch zaghaft die schwere Edelholztür öffnete. »Gibt es Neuigkeiten über Marfa Nikititschna?«

»Eigentlich suche ich vor allem nach dem Mörder Ihres Bruders.«

»Wer sucht denn dann nach meiner Mutter?«

»Auch ich.«

»Ist das nicht etwas viel für Sie?«

»Ich bin überzeugt, dass zwischen dem einen und dem anderen ein Zusammenhang besteht.«

»So? Das ist schon etwas Neues.«

Kukolew setzte sich wieder an seinen Tisch, auf dem ein Wust von Blättern mit Tabellen und Zahlenkolonnen lag, und forderte seinen Besucher auf, ebenfalls Platz zu nehmen.

»Ist Ihnen etwas über das Testament Ihrer Mutter bekannt?«, wollte Iwan Dmitrijewitsch wissen.

»Ich habe es nicht gelesen, es wird bei Jakow aufbewahrt. Er ist ja auch als Haupterbe eingesetzt.«

»Aber der Ältere sind doch Sie.«

»Jakow ist Kaufmann geworden, wie unser Vater auch, während ich, wie Sie sehen, keine Privatgewinne berechne. Außerdem liebte ihn unsere Mutter von klein auf mehr als mich. Hinkebein, armes, unglückliches Kind und so.«

»Das hinderte ihn jedoch nicht daran, seine Frau zu betrügen. Was meinen Sie, könnte es nicht sein, dass sie ihrem Mann seine Untreue heimgezahlt hat?«

»Das bezweifle ich. Scharlotta war in ihn verliebt wie eine Katze. Das heißt, in der Wut brachte sie es fertig, ihm auf den Schädel zu hauen, was ihr zwischen die Finger geriet, aber kaltblütig in die Falle locken, vergiften … Ja«, fiel Kukolew plötzlich ein, »habe ich Ihnen schon gesagt, wen ich des Mordes an Jakow verdächtige?«

»Sie haben mir nichts gesagt.«

»Dann habe ich es mir nur überlegt und nicht gesagt. Das passiert mir …«

Iwan Dmitrijewitsch nutzte die Pause, die Kukolew machte, um die Wirkung zu erhöhen, und kam ihm zuvor:

»Neihardt?«

»Also habe ich es doch gesagt. Aber egal … Er betrieb mit Jakow irgendwelche Geschäfte, und dabei hielten sie sich bestimmt nicht so ganz an die Gesetze. Jakow kannte sich auch hier aus, nicht nur bei den Frauen. Wahrscheinlich glaubte sich der Baron irgendwie übervorteilt, oder Jakow ist ihm hinderlich geworden. Bei mir hat es nicht geklappt. Lisa haben wir noch rechtzeitig ein Brechmittel geben können, hier aber war im entscheidenden Moment keine Hilfe zur Stelle. Und das Scheibchen hat ihm Neihardt zuvor als Warnung untergeschoben: Du erinnerst dich doch, was deinen Bruder erwartete? Genauso wird es dir ergehen. Aber Jakow hat die Warnung offenbar ignoriert.«

»Sie meinen, Jakow Semjonowitsch hat gewusst, dass Neihardt Sie vergiften wollte?«

»Vorher habe ich es nicht geglaubt. Aber jetzt... Wie soll ich es sonst verstehen? Gut, er ist ermordet worden. Das heißt, gar nicht gut... Aber was soll das Scheibchen? Neihardt hat offenbar gleich mehrere anfertigen lassen. Auf Vorrat.«

»Es geht das Gerücht«, sagte Iwan Dmitrijewitsch, »Jakow Semjonowitsch habe sich selbst vergiftet.«

»Warum sollte er?«

»Er war hoch verschuldet.«

»Na und! Das ist doch kein Grund, sich zu vergiften. Er hätte sich bankrott erklären können. Das Vermögen gehörte nicht ihm, sondern unserer Mutter.«

»Er soll von ihrem Tod erfahren und beschlossen haben, sich das Leben zu nehmen, damit das Erbe seiner Tochter zufällt. Bis zu ihrer Volljährigkeit kann sie die Begleichung der Schulden verweigern.«

»So.« Kukolew wurde nachdenklich. »Hat Scharlotta Ihnen das gesagt?«

»Ja.«

»Und Sie haben ihr Glauben geschenkt?«

»Selbstverständlich nicht.«

»Mir wird erst recht keiner glauben machen, dass Jakow es fertig gebracht hat, sich für wen auch immer zu opfern. Das passte überhaupt nicht zu ihm.«

»Ich möchte Sie bloß eindringlich bitten, Semjon Semjonowitsch – zu niemandem ein Wort! Bei aller Ihrer Abneigung gegenüber Ihrem Bruder, denke ich, werden Sie nicht wollen, dass er als Selbstmörder keinen Platz in geweihter Erde findet. Was gibt es nicht alles! Am Ende hat er doch Hand an sich gelegt?«

Urplötzlich erhellte ein neuer Gedanke Kukolews Gesicht.

»So, so, interessant«, meinte er heiter. »Sagen Sie, Herr

Putilin, hat Scharlotta von Ihnen verlangt, niemandem etwas über seinen vermeintlichen Selbstmord zu sagen?«

»Darauf kommt doch jeder von selbst.«

»Scharlotta war das, Scharlotta, machen Sie keine Ausflüchte … Haben Sie meinen Bruder tot gesehen?«

»Natürlich.«

»Und haben Sie seine Gliedmaßen befühlt? Den Puls kontrolliert?«

»Dazu bestand keine Notwendigkeit. Wenn Sie dabei gewesen wären …«

»Einen kleinen Spiegel vor den Mund gehalten?«, fiel ihm Kukolew ins Wort.

»Ein Arzt war da.«

»Vertrauen Sie ihm, diesem Arzt? Kann er nicht gekauft worden sein? Haben Sie den Eindruck, dass er ein lauterer Mensch ist?«

An Einbildungskraft fehlte es Iwan Dmitrijewitsch wahrlich nicht. Augenblicks präsentierte sie ihm folgendes Bild: Jakow Semjonowitsch erhebt sich lautlos von seinem Todeslager, überreicht Kramer ein Kuvert mit Geld, klebt sich einen Schnurrbart an, wechselt seine Kleidung. Das alles konnte durchaus passiert sein, während er, da er nicht mit Kramer reden wollte, im Nebenzimmer saß. Aber wozu so umständlich? Konnte der Tote nicht einfach bei sich zu Hause zum Leben wiedererwacht sein? Fein hingekriegt! Auf den Rücken und Pfötchen hoch, um dann in den Genuss des Erbes zu kommen, ohne Schulden begleichen zu müssen. Besorgt sich einen fremden Pass, fährt mit Scharlotta und der Tochter ins Ausland … Nein, das konnte nicht sein!

»Es gibt einen Witz«, grinste Kukolew, als könnte er die Gedanken seines Gesprächspartners lesen. »Ein Polizist sagt zu einem Landstreicher: ›Du hast einen falschen Pass, du

Schweinehund!‹ – ›Überhaupt nicht. Der Pass ist echt, bloß ich selber bin falsch.‹«

»Ist Ihnen auch klar, war daraus folgt?«, fragte Iwan Dmitrijewitsch. »Wenn Ihr Bruder lebt, dann ist Ihre Mutter tot. Sonst hätte er seinen Tod nicht zu inszenieren brauchen. Verstehen Sie? Entweder er oder sie.«

Kukolew ließ den Kopf auf die Brust sinken und gab lange keine Antwort.

»Ich verstehe mehr, als ich zu sagen für notwendig halte«, sagte er schließlich.

»Die Sache ist ernst. Ich möchte Sie doch bitten, sich genauer auszudrücken.«

»Herr Putilin, versetzen Sie sich in meine Lage. Wir sind Brüder und zusammen aufgewachsen. Solche Dinge spricht man nicht laut aus. Sogar vor einem selbst ist es schrecklich, als Mensch dazustehen, der … verstehen Sie es, wie Sie wollen.«

Der fähig ist, seinen leiblichen Bruder als Muttermörder zu bezeichnen …, fuhr Iwan Dmitrijewitsch in Gedanken fort, wobei ihm Kallisto, Arkas und Selenski in den Sinn kamen. Doch wie leicht hatte dieser Mensch Baron Neihardt vergessen! Obwohl er ihn eben noch des Mordes an seinem Bruder bezichtigt hatte.

Kukolew presste die Hände an die Schläfen:

»O Gott, was rede ich da bloß? Unsinn, Unsinn, was für ein ungeheuerlicher Unsinn! Gehen Sie, Herr Putilin. Ich denke, wir werden uns noch sehen … Finden Sie den Weg zurück? Oder soll ich Sie hinausbringen?«

»Wissen Sie«, Iwan Dmitrijewitsch sah ihn gelassen an, »auf dem Weg hierher habe ich ein Stück Brot zerkrümelt und die Brosamen hingestreut. Sie werden mir helfen hinauszufinden, sofern die Vögel sie natürlich nicht aufgepickt haben.«

Als er auf die Straße trat, sah er eine Droschke, aus der Nina Alexandrowna stieg und eilig auf den Eingang zusteuerte.

»Waren Sie bei meinem Mann?«, fragte sie. »Und Marfa Nikititschna, ist sie noch nicht gefunden worden?«

»Vorläufig nicht. Wir suchen weiter.«

»Ich danke Ihnen, Herr Putilin. Uns alle nimmt das furchtbar mit, besonders meine Mädchen. Sie lieben Oma Marfa ja so sehr! Meine Mutter hat ihnen immer ungleich weniger bedeutet.«

»Geben Sie die Hoffnung nicht auf. Wir tun alles, was in unseren Kräften steht.«

»Mir ist da ein Gedanke gekommen«, sagte Nina Alexandrowna, während sie Iwan Dmitrijewitsch zu seiner Kutsche begleitete. »Genauer gesagt, nicht mir, sondern Katja, meiner Jüngeren. Wir haben uns überlegt: Wenn Marfa Nikititschna nun mitten auf der Straße der Schlag getroffen hat? Sie wissen ja, meine Schwiegermutter ist ziemlich korpulent, und bei solchen Frauen passiert das am häufigsten. Wollte zu uns, und unterwegs ist ihr schlecht geworden. Sie kann die Sprache verloren haben und nun außerstande sein, zu erklären, wer sie ist, und uns eine Nachricht zukommen zu lassen.«

»Das ist nicht auszuschließen«, räumte Iwan Dmitrijewitsch ein.

»Ich will meinem Mann Bescheid sagen, dass ich bis spätabends nicht zu Hause sein werde, und seine Kutsche samt Kutscher nehmen. Er kommt auch mit einer Droschke heim, während ich mich gleich aufmachen kann, um die städtischen Krankenhäuser abzufahren. Lisa und Katja sind schon los, ich habe ihnen den Lakaien als Begleitung mitgegeben.«

»Wenn Sie sie finden, teilen Sie es im Revier mit. Man wird mich in Kenntnis setzen.«

»Auf jeden Fall«, versprach Nina Alexandrowna mit einer so gefühlstiefen Intonation, als wäre das Auffinden ihrer Schwiegermutter für Iwan Dmitrijewitsch selbst eine Frage von Leben und Tod.

Unterwegs sah er wieder in seiner Dienststelle vorbei in der Hoffnung, Kramer anzutreffen, doch der war schon weg. Gaipel war auch nicht da. Er erinnerte sich, dass Gaipel gestern im »Arkadia« den toten Kukolew genauso wenig berührt hatte wie der Hotelbesitzer, die Zimmerfrau Natalja, der Portier und Bezirksaufseher Budjagin, der sein Protokoll angefertigt hatte, ohne in den ersten Stock hinaufzugehen, ohne einen Blick auf den Toten zu werfen. Niemand bis auf Kramer hatte ihn befühlt, umgedreht, ihm auf die Augäpfel gedrückt, geprüft, ob sich ein ihm vor den Mund gehaltener Spiegel beschlug. Kramer, der Schweinehund, wusste genau, dass Iwan Dmitrijewitsch es vermied, Tote zu berühren, wenn es nicht unbedingt sein musste. Zwar hatte er einmal Kukolews Hand ergriffen, als er nach der Brandwunde suchte, dazu aber das Laken zu Hilfe genommen. Jetzt erwachte in seinen Fingern eine vage Erinnerung daran, dass sich die Hand durch das Laken zu warm angefasst und irgendwie seltsam geschaukelt hatte, als er sie losließ, wohl etwas länger als notwendig hatte sie sich hin- und herbewegt, bevor sie endgültig in ihrer Ausgangsposition verharrte.

ZEHNTES KAPITEL

DEN WEG WIRD DER AUFERSTANDENE WEISEN

1

Iwan Dmitrijewitsch erzählte weiter, und Safronow schrieb emsig in seinem Heft mit. Er hatte schon ein paarmal dankbar an seine Frau gedacht: Bevor er hierher fuhr, hatte sie ihn dazu angehalten, die Stenographie nach dem neuesten System von Hippolyte Prévost zu erlernen. In den ersten Tagen, als er erst angefangen und ihm noch die Erfahrung des Mitschreibens gefehlt hatte, ließ er manchmal gewisse ihm unwesentlich erscheinende Details weg, die er für die weiteren Ermittlungen als bedeutungslos ansah, jetzt aber bemühte er sich, nichts zu übergehen, und stenographierte alles mit, wie es kam. Nicht einer seiner Versuche, etwas vermeintlich Überflüssiges und Zufälliges wegzulassen, hatte sich als richtig erwiesen, mit jedem Tag wurde ihm klarer, dass es am sichersten war, einfach dem Erzähler zu folgen wie eine Kranichschar dem Leittier, das ohne Kompass und Astrolabien sein Volk in warme Länder führt. Es galt, genauso zu schreiben, wie Iwan Dmitrijewitsch gelebt hatte, und der baute weniger auf seinen Verstand als auf Zufall und Schicksal.

Das Geheimnis seiner Erfolge bestand darin, dass, was ihm zufällig geschah, keinem anderen geschah, ihm gar nicht geschehen konnte. Unverhoffte Begegnungen, inhaltlose Gespräche, unerklärliche Anwandlungen, irgendwohin zu laufen und etwas Bestimmtes zu sagen – all das erwies sich zu guter Letzt keineswegs deshalb als sinnvoll, weil er über eine besondere Gabe verfügte, die Zukunft vorherzusehen oder die verstreuten Splitter der Vergangenheit zu einem Mosaik zusammenzufügen, nein, seine analytischen Fähigkeiten waren nicht mehr als durchschnittlich. Wie vielen seiner Landsleute kamen ihm die besten Ideen meist im Nachhinein, doch irgendwie flog alles zum Ergreifen des Verbrechers Notwendige ihm zu. So tummeln sich die Mücken um die Lampe mit ihrem Licht. Eine geheimnisvolle Flamme, deren Herkunft Safronow ein Rätsel blieb, flackerte in Iwan Dmitrijewitschs Seele, zog aus der Dunkelheit das nächtliche Geschmeiß an und versengte ihm die Flügel. Selbst jetzt, im Alter, erhellte von Zeit zu Zeit diese Flamme von innen her sein Gesicht mit dem üppigen grauen Backenbart, in den Jahren der Jugend aber hatte sie offenbar mit unversiegbarer Kraft in ihm gelodert.

Als Iwan Dmitrijewitsch sein Haus erreichte, war es schon stockdunkel. Sterne sprenkelten den Himmel, doch im Westen, über dem Meer, ballten sich Wolken zusammen, und Wind kam auf. Auf der Straße bewahrte die Luft noch die Erinnerung an die Sonne des Tages, im Hauseingang hingegen umfing den Eintretenden steinerne Gefängniskälte. In der Zugluft erzitterte die Flamme in der Petroleumlampe. Sie hing an der Wand in einem oben runden Drahtkäfig, in dem das Feuer flatterte wie ein aufgeschreckter flügel- und stimmloser Nestling. Iwan Dmitrijewitsch klingelte an der kukolewschen Wohnung und fragte Jewlampi, der die Tür öffnete, ob seine Herrin zu Hause sei.

»Wer ist da noch?«, ließ sich Scharlotta Genrichownas missmutige Stimme vernehmen.

Sie tauchte von irgendwo seitlich auf. Statt des Trauerkleids trug sie jetzt einen schlichten Morgenrock.

»Entschuldigen Sie die späte Störung«, sagte Iwan Dmitrijewitsch. »Ich wollte nur fragen, wann die Beerdigung sein wird.«

»Übermorgen, um zehn Uhr.«

»Um zehn? Wie schade!«

»Was ist denn?«

»Gerade um die Zeit habe ich zur Berichterstattung beim Abteilungsleiter zu sein. Bei ihm ist alles bis auf die Minute geplant, absagen geht nicht.«

»Schade«, erwiderte Scharlotta Genrichowna gleichgültig.

»Und morgen bin ich den ganzen Tag beschäftigt ... Dürfte ich vielleicht jetzt vom Verstorbenen Abschied nehmen?«

»Nein«, entgegnete sie kurz und entschieden.

»Aber er ist hier, in der Wohnung?«

»Was meinen Sie, wo er sonst sein sollte?«

»Verzeihung, warum geht es dann nicht?«

»Weil ich nicht verstehe, wozu Sie das brauchen.«

»Was kann es dafür schon für besondere Gründe geben? Jakow Semjonowitsch und ich waren gute Nachbarn. Rein menschlich ...«

»Nein«, fiel ihm Scharlotta Genrichowna ins Wort. »Ich lasse diejenigen an seinen Sarg, die meinen Mann tatsächlich gemocht haben. Sie hegten nie große Sympathie für ihn, lassen wir also die Heuchelei. In meiner Situation habe ich ein besonders feines Gespür für alles Falsche, es bereitet mir Pein.«

In der Wohnung herrschte nach wie vor Grabesstille. Wie in dem Zimmer, in dem Jewlampi den Wolfspelzmantel anprobiert hatte, war der Spiegel im Vorraum mit schwarzem Krepp verdeckt, doch die Augen der Witwe waren ein Spiegel, der sich nicht verhängen ließ.

»Wenn Sie den Körper noch einmal untersuchen müssen«, sagte sie, »obwohl ich nicht begreife, wozu das nötig ist, dann sagen Sie es offen. Damit beweisen Sie größere Ehrlichkeit. In dem Fall seien Sie morgen so liebenswürdig, sich an den Polizeiarzt zu wenden, der den Totenschein ausgestellt hat. Er soll in aller Form die Notwendigkeit einer nochmaligen Untersuchung bescheinigen, dann bitte sehr. Grundlos aber – nein, das gestatte ich nicht.«

»Wie Sie meinen. Aber Sie scheinen vergessen zu haben, dass ich den Mörder Ihres Mannes suche.«

»Ich habe bereits gesagt, dass er Selbstmord begangen hat. Sie müssen nach dem Leichnam meiner Schwiegermutter suchen. Wäre sie am Leben, dann hätte Jakow nicht getan, was er getan hat … Alles Gute.«

Iwan Dmitrijewitsch stieg zum zweiten Stock hoch, blieb unentschlossen vor seiner Wohnungstür stehen, klingelte jedoch nicht, sondern kehrte nach unten zurück, zum Ausgang. Ein Spaziergang, allein – das war es, was er jetzt brauchte, um seine Gedanken zu ordnen. Unter seinen Schritten hallten die Fliesen mit dem kabbalistischen Ornament, wie Selenski es nannte. Iwan Dmitrijewitsch ging hinaus in die frische Dunkelheit des Septemberabends. Es war erst zehn Uhr, und vor dem Eingang spazierte Saizew auf und ab, der sich gleichfalls abends gern noch Bewegung verschaffte. Ihn abzuhängen gelang nicht, sie sprachen über Jakow Semjonowitschs Tod, dann wandte sich Saizew einem Thema zu, das ihn weit mehr beschäftigte. Wie sich herausstellte, hatte das Steueramt, in dem er in Stellung war, vor kurzem im Nachbarhaus eine Wohnung für seinen Chef gemietet, und der besaß die Dreistigkeit, mit seiner Geliebten dort einzuziehen.

»Das Schlimme ist nicht, dass er mit ihr schläft«, meinte Saizew, »sondern dass es in einer staatseigenen Wohnung geschieht. Wozu, fragt man sich, zahlen die Leute Steuern an den Fiskus. Damit der Unzucht finanziert? Was wundern wir uns dann, dass der Bauer aufbegehrt? Sie zum Beispiel leben mit Ihrer Frau zusammen, ich genauso, dazu kriegen wir beide Wohngeld, dass wir mit unseren Frauen zusammenleben. Bitte schön, bezahl sie aus deiner eigenen Tasche, dann kannst du dich darin herumwälzen, mit wem du willst, und sei es mit einer Ziege…«

Es kostete Iwan Dmitrijewitsch nicht geringe Mühe, ihn loszuwerden, damit er allein sein konnte. Bei seinen abendlichen und morgendlichen Spaziergängen konnte er immer gut nachdenken. Doch daraus wurde nichts! Kaum dass er zehn Schritt weit gegangen war, erschien Gnetotschkin auf der Bildfläche, den Pudel an der Leine. Der Teufel sollte sie alle holen! Um ihm zu entkommen, schlüpfte Iwan Dmitrijewitsch in die Toreinfahrt und drückte sich an die Wand. Hier standen Müllkästen, Melonenschalen verbreiteten einen süßlich-fauligen Geruch wie von männlichem Samen. Im Schein der Laterne tauchte der Pudel auf, der stolz etwas zwischen den Zähnen hielt. Genau gegenüber der Toreinfahrt blieb Gnetotschkin stehen und hockte sich hin, um dem Pudel dieses Etwas zu entreißen. Der wollte es nicht hergeben.

»Gib her«, versuchte Gnetotschkin ihn zu überreden. »Was willst du damit? Lass los! Pfui!«

Der Pudel schüttelte spielerisch den Kopf, machte aber die Zähne nicht auseinander. Iwan Dmitrijewitsch bemerkte, dass von seinem Maul ein auf der Erde schleifendes Strickende herunterging. Plötzlich sprang Gnetotschkin mit einem unartikulierten Schrei auf, wahrscheinlich erschreckt durch den Schatten, den die Laterne warf, als Iwan Dmitrijewitsch unvorsichtigerweise einen Schritt zur Seite machte. Natürlich hätte er etwas sagen, Gnetotschkin beruhigen können, doch ging im Haus ohnehin das Gerücht, Iwan Dmitrijewitsch beobachte die Nachbarn, um die wohlhabenden mit intimen Details ihres Privatlebens erpressen zu können. Natürlich war an diesem Geklatsche nicht das Geringste dran, dennoch ließ er sich, verborgen in der Toreinfahrt zwischen den Müllkästen, lieber nicht entdecken.

»Wer ist da?«, rief Gnetotschkin mit vor Angst dünn gewordener Stimme. »Komm raus!«

An die Wand gedrückt, gab Iwan Dmitrijewitsch keinen Laut von sich. Er fühlte sich relativ sicher. Gnetotschkin jedenfalls würde sich zu solcher Stunde ganz bestimmt nicht hierher wagen.

»Wer ist da? Wer? Ich hole gleich die Polizei!«

Er ließ den Pudel von der Leine:

»Fass! Beiß ihn!«

Der Pudel ließ seine kostbare Beute los, kläffte ein paarmal, traute sich aber nicht in die Dunkelheit. Todesverachtung war auch seine Stärke nicht.

»Herrschaften! Herrschaften!« Gnetotschkin pochte mit seinem Stock an das nächste erleuchtete Fenster. »Hier hält sich jemand versteckt...«

Seltsam. Warum hatte er bloß solche Angst bekommen?

»Holen Sie Putilin! Putilin!«, brüllte Gnetotschkin.

Hier und da gingen Fenster auf. Zu dumm, diese Situation, aber jetzt hervorzukommen war ganz und gar blamabel. Iwan Dmitrijewitsch schlich sich, an der Wand entlang, in entgegengesetzter Richtung davon, in den Hof. Links reihten sich harzig riechende helle Holzstöße aneinander, ebensolche Holzbastionen gab es in der Tiefe des Hofes, bei den Schuppen. Hier standen, mit einem gewissen Abstand, zwei Bänke, auf denen abends, Süßholz raspelnd, Kutscher und Lakaien mit Köchinnen und Dienstmädchen saßen. Ringsum lagen Sonnenblumenschalen verstreut, die im Mondlicht gespenstisch bläulich schimmerten.

Auf der einen Bank saß ein Pärchen: Kopftuch und Schirmmütze. Der Besitzer Letzterer fuhr auf, als er Gnetotschkins Geschrei hörte, schmiegte sich dann aber wieder an seine Freundin. Sie verwandelten sich in etwas Zweiköpfiges mit einem Körper, das, gleichsam mit sich selbst, gedämpft mit zwei Stimmen sprach. Die männliche war häufiger und lauter zu hören und hatte jene wohl bekannte bittende, zärtliche und zugleich widerliche Intonation, mit der der Metzger, sein Messer wetzend, das Schwein beredet, nicht zu quieken, wenn es abgestochen wird.

Iwan Dmitrijewitsch steuerte diskret auf die leere Bank zu, doch als er sich näherte, räumte das Pärchen lautlos das Feld und löste sich in der Finsternis auf. Er setzte sich auf ihre Bank und spürte unter sich die von dem Frauenkörper zurückgelassene Wärme. Sie brachte ihn unwillkürlich auf Gedanken, die in keinerlei Beziehung zum Schicksal Jakow Semjonowitschs und dessen Mutter standen.

Gnetotschkin schrie noch eine Weile nach den Nachbarn und erreichte teilweise sein Ziel. Die Schreie hörten auf, jetzt antwortete er vermutlich auf die Fragen, die aus den geöffneten Fenstern an ihn gerichtet wurden. Dann wurde alles still, in den Hof kam niemand. Nur eine einzelne drohende Stimme flatterte aus einer Lüftungsklappe:

»Schweinehund, ich sehe dich!«

Das stimmte natürlich nicht, sodass Iwan Dmitrijewitsch sitzen blieb, wo er saß. Als endlich völlige Stille eintrat, begannen irgendwo hinter den Schuppen herrenlose Hofhunde zu bellen. Solange die Unruhe bei der Toreinfahrt andauerte, hatten sie sich für alle Fälle still verhalten, doch nun feierten sie laut ihren Sieg über den feigen Pudel, der sich nicht in ihr Herrschaftsgebiet getraut hatte. Eigentlich waren sie in derselben Lage, Iwan Dmitrijewitsch und diese Köter, und er pfiff freundschaftlich in die Richtung, aus der ihr triumphierendes Gekläff kam. Es dauerte nicht lange, und ein weiß-roter Fleck tauchte aus der Dunkelheit auf, ein krummpfotiger schmutziger Köter warf sich ihm winselnd zu Füßen, wand sich in einem rituellen Tanz, der himmlisches Glück ausdrückte. Aber auch das erschien ihm noch zu wenig. Er legte sich auf den Bauch und kroch, leidenschaftlich jaulend und mit dem Schwanz die Erde peitschend, zu der Bank. Iwan Dmitrijewitsch beugte sich hinunter, zauste ihn hinter den Ohren und sagte zärtlich:

»Ein gutes Hündchen bist du, ein gutes, ich weiß …«

Der Hund jaulte noch lauter und fuhr mit seinem lädierten Hintern hin und her. In ekstatischer Liebesbezeigung verbog er seinen Hals, drehte sich weg, als wäre er sich seiner Nichtswürdigkeit bewusst und wagte es nicht, Iwan Dmitrijewitsch ins Gesicht zu blicken, um nicht womöglich von seiner Großartigkeit zu erblinden.

»Ein gutes, ich weiß … Gute Shulka …«

Plötzlich ließ ein unvermuteter und unverdienter Schmerz den Hund aufheulen. Die ihn eben noch liebkosende Hand hatte sich in sein Nackenhaar gekrampft. Iwan Dmitrijewitsch zog ihn zu sich heran.

»Shulka? Du?«

Ich, ich! erwiderte sie mit beleidigtem Winseln. Erkennen Sie mich denn nicht? Haben nicht Sie und Wanetschka mir Wurst gegeben?

Er stieß sie zurück und stand auf. Mein Gott, wessen Blut war dann an dem Strick? Shulka, für drei Rubel vom treuen Jewlampi fast erdrosselt, wirbelte ihm vor den Füßen herum, begriff nicht, weswegen sie in Ungnade gefallen war.

»Hau ab!«, sagte Iwan Dmitrijewitsch.

II

Als Iwan Dmitrijewitsch sich seinem Eingang näherte, bemerkte er, dass vis-à-vis eine Droschke stand, beachtete sie aber nicht weiter. Gnetotschkin lenkte ihn ab, der mit seinem Pudel immer noch vor dem Haus defilierte.

»Etwas ist hier faul bei uns«, sagte er. »Irgendein Mensch hat sich auf verdächtige Weise in der Toreinfahrt versteckt gehalten und ist vor mir weggelaufen.«

Iwan Dmitrijewitsch überlegte, dass er sehr gut daran getan hatte, den Umweg durch den Nachbarhof zu nehmen.

»Seit Jakow Semjonowitschs Tod drängen sich einem alle möglichen Gedanken auf«, sagte Gnetotschkin. »Heute traf ich seinen Lakaien, und der sagte mir, aus dem Bestattungsinstitut seien sie zweimal da gewesen. Beim ersten Mal hätten sie einen nicht maßgerechten Sarg gebracht. Zu groß. Wissen Sie, was das für ein Omen ist?«

»Ja.«

»Wenn der Sarg nicht maßgerecht ist, wird es im Haus noch einen Toten geben. Pfui, pfui, pfui, bloß nicht heraufbeschwören! Ich bin kein abergläubiger Mensch, doch das macht einen zwangsläufig nachdenklich. Marfa Nikititschna ist verschwunden, ihr Sohn ermordet worden. Und in der Toreinfahrt hält sich jemand versteckt. Ich an Ihrer Stelle würde mich darum kümmern.«

»Ich werde es im Auge behalten.« Iwan Dmitrijewitsch nickte.

»Vielleicht sehen wir zusammen im Hof nach?«

»Zwecklos, wir haben ja einen Durchgangshof. Außerdem bin ich müde nach dem Tag. Ich gehe schlafen.«

Gnetotschkin presste die Lippen zusammen:

»Sie müssen es wissen. Ich werde noch ein bisschen hier herumlaufen und aufpassen.«

»Rufen Sie, wenn etwas sein sollte.«

»Nach Ihnen kann man lange rufen … Gute Nacht.«

»Hoffen wir«, erwiderte Iwan Dmitrijewitsch, »dass sie dank Ihrem Bemühen ruhig verlaufen wird.«

Er trat ins Haus, stieg zum ersten Stock hoch und erstarrte: Ein wilder Schrei durchschnitt die Stille. Von irgendwo aus der Tiefe der Wohnungen drang er gedämpft durch die Türen, war also gar nicht so laut, doch klang grenzenloses, unmenschliches Leid aus ihm. Sein Herz krampfte sich zusammen, das Blut schoss ihm in den Kopf, hinderte ihn zu begreifen, woher der Schrei kam. Zunächst meinte er, aus dem zweiten oder eher dritten Stock, dann hatte er den Eindruck, dass es im Erdgeschoss, in der kukolewschen Wohnung, gewesen sein müsse. Eine Sekunde später neigte er wieder der ersten Variante zu, ließ aber das Rätselraten sein. Er wusste, dass in ihrem Aufgang mit der Akustik gespenstische Dinge vor sich gingen. Sagen wir, seine Frau ruft ihm von oben nach, er habe seinen Regenschirm vergessen, und es klingt, als stehe sie irgendwo unter ihm. Manchmal war es auch umgekehrt. Auf unbegreifliche Weise wurde der Schall zurückgeworfen und dabei verfälscht.

Iwan Dmitrijewitsch verharrte still, lauschte. Der Schrei wiederholte sich nicht. Der, der ihn ausgestoßen hatte, schien für immer verstummt.

Eine Minute mochte vergangen sein, als unten leise ein Türschloss schnappte, schwere Männerschritte waren zu hören und klappernde weibliche, über die Stufen rauschte ein Kleid. Iwan Dmitrijewitsch beugte sich über das Treppengeländer. In dem Mann erkannte er Jewlampi, wer die Frau war, konnte er nicht mehr feststellen. Die Haustür schlug zu, wieder herrschte Stille. Iwan Dmitrijewitsch rannte hinunter, verlangsamte jedoch im Hausflur seine Schritte, zwang sich dazu, bis zehn zu zählen, um nicht auf die Straße zu schießen wie ein aus der Flasche fahrender Dschinn, und ging erst dann gemessenen Schrittes hinaus. Er hatte geglaubt, das Pärchen würde zu Fuß gehen und er ihm mühelos folgen können, doch er hatte sich verrechnet. Die Droschke stand nicht umsonst am Aufgang. Jewlampi saß mit seiner Dame bereits drin, und als Iwan Dmitrijewitsch losstürzte, wurde er urplötzlich von dem irgendwoher auftauchenden Gnetotschkin am Ellbogen gepackt:

»Was ist passiert?«

Der verflixte Pudel, der ihnen vor den Füßen herumlief, umwickelte beide mit seiner Leine, weil Gnetotschkin nicht auf den Gedanken kam, sie loszulassen. Bevor sich Iwan Dmitrijewitsch befreien konnte, fuhr die Droschke an. Der Kutscher schwang die Peitsche, schneller und lauter schlugen die Hufe aufs Pflaster.

»Halt!«, brüllte Iwan Dmitrijewitsch.

Von wegen! Die Droschke fuhr polternd durch die menschenleere Straße davon. Die Lampe, die das Nummernschild beleuchtete, schaukelte und verschwand hinter der Kurve.

Glücklicherweise fuhr gerade eine Kutsche mit zwei Offizieren und einem Soldaten auf dem Bock vorbei. Mit einem durchdringenden Pfiff, damit der seine Gäule zügelte, lief Iwan Dmitrijewitsch nebenher und sprang aufs Trittbrett:

»Meine Herren, ich bin von der Polizei!«

»Oh, Madonna mia!«, rief fröhlich einer der Offiziere. »Bist du ein Spitzel?«

Er verbreitete mörderischen Wodkagestank. Hielte man ihm ein entzündetes Streichholz an die Lippen, würde womöglich die Luft auflodern und aus seinem Mund Feuerstrahlen schießen wie bei dem Drachen Gorynytsch.

»Schnell, meine Herren, ich brauche Ihre Unterstützung«, setzte Iwan Dmitrijewitsch zu einer Erklärung an, als ihn ein Faustschlag am Ohr traf und er vom Trittbrett flog.

In seinem Kopf dröhnte es, und er krachte auf die Fahrbahn, während die Offiziere lachend weiterfuhren.

»Besser, Sie hätten nicht so gepfiffen«, belehrte ihn Gnetotschkin, während er ihm aufhalf. »Solche schrecklichen Pfiffe stoßen bloß Räuber aus.«

Iwan Dmitrijewitsch zog das Hosenbein hoch und befühlte seine Schramme. Dieser verdammte Pudel trieb sich mit heraushängender Zunge weiter um sie herum.

»Wenn Sie sich eine Hautabschürfung zugezogen haben, dann lassen Sie ihn lecken«, bot Gnetotschkin an. »Da verheilt es im Handumdrehen. Hundespeichel besitzt Heilkraft. Die Katze hat ein Dutzend Krankheiten auf der Zunge, der Hund ein Dutzend Arzneien.«

»So halten Sie doch den Mund!«, brauste Iwan Dmitrijewitsch auf. »Sagen Sie lieber, was für eine Dame das mit Jewlampi war.«

»Das war Jewlampi?«

»Ja, er.«

»Sagen Sie bloß! Eine wichtige Person, von hinten würde man nicht annehmen, dass er ein Lakai ist.«

»Die Dame haben Sie also nicht erkannt?«

»Es ist doch dunkel, Iwan Dmitrijewitsch. Und außerdem stand ich an der anderen Ecke, als sie herauskamen.«

»War das nicht Scharlotta Genrichowna?«

»Von hinten sah es nicht so aus.«

»Einen roten Schirm hatte sie nicht bei sich?«

»Weiß ich nicht, ist mir nicht aufgefallen …«

Sie hatten die Toreinfahrt erreicht. Hier entdeckte der Pudel, was er vorhin zwischen den Zähnen gehabt hatte, und rannte darauf zu, doch Iwan Dmitrijewitsch war schneller.

Er hob das Strickende auf und ging mit ihm zur Laterne, die nur noch mit halber Kraft brannte. Ja, genau, das holländische Seil. Also hatte Jewlampi es für besser befunden, das verunreinigte Ende abzuschneiden und hinauszuwerfen, um es los zu sein.

Iwan Dmitrijewitsch warf einen Blick zu den Fenstern der kukolewschen Wohnung. Alle waren sie leblos schwarz, in keinem einzigen auch nur ein schwacher Lichtschimmer.

»Geben Sie mir mal Ihren Stock«, sagte er zu Gnetotschkin.

Er nahm ihn und klopfte ein paarmal fordernd an ein Fenster. Keine Reaktion. Er ging zum nächsten Fenster und klopfte wieder. Schweigen.

»Was ist denn passiert, Iwan Dmitrijewitsch?«, erkundigte sich Gnetotschkin aufgeregt.

»Ach, nichts weiter.«

»Als ich von Jewlampi das mit dem Sarg hörte, dass er nicht die richtigen Maße hatte«, sagte Gnetotschkin, »wurde mir unheimlich zumute. Dieses Omen kann hier in der Stadt ja auf doppelte Weise gedeutet werden: Noch einen Toten wird es entweder bei ihnen in der Familie, das heißt in ihrer Wohnung, oder aber in unserem ganzen Haus geben.«

Unauffällig steckte Iwan Dmitrijewitsch den Strick in seine Tasche und öffnete die Tür:

»Wollen Sie rein?«

Bei diesem Wort zog der Pudel an der Leine und kläffte, dass er verstanden hatte.

»Ja... Still, Johnnylein!«

Sie traten ins Treppenhaus.

»Natürlich ist eigentlich nicht so ein Haus wie unseres gemeint«, erklärte Gnetotschkin, als sie die Treppe hinaufstiegen, »sondern ein Bauernhaus, in dem lauter Verwandte wohnen. Trotzdem ist einem irgendwie unheimlich zumute.«

Ihre Wohnungen lagen im zweiten Stock, vis-à-vis. Nachdem Gnetotschkin seinem Nachbarn noch einmal gute Nacht gewünscht hatte, verschwand er hinter seiner Tür, während Iwan Dmitrijewitsch nachdenklich auf dem Treppenabsatz stehen blieb, um dann kehrtzumachen. Er ging ins Erdgeschoss hinunter und läutete an der kukolewschen Wohnungstür. Die Klingel war deutlich zu hören, doch niemand öffnete. Er wartete eine Weile, bevor er aus der Innentasche seines Gehrocks ein unscheinbares Ledertäschchen holte, in dem sich ein Metallring mit einem Dutzend Nachschlüssel verschiedener Größe befand, die er für alle Fälle ständig bei sich trug, ebenso wie seine Zahnbürste und ein Taschentuch. Er wählte einen geeigneten aus, den er ins Schlüsselloch steckte und zu drehen versuchte. Nein, ging nicht. Er versuchte es mit dem zweiten, dritten, fünften, zehnten Schlüssel. Das ganze Dutzend erwies sich als machtlos. Es war ein Spezialschloss, das sein Geheimnis hatte.

Die Schlüssel fielen mit einem harten Klang in seine Rocktasche. Iwan Dmitrijewitsch stand da und wusste nicht, was er tun sollte. Wenn niemand in der Wohnung war, wessen Schrei hatte er dann gehört? Womöglich lag Scharlotta Genrichowna jetzt schon entseelt hinter der Tür? Wenn sie sich aber in Jewlampis Begleitung auf den Weg zu ihrer Schwester auf der Wassili-Insel gemacht hatte, um die schlafende Olenka auf die zarte Stirn zu küssen, wer hatte dann geschrien? Und war ihr Begleiter überhaupt Jewlampi gewesen? Das Gesicht hatte er ja nicht erkennen können! Sein Mantel war es gewesen, ja, seine Schirmmütze auch – aber was war unter der Mütze? Wenn ihm der Pelzmantel seines Herrn gepasst hatte, warum konnte der dann für seine Flucht nicht ein Kleidungsstück des Lakaien benutzen?

Iwan Dmitrijewitsch schüttelte den Kopf, um das Trugbild zu verscheuchen. Was für eine Wahnvorstellung! Doch schon hatte sich seiner der unbezwingbare Wunsch bemächtigt, nachzusehen, ob jemand drinlag in dem Sarg, der nun die richtige Größe hatte. Oder war er leer?

Er musste unbedingt in die Wohnung hinein. Aber wie? Von außen einsteigen ging nicht, die Fenster lagen zu hoch. Außerdem waren sie wahrscheinlich geschlossen. Durch die Lüftungsklappe passte er nicht, und die Scheiben einzuschlagen war zu riskant, die Nachbarn könnten es hören. Blieb nur ein Weg – durch den Hintereingang. Mit dem Schloss dort hatte er es möglicherweise leichter.

Wieder auf der Straße, zog Iwan Dmitrijewitsch seine Uhr heraus und ließ den Deckel aufschnappen. Fünf vor elf. In seiner eigenen Wohnung war das Schlafzimmerfenster noch erhellt. Seine Frau wartete immer bis Punkt elf, keine Sekunde länger, dann löschte sie das Licht, und wenn Iwan Dmitrijewitsch nach dieser verhängnisvollen Stunde heimkam, brauchte er mit ihrer Zärtlichkeit nicht mehr zu rechnen. Schlag elf verwandelte sich seine Frau in einen Stein. Keine Küsse, keine Schwüre vermochten den bösen Zauber zu bannen und sie zu beleben.

Er blickte nach links, nach rechts. Niemand zu sehen. Die Laterne war schon fast erloschen, von Westen schoben sich Wolken vor den Mond, im Osten aber war es noch klar. Die sieben Sterne des Großen Bären standen an der Kuppel eines üppigen Septemberhimmels. Die arme Kallisto löschte das Licht in ihrer Schlafkammer die ganze Nacht nicht, um ihren Geliebten zu empfangen, wann immer er erschien.

Iwan Dmitrijewitsch schlüpfte wieder in den Torbogen, um den stillen, vom Mondschein wie verwandelten Hof zu betreten. Die Schatten der Schuppen und Holzstöße lagen tiefschwarz beieinander. Der Geruch der fauligen Melonenschalen wirkte erregender als der Duft der Magnolien auf der Krim.

III

Safronow riss sich einen Moment vom seinem Heft los, bog den Rücken gerade und schüttelte die taub gewordene Hand.

»Was ist«, fragte Iwan Dmitrijewitsch teilnahmsvoll, »ist die Kriegerhand des Zustechens müde?«

»Nicht so schlimm. Ich hoffe, das Ende ist schon in Sicht.«

»Wie man's nimmt. Vielleicht brechen wir jetzt ab und machen morgen weiter?«

»Nein, nein. Gleich morgen früh müssen wir mit einer anderen Geschichte anfangen.«

Sie hatten tatsächlich eine genaue Zeiteinteilung, und was das Seltsamste war, bisher hielten sie sich auch daran.

»Erinnern Sie mich bitte, was wir für morgen vorgesehen haben«, bat Iwan Dmitrijewitsch.

»Bitte schön.« Safronow schlug die erste Seite seines Hefts auf. »Wie Fürst Dolgoruki den Pudel seines Rivalen, des Barons Tisenhausen, tötete. Sie sagten, die Geschichte sei kurz, wir würden sie zwischen Frühstück und Mittagessen schaffen.«

»Ich habe versprochen, sie Ihnen zu erzählen?«, fragte Iwan Dmitrijewitsch ungläubig. »Sonderbar …«

»Was ist denn?«

»Bis auf den Pudel freuen sich alle Figuren dieser Geschichte bis auf den heutigen Tag ihres Lebens. Auch die Ballerina, derentwegen der Pudel sterben musste, lebt. Geht das denn, sie zur Schau zu stellen?«

»Warum nicht? Seinen richtigen Namen behält nur der arme Pudel, sofern Sie ihn nicht vergessen haben. Die Übrigen bekommen ihre Initialen.«

»Dann ist es tatsächlich besser, das hier heute noch abzuschließen. Wir trinken Tee und machen weiter. Bei beiden Geschichten gibt es gewisse Ähnlichkeiten.«

»Welche denn?« Safronow versuchte mit Hilfe dieser Andeutung zu erraten, wie die heutige Erzählung ausgehen könnte. »Am Ende ist der Pudel des Barons Tisenhausen ebenfalls mit dem Leben davongekommen? Wie Shulka. Oder wie Jakow Semjonowitsch?«

Iwan Dmitrijewitsch schüttelte den Kopf:

»Nein, der Pudel ist tatsächlich getötet worden, die Übereinstimmung liegt hier woanders. Dieser Fall brachte mir Selenski in Erinnerung. Sergej Bogdanowitsch hatte Recht, wir ahnen gar nicht, welche Abgründe in uns verborgen sind. Mitunter wirft man einen Blick hinein und schaudert zurück. Dieser Dolgoruki zum Beispiel hat an der Universität von Dorpat studiert und in Paris gelebt. Ein gebildeter Mann, und dann begnügt er sich nicht damit, den Pudel mit seinem Degen totzustechen, er haut dem toten Tier auch noch die Ohren ab.«

»Was für eine Niedertracht.« Safronow verzog das Gesicht. »Und warum?«

»Das ist es ja – er war nicht imstande, das plausibel zu erklären. Erst rechtfertigte er sich damit, dass ihm der Hass auf seinen Rivalen den Verstand getrübt habe. Dann war Dschingis Khan schuld, dessen Blut angeblich in seinen Adern floss. Und immer so weiter! Noch ein berühmter Andersgläubiger trat auf den Plan, dem folgte ein Großonkel zweiten Grades mütterlicherseits, der seine Tage in einer psychiatrischen Klinik beschlossen haben sollte. Und was nicht alles. Ich sage zu ihm: ›Gut, Euer Durchlaucht, dass Sie sich auf diesen unglückseligen Pudel gestürzt haben, das kann ich noch verstehen, obwohl, wie Sie ja selbst wissen, das Tier nichts dafür kann, dass Ihnen die Ballerina davongelaufen ist. Aber ihm die Ohren abzuhauen! Und vor allem waren Sie ja nüchtern. Ist das nicht schändlich?‹ Er gibt es zu, aber erklären kann er es nicht. Kurzum, die Sache verlief im Sande und geriet in Vergessenheit, viele Jahre später dann erfuhr ich rein zufällig, dass es einen alten asiatischen Aberglauben gibt: Wenn der Mörder seinem Opfer die Ohren abhaut und hinter sich wirft, verwischen sie seine Spuren. Da fiel mir wieder ein, dass dieser Fürst den Pudel erstochen und anschließend versucht hatte, vom Ort des Verbrechens zu entkommen. Verstehen Sie den Zusammenhang? Ja, an dem, was Selenski erzählte, war schon etwas dran. Kallisto, Arkas, Lykaon, der Werwolf, das ist nicht bloß so dahingesagt. Bisweilen tun sich in uns Abgründe auf, und wir sind nicht in der Lage, unser eigenes Handeln zu motivieren.«

»Kam das bei Ihnen auch vor?«, wollte Safronow wissen.

»Ja, kam vor«, erwiderte Iwan Dmitrijewitsch kurz, womit er zu verstehen gab, dass er nicht die Absicht hatte, sich weiter darüber auszulassen.

Der Mond lugte durch die Wolken. Vom Wolchow her kam Wind auf, hier und da klirrten in den Verandafenstern gesprungene Scheiben. Die Bäume im Garten atmeten auf einen Schlag auf und rauschten mit ihren vertrocknenden herbstlichen Kronen.

»Wie sonderbar und stark das Brausen des Nachtwindes auf uns wirkt«, sagte Iwan Dmitrijewitsch. »Ist Ihnen das aufgefallen? In ihm liegt Verheißung.«

»Verheißung wovon?«

»Von Liebe, Ruhm, Veränderung unseres Lebens. Je nachdem, das hängt von jedem Einzelnen ab. Ich erinnere mich, wie ein Mensch zu einem anderen sagte: ›Wie sich herausstellt, verhieß mir das Brausen des Windes in meiner Jugend, wie du an meiner Schulter schlafen und mir ins Ohr atmen wirst…‹«

»So kann nur eine verliebte Frau sprechen«, meinte Safronow.

»Sie irren sich, das war ein Mann. Wenn auch ein verliebter, versteht sich.«

»Ich beneide ihn um seine Leidenschaftlichkeit.«

»Beneiden Sie ihn nicht. Ihre Romanze nahm ein schlimmes Ende.«

In Iwan Dmitrijewitschs Augen glomm der Widerschein eines lange zurückliegenden Feuers auf, und Safronow fragte:

»Stand dieses Pärchen in irgendeinem Zusammenhang mit dem Mord an dem jüngeren Kukolew?«

»Im allerdirektesten.«

Safronow begann in Gedanken die Varianten durchzugehen, kombinierte die Figuren der soeben gehörten und noch nicht beendeten Geschichte miteinander, doch bevor er seine Vermutungen äußern konnte, fuhr Iwan Dmitrijewitsch fort:

»Es ist ja die Frau, die nach der Umarmung an der Schulter des Mannes einschläft und ihm ins Ohr atmet und nicht umgekehrt.«

Safronow begriff, dass es zwecklos war, nach den Namen des Liebespaars zu fragen. Er würde sie zusammen mit dem des Mörders erfahren, eher nicht.

»Irgendwie sind wir bei diesen Ohren stecken geblieben«, sagte er.

Es war dunkel geworden. Sie trugen die Lampe herein. Mücken umschwärmten sie, dann kam ein Nachtfalter aus der Dunkelheit herbei, um geräuschvoll gegen die erleuchteten Verandafenster anzufliegen. Schrrr! Schrrr! Safronow verursachten diese Geschöpfe von klein auf Beklemmung. Bei aller Harmlosigkeit hatten sie etwas Unheimliches an sich, sie erschienen ihm als Ausgeburt der Finsternis und jenseitigen Grauens, ein vom Instinkt geblendetes scheußliches Fleischgebilde.

Iwan Dmitrijewitsch schwieg, bald verschwand der Schmetterling, bald prallte er wieder gegen das Fensterglas. Schrrr! Bei diesem Geräusch bekam man eine Gänsehaut. So schlägt man bei Beerdigungen auf stoffbezogene Trommeln. So fallen die ersten von der Hand der Witwe ins Grab geworfenen Erdbrocken auf den Sargdeckel, an dem von unten der zum Leben erwachte Tote scharrt. Schrrr! Es war, als würde der Falter an einem Faden hochgezogen. Faseriger Staub blieb von seinen Flügeln am Glas zurück.

»Nun, machen wir weiter, wenn Sie sich ausgeruht haben?«, fragte Iwan Dmitrijewitsch.

»Ich bin bereit.«

»Wie heißt es doch bei Puschkin? ›Orlowski, greif zur Zeichenfeder, um nun gebührend auszumalen den Kampf der fürstlichen Rivalen...‹«

IV

Der Hintereingang stand offen. Mit ausgestreckten Händen tastete sich Iwan Dmitrijewitsch in die von Gerüchen erfüllte Dunkelheit, die ihm weit anheimelnder erschien als die kühle Finsternis des Haupteingangs. Es roch nach Katzen, gleich an der Tür stand ein Abfallbehälter. Den Mond hatten Wolken eingehüllt, und aus Kallistos Schlafkammer drang durch die staubigen kleinen Fenster nur spärlicher Schein. Ein bisschen Licht wäre nicht übel. Zum Glück fiel ihm die gestern erst weggeworfene Kerze ein, von deren Gestank Wanetschka Kopfschmerzen bekommen hatte. Deswegen war es sogar zum Krach mit seiner Frau gekommen. Sie hatte geschrien, dass sie jede Kopeke umdrehen müsse, er werde sie alle mit dem Wegschmeißen solcher Kerzen noch an den Bettelstab bringen, aber die Kerze aus dem Müllkasten herauszuholen, so weit war sie Gott sei Dank doch nicht gegangen.

Iwan Dmitrijewitsch stieg in den zweiten Stock zu seiner Wohnung hinauf. Der Deckel des Kastens schloss dicht, sodass die Mäuse nicht hineinkommen konnten, um Rache zu üben an Wanetschkas Peinigerin. Um sein Ekelgefühl zu bezwingen, sagte er sich, dass das hier ja alles nur von ihnen war, mithin kein Grund bestand, das Gesicht zu verziehen, und begann in dem Müll zu wühlen. Aha, da war sie. Streichhölzer fanden sich in seiner Tasche, er zündete die Kerze an, schirmte die Flamme mit der Hand ab und stieg wie Prometheus, der das Himmelsfeuer vom Olymp gestohlen hatte, in lautlosem Diebesschritt die Treppe hinunter.

Bevor er sich ans Werk machte, nahm er, um von ihm nicht behindert zu werden, seinen Zylinder ab und hängte ihn an den erstbesten Nagel. Dann holte er sein Ledertäschchen hervor.

Diese kukolewsche Tür hielt im Unterschied zur Haupttür gleich dem ersten Nachschlüssel nicht stand. Mit einem dankbaren Gedanken an Jewlampi, dass er nicht zu faul war, die Angeln zu schmieren, schloss Iwan Dmitrijewitsch die Tür auf und ließ sie spaltbreit offen für den Fall, dass er die Flucht ergreifen musste. Er trat in den Flur und ging weiter zur Küche. Behagliche häusliche Wärme eines zur Nacht geheizten Ofens umfing ihn. An der Wand hingen, wie Schilde an der Bordwand eines Warägerbootes, Schüsseln und Pfannen. Sie beantworteten die Kerzenflamme mit kriegerischem Messingglanz.

Anzeichen von Vorbereitungen für das Totenmahl waren nicht festzustellen. Der Fußboden musste gefegt worden sein, nichts, was unter den Füßen geknirscht hätte. Das Geschirr war weggeräumt, auf dem Tisch stand lediglich ein Teller mit nicht aufgegessenen Nudeln, daneben ein angebissenes Stück Weißbrot, ein Löffel und eine halb entblößte Zwiebel. Mit der geschälten Seite schmiegte sie sich schamhaft an den Teller, um ihre Nacktheit zu verbergen. Jewlampi hatte offenbar sein Abendessen nicht zu Ende bringen können.

Iwan Dmitrijewitsch betrachtete prüfend die Reste des Lakaienmahls. Zweifellos hatte ihn jemand gestört – die Besucherin, sofern es eine gegeben hatte, oder Scharlotta Genrichowna selbst, oder … Ein Gedanke löste den anderen ab, doch kaum dass sein Blick auf die Nudeln gefallen war, lief ihm der Speichel im Munde zusammen. Kein Wunder, seit Mittag hatte er nichts gegessen, und jetzt ging es auf Mitternacht. Gleich mit den Fingern scharrte er die kalten schlüpfrigen Fäden vom Teller und stopfte sie in den Mund. Einige glitten ihm durch die Finger auf den Fußboden, doch an Aufheben dachte er nicht. Nachdem er noch das Brot vom Tisch genommen hatte, um es im Gehen abzubeißen, durchquerte er die geräumige Küche und hielt sich dabei unwillkürlich wie eine Ratte dicht an der Wand.

Ringsum herrschte nach wie vor Grabesstille. Es wurde immer offensichtlicher, dass niemand in der Wohnung war. Jedenfalls kein Lebender. Aber wahrscheinlich auch kein Toter. Seine Gedanken bewegten sich schon lange in der vom älteren Kukolew vorgegebenen Bahn: Womöglich hatte Jakow Semjonowitsch selbst in der Küche die Nudeln gegessen und war, als er hörte, dass jemand den Hintereingang aufschloss, weggerannt, um sich irgendwo zu verstecken.

Iwan Dmitrijewitsch ging hinaus in den Korridor und lauschte. Alles still. Wo welches Zimmer lag, wusste er noch ungefähr, das heißt, teils erinnerte er sich, teils konnte er sich vorstellen, wie sie jeweils genutzt wurden. Geradeaus auf der linken Seite lagen die Zimmer Marfa Nikititschnas, an sie schloss sich, wiederum links, der kleine Raum an, in dem

Jewlampi den Pelzmantel seines Herrn anprobiert hatte, dann das Arbeitszimmer und das Wohnzimmer. Ganz am Ende des Korridors befand sich anscheinend das Kinderzimmer, und rechts führte die eine Tür wahrscheinlich in das Schlafzimmer der Frau, die andere in das des Mannes. So, wie das Verhältnis zwischen den Gatten war, konnten sie kaum ein gemeinsames Schlafzimmer haben. Weder in dem einen noch in dem anderen war Iwan Dmitrijewitsch natürlich gewesen, aber nach der Logik der Dinge mussten die Schlafzimmer dort sein. In sie musste er vor allem einen Blick werfen und sich notfalls über den Korridor davonmachen in die Küche und über die Treppe in den Hof. Wenn er Glück hatte, blieb er in der Dunkelheit unerkannt.

Aber mit der Kerze in der Hand ging er besser nicht hinein. Er ließ verflüssigtes Wachs auf ein Dielenbrett neben der Scheuerleiste tropfen, klebte die Kerze an und spähte erst dann in eines der Schlafzimmer. Ohne festzustellen, ob es das des Mannes oder der Frau war – er sah nur, dass die Tagesdecke nicht zerdrückt war –, schloss er rasch die Tür. Das Bett im Nebenzimmer hatte keine helle, sondern eine dunkle Decke, stand aber auch leer. Dies also war Jakow Semjonowitschs Schlafzimmer und jenes näher zum Kinderzimmer gelegene das von Scharlotta Genrichowna. Am Kinderzimmer ging Iwan Dmitrijewitsch bedenkenlos vorbei. Schwer vorstellbar, dass der väterliche Sarg zwischen den Puppen der Töchter aufgestellt worden war. Er wurde mutiger, sein Herz hört auf, bis in den Hals hinaufzuschlagen. Jetzt konnte er ohne sonderliche Befürchtungen die Suche nach dem Zimmer fortsetzen, in dem der Sarg stand.

Wie zu erwarten, entdeckte er im Wohnzimmer nichts und niemanden. Jetzt blieben nur noch wenige Möglichkeiten. Iwan Dmitrijewitsch näherte sich der nächsten Tür, hinter der aller Wahrscheinlichkeit nach das Arbeitszimmer des

Hausherrn lag, und griff bereits ohne die bisherige Vorsicht nach der Klinke. Er öffnete die Tür, sein Blick traf wie in den Schlafzimmern auf eine Samtportiere, die er beiseite schob.

Der Mond hatte sich gerade für kurze Zeit aus der Wolkenumarmung gelöst. Er ließ die Umrisse der Gegenstände in gespenstischem Blau verschwimmen, machte sie flach und gleichmäßig schwarz, zwischen ihnen jedoch entdeckte Iwan Dmitrijewitsch sofort, was er suchte. Diese einzigartigen, über Jahrhunderte ausgebildeten Formen sind unverwechselbar.

Allerdings stand der Sarg aus irgendeinem Grund nicht auf einem Tisch, sondern auf zusammengerückten Stühlen. Er war offen, aber nicht ein Licht stellte sich dem durchs Fenster fallenden Mondschein entgegen. Weder Lämpchen noch Kerzen waren da. Im ersten Moment dachte Iwan Dmitrijewitsch, sie seien durch die Achtlosigkeit der Witwe einfach erloschen, doch sogleich begriff er, dass sie tatsächlich fehlten. Das hätte seine Richtigkeit gehabt, wenn Jakow Semjonowitsch am Leben gewesen, wenn der Sarg lediglich zum Schein bestellt worden und leer gewesen wäre. Doch nein, er spürte, dass dort jemand war. Obwohl der Sarg am anderen Ende des Zimmers stand, ließen sich darin die Konturen eines menschlichen Körpers erahnen.

Iwan Dmitrijewitsch erstarrte, konnte sich nicht entschließen, ins Zimmer zu treten. Die Angst hatte sich bereits in seinem Herzen eingenistet und hinderte ihn daran, die Dinge mit den Augen der Vernunft zu betrachten. Das war keine Angst vor dem Toten, nein, er hatte in seinem Leben genügend Tote zu sehen bekommen, sondern davor, dass der Tote im Sarg weder durch die Flamme geweihten Wachses noch durch Weihrauchgeruch abgeschirmt war, als ob absichtlich vor ihm keine Sperre errichtet worden wäre, damit er jeden Augenblick... Es mochten Sekundenbruchteile sein, dass ihm diese Überlegungen durch den Kopf schossen, ohne die Gestalt von Worten annehmen zu können. »Vater unser, der du …«, flüsterte Iwan Dmitrijewitsch und stockte, da ihm einfiel, dass der im Sarg Liegende dieses Gebet fürs Eierkochen benutzt hatte.

Sofort verging die Angst, Iwan Dmitrijewitsch machte einen Schritt nach vorn, da sträubten sich ihm die Haare. Ein seltsames Geräusch wurde hörbar, aus dem Sarg tauchte plötzlich ein Kopf auf, dann die Schultern, die Brust.

Das Licht der im Korridor angeklebten Kerze reichte nicht bis hierher, der Mond schien dem Toten auf den Rücken. Ein gesichts- und augenloser Schatten erhob sich langsam, griff nach den Bordwänden des Begräbnisbootes, in dem ihm seine letzte Reise bevorstand, zog sich hoch, setzte sich auf.

Iwan Dmitrijewitsch fehlte selbst zum Kreuzschlagen die Kraft. Jeglicher Verdacht war vergessen, die Logik hatte keine Macht mehr über ihn. Der Tote wurde zusehends lebendig, während er selbst in tödliche Erstarrung fiel.

Der Mond tauchte wieder hinter Wolken, es wurde dunkel. In der Dunkelheit klappte, schurrte es. Seine Beine waren wie angewurzelt, dann hörte er, wie im Schloss der Wohnungstür mit sicherer Hand ein Schlüssel gedreht wurde. Dieses Geräusch brachte ihn ins Leben zurück. Er stürzte zum Korridor, prallte gegen den Türpfosten – vor seinen Augen Sterne, in den Ohren der durchdringende Schrei einer Frauenstimme:

»Jascha! Jaaascha! Komm zu miiir!«

ELFTES KAPITEL

HE, DA AUF DEM TURM!

1

Nachdem Gaipel die nächstgelegenen Apotheken abgeklappert hatte, ohne etwas über das Gift, ja nicht einmal über das Schlafmittel in Erfahrung bringen zu können, kehrte er ins Revier zurück. Hier war es bereits leer und still, der Bediente, ein auf unbestimmte Zeit beurlaubter Soldat, bearbeitete mit einem Schrubber den Flur. Draußen dämmerte es, im aufkommenden Wind klirrte eine gesprungene Scheibe.

Gaipel suchte nach einem leeren Zimmer, setzte sich an einen Tisch, nahm ein Blatt Papier und schrieb links untereinander, mit entsprechendem Zwischenraum, die Zahlen 1, 2 und 3, um seine Verdachtsmomente zu ordnen, und zwar nach Punkten gegliedert, wie Iwan Dmitrijewitsch es zu tun pflegte. Nach zehn Minuten stand noch keine einzige Zeile auf dem Papier, dafür hatte die Feder unter alle drei Zahlen unauffällig kleine Teufel gezeichnet, die einer wie der andere eine Bürste auf der Stirn, Ziegenbockhörnchen und Katzenschenkel hatten. Als Gaipel diesen Teufelsspuk entdeckte, kreuzte er ihn dick mit Tinte durch, wodurch die Teufel nicht nur nicht verschwanden, sondern ein noch dreisteres Aussehen annahmen: Ihr könnt uns mal mit euren faulen Tricks! Gaipel knüllte das Blatt zusammen und warf es in den Papierkorb. Über den roten Schirm wusste er nun Bescheid, doch nach wie vor machte ihm der Ärger über Iwan

Dmitrijewitsch zu schaffen. Läuft allein irgendwo herum, erzählt nichts. Statt den Laufburschen zu spielen, wäre er lieber Mitstreiter gewesen – man setzt sich ruhig zusammen, bespricht alles, erarbeitet einen Aktionsplan. Der erste Satz eines solchen Gesprächs formte sich in seinem Gehirn: »Die Wahrheit, Iwan Dmitrijewitsch, wird geboren, wenn unterschiedliche Meinungen aufeinander prallen.« Und noch ein zweiter: »Mich, Iwan Dmitrijewitsch, hat man so erzogen, dass ich fremde Meinungen zu respektieren gewohnt bin, aber ich möchte, dass auch die meine respektiert wird…« Wie die Dinge lagen, musste er freilich beide Sätze als gegenstandslos betrachten. Das Schlimme war ja gerade, dass er dazu, wie und wo der Mörder Kukolews zu suchen sei, gar keine eigene Meinung hatte. Und warum hatte er keine? Der Grund war wiederum, dass Iwan Dmitrijewitsch ihm nichts erzählte. Der Kreis schloss sich, und die Situation schien ausweglos.

Obwohl Gaipel sich keinerlei Hoffnungen machen konnte, dieses Verbrechen selbständig aufzuklären, ließ ihm ein tollkühner Gedanke keine Ruhe: Vielleicht sollte er Fürst Niktodse nicht nur ausfindig machen, sondern auch selbst verhören? Von Iwan Dmitrijewitsch würde er dafür natürlich kein Lob ernten, aber pfeif drauf! Er nahm noch ein Blatt Papier und beschloss, das bevorstehende Gespräch mit Fürst Pantschulidsew in groben Zügen zu entwerfen. Erste Frage: »Was haben Sie in der Nacht von Sonntag auf Montag im Hotel ›Arkadia‹ gemacht?« Nein, geht nicht, so wird man ihn kurzerhand rauswerfen, und das war's. Persönlichkeiten dieses Rangs gegenüber muss man sich diplomatisch verhalten. Besser, so anzufangen: »Zufällig, Euer Durchlaucht, ist mir bekannt geworden, dass ein naher Freund von Ihnen unter dem Namen Fürst Niktodse…« In die Sache war gerade Bewegung gekommen, als Schitkowski das Zimmer betrat, einen Kater im Arm. Gaipel verdeckte seinen Entwurf mit der Hand. Er traute diesem durchtriebenen Kerl mit dem polnischen Familiennamen, der jüdischen Nase und den Zigeuneraugen nicht über den Weg.

Schitkowski flegelte sich auf einen Stuhl, setzte sich den Kater auf den Schoß, streichelte ihn genussvoll und sagte:

»Ein hervorragender Mäusefänger. Bars! Der reinste Putilin unter den Seinen, räumt mächtig auf. Würden Sie gern wissen, ob er gebildet ist oder nicht?«

»Wer? Iwan Dmitrijewitsch?«

»Wieso Iwan Dmitrijewitsch? Der Kater. Wenn Sie möchten, können wir uns ja mal überzeugen, wie es um seine Bildung bestellt ist.«

»Von mir aus«, sagte Gaipel träge.

»Timofej, unser Väterchen, kennst du Puschkin?«, fragte Schitkowski, wobei er sich über den Kater beugte und ihm das letzte Wort ins Ohr blies: »Puuuchschkin.«

Der Kater schüttelte verdattert den Kopf.

»Kennt er nicht«, konstatierte Schitkowski.

»Soll das ein Scherz sein?«, wollte Gaipel wissen.

»Ja, aber mit Sinn.«

»Und worin besteht der Sinn?«

»Man braucht, wie sich herausstellt, nicht zu wissen, wer Puschkin ist, um gut Mäuse zu fangen. Folglich brauchen Sie sich nicht zu grämen, dass Sie von der Universität geflogen sind. In unserem Fach geht es auch ohne Bildung.«

»Von der Universität geflogen bin ich überhaupt nicht«, erwiderte Gaipel und presste die Lippen zusammen. »Ich bin von allein gegangen.«

»Von welcher Fakultät, wenn ich fragen dürfte, sind Sie nicht geflogen?«

»Von der juristischen.«

»Und von welchen sind Sie geflogen?«

Gaipel steckte seinen Entwurf in die Tasche, erhob sich und ging zur Tür, wurde jedoch mit der Frage gestoppt:

»Kennen Sie den Zöllner Petrow, Väterchen?«

»Petrow?«

»Petrow, Petrow. Nach Puschkin frage ich schon nicht.«

»Woher kennen Sie diesen Namen?«

»Hüpfte gestern ein Spätzlein am ›Arkadia‹ vorbei«, lächelte Schitkowski. »Will doch mal reingucken, denkt es, ob nach den beiden lichten Falken nicht noch was zu holen ist. Und liest im Hotelbuch: Petrow. Möchten Sie nicht wissen, was dem Spätzlein in diesem Zusammenhang in den Sinn gekommen ist?«

»Kann ich mir mal anhören«, sagte Gaipel möglichst gleichmütig und kehrte zum Tisch zurück.

»Die Sache verhält sich so. Ich habe einen Bekannten, einen redlichen Mann, beim Seezoll. Ich hüpfte zu ihm, und er erzählte mir, dass der tote Kukolew mit diesem Petrow seeehr unsaubere Geschäfte gemacht habe. Petrow soll etliche von Kukolews Sendungen durchgelassen haben, für die Zoll zu zahlen ist. Nicht umsonst, versteht sich. Vor kurzem nun ist es zwischen ihnen zum Krach gekommen. Kukolew hat sich knickrig gezeigt, ihm Versprochenes vorenthalten, und da hat Petrow gedroht, es ihm heimzuzahlen. Mein Bekannter hat das mit eigenen Ohren gehört. Genug, um Schlüsse zu ziehen.«

Gaipel verzog skeptisch das Gesicht:

»Gleich Schlüsse ...«

»Zumindest macht ihn das verdächtig.«

»Warum hat sich Petrow dann im ›Arkadia‹ unter seinem richtigen Namen statt unter Pseudonym einquartiert?«

»Weil der Hotelbesitzer ihn kennt wie einen bunten Hund ... Bloß, sagen Sie Putilin nichts«, bat Schitkowski.

»Weshalb die Geheimniskrämerei?«

»Ich dachte, Sie sind über unser Verhältnis im Bilde. Für ihn persönlich rühre ich keinen Finger. Ich möchte nicht, dass er auf meinem Buckel ins Paradies einzieht.«

»Und wozu erzählen Sie es mir? Wieso erledigen Sie das nicht selbst?«

»Nein, danke! Nicht ich habe den Auftrag, da halte ich mich raus. Steck deine Nase rein, und Putilin macht dir das Leben zur Hölle. Sie wissen noch nicht, was er für ein Mensch ist. Rachsüchtig wie ein Tscherkesse, bei Gott. Und nachtragend!«

»Ich verstehe nicht, was Sie sich selbst davon versprechen.«

»Ihnen helfen möchte ich, das ist alles. Ich möchte, dass man Ihnen mit Achtung begegnet, wie Sie das verdienen nach Ihrem Studium an der juristischen Fakultät.«

»Pardon, das glaube ich nicht.«

»Gut«, Schitkowski lachte, »ich will die Wahrheit sagen. Ich mag Putilin nicht, es wird mich glücklich machen zu erleben, wie Sie ihn ausstechen, unseren König. Sofern Sie natürlich nicht davor kneifen, ihn hereinzulegen.«

»Damit ich Ihnen glaube«, sagte Gaipel kalt, »müssen Sie mir den Namen des Zöllners nennen, von dem Sie über den Streit zwischen Petrow und Kukolew erfahren haben. Ich werde selbst mit ihm sprechen.«

»Äh, Väterchen, nein. Darum brauchen Sie mich gar nicht zu bitten. Ich liefere meine Agenten nicht kostenlos aus.«

»Wie darf ich das verstehen?«

»Wie wohl! Zahlen Sie ein rotes Scheinchen, und bitte schön, er gehört Ihnen. Bedienen Sie sich seiner zum Wohl des Vaterlandes.«

»Sie wollen also, dass ich Ihnen aufs Wort glaube? Und wenn ich das nicht tue?«

Schitkowski setzte den Kater behutsam auf den Fußboden und stand auf.

»Nun, dann werde ich mich wohl selber darum kümmern müssen. Ich bin ein professioneller Ermittler, ich kann es mit meinem Gewissen nicht vereinbaren, einem Verdacht nicht nachzugehen.«

Auf dem Weg zur Tür, wurde jetzt er gestoppt:

»Warten Sie!«, rief Gaipel, »lassen Sie uns beide zusammen zu diesem Petrow gehen. Kommt etwas Brauchbares heraus, sage ich Iwan Dmitrijewitsch hinterher, das sei nicht Ihre, sondern meine Idee gewesen. Kommt nichts heraus, sage ich, es war Ihre Idee. Einverstanden?«

»Sie sind ja doch nicht so simpel, wie Sie aussehen«, grinste Schitkowski. »Trotzdem, ich bin einverstanden, gehen wir zusammen. Wir treffen uns um zehn am Zoll, vor dem Haupteingang.«

»Morgen früh um zehn?«, vergewisserte sich Gaipel.

»Heute Abend um zehn.«

»So spät?«

»Dafür wird uns niemand stören. Petrow soll sich mit seiner Frau verzankt haben und im Zollamt übernachten. Dann«, fügte Schitkowski zwinkernd hinzu, »wenn er die Nacht nicht im ›Arkadia‹ verbringt.«

Sie gingen zusammen hinaus und trennten sich. Bis zur vereinbarten Zeit blieben drei Stunden. Gaipel beschloss, vorher noch nach Hause zu gehen. Unterwegs versuchte er, das Sieben-Sterne-Scheibchen auf dem Prokrustesbett von Schitkowskis Hypothese unterzubringen, doch dabei kam nichts heraus. Umso größere Zweifel weckte in ihm die Unverfrorenheit dieses Menschen. Den Misserfolg seines Rivalen genießen wollen? Wenn er, Gaipel, Putilin ein Schnippchen schlägt? Nein, für einen so gewieften Intriganten wie Schitkowski war das eine zu harmlose Freude. Doch mit ihm gehen sollte er allein schon deshalb, um nach Möglichkeit die Fallstricke zu beseitigen, die Schitkowski offenbar für

Iwan Dmitrijewitsch auszulegen beabsichtigte. Ihn aus dem Spinnennetz zu befreien, und wenn er etwas von Belohnung fallen ließ, zu sagen: »Für mich gibt es keine schönere Belohnung als Ihr Vertrauen…«

Die Suche nach Pantschulidsew ließ Gaipel sein und machte sich geradewegs auf nach Hause, um vor dem nächtlichen Gang zum Hafen etwas zu sich zu nehmen und sich warm anzuziehen. Lag er erst mit Bronchitis auf der Nase, konnte er seine Hoffnungen begraben, man würde auch ohne ihn auskommen. Er stellte sich lebhaft vor, wie er nach seiner Erkrankung in den Dienst kam und sich bei seinem Chef zurückmeldete. »Wieder gesund? Dann mach dich an die Erfüllung deiner Pflichten…« Und worin bestanden die? Auf dem Apraxin-Markt die Bajaderen hüten, den Geishas von der Bolschaja Sadowaja auf ihre gelben Gewerbescheine Stempel drücken.

Und dies sein Leben lang?

II

Sie hatten Punkt zehn Uhr ausgemacht, doch schon eine Viertelstunde vorher ging Gaipel vor dem Hauptgebäude des Zollamts auf und ab, unter dem majestätischen Frontispiz mit den kupfergrünen Statuen von Neptun, Ceres und Merkur. Schitkowski verspätete sich ein wenig. Als er erschien, sagte er, hier gebe es für sie nichts zu tun, sie müssten zu den Zollhäusern direkt im Hafen. Petrow bekleide kein so hohes Amt, dass ihm jemand erlauben würde, die Nacht zwischen Marmortreppen, bemalten Portalen, Kolonnaden und Bronzelüstern zu verbringen.

Im Hafen herrschte noch lebhaftes Treiben. Laternen brannten an den Toren, Feuer am Ufer, Fackeln über den

Anlegestellen. Aus dem Wald der Masten hoben sich, verkohlten Baumstümpfen gleich, die kurzen Schornsteine der Dampfschiffe ab. Zwischen den Klippern, Schuten, Schonern, neben den femininen Biegungen ihrer Bordwände wirkten die Dampfer wie geschlechtslose Wesen, wie Eunuchen im Harem. Pferdewagen fuhren vorbei, hier und da hasteten auf den Stegen Lastenträger hin und her. Im abklingenden Lärm rief von Zeit zu Zeit eine betrunkene Stimme durch ein Sprachrohr:

»He da, auf dem Turm!«

Wohin und an wen sie sich richtete, war nicht zu verstehen, kein Turm in der Nähe auszumachen, doch Wehmut beschlich den, der diesen unadressierten und unbeantworteten Ruf hörte.

Nicht genug damit, dass Schitkowski zu spät gekommen war, brauchten sie bestimmt noch eine halbe Stunde auf der Uferstraße und durch das Hafenlabyrinth. Es ging auf elf, als sie vor einem langen ebenerdigen Haus ankamen, das aus Holz errichtet, aber verputzt war wie ein Steinhaus. Es sah nach Amtsgebäude und zugleich nach Bastard aus, einer Art unausgetragenem Kind aus der Ehe zwischen einem Salzspeicher und dem Wachhaus eines Gouvernementgefängnisses.

Schitkowski schlich sich an das einzige erleuchtete Fenster heran, spähte hinein und sagte:

»Wir müssen ein bisschen warten.«

»Ist er nicht da?«

»Da ist er, wo soll er sein. Aber nicht allein.«

»Und wer ist bei ihm?«

»Weiß ich nicht, hinter der Gardine ist nichts zu erkennen. Aber er spricht mit jemandem.«

»Mit einer Frau? Oder einem Mann?«

»Ich sage Ihnen doch, es ist nicht zu erkennen.«

»Wenn mit einer Frau, dann werden sie noch eine ganze

Weile sitzen bleiben und sich dann langlegen«, vermutete Gaipel zu Recht. »Wollen wir hier vielleicht bis zum Morgen warten?«

»Nein«, widersprach Schitkowski. »Wenn er mit einem Weib zusammen ist, dann hat er sie schon beschlafen und wird sie bald rausjagen.«

»Woher wissen Sie das?«

»Das sagt mir seine Visage. Die ist gelangweilt.«

»Dann ist also ein Mann bei ihm.«

»Kann sein, jedenfalls darf bei unserem Gespräch kein Fremder dabei sein, lassen Sie uns so lange warten. Gehen wir inzwischen ein Stück. Da, was für schöne Schiffe!«

Nicht weit weg, hinter einem Lagerhaus, war Frauenlachen zu hören. Auf Bastmatten und ausgebreiteten Säcken saß dort ein Häufchen Hafendirnen niederster Sorte, die ihrer Beute auflauerten. Solche öffnen für ein Zehnkopekenstück mit Freuden ihr wolliges verlaustes Tor.

»Den Frauen«, sagte Schitkowski nachdenklich, »selbst diesen wahrscheinlich, steht nach dem Beischlaf was auch immer ins Gesicht geschrieben, bloß keine Langeweile.«

»Sie sind, wie ich sehe, ein Kenner der menschlichen Natur«, stellte Gaipel fest.

»Und ob! Sonst würde Putilin mich nicht als Konkurrenten behandeln.«

Zwei angetrunkene englische Matrosen mit einander um die Schultern gelegtem Arm kamen ihnen entgegen. Als sie Gaipels Polizeiuniformmütze und seinen Mantel mit glänzenden Knöpfen sahen, glaubten sie in der Dunkelheit offenbar, einen russischen Offizier vor sich zu haben, nahmen Haltung an, reckten die Brust heraus, pochten mit den Fäusten dagegen und schrien:

»Säwastoupol! Säwastoupol!«

Sie zu verstehen fiel leider nicht schwer. Die Engländer

wollten sagen, dass sie auf der Krim im Krieg gewesen waren, vor Sewastopol, und solche wie Gaipel dort in die Pfanne gehauen hatten.

»Säwastoupol! Victory! Rule, Britain!«, schrien sie ihnen triumphierend nach.

Gaipel hatte es die Laune verdorben.

»Irgendwie seltsam«, sagte er, »erkennen zu müssen, dass Russland nicht mehr das Recht hat, im Schwarzen Meer eine Kriegsflotte zu unterhalten.«

»Wissen Sie eigentlich«, fragte Schitkowski scheinbar zusammenhangslos, »welches Tier vor den Romanows im russischen Wappen war?«

»Auf Anhieb fällt es mir nicht ein.«

»Was bringt man Ihresgleichen bloß an der Universität bei... Das Einhorn! Das, wissen Sie, ist ein weißes Zauberpferd mit einem Horn auf der Stirn. Lebt am Rande der Welt, ernährt sich von Fleisch, ist schrecklich stark, wild und vor allem frei, weil es weder männliche noch weibliche Organe besitzt und sich keinen Partner sucht. Es vermehrt sich so: Lebt dreihundert Jahre, wirft sein Horn ab und stirbt, während sich das Horn in einen Riesenwurm verwandelt. Er kriecht eine Zeit lang herum, dann wachsen ihm Beinchen mit kleinen Hufen aus dem Bauch, ein Köpfchen, das Hörnchen bricht durch...«

»Was hat das alles mit der Schwarzmeerflotte zu tun?«

»So, Väterchen, ist auch Russland«, sagte Schitkowski. »Vom wilden Tier zum Wurm, vom Wurm wieder zum wilden Tier.«

»Jetzt ist mir klar, weshalb Iwan Dmitrijewitsch Sie nicht mag«, erwiderte Gaipel.

Aus dem nebligen Dunkel schallte es wieder lang gezogen über den Hafen:

»He da, auf dem Turm!«

Ausweglose Verzweiflung schwang in dieser Stimme. In letzter Hoffnung schien der Mann mit dem Sprachrohr zu dem Engel auf der Turmspitze der Peter-und-Paul-Festung zu schreien.

Sie spazierten das Ufer entlang, endlich sah Gaipel auf die Uhr und sagte:

»Gehen wir zurück, es ist bald Mitternacht.«

Das Fenster war nach wie vor erleuchtet. Petrow saß an seinem Platz, den Kopf aber schon auf dem Tisch, auf dem eine halb geleerte Weinflasche stand. Sonst war niemand im Zimmer.

»Das haben wir davon«, entrüstete sich Gaipel. »Betrunken ist Ihr Petrow.«

Sie stiegen die Vortreppe hoch und gingen den Korridor entlang. Schitkowski sagte, solche wie Petrow brauchten nur fünf Minuten zu schlafen, um wieder stocknüchtern zu sein, klar denken und sich an alles erinnern zu können, und wenn ihnen etwas, was von ihnen verlangt würde, nicht einfiele, so kämen sie schnell wieder darauf, wenn man ihnen die Flasche wegnähme.

Um ordentlich Eindruck zu machen mit seinem Äußeren, legte Gaipel die Handkante vertikal an die Nase und führte dann die Hand ebenso lotrecht zum Mützenschirm hoch, damit er kontrollieren konnte, ob die Kokarde genau in der Mitte saß.

»Herr Petrow, wachen Sie auf«, sagte er beim Eintreten. »Wir sind von der Polizei!«

Keine Antwort.

»He da, auf dem Turm!«, rief Schitkowski.

Er rüttelte Petrow an der Schulter und trat wutentbrannt den Stuhl unter ihm weg, sodass er plötzlich auf den Fußboden sackte und sein Hinterkopf schwer auf die Dielen schlug.

»Tot«, flüsterte Gaipel erschüttert.

»Nein, atmet noch«, widersprach Schitkowski, der sich neben Petrow hockte und das Ohr an dessen Brust legte.

Gaipel nahm beide Gläser vom Tisch und schnupperte daran. Aus dem einen stieg ihm tödliches »Arkadia«-Bukett in die Nase: Gift und Schlafmittel. Er packte den gleich daneben stehenden Becher mit Milch, Schitkowski drückte Petrow mit einem Messer die Zähne auseinander, aber viel in ihn hineinzugießen gelang ihm nicht. Die Milch perlte auf seinen Lippen, rann ihm übers Kinn. Als sie alle war, lief Schitkowski die Polizei, Gaipel den Hafenarzt holen. Der war nicht an seinem Platz, die Polizisten genauso wenig. Dafür kam irgendwoher ein verschlafener Wächter herausgekrochen und dazu ein Soldat, der angab, wo die Polizei steckte. Die wusste ihrerseits, wo der Arzt zu finden war. Bald erschien er, fühlte Petrow den Puls und sagte gähnend, er werde ihn ins Krankenhaus bringen, weil er den hippokratischen Eid geschworen habe und dazu verpflichtet sei, sonst würde er es nicht tun, denn lebend werde er dort nicht ankommen, und die Pferde täten ihm Leid, sie seien ja auch Gottes Kreaturen, zudem keine staatseigenen, die bekäme er ja nicht.

Nachdem der Arzt an dem Glas und an dem Becher mit dem Milchrest geschnuppert hatte, sagte er:

»Trinkst du Milch nach Wein, kannst du gleich dein Testament schreiben.«

»Sie meinen, auch die Milch ist vergiftet?«

»Nach Wein verträgt sie der Magen einfach nicht. Ein medizinischer Denkspruch, schon die alten Griechen kannten ihn. Ich rate Ihnen, junger Mann, dass Sie sich ihn merken.«

Schließlich wurde Petrow weggebracht, und der Vorsteher der Hafenpolizei machte sich ans Protokollschreiben. Er fragte allen möglichen Unsinn, zum Beispiel, wie alt Gaipel sei und welcher Konfession, und auf alle Bitten, schleunigst

Leute zum Ergreifen des Verbrechers auszuschicken, antwortete er, das habe keine Eile.

Unterdessen kroch Gaipel auf allen vieren durchs Zimmer, sah unter dem Tisch und unter dem Schrank nach, tastete hinter der Ofenbank.

»Was suchen Sie?«, wollte Schitkowski wissen.

Gaipel suchte nach dem Medaillon mit den sieben Sternen, das dort, wo sich das Tor des Todes öffnete, nicht fehlen konnte, hielt es jedoch nicht für nötig, sein Tun zu erklären.

»Haben Sie hier nichts gefunden?« Er betrachtete Schitkowski voller Argwohn.

»Was denn?«

Schitkowski sah mit unschuldigen Knabenaugen drein, was zusammen mit seiner schamlosen Visage sehr unnatürlich wirkte. Gaipel führte ihn zum Fenster, weg von dem Polizisten, und sagte leise:

»Es erscheint mir ziemlich unglaubhaft, dass Sie, als Sie durch das Fenster sahen, nicht erkennen konnten, mit wem Petrow sprach. Wollen Sie wirklich nicht einmal festgestellt haben, ob es ein Mann oder eine Frau war?«

Schitkowski zog die Schultern hoch:

»Tut mir Leid, und wenn Sie mir den Kopf abhauen.«

»Und hier haben Sie also nichts gefunden?«

»Hier – das ist wo?«

»Neben Petrow. Auf dem Fußboden oder auf dem Tisch.«

»Sagen Sie, was es ist, und wir suchen zusammen.«

»Nein.« Gaipel schüttelte den Kopf. »Sie werden verstehen, dass sich die Situation grundlegend geändert hat, ich werde gegen unsere Abmachung verstoßen müssen. Ich sehe mich gezwungen, Iwan Dmitrijewitsch zu sagen, dass die Idee, Petrow zu verhören, von Ihnen kam. Wozu haben Sie mich in der Nacht hierher geschleppt? Wissen Sie, ich habe so ein Gefühl, als ob …«

»Als ob ich im Voraus gewusst hätte, dass Petrow heute ermordet würde?«

»So ungefähr.«

»Mit Putilin rede ich selbst«, versprach Schitkowski. »Keine Sorge.«

Der Hafenpolizist brauchte für jeden Buchstaben eine Minute, staatstragende Bedeutung malte sich dabei in seinem Gesicht, er spielte würdevoll mit den Wangenmuskeln und kostete seine unverhoffte Macht über die beiden Agenten der städtischen Polizei aus. Erst nach ein Uhr nachts wurden sie entlassen.

Kaum dass sie das Hafentor passiert hatten, gleich hinter dem Schlagbaum, sagte Schitkowski:

»Ich muss dorthin.«

Er wies irgendwohin in die Dunkelheit, in den von der Küste her aufsteigenden Septembernebel, und verschwand. In der Luft lag der Geruch des Geheimnisses und heranziehenden Regens. Gaipel ging allein weiter. Seinen Schirm hatte er nicht bei sich.

Zehn Minuten später stieß er auf einen schlafenden Droschkenkutscher, den er nur mit Mühe wachrütteln konnte, er wollte seine Adresse angeben, nannte dann aber eine andere.

»Zu Putilin also?«, fragte der Kutscher ehrerbietig, da er die Polizeimütze bei seinem Fahrgast sah.

»Du weißt, wo er wohnt?«

»Wer weiß es nicht!«

»Zu ihm«, sagte Gaipel.

Er spürte, wie sich über ihm machtvoll die Flügel des Ruhms von Iwan Dmitrijewitsch breiteten. Den ganzen Weg schützten sie ihn vor Wind und Nieselregen.

ZWÖLFTES KAPITEL

DIE HIEROGLYPHE DES TODES

I

Aufstöhnend löste sich Iwan Dmitrijewitsch vom Türpfosten, brachte ohne weitere Zwischenfälle den Korridor hinter sich und schlüpfte in die Küche, um von hier zum rettenden Hinterausgang zu gelangen. Und er wäre hingelangt, hätte ihm nicht seine plebejische Angewohnheit einen Streich gespielt, sich in den Häusern, in denen er seine Ermittlungen durchführte, diesen oder jenen Happen zu genehmigen. Zum Verhängnis wurden ihm die Nudeln. Ein paar waren ja auf den Fußboden gefallen, auf ihnen rutschte er aus, prallte gegen die Wand, und eine Messingschüssel sauste auf ihn nieder.

Im nächsten Moment saß jemand auf ihm, eisige Finger umklammerten seinen Hals.

»Aaah!«

Er brüllte auf, krümmte und wand sich, erkannte dabei aber mit irrer Freude, dass der auf ihm Sitzende für einen Toten zu schwer war. Und der laute, heiße Atem konnte auch keiner Leiche gehören.

Die Freude schlug jedoch in ein alles andere als mystisches Entsetzen um: Fragte sich, was schlimmer war – ein Lebender oder ein Toter. Vergeblich versuchte Iwan Dmitrijewitsch seinen Reiter abzuwerfen, der saß auf ihm unverrückbar, wie der Badewärter in einem Tifliser Schwitzbad.

Nicht einmal einen Schrei konnte er ausstoßen, eine eiserne Hand presste ihn mit Bedacht und brutal gegen den Fußboden, quetschte ihm Lippen und Nase platt.

Mit letzter Kraft bäumte sich Iwan Dmitrijewitsch auf, der auf ihm indessen hüpfte hoch und ließ sich fallen, womit er ihm beinahe das Rückgrat brach, packte ihn dann bei den Haaren, bog seinen Kopf zurück, um ihn auf den Fußboden zu krachen oder ihm den Hals umzudrehen. In Iwan Dmitrijewitschs Kehle knirschte es, als plötzlich eilige Schritte hörbar wurden, zittriges Licht erhellte die Küche. Scheppernd fiel die Schüssel zur Seite. Die Last verschwand von seinem Rücken, aber Iwan Dmitrijewitsch blieb, zu sich kommend, noch eine Weile bäuchlings liegen, bevor er sich endlich auf den Rücken drehte. Über ihm stand Jewlampi, daneben Scharlotta Genrichowna, eine Kerze in der Hand. Ihr Gesicht drückte nicht Erschrockenheit aus, sondern etwas wie betrübtes Angewidertsein.

»Sie!?«, sagte sie leise mit einer Intonation, als empfinde sie bei Iwan Dmitrijewitschs Anblick, der da mitten in der Nacht in ihre Wohnung eingedrungen war, nichts als Enttäuschung über seine Unredlichkeit.

»Was dachten Sie denn, wer das ist?«

Sie gab keine Antwort.

»Nein, diese Polizei!« Jewlampi grinste.

Iwan Dmitrijewitsch hätte ihn an das blutverschmierte Strickende in seiner Tasche erinnern können, überging jedoch die Bemerkung und wandte sich gleich an Scharlotta Genrichowna:

»Sie gestatten, dass ich aufstehe?«

»Polizisten samt Reviervorstand sollte man herholen«, sagte Jewlampi. »Das wird sie aber freuen, ihren Kollegen so zu sehen!«

»Lass nur. Stehen Sie auf, Herr Putilin, ich warte auf Ihre

Erklärung. Ich hoffe, Sie werden uns nicht glauben machen wollen, Sie hätten sich in der Dunkelheit in der Tür geirrt.«

Er erhob sich und prüfte, ob seine Wirbelsäule, die unter Jewlampi geknackt hatte, sich noch biegen ließ.

»Scharlotta Genrichowna, verschieben wir unser Gespräch. Glauben Sie mir, ich war gezwungen, so zu handeln. Umstände, die mit dem Tod Ihres Mannes zusammenhängen, zwangen mich dazu.«

»Und zwar?«

»Ich habe nicht das Recht, sie zu nennen. Glauben Sie mir!«

»Nun, dann werden wir tatsächlich die Polizei holen müssen. Die Nachbarn bitten wir gleich noch dazu. Und außerdem… Jewlampi, lauf mal los, die Gattin von Herrn Putilin möchte herkommen.«

»Nein«, sagte Iwan Dmitrijewitsch schnell.

»Weshalb denn? Ich denke, sie wird angenehm überrascht sein, Sie zu sehen und zu erfahren, wie Sie hier hereingekommen sind.«

»Bitte, tun Sie das nicht.«

»Dann geruhen Sie zu antworten. Was haben Sie in meiner Wohnung gesucht? Was für Beweise? Oder haben Sie mich in Verdacht, Jakow ermordet zu haben?«

»Ihr Lakai soll uns allein lassen.«

»Geh, Jewlampi.«

Iwan Dmitrijewitsch brachte ihn aus der Küche hinaus, machte die Tür hinter ihm zu und kehrte zu Scharlotta Genrichowna zurück.

»Ich warne Sie«, sagte sie, »sollten Sie sich einfallen lassen, durch den Hintereingang zu entwischen, schreie ich… Also?«

»Es gibt ein Kindermärchen, Scharlotta Genrichowna, das mein Wanetschka sehr mag. In einer schwarzen, schwarzen

Stadt war eine schwarze, schwarze Straße. Na, und so weiter: ein schwarzes Haus, ein schwarzes Zimmer, in dem Zimmer – ein Sarg. Und in diesem schwarzen, schwarzen Sarg …«

»Hören Sie auf!«

»… lag ein vergammelter, total vergammelter Hering«, schloss Iwan Dmitrijewitsch ungerührt.

»Schuft …«

»So geht das Märchen. Mir lag es völlig fern, auf Ihr Äußeres anzuspielen. Ich weiß, für eine Frau gibt es nichts Kränkenderes, als mit einem Fisch verglichen zu werden. Mit einem Hering … oder einer Plötze zum Beispiel.«

»Dass Sie so ein Schuft sind, habe ich wirklich nicht geahnt«, zischte sie.

Bis zu diesem Augenblick war sich Iwan Dmitrijewitsch noch nicht völlig sicher gewesen, ob es Scharlotta Genrichowna gewesen war, die sich aus dem Sarg erhoben hatte, doch jetzt blieb kein Zweifel mehr. Jetzt konnte er sich das Geschehen unschwer zusammenreimen: Sie hatte in dem für Jakow Semjonowitsch bereitgestellten Sarg gelegen und als jemand das Zimmer betrat, diesen für ihren Mann gehalten. Da kam von draußen Jewlampi herein …

»Sie können sicher sein, dass ich Ihnen das nicht verzeihen werde«, flüsterte die Witwe.

»Ich bitte um Entschuldigung, aber es wäre interessant zu wissen: Pflegen Sie immer in einem Sarg zu schlafen?«, erkundigte sich Iwan Dmitrijewitsch.

Sprach es, und eine vage, durch den Rhythmus dieses Satzes geweckte Erinnerung streifte sein Gedächtnis. Ja, natürlich! Genau so hatte ihn Jakow Semjonowitsch am Sonntag im Wald gefragt: »Pflegen Sie immer mit einem Vogelkäfig Pilze suchen zu gehen?«

»Oder hat nur heute Sie etwas daran gehindert, sich in Ihr Bett zu legen?«

Sie schwieg.

»Wanzen vielleicht?«

»Schuft«, wiederholte, an ihren Lippen nagend, Scharlotta Genrichowna.

»Es heißt, früher habe es große Asketen gegeben, solche gerechten Männer, die ihre Nächte nicht anders als im Sarg verbrachten, um zur vollen Erkenntnis der Eitelkeit alles Fleischlichen zu gelangen. Wir meinen ja, das gehöre der Vergangenheit an! Während wir heute das Zeitalter des Dampfes, des Fortschritts haben. Aber weit gefehlt! Wahre Glaubenseiferinnen gibt es auch in unseren Tagen noch... Sie gestatten mir, die Nachbarn meine Entdeckung wissen zu lassen? Gnetotschkin, Saizew. Ihre Frauen, denke ich mir, wird das auch ungeheuer beeindrucken. Diese verfressenen Leckermäuler, die auf Federbetten zu schlafen gewohnt sind. Sie haben doch nicht den Gedanken aufgegeben, die Nachbarn herbeizuholen? Das sind gute Menschen und werden angenehm überrascht sein zu erfahren, dass der für Jakow Semjonowitsch bestimmte Sarg... leer ist.«

»Leer?«, fragte Scharlotta Genrichowna ehrlich verblüfft.

»Sie können ja wohl nicht zusammen mit Ihrem Mann hineingepasst haben!«

»Ach, du lieber Gott, du lieber Gott!« Sie lachte auf. »Leer! Wenn es doch so wäre!«

»Etwa nicht?«

»Das also haben Sie gesucht! Sie dachten, Jakow sei noch am Leben? Hahaha... Leer!«

»Ich habe doch mit eigenen Ohren gehört, wie Sie ihn gerufen haben. Sie schrien: Jascha, Jascha!«

»Hahahaaa...«

Ihr Lachen ging in Hysterie über. Iwan Dmitrijewitsch stürzte zu der Ecke, in der Eimer mit Wasser standen. Zunächst stieß sie seine Hand weg, das Wasser schwappte auf ihr Kleid, auf den Fußboden. Kraftlos sank ihr Arm mit der leeren Schöpfkelle herab, sie entglitt ihr, schlug auf dem Boden auf.

»Scharlotta Genrichowna …«

»Ich bin ein dummes hysterisches Weib«, sagte sie. »Aber was tun? Ich glaube eben seine Stimme, seine Schritte zu hören. Mir ist, als stünde er irgendwo ganz nahe … Und Sie sind zu dem Schluss gekommen, dass Jascha seinen Tod inszeniert hat und ich ihn in der Wohnung versteckt halte? Ich wüsste gern, wer Sie auf diesen Gedanken gebracht hat. Nicht etwa sein lieber älterer Bruder?«

»Ja«, gab Iwan Dmitrijewitsch zu.

»Das sieht ihm ähnlich. Er hat Jascha ewig irgendwelcher Intrigen verdächtigt … Kommen Sie!«

Im Korridor stieß sie eine zwischen Schränken versteckte Geheimtür auf, die Iwan Dmitrijewitsch übersehen hatte. Sie traten in ein Zimmer, und da stand ein Tisch, auf dem in seinem Sarg Jakow Semjonowitsch lag – tot, streng, mit bläulich gelbem Gesicht. Ein Kerzchen brannte zwischen seinen auf der Brust gefalteten Fingern, es roch nach Weihrauch und ganz leicht nach Verwesung. Lämpchen leuchteten, die Schatten vermischten sich an der Decke. Iwan Dmitrijewitsch stand minutenlang schweigend vor dem Toten, dann beugte er sich hinab und flüsterte:

»Verzeih mir …«

Und küsste ihn reuevoll auf die harte blutleere Stirn, die kalt war wie Lehm.

»Es sind einfach zwei Särge«, sagte Scharlotta Genrichowna, als sie ins Wohnzimmer hinübergegangen waren. »Zuerst wurde einer hergebracht, der nicht die richtige Größe hat. Morgen holt ihn der Sargmacher wieder ab.«

»Es will mir nicht in den Kopf, wie Sie sich hineinlegen konnten«, sagte Iwan Dmitrijewitsch.

Sie antwortete mit einem Sprichwort:

»Denke an den Tod, der Sarg steht für jeden bereit … Meine Schwiegermutter hat das in letzter Zeit offenbar nicht umsonst immer wieder gesagt.«

»Sind Sie nach wie vor davon überzeugt, dass Marfa Nikititschna nicht mehr am Leben ist?«

»Sonst hätte sich Jakow nicht das Leben genommen.«

»Dabei bleiben Sie auch?«

»Ja.«

»Hatte er denn keine Feinde?«

»Bis auf mich. Aber ich habe ihn geliebt.«

»Ich bitte nochmals um Entschuldigung, mir ist es selbst unangenehm, diese Frage zu stellen. Aber die Männer der Frauen, mit denen er Sie betrogen hat … Kann es nicht sein, dass sie sich an ihm gerächt haben?«

»Nein, kann es nicht.«

»Weshalb?«

»Würden Sie es denn fertig bringen?«

»Ich?«, fragte Iwan Dmitrijewitsch verwundert. »Durchaus.«

»Deshalb betrügt Sie Ihre Frau auch nicht. Wenn der Mann zu Rache fähig ist, kommt seine Frau nicht auf die Idee, ihn zu betrügen. Ich zum Beispiel habe meinen Mann auch nie betrogen.«

»Und was verbindet Sie mit Baron Neihardt?«

»Bei mir sind es nachbarliche Beziehungen, bei Jakow waren es geschäftliche. Außerdem hat er versprochen, mir in den Erbangelegenheiten behilflich zu sein. Da gibt es so viele Formalitäten.«

»Kehren wir zu dem zurück, womit wir angefangen haben. Sie sagen: Denke an den Tod, der Sarg steht für jeden bereit. Unbestritten ein weiser Spruch. Doch Ihre Schwiegermutter hat diese Weisheit sozusagen symbolisch im Munde geführt.

In ihrem Alter ist das natürlich. Aber für eine junge schöne Frau«, sagte Iwan Dmitrijewitsch in aufrichtigem Ton, bemüht, den Vergleich mit einem Hering vergessen zu machen, »selbst wenn sie ihren Mann verloren hat, ist es ebenso natürlich, Gedanken an den Tod von sich zu weisen. Zudem haben Sie eine Tochter. Ein sonderbarer Gedanke, müssen Sie zugeben: in einem echten Sarg liegen zu wollen.«

»Das ist wie ein Abgrund«, flüsterte sie. »Man steht an seinem Rand, und es zieht einen hinunterzuspringen. Der Teufel flüstert einem zu: Du stürzt nicht in den Tod.«

»Und Sie sind gesprungen?«

»Wie Sie sehen.«

»Der Teufel ist natürlich stark, aber man muss doch auch einen Kopf auf den Schultern haben.«

»Sie können das nicht begreifen.«

»Erklären Sie es mir«, bat Iwan Dmitrijewitsch. »Ich will es versuchen.«

Sie hob ihre trockenen Augen zu ihm auf.

»Mir scheint … mir scheint, ich werde bald sterben.«

»Woher solch düstere Gedanken?«

»Wenn der Sarg nicht maßgerecht ist, wird es im Haus noch einen Toten geben.«

»Haben Sie das von Gnetotschkin?«

»Ja. Er war bei mir und hat ihn gesehen.«

»Sie mögen ihn doch nicht. Weshalb war er bei Ihnen? Was gab es mit ihm zu bereden?«

»Darüber möchte ich nicht sprechen.«

»Gut … Aber sagen Sie, haben Sie Grund, jemanden zu fürchten?«

»Ich weiß nicht, aber mir ist unheimlich zumute.«

»Und um sich noch mehr zu ängstigen, haben Sie beschlossen, sich in ihn hineinzulegen, in den … Es geht über meine Kraft, das Wort noch einmal auszusprechen!«

»Außerdem befiel mich das unbezähmbare Verlangen, nachzuempfinden, was es für ihn heißt, darin zu liegen. Ich stopfte mir die Ohren zu, schloss die Augen … Möglich, dass ich dabei bin, den Verstand zu verlieren, ich weiß nicht, aber in diesen Minuten hatte ich tatsächlich das Gefühl, nicht ich selbst zu sein, sondern … Das lässt sich nicht wiedergeben, Sie werden es ohnehin nicht begreifen.«

»Scharlotta Genrichowna«, sagte Iwan Dmitrijewitsch, nachdem er eine Weile mitfühlend geschwiegen hatte, »ich bin kein Arzt, sondern Kriminalist und möchte etwas anderes begreifen. Ich habe Ihnen wie bei einer Beichte gestanden, wer mir den Gedanken eingegeben hat, dass Jakow Semjonowitsch noch lebt. Seien also auch Sie offen zu mir. Sie meinen, Ihr Mann habe Hand an sich gelegt, um Ihnen und Olenka nicht die Existenzgrundlage zu nehmen. Ich glaube an Ihre Aufrichtigkeit, bezweifle jedoch stark, dass Sie selbst auf diese Idee gekommen sind. Soweit ich Sie kenne, sind Gesetzesdinge Ihre Stärke nicht. Man muss ein ganz anderer Mensch sein, um Jakow Semjonowitschs Tod unter einem derart merkwürdigen Blickwinkel zu sehen. Diese Idee von seinem Selbstmord für Ihr und Olenkas Wohl – wer hat Sie darauf gebracht? Aber ehrlich. War es nicht Baron Neihardt?«

»Der Baron äußerte lediglich die Vermutung, beharrt hat er auf nichts. Er war sich selbst nicht sicher, dass er Recht hat, aber mein Herz sagte mir: Ja, so ist es. Jakow war mir untreu, und doch weiß ich – wirklich geliebt hat er nur mich.«

»Nehmen wir einmal an, Marfa Nikititschna ist nicht mehr am Leben. Aber sollte Ihnen wirklich nicht der Gedanke gekommen sein, dass im Falle des Todes Ihres Mannes das Gesetz keineswegs auf Olenkas, sondern auf Semjon Semjonowitschs Seite sein wird? Das Erbe fällt ihm zu und nicht Ihnen.«

»Darüber habe ich nicht nachgedacht.«

»Und noch ein paar Fragen …«

»Nur nicht jetzt. Es ist bereits Nacht, und mir tut der Kopf weh.«

»Aber die Sache duldet keinen Aufschub!«

»Verschonen Sie mich!«, beschwor sie ihn. »Gehen Sie, lassen Sie mich allein.«

»Ich gehe nirgendwohin, solange Sie mir nicht geantwortet haben.«

Sie gab klein bei:

»Gut, fragen Sie.«

»Vor einer Stunde oder anderthalb hörte ich im Treppenaufgang einen Schrei. War das bei Ihnen?«

»Ich habe nichts gehört.«

»Warum haben Sie nicht geöffnet, als ich klingelte?«

»Sie also haben geklingelt?«

»Was dachten Sie denn, wer es ist?«

»Ich weiß nicht. Ich bekam Angst.«

»Was für eine Dame war um diese Zeit bei Ihnen?«

»Meine Nichte.«

»Lisa oder Katja?«

»Sie wissen ja alles … Lisa, die ältere.«

»Weswegen ist sie hergekommen?«

»Um sich ein Andenken an die Großmutter zu holen.«

»Auch sie ist also von ihrem Tod überzeugt? Oder haben Sie sie überzeugt?«

»Wir alle wären glücklich, uns zu irren. Selbst ich, obwohl das Verhältnis zwischen mir und meiner Schwiegermutter alles andere als idyllisch war«, sagte Scharlotta Genrichowna, wobei sie so sorgsam die Tischdecke glatt strich, dass Iwan Dmitrijewitsch seine Vermutung endgültig bestätigt sah: Ja, diese Tischdecke war es gewesen.

»Darf ich wissen, was Lisa von Marfa Nikititschnas Sachen mitgenommen hat.«

»Keine Ahnung. Sie ist ohne mich in ihr Zimmer gegangen.«

»Und dann haben Sie Jewlampi als Begleitung mitgeschickt?«

»Ja.«

»Und eine letzte Frage ... Kennen Sie das hier?«

Jedes Mal, wenn das Scheibchen aus seiner Tasche zum Vorschein kam, war es, als flüstere ihm jemand Unsichtbares ins Ohr: DAS ZEICHEN DER SIEBEN STERNE ÖFFNET DAS TOR.

Scharlotta Genrichowna schüttelte den Kopf:

»Sehe ich zum ersten Mal.«

Sie stand auf, Iwan Dmitrijewitsch erhob sich ebenfalls. Sie traten in den Korridor. Im Halbdunkel berührte er zärtlich, wie ein Liebhaber, ihre Schulter.

»Wenn Sie können, verzeihen Sie mir mein Eindringen und alles, was ich Ihnen dummerweise erzählt habe.«

»Gott wird Ihnen verzeihen ... Halt! Wo wollen Sie hin?«

»Mit Ihrer Erlaubnis werde ich den Hintereingang nehmen«, sagte Iwan Dmitrijewitsch. »Da ist noch mein Zylinder.«

Am Haupteingang stand Saizew.

»Oh, Iwan Dmitrijewitsch!«, rief er erfreut. »Sie gehen spazieren?«

»Ihnen ist, wie ich sehe, auch nicht nach Schlafen zumute.«

»Ich würde ja gern, aber meine Frau ist mit den Töchtern zum Schwiegervater gefahren und noch nicht zurück. Man macht sich Sorgen, wissen Sie. Mit den Droschkenkutschern ist es heutzutage so eine Sache! Fahren einen in eine finstere Ecke, um einen auszuziehen, wenn nicht gar abzumurksen. Solche Geschichten gibt es mehr als genug, aber wem erzähle ich das. Erst vor ein paar Tagen hat es so einen Fall gegeben. Es überläuft einen eiskalt ...«

»Entschuldigen Sie, ich bin sehr müde. Gute Nacht.«

Iwan Dmitrijewitsch hatte noch nicht den ersten Stock erreicht, als ihm dieser inzwischen allerdings schwächer gewordene Schrei, nach dem er Scharlotta Genrichowna gefragt hatte, wieder Ohren und Herz zerriss. Er stürmte zu seinem Treppenabsatz hinauf. Dass er das nicht eher begriffen hatte! Das Geschrei kam aus seiner eigenen Wohnung. Die Stimme Wanetschkas war es, nicht mehr so grässlich wie beim ersten Mal, als sie, entstellt von unkindlicher Qual, nicht zu erkennen gewesen war. Schon an der Tür hörte Iwan Dmitrijewitsch, wie das wortlose Schreien in Weinen überging, an Stärke verlor, Wörter sich formten.

»Ich kann nicht, Mami«, lamentierte ihr Sohn. »Ich kann so nicht schlafen! Ich werde so nicht schlafen! Ich schlafe so nicht ein!!! Oi, Mami, Mami, bitte! Oooi!«

Iwan Dmitrijewitsch spürte, wie hinter seinem Brustbein Mitleid mit seinem Sohn und Hass auf seine Frau aufloderten. Ein gefährliches Gefühl, dem es zu wehren galt. Er schloss die Augen und begann bis zehn zu zählen, um sich zu beruhigen. In solcher Verfassung gerecht zu urteilen ist unmöglich. Ruhe ist die Grundlage der Gerechtigkeit.

»Schlaf, du kleines Biest!«, schrie seine Frau.

Wanetschka schluchzte heftig, stöhnte und murmelte etwas Ungereimtes. Es ging darum, dass es etwas gab, ohne das er nicht schlafen konnte, er aber nicht wusste, wo es war.

»Eins, zwei, drei, vier«, zählte Iwan Dmitrijewitsch stoisch mit geschlossenen Augen.

Derartige Szenen wiederholten sich eigentlich fast jeden Abend, doch selten erreichten sie diese Heftigkeit. Kaum dass ihr Sohn im Bett lag, ging es los: Bald hatte er Durst, bald musste er pullern, bald sollte ihm ein Liedchen gesungen, bald ein Soldat gebracht werden, mit dem will ich schlafen, doch nicht diesen, das ist kein Russe, ich will einen Russen, und nicht mit Trompete, sondern mit Trommel. Anderthalb Stunden zog sich das mitunter hin, und seine Frau war nur zu bedauern. Wenn es zum Krach kam, richtete sich Iwan Dmitrijewitschs Ärger gleichwohl jedes Mal gegen sie statt gegen den Sohn.

»Vier«, wiederholte er, sein Zähltempo verlangsamend, da er schon in Hast verfiel. Armer Wanetschka! Was konnte bloß passiert sein, dass er bis jetzt nicht schlief? Lag es womöglich einfach daran, dass sein Vater nach Mitternacht noch nicht zu Hause war? Wenn seine Frau abends mit Wanetschka allein blieb, liebkoste und hätschelte sie ihn so sehr, dass er außer Rand und Band geraten konnte, und das Ende waren Weinen, Nichteinschlafenkönnen, Bauchweh. Ein nervöser Junge! Als ob es nicht auch an ihr läge!

Iwan Dmitrijewitsch schnurrte die letzten Zahlen herunter und öffnete die Augen. Seinen Schlüssel ließ er in der Tasche, sie schliefen ja sowieso nicht. Er griff nach der Klingel und… Fiel sein Blick darauf? Nein, eher streifte er ihn bloß, und er kniff die Augen zu in der vergeblichen Hoffnung, dass es eine Sinnestäuschung war. Natürlich betrachtete er es im nächsten Moment genau und furchtlos. Es war keine Halluzination, das bekannte gelbe Scheibchen sah ihn mit schlaflosem, alles sehendem Auge an. Genauso eins, das neben dem Leichnam Jakow Semjonowitschs gelegen hatte, steckte in seiner Tasche. Iwan Dmitrijewitsch machte es hastig zwischen Tabakkrümeln ausfindig, befühlte es mit erkalteten Fingern.

Ein zweites lag in der Halwa-Schachtel, die Zinnjäger standen kreisförmig darum als Ehrenwache. Das dritte befand sich in Verwahrung des älteren Kukolew. Das hier war das vierte.

Die Stimme seines Sohnes trat sofort in den Hintergrund zurück, Iwan Dmitrijewitsch vergaß sie fast. Er starrte auf die Tür seiner Wohnung. Etwa in Brusthöhe war das Scheibchen an die Türfüllung angeklebt. Seine sieben Sterne fügten sich zu einer magischen Figur – der Hieroglyphe des Todes.

Wie war das zu deuten?

Der ältere Bruder hatte so eins zu Hause gefunden und wäre um ein Haar ums Leben gekommen.

Der jüngere hatte es als verschlüsselten Brief erhalten, doch entweder die Geheimschrift nicht zu enträtseln vermocht oder die Gefahr nicht ernst genommen, und war vergiftet worden.

Iwan Dmitrijewitsch fröstelte unwillkürlich. Jetzt war also er an der Reihe?

Er steckte den Fingernagel unter das Scheibchen und entfernte es mühelos von der Tür. Auf der Rückseite war das Metall mit etwas Klebrigem beschmiert. Er beschnupperte es, leckte daran. Honig. Davon wurde ihm irgendwie fröhlicher zumute, er fühlte, wie der Schreck dem Hass gegen die wich, die ihn ins Bockshorn jagen wollten. Pech gehabt! An den Falschen geraten! Wie ein kleiner Junge vor dem Spiegel riss Iwan Dmitrijewitsch unvermutet für sich selbst mit einer wilden Geste ein unsichtbares Schwert aus einer imaginären Scheide. Sie erwischen, die Klinge hineinstoßen, den Anblick des aus der Wunde schießenden schwarzen Schlangenblutes genießen, das die Erde nicht aufnimmt.

II

Wanetschka war ganz vergessen, Iwan Dmitrijewitsch sauste abermals, zum wievielten Male schon, die Treppe hinunter, stürzte auf die Straße. Saizew ging immer noch vor dem Eingang auf und ab.

»Nichts zu sehen von meinen Hühnchen«, beklagte er sich.

»Halten Sie schon lange hier Wache?«

»Ziemlich lange. Was ist passiert, Iwan Dmitrijewitsch? Sie sehen ja völlig verstört aus!«

»Ich erkläre es Ihnen später... Seit wann ungefähr stehen Sie hier?«

»Warum ungefähr? Ich kann es Ihnen genau sagen. Als ich das Haus verließ, war es fünf vor elf.«

Iwan Dmitrijewitsch biss sich auf die Lippe und begann angesichts dieser Zeitangabe innerlich zu tanzen. Fünf vor elf. Als er ein paar Minuten vorher zusammen mit Gnetotschkin zu seiner Etage hochgestiegen war, war das Scheibchen noch nicht an der Tür gewesen. Also musste es während seines Besuchs bei Scharlotta Genrichowna angeklebt worden sein. Den Haupteingang hatte er fünf Minuten vor dem Moment verlassen, in dem er den Anspruch auf die Zärtlichkeit seiner Frau verlor, und zur gleichen Zeit hatte Saizew seinen Posten vor dem Aufgang bezogen.

»Bei mir hängt eine Uhr in der Diele«, setzte dieser zu einer umständlichen Erklärung an, »und sie begann bereits zu kollern. Eine altertümliche Wanduhr, geht genau, und der Klang ist munter, aber fünf Minuten vor der vollen Stunde bereitet sie sich vor. Stellt sich, wissen Sie, sozusagen greisenhaft darauf ein. Ein Geräusch, als hätte sie sich an sauren Gurken übergessen, deshalb wurde sie auch in die Diele verbannt. Früher hing sie bei mir im Wohnzimmer.«

»Haben Sie vielleicht bemerkt, ob jemand Fremdes das Haus betreten hat?«

»Niemand. Weder Fremde noch Hausbewohner.«

»Und es ist auch keiner herausgekommen?«

»Keine Menschenseele.«

»Und Sie haben sich auch nicht irgendwie entfernt?«

»Keinen Schritt. Ich stehe hier wie ein Mameluck auf Wache... Ist die Sache so ernst? Sie sehen wirklich völlig verstört aus.«

Am Ende der Straße wurde Pferdegetrappel vernehmbar, das Saizew ablenkte.

»Gott sei Dank, endlich«, sagte er. »Da kommen meine Hühnchen. Na, da wird das Hähnchen sie ein bisschen rupfen müssen!«

Unterdessen ging Iwan Dmitrijewitsch in Gedanken die möglichen Varianten durch. Wer konnte das gewesen sein? Vielleicht hatte Jewlampi, solange das Gespräch mit seiner Herrin lief, die Zeit genutzt, um zum zweiten Stock hochzulaufen und dieses Scheibchen anzukleben? Und stammte die Idee nicht von ihr? Außer diesen beiden erschien niemand verdächtig. Sofern Saizew natürlich nicht log. Doch weshalb sollte er lügen? Blieben allerdings die Nachbarn in seinem Aufgang, theoretisch konnte jeder von ihnen an seiner Tür gewesen sein. Im dritten Stock hatte Laurenz seine Wohnung, gegenüber zwei alte Jungfern, die völlig unauffällig waren, abgesehen von ihren Hauben mit Bändern in allen Regenbogenfarben. Im zweiten Stock wohnten Iwan Dmitrijewitsch selbst und Gnetotschkin mit Familie, im ersten Saizews und ein Paar um die vierzig mit einer ganzen Kinderbrut, Tanten und Mitesserinnen: Er hatte eine Anstellung im Vermessungsamt, sie war die Tochter seines Chefs. Im Erdgeschoss gehörte die eine der beiden Wohnungen Kukolew, die andere stand schon wochenlang leer. Iwan Dmitrijewitsch kannte alle diese Leute seit langem. Wie Kugeln auf einem Rechenbrett flogen sie einer nach dem anderen als verworfene Variante zur Seite, er zögerte nur einen Moment, als Gnetotschkin an die Reihe kam. Dann schob er auch ihn weg, kehrte zu Laurenz zurück und überlegte.

Das Getrappel kam näher, ins trübe Licht der Laterne

tauchte eine elegante Kutsche, die alle Hausbewohner kannten: Ihr Besitzer war Baron Neihardt.

»Teufel nochmal!«, stieß Saizew verdrossen hervor.

»Sie kommen schon«, beruhigte ihn Iwan Dmitrijewitsch. »Gedulden Sie sich.«

Der Kutscher brachte die Pferde am Nebenaufgang zum Stehen. Er sprang schneidig vom Bock, riss die Tür auf, half dem Baron heraus, und der reichte der Baronin die Hand.

Madame Saizewa, und nicht nur sie, hielt sie für eine Schönheit, Iwan Dmitrijewitsch indessen teilte diese Ansicht nicht und äußerte das zu Hause auch, um seiner Frau eine Freude zu machen. Hoch gewachsen, fleischig, bleichgesichtig, mit kleinen, aber prätentiös-umflorten Augen, war die gut dreißig Jahre alte Baronin eine jener hauptstädtischen Halbweltdamen, auf deren Gesicht mit Geheimtinte, die im Gespräch mit einfachen Sterblichen sichtbar wurde, das Jahreseinkommen ihrer Gatten geschrieben stand.

Der Baron erkannte Iwan Dmitrijewitsch und rief ihm zu:

»Herr Putilin, wie sieht es aus? Hat sich Marfa Nikititschna eingefunden?«

»Leider nicht.«

»Eine Sünde, so zu sprechen, aber offenbar wird sie auch nicht mehr gefunden werden.«

Sie schritten aufeinander zu, trafen sich zwischen den Hauseingängen und gingen zusammen zur Baronin hinüber.

»Mir geht es heute den ganzen Tag nicht aus dem Sinn«, sagte Baron Neihardt. »Die Mutter ist verschwunden, der Sohn tot. Ein Glück noch, dass es nicht in umgekehrter Reihenfolge geschehen ist. Marfa Nikititschna war das Schicksal in einem gnädig: Die Nachricht vom Tod ihres Jüngeren ist ihr erspart geblieben.«

»Anzunehmen«, pflichtete Iwan Dmitrijewitsch ihm bei.

»Selbst im Theater habe ich die ganze Zeit daran gedacht.«

»Sie sind im Theater gewesen?«

»Ja, in einer italienischen Oper. Scheußlich, wie die gesungen haben.«

»Solche miserablen Stimmen«, sagte die Baronin, »dass man nicht die geringste Zerstreuung dabei finden konnte. Wo graben sie bloß diese Tenöre aus?«

»Auf den neapolitanischen Müllhalden wahrscheinlich«, vermutete Iwan Dmitrijewitsch.

Neihardt seufzte:

»Da wird man zwangsläufig zum Patrioten. Europa behandelt uns weiß Gott wie Wilde. Heute lud uns der Gouverneur von Pensa, Fürst Pantschulidsew, in seine Loge ein. Kennen Sie ihn? Wir sind alte Freunde, aber so habe ich ihn noch nie erlebt. Der Fürst ist ein großer Musikfreund, und Sie können sich nicht vorstellen, wie empört er über diesen Schmarren war. Er hat nicht wenig einflussreiche Freunde bei Hofe und genießt die Gunst des Gossudars höchstpersönlich. Der Fürst schwor mir, auf dem nächsten Ball im Anitschkow-Palais werde keine anständige Dame mit dem italienischen Botschafter tanzen.«

Er will mich einschüchtern, überlegte Iwan Dmitrijewitsch – wie willst du denn gegen Fürst Niktodse aufkommen! Doch er ließ sich keine Angst machen und fragte:

»Und zwar mit welchem Botschafter? Die haben dort ja wohl zwei Königreiche und noch alle möglichen Herzogtümer. Da findet sich kein Teufel zurecht!«

»Der Boykott wird über den Botschafter des Königs verhängt, der in Neapel sitzt«, erklärte Neihardt. »Der Fürst hat beschlossen, ein Komplott gegen ihn zu schmieden. Der Baronin und mir wurden Karten für das Anitschkow-Palais versprochen, wir werden also dabei sein.«

»Mir ist kalt. Gehen wir«, sagte sie.

Tatsächlich, sie hatte den Pelzmantel gleich über ihr

Abendkleid gezogen. Mit der einen Hand hielt sie ihren Mann untergefasst, mit der anderen drückte sie am Hals den Kragen zusammen, doch jetzt ließ sie ihn los, um die Tür zu öffnen. Im schwachen bläulichen Laternenlicht bekam Iwan Dmitrijewitsch ihren vom seidenen Korsett hochgezogenen schweren Busen zu sehen, die weiße Haut im Dekolleté, gepudert wie Jakow Semjonowitschs Stirn, eine goldene Kette, und an der Kette ... Es verwunderte ihn schon nicht mehr sonderlich, an ihr dieses ekelhafte Scheibchen zu entdecken. Haargenau das gleiche, nur mit einer angelöteten Öse. Sein Gehirn registrierte automatisch: das fünfte.

»Was für ein wunderschöner Schmuck, Madame«, sagte er, dem Paar den Weg versperrend. »Ein Familienstück?«

Er registrierte, dass die Miene der Baronin erstarrte, während der Baron völlig locker blieb.

»Das ist ein Geschenk von mir ... Darf ich mal, Liebes?« Neihardt steckte einen Finger hinter die Kette an der Brust seiner Frau, um Iwan Dmitrijewitsch das Medaillon zu zeigen. »Gefällt es Ihnen?«

»Ungemein apart! Ich bin entzückt von Ihrem Geschmack, Madame.«

»Die Baronin hat es selbst ausgewählt, ich habe ihre Wahl lediglich gutgeheißen.«

»Gehen wir!«, sagte sie ungeduldig.

»Gleich, gleich ... Übrigens, Herr Putilin, möchten Sie nicht kurz bei uns vorbeischauen?«

»Es ist schon spät«, bemerkte die Baronin. »Ich kann mich kaum mehr auf den Beinen halten.«

»Leg dich ruhig schon hin, während Herr Putilin und ich ein Glas Kognak trinken. Sie sagen doch nicht Nein?«

»Gern.«

Neihardts wohnten im gleichen Aufgang wie Selenski, im ersten Stock.

»Sie wissen das Wichtigste nicht«, sagte, als sie die Treppe hinaufstiegen, der offenbar über seine Erwerbung glückliche Baron. »Das ist ja bloß vergoldetes Silber! Können Sie sich das vorstellen? Billiger Tand, könnte man meinen. Der Reiz daran aber ist, dass es sich um ein historisches Medaillon handelt, geprägt auf persönliche geheime Anordnung Katharinas der Großen.«

»Geheime?«

»Beim Kognak erkläre ich Ihnen alles.«

»Und woher wissen Sie von diesem Geheimnis der Zarin?«

»Von dem Juwelier, bei dem wir das Medaillon gekauft haben. Sie kennen bestimmt seinen Laden. Nicht weit von Ihrem Revier.«

»Silbermans Laden?«

»Genau der.«

Sie betraten die Wohnung. Die Baronin zog sich sofort zurück, begleitet von einem scharwenzelnden Dienstmädchen, das schon im Gehen an ihr etwas aufzuknöpfen und aufzuschnüren begann. Neihardt führte seinen Gast eilig zur männlichen Hälfte der Wohnung. Auf dem Tisch erschien der versprochene Kognak, dazu zwei Gläser.

»Ja, also«, sagte er, »solche Medaillons pflegte die Kaiserin ihren Liebhabern zu schenken … Ihr Wohl!«

»Das Ihrige …«

»Möglicherweise hat es Potjomkin selbst an seiner Brust getragen. Oder einer der Orlow-Brüder*.«

»Erstaunlich, einfach erstaunlich. Auch das hat Ihnen Silberman erzählt?«

* Grigori Grigorjewitsch Orlow (1734–1783) und Alexander Grigorjewitsch Orlow (1737–1807/08), Grafen, beide maßgeblich an der Palastrevolte von 1762 beteiligt, bei der sich die Gemahlin von Zar Peter III. durch dessen von ihr veranlasste Ermordung als Katharina II. an die Macht brachte.

»Ja, er ist ja nicht nur Juwelier, sondern auch Antiquitätenhändler. Und er hat mich und die Baronin redlicherweise darauf hingewiesen, dass es lediglich vergoldetes Silber ist. Ich denke, die Kaiserin hat dieses schlichte Material mit Bedacht gewählt. Gold und Billanten braucht der, dessen Macht nicht unangefochten ist.«

»Auf dem Medaillon scheint das Sternbild des Großen Bären dargestellt zu sein…«

»Dass Sie das in der Dunkelheit erkannt haben?«

»Auch die Inschrift habe ich lesen können. DAS ZEICHEN DER SIEBEN STERNE ÖFFNET DAS TOR. Was bedeutet das?«, wollte Iwan Dmitrijewitsch wissen, der seine Erregung nicht zu verbergen vermochte und fühlte, dass ihn seine Stimme verriet.

Doch dem Baron war anscheinend nichts aufgefallen.

»Sie haben es erfasst«, lachte er. »Man sieht doch gleich, dass Sie ein Kriminalist sind. Eine rätselhafte Inschrift, nicht wahr? Silberman konnte mir ihren Sinn nicht erklären, aber ich habe ihn schließlich selbst herausgefunden. Erinnern Sie sich, wen die Europäer als russischen Bären bezeichnen?«

»Unseren Gossudar, was ihnen nicht zur Ehre gereicht.«

»Richtig. Oder Bärin… also alles klar. Die große – auch klar. Katharina ist ja die Große! Das heißt, die Liebe der Kaiserin öffnet alle Tore. So ist das! Man braucht den Torhütern nur den Passierschein vorzuweisen… Noch ein Gläschen?«

»Nein, danke. Es wird Zeit für mich.«

»Für mich persönlich macht den Wert einer Antiquität aus, ob sie einem großen Menschen gehört hat oder nicht«, redete Neihardt weiter, als sie schon auf dem Treppenabsatz standen. »Die Baronin denkt glücklicherweise genauso. Ich hatte ihr ein Geschenk versprochen, und bei Silberman hätte sie sich etwas zum hundertfachen Preis aussuchen können, doch sie entschied sich für dieses Medaillon. Bei uns ist übrigens eine ganz hübsche Sammlung solcher Raritäten zusammengekommen. Und es ist leicht möglich, Herr Putilin, dass zum Beispiel Ihre Pfeife einmal eine Stange Geld kosten wird. Ungeachtet Ihrer Jugend sind Sie ein fast legendärer Mann.«

»Sie schmeicheln mir.«

»Durchaus nicht. Ich denke, mit den Jahren wird Ihr Ruhm wachsen, und ich bin bereit, eine gewisse Summe zu riskieren. In der Zukunft hoffe ich dafür Zinsen zu erhalten. Möchten Sie mir nicht Ihre Pfeife verkaufen?«

»Meine Pfeife?«

»Oder Ihre Polizeimarke.«

»Ich nehme Sie beim Wort«, sagte Iwan Dmitrijewitsch, nachdem er sich von seiner Überraschung erholt hatte. »Ich habe gerade Mietschulden. Wollen Sie den Kauf gleich abschließen?«

Urplötzlich verhärtete sich Neihardts Gesichtsausdruck, sein freundliches Lächeln verwandelte sich in das Zähnefletschen des Wolfs, der sich freudig des ihm über gewordenen Schafspelzes entledigt hat.

»Herr Putilin, der Geschäftsabschluss erfolgt nicht, bevor Sie die Akte Jakow Semjonowitsch ins Archiv gegeben haben. Die Witwe hat es Ihnen eindeutig gesagt: Er hat das Gift selbst genommen. Bringen Sie das schnellstens zu Ende, und wir können über die Sache verhandeln.«

»Also Pfeife oder Marke?«

»Das ist mir einerlei. Beides wird meine Sammlung schmücken. Ich biete fünfundzwanzig Rubel. Sagt Ihnen das zu?«

»Hundert.«

»Fünfzig. Das ist mein letztes Wort«, schloss Neihardt

schroff und machte die Tür zu, ohne auf Wiedersehen zu sagen.

Diesmal war das Trottoir vor dem Haus leer. Saizew hatte seine Hühnchen offenbar doch noch in Empfang genommen. Iwan Dmitrijewitsch stieg in den zweiten Stock hinauf und lauschte an seiner Tür. Stille. Er schlich durch den Korridor, warf einen Blick ins Schlafzimmer. Seine Frau schlief natürlich nicht, sie lag da und rief alte Verletzungen in sich wach, stellte sich aber schlafend: Seine Schuld, dass sie so gefühllos geworden ist – er ist nicht da, und sie schläft seelenruhig.

Iwan Dmitrijewitsch stand und überlegte, was er machen sollte: so tun, als glaube er ihr, oder zeigen, dass er ihr nicht glaubte. Irgendwie konnte er sich schlecht vorstellen, was ihr im Moment lieber war.

Offenbar sann seine Frau ihrerseits darüber nach, ob sie damit nicht zu weit ging, wenn sie vorgab, es lasse sie völlig kalt, dass ihr Mann nach Mitternacht noch nicht zu Hause war. Sie bewegte sich und stöhnte leicht wie im Traum. Damit wurde ihm zu verstehen gegeben, dass sie keineswegs so unbesorgt schlafe, wie es den Anschein habe, und froh sein werde, wenn jemand mit dem nötigen Feingefühl darauf kommen sollte, sie zu wecken, um sie von ihrem qualvollen Alptraum zu befreien. Iwan Dmitrijewitschs Frau hatte den ersten Schritt getan, jetzt war er am Zuge, doch bei dem Gedanken, wie viele Schritte noch zu tun waren, ehe ihm gestattet würde, sich zu ihr ins Bett zu legen, überkam ihn Schwermut. Er begnügte sich mit einem schuldbewussten Seufzer, der dazu bestimmt war, ihre Eigenliebe zu befriedigen, und trollte sich zu seinem Winkel. Klärende Gespräche zu führen, hatte er weder den Wunsch noch die Kraft.

Auf dem Weg dorthin zog er die Stiefel aus und trat auf Zehenspitzen ins Kinderzimmer. Wanetschka schlief, ohne sich irgendwie zu verstellen, aber sein Gesicht hatte sich bis jetzt nicht geglättet und trug selbst im Schlaf noch den Stempel unlängst erfahrenen Kummers.

DREIZEHNTES KAPITEL

NACHT UND KERZE

I

Es war gegen drei, als Gaipel vor Iwan Dmitrijewitschs Haus auf die Fahrbahn sprang. Das Haus schlief, lediglich die Nischen der Eingänge an der dunklen Fassade wurden von bläulichem Friedhofslicht beleuchtet. Er zählte links vom Eingang das zweite Fenster im zweiten Stock ab und warf einen kleinen Stein dagegen. Schon einmal hatte er Iwan Dmitrijewitsch auf diese Weise aus dem Haus geholt, wusste also, wohin er zielen musste. Natürlich war es möglich, dass der sich gar nicht erfreut zeigte, doch hielt es Gaipel für seine Pflicht, ihm unverzüglich mitzuteilen, was geschehen war. Er wurde das Gefühl nicht los, dass Petrow, hätten Schitkowski und er sich nicht in den Kopf gesetzt, ihm heute einen Besuch abzustatten, überhaupt nichts zugestoßen wäre.

Der Stein schlug gegen den Sims. Er hob einen zweiten auf und zielte. Wieder daneben. Erst der dritte schlug wie ein Hagelkorn gegen die Scheibe. Endlich wurde das Fenster geöffnet, ein Frauenkopf mit aufgelösten Haaren zeigte sich. Eine schläfrige Nixenstimme fragte leise:

»Wer ist da?«

»Herrn Putilin in einer dringenden Angelegenheit«, erwiderte Gaipel in donnerndem Flüsterton.

Ein, zwei Minuten später ging im Nebenfenster ein Flügel auf. Zwischen den Gardinen erkannte er die vertraute Silhouette.

»Iwan Dmitrijewitsch, eine wichtige Neuigkeit. Erinnern Sie sich an Petrow?«

»Petrow?«

»Na, den Zöllner. In jener Nacht war er im ›Arkadia‹...«

»Und was ist mit ihm? He! Was schweigst du?«

»Pssst!«, zischte Gaipel.

Wohl bekanntes Klappern von Absatzeisen auf dem Steinpflaster wurde hörbar, ein einsamer Passant tauchte auf. Tatsächlich, Schitkowski. Na, das war eine Begegnung! Gaipel machte Iwan Dmitrijewitsch Handzeichen, er möge sich verstecken, drückte sich an die Wand hinter dem Regenrohr und zog den Bauch ein. Er zweifelte nicht daran, dass Schitkowski dasselbe Ziel hatte, um ihm, Gaipel, zuvorzukommen, und stellte sich darauf ein, ihm entgegenzutreten mit den Worten: »Sie kommen zu spät, ich bin schon hier!« Das wäre eine nette Überraschung für ihn! Doch Schitkowski bog vorher ab zum Nebeneingang. Ob er sich geirrt hatte? Nein, das konnte nicht sein. Alle Droschkenkutscher wussten, wo Putilin wohnte, und die Polizeiagenten erst recht.

»Iwan Dmitrijewitsch!«, rief Gaipel, auf die Fahrbahn zurücktretend.

»Wen hast du dort gesehen?«

»Kommen Sie herunter zu mir, ich beschwöre Sie...«

Eine Viertelstunde später stand Iwan Dmitrijewitsch auf der Straße, hörte Gaipel zu und blickte dorthin, wo in einem Fenster Licht angegangen war. Schitkowski war zweifellos dort. Dort, wo Iwan Dmitrijewitsch vorhin mit Baron Neihardt Kognak getrunken und dieser Namen von Leuten genannt hatte, die mit dieser ganzen Geschichte im Zusammenhang standen: Potjomkin, Silberman, Katharina die

Große. Der Name Schitkowskis war nicht darunter gewesen, der Petrows auch nicht.

»Marschieren wir hin, Iwan Dmitrijewitsch?«

»Nein, wir warten hier. Er dürfte bald wieder rauskommen.«

»Wir sollten uns direkt an die Wand neben dem Eingang stellen, und wenn er vorbeikommt, dann …«

»Was?«

»Schnappen wir uns den Kerl! Von hinten. Und gleich Frage auf Frage, bevor er zur Besinnung kommt, Frage auf Frage.«

»Gut, stellen wir uns dorthin«, stimmte Iwan Dmitrijewitsch zu. »Dort tröpfelt es weniger.«

Kallisto gab das Warten auf ihren Geliebten auf und ließ die Jalousien an ihren Schlafzimmerfenstern herunter. Die Sterne versteckten sich in den Wolken. Es regnete stärker, die Tropfen wurden immer größer, unter ihnen begannen die Blechgesimse zu klingen und zu tönen.

»Den roten Schirm könnten wir gebrauchen.« Gaipel zwinkerte vertraulich.

Ohne Antwort geblieben, wies er mit dem Kopf nach oben, wo hinter dem erleuchteten Fenster Schitkowski im Warmen und Trockenen saß.

»Wissen Sie, was er zu mir gesagt hat? Persönlichen Nutzen suche ich nicht, sagt er, mir geht es nur um eins – Putilin hereinzulegen«, tratschte Gaipel beflissen. »Rachsüchtig wie ein Tscherkesse ist Ihr Putilin, sagt er.«

»Da ist was dran.«

Im Treppenaufgang klapperten Schritte. Die Eisen an Schitkowskis Absätzen waren neu und weit zu hören. Die Tür ging auf, er trat auf die Straße.

Gaipel legte ihm, wie er es sich vorgenommen hatte, von hinten die Hand auf die Schulter:

»Halt!«

Es klang heiser und Furcht einflößend.

Die Laterne war inzwischen erloschen, ringsum herrschte undurchdringliche Finsternis. Schitkowski argwöhnte wahrscheinlich einen Raubüberfall, und um keine Zeit zu verlieren, suchte er das Weite, ohne sich umzusehen. Ehe Iwan Dmitrijewitsch den Mund öffnen konnte, war Gaipel mit unerwarteter Flinkheit an der Seite des Ausreißers und stellte ihm ein Bein. Schitkowski stürzte zu Boden, ohne sich dabei ernsthaft etwas zu tun, doch da er nicht begriff, was vor sich ging, und mit dem Schlimmsten rechnete, schrie er los wie am Spieß. In seinem Geschrei ging Iwan Dmitrijewitschs Stimme unter:

»Wir sind es doch! Ich, Putilin... Was brüllst du so?«

Vor Angst kaum noch eines klaren Gedankens fähig, schaffte es Schitkowski dennoch, dem über ihn gebeugten Gaipel den Stiefel in den Bauch zu stoßen, rasch kroch er auf allen vieren weg, sprang auf und wollte wieder Reißaus nehmen, wurde jedoch am Bein gepackt. Iwan Dmitrijewitsch staunte immer mehr über Gaipel, nie hatte er solche Behändigkeit bei ihm festgestellt. Diesmal schlug Schitkowski mit dem Kopf gegen die Bordsteinkante. Zusammengekrümmt lag er auf der nassen Fahrbahn. Iwan Dmitrijewitsch tätschelte ihm die Wangen, zauste ihn an der Nase. Nichts.

»Ach, der kommt schon wieder hoch«, sagte Gaipel wütend.

»Frage auf Frage!«, höhnte Iwan Dmitrijewitsch. »Das ganze Haus haben wir aufgeweckt.«

Das Licht in Neihardts Fenster war nicht verloschen, und hier und da gingen weitere an. Fensterflügel klappten. Von oben, direkt unter dem Dach, kam der Ruf:

»Iwan Dmitrijewitsch, sind Sie es?«

Er erkannte Selenskis Stimme.

»Ja, ich…«

»Ist bei Ihnen alles in Ordnung?«

Als Erste diese Frage zu stellen, wäre Sache seiner Frau gewesen, die er im Fenster ihres Schlafzimmers sah, doch sie schwieg.

»Alles in Ordnung, Sergej Bogdanowitsch. Schlafen Sie.«

»Haben Sie den Mörder gefasst? Ja?«, ließ Selenski nicht locker.

»Neeein!«

»Ich komme gleich zu Ihnen runter.«

»Um Himmels willen, bitte nicht!«

Iwan Dmitrijewitsch bemerkte, dass der Baron und die Baronin auf die Straße starrten, aber aus ihrem Fenster kamen keine Fragen. Dafür meldete sich links oben Gnetotschkin.

»Mascha, Mascha«, rief er seine Frau, »komm her, schnell! Das, Maschenka, ist der, den ich abends gesehen habe. Er ist vor mir weggerannt in den Torbogen. Da liegt er, daaa!«

Eine Etage tiefer setzte das Gackern von Saizews Hühnchen ein. Noch weiter unten presste Jewlampi seine Baltennase an die Fensterscheibe, Scharlotta Genrichowna indessen war nicht zu sehen.

Der Hausmeister kam angelaufen.

»Ha, dieses Diebsgesindel!«, sagte er und betrachtete den nach wie vor wie eine Leiche daliegenden Schitkowski mit professionellem Hass.

In seiner Zivilkleidung konnte er sonst wer sein. Der Hausmeister wollte ihm unauffällig einen Tritt versetzen, doch unter dem wachsamen Blick Iwan Dmitrijewitschs ließ er es bleiben.

»Ein Dieb, ein Dieb!«, echote es mit Kükenstimmen bei den Saizews, die Henne selbst aber war weder zu sehen noch zu hören.

In Laurenz' Wohnung wurde zwar keines der beiden nach der Straße gehenden Fenster geöffnet, doch geisterte hinter dem einen schwaches Licht und ließ sich das Zurückschieben der Gardine erahnen. Der Major a.D. hatte die nachtaktive Lebensweise seiner Lieblinge übernommen und war anscheinend noch auf, doch Interesse für das, was da unten vor sich ging, mochte er offensichtlich nicht bekunden.

Noch zwei, drei Fensterflügel knarrten. Zu allem anderen kam forderndes Hundegebell.

»Maschenka!«, schrie Gnetotschkin, »zeig es mal Johnnylein! Johnnylein will es auch sehen.«

Seine Madam erschien, den Pudel in den Armen.

»Hach, den hab ich flachgelegt!«, sagte Gaipel, geschmeichelt von der allgemeinen Aufmerksamkeit, ohne eine Spur von Gewissensbissen.

Seine Blicke schweiften über das Publikum, es fehlte nur noch, dass er sich verneigte. Das Parkett brachte seine Begeisterung wie stets verhalten zum Ausdruck, aber die demokratische Galerie applaudierte kräftig. Schitkowski gab kein Lebenszeichen von sich. Iwan Dmitrijewitsch ging in die Hocke, schöpfte Wasser aus einer Pfütze und goss es ihm über die Stirn. Es half nicht. Ihm kam der Verdacht, dass der gerissene Fedja sich verstellte. Je länger er so lag, desto nervöser mussten seine Angreifer werden.

Iwan Dmitrijewitsch gab ein Zeichen, das Gaipel wie dem Hausmeister galt, und ordnete an:

»Kommt, wir bringen ihn einstweilen zu mir.«

Als sie die Stufen zum Hochparterre hinaufgingen, sah er, dass in der Tür der kukolewschen Wohnung Scharlotta Genrichowna stand.

»Ich sehe, Sie sind beschäftigt«, sagte sie.

Hinter ihrem Rücken bemerkte er eine Dame, die ihm zunickte wie einem alten Bekannten. Bei genauerem Hinsehen erkannte er Nina Alexandrowna, die Frau des älteren Kukolew.

»Worum geht es denn, Scharlotta Genrichowna? Wollten Sie mir etwas mitteilen?«

»Sie fragten, was Lisa zur Erinnerung an ihre Großmutter mitgenommen hat. Jewlampi hat es mir gesagt.«

»Und was ist es?«

»Ein silbernes Flakon.«

»Meine Tochter hat damit gespielt, als sie noch klein war«, warf Nina Alexandrowna ein.

»Das ist alles, was ist denn Besonderes daran?«

»Eigentlich hat Marfa Nikititschna darin geweihtes Wasser aufbewahrt. Jakow hat mir, wie ich mich erinnere, von diesem Flakon erzählt, ein Familienerbstück, aber ich habe es vergessen.«

»Und Ihnen«, wandte sich Iwan Dmitrijewitsch an die ältere Schwiegertochter, »hat Ihr Mann nichts von diesem Flakon erzählt?«

»Mein Mann ist nicht so sentimental«, erwiderte sie.

»Aber Lisa kommt offenbar nach Ihnen und nicht nach ihrem Vater.«

»Ja. Ich weiß nur nicht, ob zu ihrem Glück oder Unglück. Bei ihrer Empfindsamkeit wird sie es schwer haben im Leben.«

Während dieses Gesprächs vermeinte Iwan Dmitrijewitsch, Schitkowski habe das eine Auge leicht geöffnet.

»Heeh, Fedja!«, rief er.

Das Auge schloss sich rasch wieder. Na schön, egal. Iwan Dmitrijewitsch beschloss, die Entlarvung zu verschieben. Sie hoben Schitkowski wieder an und setzten ihren Weg fort.

Gaipel, der hinten ging, hielt sein Opfer unter den Achseln.

»Schwer ist er«, sagte er befriedigt. »Sieht man ihm gar nicht an.«

»Hat eben kräftige Knochen«, erklärte der Hausmeister.

»Nun ja, der Knochenbau macht's. Und wie hab ich den …?«

»Die Wahrheit, Euer Wohlgeboren, die ist eine Knochenbrecherin …«

Auf seiner Etage stellte Iwan Dmitrijewitsch fest, dass bei den Gnetotschkins die Wohnungstür sperrangelweit offen stand und beide, den Pudel auf dem Arm, an der Schwelle warteten. Seine eigene Tür hingegen war verschlossen. Er klingelte, und als seine Frau erschien, sagte er einschmeichelnd:

»Wir tragen ihn einstweilen zu uns herein.«

»Wozu das?«, fragte sie mit hochgezogenen Augenbrauen.

»Ich muss ihn über etwas befragen. Eine wichtige Angelegenheit.«

»Warum immer ausgerechnet zu uns?«

»Immer?«, entrüstete sich Iwan Dmitrijewitsch. »Was heißt immer? Zum ersten Mal.«

»Nein, das lasse ich nicht zu«, sagte seine Frau.

»Wo sollen wir hin mit ihm? Draußen regnet es.«

»Wohin du willst. Alles mögliche Pack ins Haus schleppen … Bist du verrückt geworden?«

»Er gehört doch zu uns beiden.« Iwan Dmitrijewitsch wies auf Gaipel. »Ein Kollege! Was dachtest du denn? Unser Kollege, wir arbeiten zusammen. Schitkowski heißt er.«

»Ja? Sehr angenehm.«

»In den Korridor«, kommandierte Iwan Dmitrijewitsch, erleichtert durch diese Replik.

»Nein«, sagte seine Frau mit eisiger Stimme. »Nur über meine Leiche.«

»Nein?«

»Ich habe gesagt: Nein!«

Die Tür schlug zu. Iwan Dmitrijewitsch drehte wutentbrannt die Klingel:

»Mach lieber auf! Hörst du? Na schön, ich mache selber auf.«

Er kramte in seinen Taschen nach dem Schlüssel, doch seine Frau hatte bereits die Tür verriegelt.

»Wenn du Krach veranstaltest, lasse ich auch dich nicht rein!«, warnte sie.

Schitkowski stand mit geschlossenen Augen da, den Kopf auf die Brust gesenkt und von beiden Seiten durch Gaipel und den Hausmeister gestützt.

»Schluss jetzt, Fedja, es reicht«, sagte Iwan Dmitrijewitsch drohend.

Schitkowski stöhnte leicht, gerade so, wie es seine angeblich schlafende Frau getan hatte, nur noch etwas unnatürlicher. Da machte Gnetotschkin, der die Entwicklung der Dinge mit brennender Neugier beobachtete, das Angebot:

»Tragen Sie ihn zu uns herein... Aus, Johnnylein!«

II

Das Sofa wurde mit einem alten Laken abgedeckt, damit Schitkowski den Stoff nicht beschmutzte. Hier kam er endgültig zu sich und wandte sich mit dem Recht dessen, der weiß, dass ihm kein Haar gekrümmt werden kann, an die Hausherren:

»Wenn ich um Tee bitten dürfte. Schön süß.«

Gnetotschkin wollte schon diensteifrig loseilen, doch Iwan Dmitrijewitsch stoppte ihn:

»Unnötig, kommt ohne aus.«

»Meine Frau und ich stören doch nicht?«

»Besser wäre es…«

»Fühlen Sie sich ganz wie zu Hause«, sagte Gnetotschkin enttäuscht. »Komm, Mascha.«

Als das Paar das Zimmer verlassen hatte, führte Gaipel Iwan Dmitrijewitsch zum Fenster und flüsterte ihm zu:

»Wo wir Petrow gefunden haben, da muss ganz bestimmt ein Medaillon gewesen sein. So eins wie im ›Arkadia‹. Ich habe überall nachgeguckt – nichts. Er hat es an sich genommen, scheint mir, man sollte ihn durchsuchen.«

Iwan Dmitrijewitsch überhörte diesen Rat und fragte:

»Nun, Fedja, was hattest du denn mitten in der Nacht Baron Neihardt mitzuteilen?«

»Soll ich gleich ehrlich antworten?«, erkundigte sich der, »oder mich erst mal aufs Leugnen verlegen? Vielleicht möchtet ihr ein bisschen mit mir spielen, wie die Katze mit der Maus?«

»Stell dich bloß nicht dumm!«

»Dann nehmt zur Kenntnis, dass ich gar keinen Neihardt kenne.«

»Und wen hast du im Nebenaufgang besucht?«

»Niemand. Ich ging gerade vorbei, und da musste ich eben. Schließlich werde ich mein Geschäft nicht auf der Straße verrichten! Gehe ich mal hier rein, denke ich. Ich komme wieder raus, knöpfe meinen Hosenschlitz zu, und da sehe ich euch beide.«

»Alles?« Iwan Dmitrijewitschs Miene verdüsterte sich.

»Mehr sage ich nicht, solange dieser Holzkopf«, Schitkowski wies auf Gaipel, »hier sitzt.«

»Geh«, wies Iwan Dmitrijewitsch ihn an, »erkundige dich im Krankenhaus, ob Petrow noch lebt. Und danach berichtest du mir sofort.«

»Aber ich würde gern dabei sein…«

»Geh schon, geh!«

Nachdem er Gaipel einen zufriedenen Blick nachgeschickt hatte, sagte Schitkowski:

»Ich werde von ihm bezahlt.«

»Von wem?«

»Nach dem du gefragt hast. Von Neihardt.«

Iwan Dmitrijewitsch schüttelte zerknirscht den Kopf:

»Na, Bruderherz! Das hätte ich nicht von dir gedacht.«

»Wanja«, sagte Schitkowski lächelnd, »was wunderst du dich so? Ich habe nur ein Polizeigehalt, Kinderchen zu Hause aber gleich drei.«

»Wie viel es auch sein mögen. Das ist ein dienstliches Vergehen, für so was wird man vor Gericht gestellt.«

»Hör doch auf.« Schitkowski ließ sich nicht aus der Ruhe bringen. »Das ist gang und gäbe. Ich bekomme das eine Gehalt vom Gossudar, das andere von Baron Neihardt. Du das eine vom Gossudar, das andere von Herrn Pawlowezki. Ist es etwa nicht so?«

Verwirrt fragte sich Iwan Dmitrijewitsch, wie Fedka, das Aas, hinter dieses Geheimnis gekommen sein konnte. Pawlowezki war Chefredakteur einer Moskauer Zeitung. Einmal wöchentlich schickte ihm Iwan Dmitrijewitsch, zudem unter Ausnutzung der kostenlosen Dienstpost, detaillierte Berichte über das kriminelle Geschehen in Petersburg, wofür er monatlich zehn Rubel erhielt. Das bedeutete eine wesentliche Aufbesserung des Familienbudgets. Natürlich war das gegen die Vorschriften, und seine Vorgesetzten ahnten nichts davon.

Er begann sich zu rechtfertigen, ja, die Dienstordnung verbiete das, aber die sei auch längst veraltet, in Frankreich zum Beispiel und überhaupt in allen zivilisierten Ländern schrieben Polizisten selbst in den Zeitungen. Was solle das für ein Vergehen sein?

»Quatsch mich nicht voll«, unterbrach ihn Schitkowski.

»Was erklärst du mir das? Wir beide sind die besten Agenten, an uns kommt keiner ran. An allem ist unsere Obrigkeit schuld. Sie verbergen vor dem Gossudar die Wahrheit.«

»Was für eine Wahrheit?«

»Was wir wirklich wert sind. Wenn der Gossudar das wüsste, würde er dafür sorgen, dass wir ein Obristengehalt bekommen, siebenhundert Rubel im Jahr als Erstes und als Zweites eine Dienstkutsche. Dass die Kinderchen ins Pagenkorps kämen, davon rede ich schon gar nicht.«

»Ich meine das ernst. Mit Pawlowezki bin ich befreundet, er zahlt mir aus Freundschaft zehn Rubel, und ich schreibe für ihn auch aus Freundschaft. Ich tue nichts Schlechtes. Wer wird dadurch geschädigt?«

»Mich schickt Neihardt ja auch nicht Leute umbringen oder ausrauben. Größtenteils geht es um Kleinkram. Etwas in Erfahrung bringen, jemanden einschüchtern oder, umgekehrt, schmieren.«

Hinter der Wand, im Nebenzimmer, lief Gnetotschkin von einer Ecke zur anderen. Die Dielen hörten nicht auf zu knarren. Mit einem Ohr lauschte Iwan Dmitrijewitsch auf dieses Knarren, mit dem anderen auf Schitkowskis Erzählung. Der sprach davon, dass Neihardt mit Kukolew diverse dunkle Geschäfte beim Seezoll getrieben habe: Petrow habe mit ihnen unter einer Decke gesteckt und Geld dafür genommen, dass er gar keinen oder wenigstens nicht den vorgeschriebenen Zoll verlangte, in letzter Zeit sei er jedoch so dreist geworden, seine Forderungen ins Uferlose zu treiben. Da habe Neihardt ihn, Schitkowski, beauftragt, Petrow zur Räson zu bringen. Einfacher gesagt, ihm ein bisschen Angst einzujagen. Kukolews Ermordung bot dafür den besten Anlass, da sich Petrow in der bewussten Nacht auch im »Arkadia« verlustiert hatte.

»Anfangs wollte ich Gaipel auf ihn hetzen«, erzählte

Schitkowski, »soll er ihn mal ankläffen, dachte ich, dann komme ich selbst, mit Gewehr. Aber dein Gehilfe hatte irgendwie Bedenken, ich war gezwungen mitzugehen. Den Rest wird dir dieser Holzkopf wohl zugetragen haben. Er weiß bloß eins nicht: Petrow ist bereits tot.«

»Und woher weißt du das?«

»Unterwegs habe ich den Arzt getroffen. Der kam aus dem Krankenhaus zurück.«

»Wieso hast du das nicht eher gesagt?«

»Soll er ruhig rumlaufen. Einen tollen Gehilfen hast du dir da ausgesucht.«

»Mir hat man ihn von oben untergeschoben, du dagegen hast ihn dir selber ausgeguckt.«

»Jaa, zu meinem Unglück... Was ist, gehen wir langsam los?«

»Warte«, sagte Iwan Dmitrijewitsch. »Petrow ist also tot, und bevor er starb, war jemand bei ihm, den du nicht erkannt hast.«

»Ich schwör's dir, Wanja! Und wenn du mich mit glühenden Eisen folterst...«

»Kann das nicht vielleicht Baron Neihardt gewesen sein?«

»Weiß ich nicht. Ein Widerling ist er schon, aber jemanden umbringen... Nein, das glaube ich nicht.«

»Er ist mit der Baronin vorhin erst nach Hause gekommen. Angeblich waren sie im Theater.«

»Davon hat er mir auch erzählt.«

»Und du bist zu ihm gegangen, um ihm über Petrow zu berichten?«

»Wozu sonst? Er bezahlt mich, ich musste ihn informieren.«

»Und wie hat der Baron es aufgenommen?«

»Philosophisch«, sagte Schitkowski.

»Du sagst, Neihardt sei nicht dazu fähig, jemanden umzubringen. Wer hat denn dann versucht, den älteren Kukolew zu vergiften?«

»Ich bezweifle, dass er es gewesen ist. Obwohl, möglich ist alles, wenn Pantschulidsew es ihm befiehlt.«

»Kann ihm denn der Fürst etwas befehlen?«

»Er kann alles. Wer ihm in die Quere kommt, den lässt er über die Klinge springen.«

»Ist ihm der Tote nicht in die Quere gekommen?«

»Kaum. Wie sollte er!«

»Und welche Interessen verbinden Neihardt mit Pantschulidsew?«

»Alle möglichen. Der Fürst sitzt als Gouverneur an der Quelle, und das weiß er zu nutzen. Die Staatskasse unseres Gossudars ist groß, und Verwendungszwecke gibt es viele. Aber häng dich da lieber nicht rein, Wanja, ich rate dir davon ab.«

»Und als Letztes«, sagte Iwan Dmitrijewitsch. »Wenn du so über alles Bescheid weißt, dann hab die Güte, mir zu erklären, warum die bei uns in so heller Aufregung sind wegen diesem Kukolew. Dazu ist er doch eigentlich ein bisschen zu klein.«

»Doch nicht seinetwegen, du Schlauberger!«

»Sondern?«

Schitkowski bedeutete mit den Augen, dass die Tür ganz zu schließen sei, und als das geschehen war, ließ er Iwan Dmitrijewitsch mit gedämpfter Stimme wissen:

»Der Haken ist eine Großfürstin.«

»Kennst du den Namen?«

»Nein. Den kennt niemand bei uns.«

»Schwindelst du auch nicht?«

»Kreuz drauf!«

»Und was hat sie damit zu tun?«

»Verstehst du«, Schitkowski machte ein ernstes Gesicht,

»Graf Schuwalow hat einen Vertrauten, der ist mein Gevatter, und der hat mir unter dem Siegel der Verschwiegenheit gesteckt, dass diese Fürstin mit deinem Kukolew sozusagen eine richtiggehende Romanze gehabt hat.«

»Kann nicht sein!«, meinte Iwan Dmitrijewitsch ungläubig.

»Warum? Heutzutage gibt es alles. Ich weiß nicht, wo sie ihn aufgegabelt, womit er sie bezirzt hat, aber ich kann mir schon vorstellen, dass man den lieben Kerl dafür ins Jenseits befördert hat.«

»Wer könnte das getan haben?«

»Das findet ihr beide, Gaipel und du, mal schön heraus, wenn ihr lebensmüde seid. Unsereins bleibt lieber am Leben, lässt sich sein Gläschen schmecken.«

»Seltsam. Warum verlangt man dann von mir, schnellstens den Mörder zu finden?«

»Was würdest du denn an ihrer Stelle von der Polizei verlangen? Auf keinen Fall nach dem Mörder zu suchen? Er hat ein gutes Werk getan, und nun mag er sich seiner Freiheit freuen. So, ja?«

Iwan Dmitrijewitsch schwieg erschüttert. Nein, dieser Kukolew! Wer hätte das gedacht?

»Mach du, was du musst, führe deine Ermittlungen durch«, empfahl Schitkowski zum Abschied, »aber übertreib's nicht. Zügle auch Gaipel. Wenn du irgendeinen Faden zu fassen kriegst, dann entwirr nicht das Knäuel, reiß ihn ab, zum Teufel. Sonst passiert auch dir noch was. Dabei hast du, Wanja, einen kleinen Sohn und eine Gans von Frau. Sie gehen zugrunde ohne dich.«

Gnetotschkin geleitete sie zum Treppenabsatz. Iwan Dmitrijewitsch drückte ihm gefühlvoll die Hand:

»Ich danke Ihnen, Sie haben mir sehr geholfen.«

»Versteht sich doch, als guter Nachbar«, erwiderte der

und blinzelte mit den ihm vor Müdigkeit zufallenden Äuglein.

Ein einziger Wunsch schien ihn jetzt zu beherrschen: schleunigst ins Bett zu kommen und zu schlafen.

Schitkowski stieg bereits die Treppe hinunter, während Iwan Dmitrijewitsch Gnetotschkins Hand festhielt und fragte:

»Kennen Sie das Aquarell in Jakow Semjonowitschs Wohnzimmer?«

»Versteht sich. Rjabinin hat es gemalt.«

»Wer hat Ihnen das gesagt?«

»Niemand, ich sehe es selbst. Seine Malweise ist unverwechselbar.«

»Und was ist die Hauptidee dieses Aquarells?«

»Weiß ich nicht. Da ist überhaupt keine Idee.«

»Nun, dann der Sinn.«

»Der Sinn?«

»Ja, der Sinn. Worin besteht er?«

»In der Unabwendbarkeit der Vergeltung«, sagte Gnetotschkin mit einer düsteren Energie, die man noch vor einer Sekunde schwerlich bei ihm vermutet hätte.

Er kam nicht dazu, noch etwas zu sagen. Seine Madam schlich sich lautlos von hinten heran, zog ihren Mann fast gewaltsam in den Korridor und schlug die Tür zu.

III

Um sich vor dem Gespräch mit seiner Frau ein wenig zu beruhigen, ging Iwan Dmitrijewitsch, statt gleich an ihrer Wohnungstür zu klingeln, auf die Straße hinunter, wo er, seine von Neihardt auf fünfzig Rubel taxierte Pfeife schmauchend, zehn Minuten im Nieselregen stehen blieb. Die Situation musste gut durchdacht und entschieden werden, was weiter zu tun war, vor allem aber ging ihm im Kopf herum, weshalb wohl Schitkowski seine Frau als Gans bezeichnet hatte. Schließlich stieg er zu seiner Etage hoch und klingelte.

Bevor sie öffnete, fragte seine Frau sicherheitshalber:

»Bist du es, Wanja?«

»Nein, der graue Wolf«, sagte Iwan Dmitrijewitsch mit spielerischem Bass.

»Bist du allein?«

»Ja, allein, allein.«

»Moment, ich zieh mich gleich an.«

Noch was Neues. Sie zieht sich an! Als ob sie ihrem Mann nicht im Nachthemd die Tür öffnen könnte. Zustände! Ihre nonnenhafte Verschämtheit brachte ihn auf unfrohe Gedanken. Allem Anschein nach würde er die nächsten Tage allein schlafen dürfen.

Iwan Dmitrijewitsch stand unschlüssig auf dem Treppenabsatz und dachte über mögliche Formen der Versöhnung nach, als es oben, im dritten Stock oder noch höher, einen Knall gab und Schritte zu hören waren – kaum wahrnehmbar, gleitend. Er hielt den Atem an. Wer konnte das noch sein zu dieser Stunde? Nicht etwa der, der dieses ekelhafte Ding mit den Sternen an seine Tür geklebt hatte?

Das Treppenlicht brannte im ersten Stock, im zweiten war es schummrig, zwischen dem zweiten und dem dritten begann die Finsternis. Nach unten zu rennen, verbot ihm seine Selbstachtung, und sich zu verteidigen, hatte er nichts zur Hand. Wäre seine Wohnungstür geöffnet gewesen, so hätte er sich sicherer gefühlt, aber seine Frau zeigte keine Eile. Was zog sie da bloß an? Jetzt verstand er Scharlotta Genrichowna mit ihren Ängsten. Das von Selenski als kabbalistisch bezeichnete Ornament der Bodenfliesen erschien ihm als Sinnbild dieser ganzen Geschichte, die ihn in ihren verderblichen Strudel gezogen hatte. Iwan Dmitrijewitsch fehlte der Mut, hinaufzugehen und nachzusehen, wer sich dort versteckt hielt. Er pochte mit der Faust gegen die Tür, und da sah er vom dritten Stock schleichenden Schritts, lautlos wie ein Gespenst Baronin Neihardt heruntersteigen.

In ihrem aufklaffenden Morgenrock, den sie über ihre spitzenverzierte weiße Nachtwäsche gezogen hatte, blieb sie auf dem Treppenabsatz, traumwandlerisch schwankend, stehen. Mondsüchtig! dachte Iwan Dmitrijewitsch noch, als die Baronin auf einmal theatralisch die Arme nach ihm ausstreckte, noch einen Schritt machte und sich vor ihm auf die Knie warf. Der schwere Busen wogte verführerisch unter den Spitzen.

»Herr Putilin«, sagte sie mit unerwartet ruhiger Stimme, »mein Schicksal liegt in Ihren Händen.«

Seiner Verblüffung Herr geworden, trat er rasch auf sie zu:

»Nicht doch, Baronin! Stehen Sie auf! Was soll das?«

Iwan Dmitrijewitsch griff nach ihren Schultern, um sie hochzuziehen. Die Hitze des weiblichen Körpers, gegen die Finsternis, Nacht und Kälte des Treppenhauses machtlos waren, verbrannte ihm die Finger.

»Ich stehe nicht auf, bevor Sie mir versprechen, meine Bitte zu erfüllen«, sagte sie.

In dem Moment wurde endlich gastfreundlich der Riegel zurückgeschoben. Iwan Dmitrijewitschs Frau erschien in der Tür:

»Wo bist du, Wanja?«

Jetzt begriff Iwan Dmitrijewitsch, warum sie ihm so lange nicht geöffnet hatte. Das Warten hatte sich wahrhaftig gelohnt. Sie trug sein mit falschen Perlen besetztes Lieblingshauskleid, das aufgelöste Haar umschlang ein mit Stickperlen geschmücktes Band, das ihm gleichfalls sehr gefiel. Sie hatte sich also für ihn herausgeputzt, um sich mitten in der Nacht zu versöhnen. In dieser Aufmachung mochte und begehrte er sie am meisten. Lieblich anzusehen, fügsames Ermatten ihres zärtlichen Körpers in seiner Umarmung verheißend, stand sie vor ihm, doch schon in der nächsten Sekunde veränderte sich ihr Gesichtsausdruck jäh. Beim Anblick ihres Mannes, dem keine Zeit geblieben war, die Schultern der halb entblößten Nachbarin loszulassen, erstarrte Iwan Dmitrijewitschs Frau in geradezu übernatürlichem Entsetzen. Die Augen weiteten sich, die Unterlippe klappte herunter wie bei Wanetschka, wenn er im Begriff war loszuweinen. Der schlichte Duft ihres billigen Parfüms wehte Iwan Dmitrijewitsch an mit dem Versprechen paradiesischer Wonnen, um sich sogleich zurückzuziehen, niedergedrückt von der mächtigen Woge der die Baronin einhüllenden Pariser Aromen. Zu deren Diensten stand die gesamte französische Parfümerie. Man lebte schließlich von keinem Gehalt!

»So, so«, sagte seine Frau, als sie sich von ihrer Erschütterung erholt hatte, mit der Stimme einer Klassendame. »Damit also beschäftigst du dich.«

Iwan Dmitrijewitsch ließ die Baronin los und fuhr zu ihr herum:

»Du hast es falsch verstanden …«

»Hast du extra geklingelt, damit ich meine Freude an euch habe? Und ich dumme Gans … Schuft! Mein Gott, was bist du doch für ein Schuuuft!«

Er versuchte sie zu umarmen und bekam etwas auf die Finger.

»Fass mich nicht an.«

Die Tür schlug zu. Das geräuschvolle Vorschieben des Riegels ließ Iwan Dmitrijewitsch keinerlei Hoffnung auf baldige Vergebung.

»Sieh an, wie stolz«, sagte die immer noch kniende Baronin. »Man könnte meinen, sie selbst wäre ein Engel.«

»Halten Sie den Mund!«, brauste Iwan Dmitrijewitsch auf. »Sie sind ja schuld daran!«

»Hören Sie, ich liege doch auf den Knien vor Ihnen. Sind Sie ein Mann oder nicht? Sie sollten sich schämen, in so einem Ton mit einer Frau zu sprechen, die vor Ihnen auf den Knien liegt.«

»Stehen Sie doch auf zum Teufel! Wer hindert Sie daran?«

Sie stand auf.

»Machen Sie sich nichts daraus, Herr Putilin. Gestritten, versöhnt. Was ist schon dabei!«

»Sie haben gut reden. Jetzt wird sie mir nicht so schnell verzeihen.«

»Sie wird es, keine Sorge. Ich werde Ihnen beibringen, was Sie ihr sagen müssen. Sie wird noch vor Ihnen auf die Knie fallen, bloß damit Sie ihr verzeihen.«

»Meine Frau?« Iwan Dmitrijewitsch lächelte sauer. »Auf die Knie? Sie kennen sie nicht.«

»Sie wird es, und ob. Ich bringe es Ihnen bei.«

»Na, dann tun Sie es mal.«

»Zuerst müssen Sie mir versprechen, meine Bitte zu erfüllen.«

»Gut. Ich verspreche es.«

»Schwüre verlange ich nicht, ich setze auf Ihre Redlichkeit. Bei Ihnen stimmt, wie ich sehe, mit Ihrer Frau auch nicht alles, Sie werden mich also verstehen. Es geht …« Die Baronin berührte das Medaillon auf ihrer Brust. »Ich habe bemerkt, dass es Sie sehr interessiert, nicht ohne Grund, wie ich annehme. Mehr noch, ich hatte den Eindruck, dass Sie gleich morgen in Silbermans Laden gehen und sich bei ihm erkundigen werden, ob alles so gewesen ist, wie es Ihnen mein Mann erzählt hat.«

»Wie kommen Sie darauf? Ich dachte überhaupt nicht an so etwas«, sagte Iwan Dmitrijewitsch, obwohl dieser Besuch zu seinen allernächsten Plänen gehörte.

»Lügen Sie nicht. Ich habe in meinem Leben viele Männer gekannt, aber nur wenigen ist es gelungen, mich zu betrügen. Und von denen, die ich nicht geliebt habe, keinem. Verlieren Sie also keine Zeit mit Silberman, ich werde Ihnen selbst die Wahrheit sagen. Dieses Medaillon hat mir mein Liebhaber geschenkt.«

»Nämlich?«

»Aber, Herr Putilin! Ich war einer besseren Meinung von Ihnen. Wie kann man solche Dinge fragen?«

»Das heißt, Sie werden mir den Namen nicht nennen?«

»Natürlich nicht.«

»Na schön. Fahren Sie fort.«

»Wie Sie verstehen werden, kann sich eine verheiratete Frau nicht erlauben, Schmuck zu tragen, ohne ihrem Mann zu erklären, woher er stammt. Ich habe dieses Medaillon zu Silberman gebracht und ihn um einen Dienst gebeten. Er fand sich dazu bereit. Tags darauf ging ich zu ihm mit dem Baron, der mir schon lange etwas zum Hochzeitstag schenken wollte, und wählte vor seinen Augen ...«

»Und das Geld, das Ihr Mann für das Medaillon bezahlt hat?«

»Behielt Silberman als Belohnung. Viel hat er nicht verlangt, und ich kann jetzt das Geschenk meines Geliebten offen tragen.«

»Ich beneide diesen Menschen«, sagte Iwan Dmitrijewitsch. »Sie müssen ihn sehr lieben, wenn Sie dieses Risiko eingehen.«

Sie lächelte.

»Ich liebe niemanden, Herr Putilin. An den Männern schätze ich, was sie mir zu geben imstande sind. Jeder hat seine eigenen Vorzüge. Und ich weiß sie zu schätzen. An Liebhabern schätzt man das eine, an Ehemännern das andere, und in beiden Fällen sollte man dankbar sein. Deshalb möchte ich mein Medaillon tragen und will nicht, dass mein Mann seine Herkunft erfährt.«

»Und was ist mit Katharina der Großen? Hat sie ihren Favoriten tatsächlich solch billiges Zeug geschenkt?«

»Unsinn. Ich habe mir alles ausgedacht.«

»Aber sehr glaubhaft, ich hätte es Ihnen beinahe abgenommen.«

»Lügen Sie nicht, Herr Putilin. Das können Sie zu schlecht.«

»Phantasie kann man Ihnen jedenfalls nicht absprechen.«

»Ich wollte meinem Mann die Freude machen. Er ist ganz versessen auf solche Erinnerungsstücke.«

»Übrigens, wird Ihrem Mann kein Licht aufgehen?«

»Nein. Er schlummert ein, sobald er sich ins Bett legt, und schläft wie ein Stein. Kein so großes Glück für eine Frau, obwohl, manchmal hat es auch sein Gutes.«

»Ich verspreche, ihm nichts zu sagen«, sagte Iwan Dmitrijewitsch weich, »Sie können sich darauf verlassen. Aber was bringt Sie eigentlich zu der Annahme, dass mich dieses Medaillon interessiert?«

»Sie haben es mit einem solchen Blick betrachtet, dass das jeder Dummkopf erkennen würde. Und ich bin nicht dumm. Sie kennen dieses Medaillon doch, nicht wahr?«

»Wie kommen Sie darauf?«

»Schon wieder lügen Sie! Versuchen Sie mir bitte nicht einzureden, dass Sie es noch nie gesehen haben. Es ist Ihnen schon begegnet, ich weiß das. Sie wissen bloß nicht, was es bedeutet.«

»Können Sie es mir vielleicht sagen?«

»Dumme Frage. Wenn ich dieses Medaillon trage, ist mir

sein Sinn natürlich bekannt. Sagen kann ich es, glaube aber nicht, dass ich es tun sollte. Meine Worte werden Ihnen kaum Vergnügen bereiten.«

»Ich suche im Leben keine Vergnügen«, erwiderte Iwan Dmitrijewitsch.

Eine Weile sahen sie sich schweigend an. Hinter dem Fenster des Treppenhauses war es nach wie vor dunkel, feuchte nächtliche Kühle kam von den Wänden, den Treppenstufen. Die Baronin hatte sich längst fest in ihren Morgenrock gehüllt, die bloßen Füße steckten in Atlasschuhen. Kalt war es in solchen Schuhen auf dem Steinfußboden. Um sich aufzuwärmen, hatte sie die Arme um sich geschlagen.

»Ich warte auf Ihre Erklärung«, erinnerte Iwan Dmitrijewitsch sie. »Sieben Sterne, Tor, Großer Bär …«

»Sie haben eine gute Selbstbeherrschung«, sagte die Baronin, die mühsam ihr Zittern unterdrückte. »In solchen Fällen verlieren die Männer meist die Kontrolle über sich. Aber glauben Sie mir, der Sinn dieser Inschrift wird Ihnen nur unnötigen Schmerz bereiten. Das Wichtigste, denke ich, haben Sie bereits erraten, den Rest … Den Rest wissen Sie besser nicht.«

»Was reden Sie mit mir in Rätseln?«

»Das tue ich mitnichten. Ich habe versprochen, Ihnen zu helfen, Ihre Frau zu bezähmen, und dieses Versprechen habe ich erfüllt.«

»Danach frage ich jetzt nicht, Baronin!«

»Es ist alles ein und dasselbe.«

Iwan Dmitrijewitsch begann die Geduld zu verlieren.

»Lassen Sie meine Frau in Frieden! Ich will den Sinn der Inschrift auf dem Medaillon wissen, das ist alles. Und dazu … den Namen des Mannes, der es Ihnen geschenkt hat.«

»Überlegen Sie es sich«, warnte die Baronin noch einmal.

»Überlegen Sie es sich gut, bevor Sie darauf bestehen. In solchen Dingen sind Details das Allerschlimmste.«

»Genug!«, ging Iwan Dmitrijewitsch hoch. »Antworten Sie offen! Wer hat Ihnen das Medaillon geschenkt? Fürst Pantschulidsew?«

Aus ihrem Blick sprach Hochachtung.

»Sie wissen tatsächlich viel, Herr Putilin. Mehr, als ich dachte. Aber wenn Sie uns des Mordes an Jakow Semjonowitsch verdächtigen, so versichere ich Ihnen, dass der Fürst und ich nicht das Geringste damit zu tun haben. Ich schwöre, ich gäbe viel dafür, den Namen des Mörders zu erfahren.«

»Baronin, ich lasse Sie nicht gehen, ehe Sie mir nicht erklärt haben, was die Inschrift auf dem Medaillon bedeutet!«

»Mein Gott«, erwiderte sie gereizt, »warum soll ich Ihnen das erzählen? Fragen Sie Ihre Frau. Sie weiß alles genauso gut wie ich.«

»Was hat meine Frau damit zu tun? So lassen Sie das doch endlich!« Iwan Dmitrijewitsch schlug die Faust auf das Geländer, und plötzlich durchfuhr es ihn heiß.

»Fragen Sie sie«, sagte die Baronin lächelnd, »aber ich rate Ihnen: Beharren Sie nicht, wenn sie nicht antworten will. Wenn Sie bereit sind, ihr zu verzeihen, dann beharren Sie nicht. Auch das wird Ihnen reichen, um sie durch den Wolf zu drehen! Erinnern Sie sie bloß an den Großen Bären, und Sie stehen als Sultan dar. Lammfromm wird sie sein.«

»Ich glaube Ihnen nicht«, sagte Iwan Dmitrijewitsch mit lebloser Stimme.

»Sie verwundert es wahrscheinlich, dass ich so ruhig darüber spreche? Nein, ich bin nicht eifersüchtig. Genauer gesagt, ist das hier nicht der Fall, wo Eifersucht lohnt. Ich wusste vorher schon, dass er andere Geliebte hat. Er ist ein so hinreißender Liebhaber, dass keine Frau, die ihre fünf Sinne beisammen hat, sich der Hoffnung hingeben wird, die

Einzige für ihn zu sein. Selbst Ihre Gattin, Herr Putilin, bei aller Hochachtung vor ihren unzweifelhaften Tugenden …«

Krach und rums! Mit Eisenzungen antworteten ihr, unverhofft zurückgerissen, Riegel und Haken. Iwan Dmitrijewitschs Frau hatte offenbar hinter der Tür gelauscht. Sie stürzte heraus und auf ihre Beleidigerin zu, die rasch ihre Krallenpfote vorstreckte und drohend zischte.

Ein Augenblick noch, und sie wären einander in die Haare gefahren, aber Iwan Dmitrijewitsch bekam seine Frau um die Taille zu packen.

»Lass miiich!«, kreischte sie. »Lass mich los!«

Er ließ sie nicht los, hielt sie mit eisernem Griff.

Sie versuchte sich loszureißen und zerkratzte ihm die Hände, bald schrie, bald flüsterte sie:

»Aas! Miststück! Lass mich los … Schandmaul, dreckiges! Haa, du Schamlose, wo willst du hin? Wanja, halt sie fest … Bleib stehen, du Schlange!«

Hinter der Tür gegenüber meldete sich kläffend Johnnylein. Eine Etage tiefer schnappte das Schloss in der Wohnung der Saizews, und eine Männerstimme fragte:

»Iwan Dmitrijewitsch, machen Sie den Radau da?«

»Schlafen Sie, schlafen Sie!«

»Ihr Glück, dass meine Gattin nicht zu Hause ist«, sagte Saizew. »Die hätte es Ihnen gegeben!«

Und endlich ertönte weit unten, auf dem Grunde des steinernen Schachtes, Scharlotta Genrichownas Stimme:

»Herr Putilin, hören Sie mich?«

»Ja, ja! Legen Sie sich schlafen!«

»Kommen Sie doch mal kurz bei mir vorbei, mir ist das mit dem Flakon eingefallen …«

Die Baronin verschwand, löste sich, lautlos in ihren Atlasschuhen, auf wie ein Gespenst. Iwan Dmitrijewitsch ließ seine Frau los. Sie stand vor ihm, schwer atmend, zerzaust, gar nicht mehr schön. Ihr hassverzerrtes Gesicht wirkte fremd.

»Geh rein«, sagte er.

»Und du?«

»Geh.«

»Ohne dich gehe ich nirgendwohin.«

Zu allem Überfluss kam auch noch Wanetschka aus der Wohnung gelaufen. Barfuß auf dem Steinfußboden, im Hemdchen, stürzte er zu seinem Vater:

»Papi, ich kann so nicht schlafen! Mami sagt, ich soll, aber ich kann nicht, ich kann nicht!«

»Söhnchen!«, schrie hysterisch Iwan Dimitrijewitschs Frau. »Halt unsern Papi fest!«

Iwan Dmitrijewitsch riss sich von ihren gekrallten Fingern los und stürmte, Stufen überspringend, die Treppe hinunter. An der kukolewschen Wohnung vorbei rannte er auf die Straße. Der Regen hatte aufgehört, doch die Wolken waren nicht aufgerissen. Weder Sterne noch Mond. Die Laterne war verloschen, ringsum Dunkelheit. Das Herz wollte ihm in der Brust zerspringen. Er richtete das Gesicht zum leeren stummen Himmel und heulte auf:

»Mein Gooott! Ich verstehe überhaupt nichts!«

Und da ließ ihm Gott ein Zeichen werden.

Nicht umsonst hob er gerade in diesem Augenblick die Augen aufwärts, zum Himmel. Er hob sie und bemerkte ein schwaches Licht im Dachfenster.

Zunächst glaubte er an Sinnestäuschung, dass sich im Glas dieses Fensters einfach ein ferner zufälliger Lichtschein spiegele. Was kann nicht alles in den Weiten dieser Riesenstadt aufblitzen oder aufflammen!

Doch nein, dort auf dem Dachboden und nirgendwo anders war es aufgeleuchtet. Ein rötliches unheimliches Licht, das etwas Diabolisches an sich hatte. Näher kommend, in jemandes Hand aufleuchtend, erhellte es sekundenlang das kleine Dachfenster, glitt langsam hinter ihm vorbei und verschwand. Vergeblich starrte Iwan Dmitrijewitsch auf das schwarze Glas unterm Dach. Nichts, Leere. Hier Finsternis, da Finsternis, doch schon glomm eine Ahnung in ihm auf. Er hatte Gott angerufen, und Gott hatte ihm seine Gunst nicht versagt.

VIERZEHNTES KAPITEL

DER ROTE SCHIRM

I

Zu Hause trank Gaipel Tee und aß einen Kringel dazu, dann legte er sich angekleidet hin, doch einschlafen konnte er nicht. Immerzu musste er daran denken, wie Iwan Dmitrijewitsch, als sie am Eingang standen und auf Schitkowski warteten, zu ihm gesagt hatte: »Wenn er stirbt, dann wird das mein Gewissen belasten. Ich hätte gleich mit ihm reden sollen...« Er meinte Petrow, den armen Kerl. Gaipel tat er ehrlich Leid, er wollte, dass er gesund würde und den Namen desjenigen nannte, der ihm wie Kukolew Gift in den Wein geschüttet hatte, doch gleichzeitig ging ihm ein Gedanke im Kopf herum, der so schwarz und niederträchtig war, dass er sich schämte, ihn zu Ende zu denken. Unausgeformt und schlüpfrig, drängte er mit Macht vom Grunde seiner Seele herauf und zeigte sich endlich in seiner ganzen Hässlichkeit: Gaipel begriff, dass er insgeheim Petrow den Tod wünschte, um damit Iwan Dmitrijewitsch empfindlich zu treffen und ihm die Flügel zu stutzen. Dieser Gedanke beschäftigte ihn unablässig, während er statt des durchnässten Polizeimantels seinen alten Studentenmantel anzog und das Haus verließ, dann vergaß er ihn für kurze Zeit und erinnerte sich entsetzt wieder daran, als er im Marinekrankenhaus gesagt bekam, dass Petrow tot sei. Er hatte das Gefühl, dessen Tod selbst heraufbeschworen zu haben.

Es begann schon zu tagen, der Regen hatte aufgehört. Gaipel passierte den Schlagbaum an der Einfahrt zum Hafen, lief an der Baracke vorbei, in der er in dieser Nacht mit Schitkowski gewesen war, und trat in die Wachstube der Hafenpolizei. Hier empfing man ihn nicht gerade freundlich, doch überraschte ihn das nicht. Nach einem Jahr Polizeidienst hatte er sich mit einer Tatsache abgefunden, die ihm anfangs als ungeheuerliche Absurdität erschienen war: Einfache Polizisten mögen Agenten nicht und versagen ihnen die Unterstützung.

Etwas Neues brachte er bei diesen Leuten nicht in Erfahrung. Als der Vorsteher von Petrows Tod hörte, sagte er mit einem scheinheiligen Seufzer:

»Friede seiner Asche.«

Doch sogleich ließ er die Maske fallen und fügte schadenfroh lächelnd hinzu:

»Da habt ihr jetzt alle Hände voll zu tun, wie?«

Wie sich herausstellte, hatten seine Untergebenen es nicht für notwendig erachtet, den Hafen auf der Suche nach dem Verbrecher zu durchkämmen. Und jetzt tranken einige Tee, andere schliefen mit ausgezogenen Stiefeln, womit sie gegen die Vorschrift verstießen. Während der Ruhezeiten war das Schuhwerk anzubehalten, Gaipel hätte daran erinnern können, ließ es jedoch bleiben. Von den auf dem eisernen Ofen trocknenden Fußlappen stank es wie in einer Menagerie. Gaipel bekam weder einen Stuhl noch Tee angeboten, und alle seine Fragen wurden so beantwortet, als ob er Dussel selbst nicht wüsste, was er wollte.

Schließlich sagte der Vorsteher:

»Ihr wart doch zu zweit. Wo ist denn dein Kamerad?«

»Ist schon weiter«, erwiderte Gaipel nach kurzem Überlegen.

»Na, dann geh mal zu ihm. Er hat bestimmt Langeweile ohne dich.«

Und noch so ein Schlaumeier mit einer vom Schlaf geschwollenen Visage fügte die alte Weisheit hinzu:

»Der Morgen ist klüger als der Abend.«

Es sah ganz danach aus, als käme bei diesen Leuten der Abend gleich nach dem Frühstück.

Gaipel gab es auf und ging hinaus. In der Ferne schrien mit hungrigen Stimmen Möwen, der Engel auf der Turmspitze der Peter-und-Paul-Festung trat aus dem Morgennebel hervor, doch niemand sonst rief ihn aus den Abgründen der Verzweiflung an.

Der Schlagbaum am Tor war heruntergelassen, der wachhabende Invalide saß in seinem Büdchen. Auch von ihm war kaum etwas zu erfahren.

»Wie soll ich Ihnen sagen, Euer Wohlgeboren, wer hier seit gestern Abend durchgegangen oder durchgefahren ist, wenn Sie selbst nicht wissen, wen Sie suchen. Alle Möglichen sind hier durch, aber das sind doch Menschen und keine Schiffe. Sie werden nicht ins Buch eingetragen.«

Immerhin war sich dieser Mann im Unterschied zu den Polizisten seiner Verantwortung bewusst. Er hätte gern geholfen, konnte es bloß nicht.

»Natürlich, natürlich«, gab ihm Gaipel Recht, »dir ist nichts vorzuwerfen. Ich frage ja nur: Hat keiner, wie soll ich es sagen – deine Aufmerksamkeit auf sich gezogen?«

»Im Kaukasus bin ich gewesen und vor Sewastopol«, erwiderte der Invalide, »zweimal habe ich auf dem Festland den Tod vor Augen gehabt, auf einem sinkenden Schiff bin ich gewesen, in einer brennenden Saklja*. Ich habe, Euer Wohlgeboren, den Türken zu sehen bekommen, den Tscherkessen, den Briten, den Berg Kasbek, drei Meere, den Mann mit dem Schwänzchen ...«

* Behausung der Bergbewohner im Kaukasus.

»Moment, Moment…«

»Durch all das bin ich sehr gleichgültig geworden, wundere mich über nichts. Um meine Aufmerksamkeit zu wecken, wissen Sie, wer mir da begegnen müsste?«

»Wer denn?«, fragte Gaipel müde.

»Ein Neger, mindestens.«

»Gibt es hier etwa keine Neger auf den Schiffen?«

»In dem halben Jahr, das ich hier stehe, war nur einer dabei.«

»Und irgendeine Dame ist gestern Abend nicht durchgefahren? So gegen zehn?«

»Eine Herrin?«, präzisierte der Invalide. »Warum haben Sie nicht gleich danach gefragt? Ein Dämchen war dabei.«

»Weiter! So red doch! Wie sah sie aus?«

»Kann ich nicht sagen, habe ich mir nicht gemerkt. Es war dunkel.«

»Jung?«

»Alle sind sie jetzt jung für mich.«

»Hübsch?«

»Hübsch sind sie jetzt auch alle«, erwiderte der Invalide seufzend.

»Kannst du mir wenigstens etwas über sie sagen?«

»Warum ich auf sie aufmerksam geworden bin, Euer Wohlgeboren. Erstens: Um diese Stunde und allein, ohne Kavalier. Zweitens: Sie wollte mir einen Fünfer geben, hat es sich aber anders überlegt.«

»Hast du denn mit ihr gesprochen?«

»Nein.«

»Woher weißt du dann, dass sie es wollte und es sich anders überlegte?«

Ein sonderbares Detail, das eine gewisse Vorstellung vom Charakter der Unbekannten vermittelte. Iwan Dmitrijewitsch vernachlässigte derartige Kleinigkeiten nie, und Gaipel lernte gern von erfahrenen Leuten.

Der Invalide fuhr sich über die Wange, die eine alte Narbe verunzierte – sie musste von einem französischen Pallasch, einer tschetschenischen Gurda* oder einem türkischen Jatagan** stammen –, und erklärte:

»Sie sah meine Kriegermale, und offenbar war ihr der Fünfer peinlich. Zu mehr aber reichte es nicht. Ich bekomme immer weniger Trinkgeld als die anderen, das ist mein Schicksal. Mit wenig geniert man sich, und zu mehr reicht es nicht. Sie überlegen sich's und geben gar nichts.«

»Dass sie einen Fünfer geben wollte, weißt du genau?«, fragte Gaipel in einem Ton, als ob die Antwort auf diese Frage der letzte Pinselstrich in seinem Verbrechensgemälde sein sollte.

»Vielleicht auch keinen Fünfer«, sagte der Invalide traurig. »Vielleicht eine Kopeke oder zwanzig. Vielleicht wollte sie auch gar nichts geben. Wer weiß!«

Gaipel begriff, dass sich das Thema erledigt hatte. Das psychologische Porträt dieser Dame zu zeichnen war nicht gelungen, sie blieb nach wie vor ein Rätsel. Zu ihrem Äußeren konnte der Invalide, sosehr er sich auch Mühe gab, nichts Brauchbares sagen, auf alle weiteren Fragen wiederholte er trübselig:

»Kann ich nicht wissen.«

»Und wie war sie gekleidet?«, wollte Gaipel wissen.

»Herrschaftlich.«

»Genauer kannst du es nicht beschreiben?«

Der Invalide strengte sein Gedächtnis an und fügte hinzu:

»Nach dem Wetter war sie gekleidet.«

»Und was noch?«

»Wohl etwas wärmer als nach dem Wetter. Wie sich alle

* Säbel.

** Krummsäbel.

Herrschaften kleiden … Ich sage es Ihnen doch auf Russisch: herrschaftlich!«

Kurzum, sie kehrten rasch zum Ausgangspunkt zurück. Auch dieser Kreis hatte sich geschlossen, und in der Mitte war erneut Leere. Der geheimnisvollen Madam glückte es jedes Mal, den von Gaipel gelegten Schlingen zu entschlüpfen. Nicht einmal ein Schwanzfederchen blieb zurück, nichts, wonach sich fassen ließ.

Doch dass sie Petrow umgebracht hatte, stand außer Zweifel. Von Anfang an war in diese Geschichte eine Frau verwickelt, und Gaipel kam sich vor wie ein Spürhund, der die Spur aufgenommen hatte, doch da die Flüchtige durch Wasser gegangen war, rannte er nun am Ufer hin und her, jaulte klagend und wusste nicht, wohin.

Allerdings gab es eine letzte Hoffnung.

»Hör mal«, fragte Gaipel warmherzig, »einen roten Schirm hatte sie nicht dabei?«

»Ich kann mich nicht erinnern, Euer Wohlgeboren.«

»Erinnere dich doch, mein Guter! Ich bitte dich sehr darum, erinnere dich!«

Der Invalide saß stumm und kramte in seinem Gedächtnis. Um ihn nicht beim Nachdenken zu stören, ging Gaipel nervös am Schlagbaum auf und ab. Drei Schritte hin, drei zurück. Hier warf er den Kopf hoch, blickte sich um und bemerkte eine einsame Frauengestalt, die von der Uferstraße her näher kam. Er sah einen Hut mit Schleier, und über dem Hut … O Gott! Vom Himmel fiel kalter Nieselregen, ringsum war alles grau, doch als zauberischer Fleck schwamm durch den Nebel, sich wiegend, feucht glänzende blutrote Seide.

»Sie?«, flüsterte Gaipel, sogleich bei dem Invaliden.

Der starrte in den Nebel:

»Sicher bin ich nicht, aber die Figur kommt hin.«

»Hör mir genau zu!«

»Mhm …«

»Wenn sie herangekommen ist, lass sie wortlos durch. Sieh sie nicht einmal an! Als ob du nichts wüsstest. Klar?«

»Jawohl, Euer Wohlgeboren!«

Gaipel trat hinter das Büdchen. Sein Herz flatterte wie angeschossen, alle Gedanken waren verflogen. In seinem Kopf pochte es: sie, sie!

Hinterher machte er sich Vorwürfe, dass er Dummkopf nicht auf die Idee gekommen war, ihr zu folgen, doch in dem Moment dachte er an nichts dergleichen. Egal, wohin sie geht, zu wem und wozu. Hauptsache, sie festhalten!

Sie ging eiligen Schritts an dem Büdchen vorbei, vorbei an dem Invaliden, der mit gespielter Gleichgültigkeit vor ihr zurückschreckte wie vor der Pestilenz. In der einen Hand hielt die Unbekannte den Schirm, in der anderen ihre Handtasche.

Gaipel ließ sie ein Dutzend Schritte ins Hafengelände hineingehen, dann hielt er es nicht länger aus und rief sie, nicht laut, aber bedeutungsschwer, von hinten an:

»Wohin so eilig, wenn ich fragen darf?«

Sie fuhr zusammen, drehte sie sich um und streckte ihren Schirm vor. Ihr kam natürlich gar nicht in den Sinn, dass es hinter diesem Schirm kein Verstecken, dass es für sie keinen schlechteren Schutz gab als diesen Schirm.

»Wer sind Sie? Was wollen Sie?«

»Keine Angst, gnädige Frau«, sagte Gaipel höhnisch, indem er seine Polizeimarke aus der Tasche zog, »Sie sind in völliger Sicherheit. Sie haben absolut nichts zu befürchten … Ich bin von der Polizei!«

II

Iwan Dmitrijewitsch stand noch auf der Straße und starrte auf das Dachfenster, als ihm Nina Alexandrowna aus dem Erdgeschoss zurief:

»Kommen Sie doch kurz zu uns herein, Scharlotta Genrichowna möchte Ihnen etwas sagen.«

»Über das Flakon?«

»Sie wollte von dem Flakon erzählen? Ich dachte, etwas Wichtiges. Dann lohnt es nicht, sie zu stören, mag sie sich schlafen legen. Wenn es um das Flakon geht, das hat bis morgen Zeit.«

»Das denke ich auch«, pflichtete ihr Iwan Dmitrijewitsch bei.

»Sie ist völlig durcheinander und kann sich zu nichts entschließen. Weder zu ihrer Schwester zu fahren, weil Jakow Semjonowitsch hier ist, noch ihre Schwester hierher zu bitten, weil Olenka dort ist. Und ständig hat sie vor etwas Angst. Aus der nahen Verwandtschaft ist bisher noch gar keiner bei ihr gewesen. Mir ist auch erst vor kurzem eingefallen, dass sie ganz allein hier sitzt.«

Kaum dass Nina Alexandrowna verschwunden war, ließ sich die zaghafte Stimme seiner Frau vernehmen, die ihn schon lange von oben beobachtet hatte, sich aber erst jetzt getraute, ihn anzurufen:

»Wanjaaa!«

»Was ist?«

»Ich liebe nur dich. Glaub ihr nicht, sie ist doch ein Luder. Was Saizewa mir von ihr erzählt hat! Da sträuben sich einem die Haare.«

»Geh schlafen.«

»Und du?«

»Ich komme bald.«

»Denkst du über etwas Dienstliches nach?«

»Über etwas Dienstliches, gewiss.«

Seine Frau seufzte, dass es auf der ganzen Straße zu hören war:

»Komm doch!«

Das Fenster wurde geschlossen, dafür ging eine Etage tiefer ein anderes auf. Saizew hängte sich heraus:

»Iwan Dmitrijewitsch, ist da von meiner besseren Hälfte nichts zu sehen?«

»Wie? Sind denn Ihre Hühnchen noch nicht zurück?«

»Die Töchter ja, meine Frau nicht. Ist zur Nacht beim Schwiegervater geblieben. Sein Fruchtlikör ist zu gut, und da kann mein Frauchen nicht widerstehen. Sie wollte am Morgen beizeiten hier sein, kommt aber einfach nicht.«

»Es ist noch früh«, tröstete ihn Iwan Dmitrijewitsch.

»Was heißt früh! Es wird ja schon hell. Und sie weiß, dass ich heute Morgen nach Ladoga fahre zu einer Inspektion. Sie wollte mir Frühstück machen. Soll ich nach dem Schlaf auch noch ums Essen gebracht werden?«

Tatsächlich begannen hier und da die Köchinnen die Öfen zu heizen. Der Geruch von Rauch kam auf. Über dem Schornstein vibrierte heiße Luft, in der zwei im Morgengrauen verblassende Sterne hüpften.

»Ihr Kopf bleibt immer klar, so viel sie auch trinkt, aber auf den Beinen ist sie etwas schwach«, erzählte Saizew in gewohnter Manier. »Der Fruchtlikör meines Schwiegervaters, muss ich sagen, ist nicht das Rechte für sie, er geht in die Beine. Im Sitzen bist du nüchtern, stehst du auf, bist du betrunken…«

In der neihardtschen Wohnung war es dunkel, bei den Gnetotschkins ebenfalls, doch Iwan Dmitrijewitsch verließ das Gefühl nicht, dass er aus der Dunkelheit beobachtet wurde. Bald aus dem einen, bald einem zweiten, bald einem dritten Fenster fühlte er Augen auf sich gerichtet.

»Eine schöne Nacht ist das für uns beide!«, stellte Saizew fest und schloss das Fenster.

Aber auch das war noch nicht das Ende. Unterm Dach hervor ertönte Selenskis Stimme:

»Iwan Dmitrijewitsch!«

»Ja, Sergej Bogdanowitsch.«

»Es geht mich natürlich nichts an, aber anscheinend haben Sie einen Ehestreit. Das macht das nächtliche Echo, nehmen Sie es mir nicht übel. Das Fenster steht bei mir offen, jedes Wort ist zu hören. Statt herumzustehen, kommen Sie doch herauf zu mir. Ich schlafe sowieso nicht, trinken wir Tee zusammen.«

Iwan Dmitrijewitsch nahm das Angebot gern an. Bald saß er in dem mit Büchern voll gestopften Zimmer, und beim Teebrühen erzählte Selenski:

»Ich erwache wie ein Bauer, sobald der Morgen graut. Ich lag in meinem Bett, hörte ungewollt Ihr Gespräch mit, und irgendwie wurde mir traurig zumute. Wenn es in anderen Familien Krach gibt, bin ich im Gegenteil froh, dass ich nicht geheiratet habe, als ich Sie aber hörte, überkam mich Traurigkeit. Das ganze Leben verbringe ich ja allein! Ich beneide Sie, dass Sie so eine Frau haben, und mehr noch, dass Sie Ihr Glück selbst nicht verstehen. Solche Eingeständnisse zu hören, und das auch noch gegen Morgen, ist für einen Junggesellen einfach unerträglich. Wie ein Messerstich.«

»Was gibt es da schon zu beneiden, Sergej Bogdanowitsch? Wenn alles zum Besten stünde, würde ich jetzt ruhig zu Hause schlafen. Stattdessen sitze ich hier.«

»Ohne kleine Streitigkeiten gibt es keine große Liebe. Nehmen wir Neihardts zum Beispiel. Scheinbar ein ideales

Paar. In Wirklichkeit aber … Doch lassen wir den Klatsch. Ich habe es so verstanden, dass Sie eifersüchtig sind, ja?«

»Lassen wir den Klatsch«, sagte Iwan Dmitrijewitsch.

»Sie haben Recht. Möchten Sie Wodka?«

»Nein, nein. Tee.«

»Dann eben Tee. Vergoldeten vielleicht?«

»Was ist das?«

»Mit Rum heißt das. Soll ich Ihren Tee vergolden?«

»Ganz klein bisschen.«

»Nehmen Sie sich ein Scheibchen Weißbrot, ich schneide gleich Wurst. Meine Köchin ist noch die alte. Einen Tag da, zwei nicht. Ich bin das Junggesellenleben gewohnt.«

»Sind Sie nie verheiratet gewesen?«

»Das hat mir der Herrgott erspart. Anfangs schien es mir zu zeitig zu heiraten, Geld hatte ich auch keins. Mit dem Geld wurde es dann, dafür hatte ich nie Zeit. Jetzt fehlt mir wieder das Geld, und zum Heiraten ist es auch zu spät. Zudem arbeite ich an einem Mädchengymnasium, wundervolle Geschöpfe umgeben mich, ja. Die Hälschen, die Locken. Andererseits aber, wenn man so sieht, wie sie sich in den Pausen aneinander drängen und kichern, wie sie zusammen auf die Toilette gehen – das stößt einen irgendwie ab. Überhaupt«, fuhr Selenski fort, indem er seine Tasse entschlossen beiseite schob, »gibt es ein tief eingewurzeltes Vorurteil, das das Glück vieler Männer meines Alters zerstört hat. Einer weit verbreiteten Auffassung zufolge hat ein Mann in meinem Alter, der etwas auf sich hält, unbedingt eine wesentlich jüngere Geliebte zu haben. Als ob mit vierzig eine Romanze mit einer Gleichaltrigen etwas Erniedrigendes sei. So einer ist gewissermaßen gar kein Mann, sondern weiß der Teufel was, ein Trottel. Die Frauen werden angeblich eher erwachsen und eher alt. Haben Sie sicher gehört. Ich will Ihnen erklären, woher dieses dumme Gerede kommt. Die meisten meiner Altersgefährten sind einfach unfähig, eine vierzigjährige Frau im Bett zu beglücken, und haben sich zu ihrem eigenen Trost ausgedacht, dass die Frau an ihrer Schwäche schuld sei. Sie verstehe es nicht, Herz und sonstige Organe zu entflammen.«

»Das stimmt auch. So ist das Gesetz der Natur: Wenn der Mann schießt, lädt ihm die Frau das Gewehr.«

Der vergoldete Tee schmeckte gut, schlecht war nur, dass der Hausherr als Junggeselle kein Teesieb hatte. Während Iwan Dmitrijewitsch die an den Lippen klebenden Teeblättchen ausspuckte und überlegte, womit er das Gespräch über den toten Kukolew beginnen sollte, schlug die Türklingel an.

»Verdammt, da will einer was von mir«, sagte Selenski. »Ich habe Mietschulden, da kommt er extra in aller Herrgottsfrühe, dieser Schuft. Tun Sie mir den Gefallen, gehen Sie und sagen Sie ihm, ich wäre nicht zu Hause.«

Iwan Dmitrijewitsch ging die Tür öffnen. Davor stand Nina Alexandrowna. Verwundert fragte er:

»Möchten Sie zu Sergej Bogdanowitsch?«

»Nein«, sagte sie nach kurzem Zögern. »Zu Ihnen.«

Als er die Frauenstimme hörte, kam Selenski in den Korridor.

»Sind Sie miteinander bekannt?«, fragte Iwan Dmitrijewitsch.

»Soweit man das Bekanntschaft nennen kann. Sergej Bogdanowitsch unterrichtet an dem Gymnasium, auf das meine Töchter gegangen sind.«

»Ah«, vermutete Selenski, »Sie haben bestimmt gehört, wie ich Herrn Putilin aus dem Fenster gerufen habe.«

»Nicht ich, sondern Scharlotta Genrichowna. Es drängt sie doch sehr, Ihnen, Herr Putilin, das mit dem Flakon zu erzählen. Sie hat mir erklärt, wo Sie zu finden sind, und mich geheißen, Sie tot oder lebendig zu ihr zu bringen.«

Sie gingen hinunter und stießen draußen vor dem Eingang auf Jewlampi.

»Wo willst du denn hin?« Iwan Dmitrijewitsch betrachtete argwöhnisch den gewaltigen Korb in seiner Hand.

»Auf den Markt«, erwiderte er, »morgen ist das Totenmahl, dazu wird allerhand gebraucht. Gleich kommen die Weiber das Essen zubereiten. Wollen Sie zu uns? Ich werde Ihnen mal die Tür aufmachen.«

Sie traten ins Haus.

»Irgendwie tagt es sehr zeitig, ganz wie im Frühling«, sagte Jewlampi. »Fünf Uhr, und schon hell.«

Iwan Dmitrijewitsch holte seine Uhr hervor.

»Was heißt fünf? Sieben ist es.«

»Ihre Uhr wird noch was ganz anderes anzeigen«, grinste Jewlampi. »Ihr Sprössling hat sie neulich im Puppenwagen über das Kopfsteinpflaster gefahren. Sie verwöhnen ihn!«

Er griff nach seinem Schlüssel, da stutzte Iwan Dmitrijewitsch:

»Ist deine Herrin nicht zu Hause?«

»Nein.«

»Wo ist sie denn abgeblieben?«

»Zu ihrer Schwester gefahren. Hat Sehnsucht nach ihrer Tochter bekommen und ist gleich los.«

»Entschuldigen Sie um Gottes willen, Herr Putilin«, sagte Nina Alexandrowna, »meine Schwägerin ist eine unberechenbare Frau. Man weiß nie, was ihr im nächsten Moment durch den Kopf schießt.«

Iwan Dmitrijewitsch wandte sich Jewlampi zu:

»Hast du von diesem silbernen Flakon gehört?«

»Versteht sich! Wievielmal hat mir Marfa Nikititschna gesagt...«

Er begann zu erzählen und redete so viel zusammen, dass Iwan Dmitrijewitsch den gleichen Blick bekam wie seine

Frau, wenn sie Sonnenblumenkerne knackte und damit nicht aufhören konnte. Die Erzählung näherte sich ihrem Ende, als plötzlich die Eingangstür klappte und Gaipel auf den Treppenabsatz gelaufen kam.

»Oh, Iwan Dmitrijewitsch«, sagte er atemlos, »gut, dass Sie nicht schlafen. Ich ... Ich habe sie gefasst!«

»Wen?«

Gaipel kniff verschmitzt die Augen zusammen.

»Wen haben Sie denn gesucht?«

Iwan Dmitrijewitsch nahm ihn beim Arm und ging mit ihm auf die Straße.

»Nun? Wen hast du da gegriffen?«

»Die, nach der Sie gefragt haben«, erwiderte Gaipel, sein Wonnegefühl voll auskostend, um sich dann an der Grenze der Seligkeit der letzten Ekstase hinzugeben. »Sie sitzt im Revier. Ich habe sie im Zimmer eingesperrt und bin sofort zu Ihnen losgerannt.«

»Drück dich klar und deutlich aus! Wen hast du festgenommen?«

»Sie«, sagte Gaipel kurzatmig. »Die mit dem roten Schirm.«

Zum Trocknen aufgespannt, stand er in der Ecke. Iwan Dmitrijewitsch erblickte ihn schon beim Eintreten und erkannte sofort diese zwischen scharlach- und hellrot schwankende Farbnuance, die vor drei Tagen im Septemberlaub vor seinem Auge vorbeigeglitten war.

Die Besitzerin des Schirms erkannte er auch und klopfte Gaipel auf die Schulter:

»Fabelhaft!«

Es war die ältere Nichte des toten Kukolew, eine Blondine mit pickliger Stirn und den Augen einer weggeworfenen Puppe.

»Jelisaweta Semjonowna, ich freue mich, Sie zu sehen. Erinnern Sie sich an mich?«

»Putilin, glaube ich…«

»Ihr Gedächtnis ist ja gar nicht mädchenhaft.« Iwan Dmitrijewitsch berührte behutsam, wie eine offene Wunde, die rot leuchtende Seide. »Ihr Parasol?«

»Wie?« Sie hatte nicht verstanden.

»Ob der Schirm Ihnen gehört, fragte ich.«

»Nein, Tante Lotta hat ihn mir geborgt.«

»Wieso das?«

»Ich war gestern Abend bei ihr, und als ich losfuhr, sah es nach Regen aus.«

»Sie sind zu Scharlotta Genrichowna gefahren, um das silberne Flakon Ihrer Großmutter zu holen?«

»Ja.«

»Wozu brauchten Sie es so dringend?«

»Einfach zur Erinnerung, falls sie tot ist.«

»Und jetzt liegt es in Ihrer Handtasche?«

»N-nein.«

»Zwingen Sie mich nicht, eine Durchsuchung vorzunehmen.«

»Sie werden es nicht wagen.«

»Natürlich möchte ich das nicht.« Iwan Dmitrijewitsch lächelte schief. »Sie haben dort vielleicht ein unsauberes Taschentuch oder einen Kamm mit Haaren drin. Ich bin nicht so erzogen, Mademoiselle, dass ich gern in Damenhandtaschen kramen würde, aber ich sehe mich dazu gezwungen. Besser, wir brauchten nicht voreinander rot zu werden, aber was tun… Ich darf um Ihr Handtäschchen bitten.«

»Es ist drin«, sagte Lisa mit Bassstimme, wobei sie ihre Handtasche an die Brust drückte.

»Ich sehe, es bedeutet Ihnen sehr viel.«

»J-ja.«

»Und wem wollten Sie diese Reliquie übergeben?«

»N-niemand.«

»Ich verstehe, ich verstehe. Sie haben Ihren lieben Papa getäuscht, als Sie ihm sagten, Sie wollten die Krankenhäuser abfahren, um nach Ihrer Großmutter zu suchen, stattdessen haben Sie beschlossen, um sechs Uhr früh einen Spaziergang durch den Hafen zu machen. Um die Möwen zu füttern, sich am Sonnenaufgang zu erfreuen. Ist es so, Jelisaweta Semjonowna?«

Sie schwieg.

»Schluss jetzt, meine Liebe«, sagte Iwan Dmitrijewitsch. »Antworten Sie, wie heißt das Schiff.«

»Bitte! Ich bitte Sie, versprechen Sie mir, dass …«

»Der Name des Schiffes!«

»›Erzengel Michael‹.«

»Wann läuft es aus?«

»Sie kommen zu spät. Es ist wahrscheinlich schon ausgelaufen.«

»Pferde! Schnell!«, sagte Iwan Dmitrijewitsch zu Gaipel.

III

Hinter dem Bullauge der Kajüte plätscherte das Wasser, rhythmisch erzitterte der Fußboden.

»Direkt über der Maschine habe ich eine Zelle abbekommen«, sagte Marfa Nikititschna.

Sie und Iwan Dmitrijewitsch waren allein, Gaipel und Lisa hatten sie aufs Deck geschickt, damit sie nicht störten.

Das Flakon lag auf dem Tisch. Flach wie eine Feldflasche, hatte es die Form einer großen Birne. Der Pfropfen, silbern wie das ganze Flakon, war als Löwenkopf gefertigt, die Nase vom häufigen Öffnen lädiert. An den Seiten hatte das Silber seine helle Färbung behalten, das Relief der Prägung war allerdings vom endlosen Putzen abgerieben, Linien und Erhabenheiten weitgehend verwischt, so dass sich nur noch mit Mühe der von ausgehöhlten russischen Weiden beschattete Jordan ausmachen ließ, an dessen Ufer Johannes der Täufer mit Jesus, dahinter Berge, ein Weg, ein Esel am Wasser und noch etwas aus der heiligen Geschichte, in der Iwan Dmitrijewitsch noch nie sonderlich stark gewesen war. Am Himmel standen, wie vor dem Morgengrauen, kaum erkennbare Sterne, den Großen Bären aber fand er nicht darunter.

Jewlampi hatte erzählt, dass vor einem halben Jahrhundert, noch bevor Napoleon Bonaparte mit seinem Vielvölkerheer gegen Moskau zog, Marfa Nikititschnas seliger Gatte Semjon Jakowlewitsch, Vater von Jakow Semjonowitsch und Semjon Semjonowitsch, Großvater von Lisa, Katja und Olenka, eine Wallfahrt zum Gottesgrab unternommen und in diesem Flakon heiliges Jordanwasser in die Heimat mitgebracht habe.

Jetzt hatte sich auch Marfa Nikititschna dorthin aufgemacht, aber nicht zu Fuß wie ihr Mann und nicht durch die Türkei und das Kaiserreich Persien, sondern mit dem Dampfschiff »Erzengel Michael«. Sie hatte sich aufgemacht, in der Eile aber ihr Flakon vergessen. Da abzusehen war, dass ihre Söhne sie nicht im Guten fortlassen würden, hatte sie sich zur Flucht entschlossen. Sie war beider mit ihren Streitereien überdrüssig geworden, in ihr Vorhaben hatte sie allein Lisa eingeweiht, damit sie, wenn die »Erzengel Michael« bereits in See gestochen war, Vater und Onkel alles berichtete. Auf diesen polternden, nach Rauch stinkenden Pott hätte Semjon Jakowlewitsch keinen Fuß gesetzt, Marfa Nikititschna aber saß ruhig über der Maschine, die ein höllisches Feuer spie, und wartete darauf, dass es losging. Für die Kajüte waren siebzig Rubel bezahlt worden. Der Kapitän hatte zunächst hundert verlangt, nach zweistündigem Feilschen aber drei rote Scheinchen nachgelassen. Dieses Geld hatte sie an die Wallfahrer aus Sibirien verteilt, die, ohne Kajüte, zusammengepfercht auf Deck saßen.

»Unter ihnen ist eine Klosterschwester«, erzählte Marfa Nikititschna. »Ein engelhaftes Antlitz, aber sie ist ausgemergelt und hustet fortwährend. Ich will sie zu mir in die Zelle nehmen, damit wir zusammen fahren. Sie wird es gut haben, warm, und ich werde mich nicht langweilen.«

Alles war bereits besprochen und geklärt, nun betrachtete Iwan Dmitrijewitsch schweigend die vor ihm sitzende alte Frau im weiten schwarzen Mantel. Vom Tod ihres jüngeren Sohnes hatte er ihr nichts gesagt. Wozu? Mochte sie in glücklicher Unkenntnis fahren, besser, wenn sie die Wahrheit nicht wusste. Lisa hatte auch darum gebeten, ihrer Großmutter nichts zu sagen.

Bis zur Abfahrt blieb eine halbe Stunde. Eigentlich hatte die »Erzengel Michael« schon am Sonnabend in See stechen sollen, doch war man mit dem Reparieren und Befrachten des Schiffes nicht rechtzeitig fertig geworden, außerdem hatte der Gehilfe des Kapitäns weniger Heuer erhalten als gedacht, während die Erwartungen des Kochs übertroffen worden waren, wodurch beide einen Grund bekamen, sich an Land zu betrinken – der eine aus Kummer, der andere vor Freude. Kurz und gut, das Auslaufen verzögerte sich um vier Tage. Alle diese Tage hatte Marfa Nikititschna die Enkelin tränenreich gebeten, ihr das vergessene Flakon zu bringen, doch Lisa wollte, wie Iwan Dmitrijewitsch klar geworden war, die von ihrem Leid niedergedrückte Tante nicht behelligen und hatte sich erst gestern dazu entschlossen.

»Ich dachte, ich werde zu Neujahr dort sein«, sagte Marfa Nikititschna. »Und nun ist das dabei herausgekommen!

Ich hätte mit einem englischen Schiff fahren sollen, da herrscht Ordnung.«

»Zu Neujahr?«, fragte Iwan Dmitrijewitsch erstaunt.

»Ja, lieber Nachbar, den alten Glauben habe ich aufgegeben, aber dass für mich der erste September Neujahrstag ist, dabei ist es geblieben. Urteile selbst! Als Gott das Paradies erschuf und Adam und Eva, wodurch hat sie sich verführen lassen? Was schweigst du? Antworte.«

»Durch einen Apfel«, sagte Iwan Dmitrijewitsch.

»Richtig, doch nicht durch eine gefrorene Kartoffel. Und gibt es im Januar etwa Äpfel an den Bäumen?«

Marfa Nikititschna griff nach ihrer Krücke:

»Komm, gehen wir nach oben, damit ich Lisotschka zum Abschied küsse.«

Sie traten aufs Deck hinaus.

»Satt habe ich sie alle!«, sagte sie. »Jaschka wie Senka – der eine ist nicht besser als der andere! Wie kann eine Mutter ruhig mit ansehen, wie sie sich zu keinem Feiertag beglückwünschen! Nicht einmal zu Ostern küssen sie sich. Und Ninka und Scharlottka, die stacheln die beiden auch noch auf. Na ja, mit Ninka geht es noch zur Not, die bringt einem Achtung entgegen, Scharlottka, das Luder, aber gibt in nichts nach. Fliegen zu töten hat sie sich angewöhnt. Hat sich so ein Ding mit Griff gekauft – und klatsch, klatsch! Jagt ihnen nach, ganz rot, ein scheußlicher Anblick. Mir aber hat man von klein auf beigebracht, dass Fliegen töten eine Sünde ist.«

»Warum das?«

»Unserem Heiland am Kreuz haben sie einen guten Dienst erwiesen. Als seine Hände und Füße angenagelt waren, wollte ihm der Henker einen fünften Nagel ins Herz schlagen, da setzte sich eine Fliege drauf. Er sieht, auf der Brust ist was Schwarzes. Ein Nagel, denkt er. Habe ich eingeschlagen und vergessen. So verzichtete er darauf, das Herz zu durchbohren.«

»Sie leihen allen möglichen Ketzereien Ihr Ohr«, sagte Iwan Dmitrijewitsch missbilligend.

»Wenn ich ins Heilige Land komme, bringe ich selbst in Erfahrung, was Ketzerei ist und was nicht. Mögen sie hier nach ihrem Verstand leben, Scharlottka flüstert ja Oljuschka ein: So eine dumme alte Gans, lässt uns keine Bratkartöffelchen essen. Wozu soll sie aber gut sein, diese Kartoppel. Mich hat mein seliger Mann gelehrt: Das sind Eier des Antichrist. Na schön, ich beharre nicht darauf. Mag es Gemüse sein. Bloß, wieso fressen die Würmer sie dann nicht. Wenn es gutes Gemüse ist, fressen es die Würmer. Sollen sie sie doch ohne mich braten, kochen, backen, damit tun, was sie wollen. Ich habe ihnen nichts zu sagen, na, dann lebt mal allein. Lisanka ist als Einzige von allen eine menschliche Seele. Die Mittlere, Katerina, ist zwar ein stilles Wasser, aber tückisch. Mamas Tochter.«

»Und Sie werden nach niemandem Sehnsucht haben?«

»Nach Oljuschka schon, natürlich. Scharlottka wird sie ohne mich ganz wirr machen. Sie geht ja im Beisein der Tochter bald wie eine Hyäne auf den Vater los – so eifersüchtig ist sie, bald schmust sie wieder mit ihm, küsst ihn. Und das alles, wenn das Mädchen dabei ist.«

Die Matrosen hatten Gaipel und Lisa schon ans Ufer verjagt und wollten jetzt auch Iwan Dmitrijewitsch vertreiben, zuckten jedoch zurück, als Marfa Nikititschna ihren Krückstock gegen sie erhob. In den vier Tagen hatten sie offensichtlich erkannt, dass man sich mit ihr besser nicht anlegte.

»So viele Tage haben sie untätig dagelegen, und nun auf einmal die Eile! Lassen einen nicht ausreden ...«

Als sie näher kam, wandten die Wallfahrer ihr die Gesichter zu und verbeugten sich.

»Weißt du, um wen es mir noch Leid tut?«, fiel Marfa Nikititschna plötzlich ein. »Shulka. Na, das Hündchen, das bei uns im Hof lebt. Die quälen es tot, das liebe Tierchen. Sie hat sich doch immer so an mich gehalten. Tagsüber saß ich im Hof auf der Bank mit ihr, und wir kuschelten, da kommt Neihardt. Und mich durchfährt es heiß, dass dieser gottlose Kerl Jaschka in seine krummen Sachen verwickelt. Ich sage zu Shulka: ›Beiß ihn!‹ Und was meinst du? Nichts von Zurückschrecken. Wie sie auf ihn zusauste, und wie sie ihn…«

Über ihren Köpfen heulte die Schiffssirene auf, sie mussten sich beeilen.

»Es ist ein weiter Weg«, sagte Iwan Dmitrijewitsch. »Haben Sie ein Testament hinterlassen für den Fall, dass Sie nicht heimkehren?«

»Ja, ich habe alles Jaschka überschrieben. Er ist zwar ein Tunichtgut, aber der Jüngere, lahm und ohne irgendeine Anstellung. Er dauert mich. Mag es ihm zugute kommen.«

»Lisa haben Sie nichts vermacht?«

»Jaschka wird sie und Katerina nicht übergehen. Und wenn er es doch tut, dann komme ich aus dem Jenseits mit meiner Krücke.«

Sie standen bereits am Steg.

»Übrigens, womit hat er sich die Hand verbrannt?«, fragte Iwan Dmitrijewitsch. »Ihre Schwiegertochter sagt, mit kochendem Wasser, und den Verband hätten Sie angelegt, aber ich habe seine Verletzung gesehen. Von kochendem Wasser schien mir das nicht zu sein. Sie war nicht dabei, als es passierte, und Jakow Semjonowitsch hat ihr genauso wie mir gesagt, es wäre kochendes Wasser gewesen.«

»Kochendes Wasser, kochendes Wasser!«, erboste sich Marfa Nikititschna. »Hast du dieses Gerede von deinem Papagei gelernt?«

»Ich und Wanetschka halten keine Papageien. Wir hatten einen Stieglitz, und den haben wir freigelassen.«

»Und deine Frau? Bevor sie nicht jedes Wort zwanzigmal wiederholt hat, beruhigt sie sich nicht. Kochendes Wasser! Es kommt auch vor, dass jemand etwas Heißes anfasst.«

»Was zum Beispiel?«

»Und wenn's ein Bügeleisen ist.«

»Ein Bügeleisen? Vielleicht wäscht Ihr Sohn auch noch und stopft?«

»Das war meine Schuld, ja, meine«, gestand Marfa Nikititschna ohne eine Spur von Reue. »Ich wollte Scharlottka eine kleine Lehre erteilen, ihr eine gewisse Stelle bügeln, damit sie sich merkt, welches Tischtuch wozu da ist, aber gleich ging es los mit dem Geschrei und den Tränen, zur Schwester wollte sie, um bei ihr zu übernachten. Und das alles vor Oljuschka! Kein bisschen schont sie sie. Jaschka stieß mich in die Küche, wollte mir das Bügeleisen abnehmen, na, und da … Ich habe die Hand mit Butter beschmiert, was draufgestreut und einen Verband angelegt. Es tut ihm weh, und er macht sich noch Sorgen um uns, dass wir alle in Frieden leben mögen. ›Wir sagen Scharlotta nicht, dass das Ihretwegen ist, Mama‹, meint er. ›Wir sagen, ich hätte mich mit kochendem Teewasser verbrüht.‹ Ein guter Junge, Gott gebe ihm Gesundheit!«

Iwan Dmitrijewitsch fiel ein, wie er an dem Abend, als Kukolew ihn zu sich gerufen hatte, aus dem Korridor Scharlotta Genrichownas wütendes Flüstern gehört hatte: »Warum hast du diesem Polizeimann nicht gesagt, dass deine Mutter sich mit dem heißen Bügeleisen auf mich gestürzt hat?«

»Und noch etwas«, sagte er. »Sie haben Jakow Semjonowitschs Brieftasche mit Geld mitgenommen. Hundertfünfzig Rubel …«

»Das Geld gehört doch mir!«

»Darum geht es nicht.« Iwan Dmitrijewitsch zog das Scheibchen aus der Tasche. »So etwas war nicht darin?«

»Auch du spielst also Roulett«, sagte Marfa Nikititschna. »Sieh dich vor, lieber Nachbar, etwas Gutes kommt dabei nicht heraus.«

»Was hat das mit Roulettspielen zu tun?«

»Wenn nicht Roulett, dann eben Karten. Alles das Gleiche.«

Iwan Dmitrijewitsch wurde klar, dass sie dieses Metallstück für eine Spielmarke hielt, die aus einem Kasino stammte. Offensichtlich hatte es derlei bei dem Toten auch gegeben.

»Das steht auch da drauf«, sagte Marfa Nikititschna. »Spielst du siebenmal, ist deine Seele verloren. Schon steht das Höllentor für dich offen. Bis zum siebenten Mal wird dir verziehen, das siebente ist verboten.«

»In der Brieftasche war also so ein Scheibchen?«

»Ja, sicher«, sie nickte, »ich habe es ins Wasser geworfen.«

Beim Ablegen stieß die »Erzengel Michael« einen Sirenenton aus, von dem die Mauern Jerichos hätten einstürzen können, drehte bei und nahm Kurs auf die Newamündung. Durch das Stampfen der Räder waren die Kommandos des Kapitäns zu hören. Das in der Sonne glänzende Sprachrohr an den Lippen, gab er seine Anweisungen, und Gaipel erkannte die Stimme, die in der Nacht gerufen hatte: »He da, auf dem Turm!«

Sie standen alle drei am Ufer. Lisa weinte, Iwan Dmitrijewitsch stützte sie teilnahmsvoll unter dem Ellbogen.

Marfa Nikititschna hatte sich bereits in der Menge der Wallfahrer an der Reling verloren, doch immer deutlicher hörte er ihr Flüstern: »O du großer und herrlicher Erzengel

Michael, aller himmlischen Scharen Heerführer und der Sechsflügeligen erster Fürst, behüte die Gottesknechte Jakow und Semjon, und Ninka und Scharlottka und Lisanka und Katerina und Oljuschka. Behüte sie vor Not und Leid, vor Kümmernissen und Vereinsamung, und vor Menschen, und vor jeglicher Macht, und vor allem Ungemach und vor dem Teufel beschütze und stärke sie…«

»Sie, Lisanka«, sprach Iwan Dmitrijewitsch das Mädchen auf familiäre Weise an, »haben von Ihrer beider Verschwörung niemandem etwas gesagt?«

»Nein.«

Sie schmatzte einen Kuss auf ihre Handfläche und blies ihn dem entschwindenden Schiff nach. Der Kuss flog über das Wasser, ohne Marfa Nikititschna zu erreichen: Eine der über dem Heck kreisenden Möwen pickte ihn im Flug weg.

FÜNFZEHNTES KAPITEL

WIEDER DER ROTE SCHIRM UND ANDERE NEUIGKEITEN

I

Als Iwan Dmitrijewitsch die kukolewsche Wohnung betrat, verblüfften ihn die vor sich gegangenen Veränderungen. Endlich war die Wohnung aus ihrem Zauberschlaf erwacht, und man bereitete sich sorgsam auf das morgige Totenmahl vor. Überall Leute, in der Küche brodelte es in den Töpfen, die Pfannen zischten und spuckten verflüssigtes Fett. Hier traf er auch Scharlotta Genrichowna an.

»Der Schirm?«, wunderte sie sich. »Was für ein Schirm? Dieser?«

»Ja, Sie haben ihn Lisa geborgt.«

»Tatsächlich... Bloß, er gehört ja nicht mir. Gestern Vormittag war Madame Saizewa bei mir und hat ihn bei mir in der Diele vergessen... Wenn es Ihnen keine Mühe bereitet, bringen Sie ihn ihr.«

Iwan Dmitrijewitsch stieg zum ersten Stock hoch und klingelte.

»Oh, Ihr Besuch kommt sehr gelegen«, flötete die im Vorraum erscheinende Saizewa. »Mein Hähnchen ist gerade weggefahren, treten Sie näher... Anfisska«, wies sie das Dienstmädchen an, »mach dich auf zum Markt!«

»Ich komme eigentlich nur auf einen Sprung vorbei. Scharlotta Genrichowna hat mich beauftragt, Ihnen Ihren Schirm zu bringen.«

»Das ist alles?«

»Außerdem wollte ich fragen, wo und wann Sie diesen entzückenden Schirm gekauft haben.«

»Wozu wollen Sie das wissen?«

»Ich möchte meiner Frau genau so einen schenken.«

»Bei allem führen Sie Ihre Frau im Munde. Spricht man so mit einer Dame?«

»Ich darf Sie dennoch um eine Antwort bitten.«

»Die Bitte können Sie sich sparen. Fehlte noch, dass wir beide den gleichen Schirm haben!«

»Ich kaufe eine andere Farbe, keinen roten.«

»Begreifen Sie doch, dieses Modell passt nicht zu Ihrer Frau. Zu ausgefallen für sie. Sie braucht etwas Schlichteres. Außerdem muss man so einen Schirm tragen können, und ihr steht ins Gesicht geschrieben, dass sie das nicht kann.«

»Sie wird bei Ihnen Anschauungsunterricht nehmen… Wo haben Sie ihn gekauft?«

»In Paris«, lautete Saizewas Antwort.

Zu Hause wollte Iwan Dmitrijewitsch von Wanetschka wissen, weshalb er in der Nacht geweint hatte.

»Ich konnte nicht ohne schlafen«, erwiderte sein nach den gestrigen Leiden gereifter Sohn mit wichtiger Miene, »und Mami hat gesagt, ich soll.«

»Ohne wen? Ohne Mami?«

»Ohne das Dingelchen, das ich im Wald gefunden habe. Es hat in der Schachtel gelegen. Abends wollte ich es mit ins Bettchen nehmen, aber es war nicht da.«

»Ist irgendwie nicht zu finden«, sagte seine Frau heiser.

Iwan Dmitrijewitsch fühlte seinen nächtlichen Argwohn wieder erwachen. Plötzlich fiel ihm ein, dass seine Frau aus Pensa stammte und im Frühjahr mit ihrer Mutter dorthin gefahren war, die Großmutter beerdigen.

»Nicht zu finden, sagst du?«

»Wanja, was guckst du mich so an?«, fragte sie erschrocken.

»Ich kann bestimmt auch heute nicht ohne schlafen«, sagte Wanetschka noch nachdrücklicher.

»Trau dich bloß!«, drohte seine Frau.

Noch einen Krach würde er nicht überleben, dachte Iwan Dmitrijewitsch. Er wollte nicht, dass sein Sohn mit diesem grässlichen Ding spielte, doch es war nichts zu machen. Von zwei Übeln, das heißt den beiden in seiner Tasche steckenden Scheibchen, wählte er das kleinere – nicht das neben Jakow Semjonowitschs Leichnam gefundene, sondern das zweite, das man ihm an die Tür geklebt hatte. Er ging in die Küche, kratzte den Honig und die an dem Metall haftenden Tabakkrümel ab, wusch es mit Seife und überreichte es feierlich Wanetschka.

»Hier, du Quälgeist!«

Der Sohn nahm es, aber irgendwie ohne Begeisterung, geradezu entmutigt. Anscheinend fiel es ihm jetzt schwer, von seinen Leiden Abschied zu nehmen.

»Du freust dich also nicht einmal?«, brauste Iwan Dmitrijewitsch auf. »Gib's wieder her!«

»Ich freu mich, Papi.«

»Schwindel bloß nicht! Ich sehe, dass du dich nicht freust… Gib her!«

Sein Sohn heulte auf. Beides auf einmal zu verlieren – das Dingelchen und seinen berechtigten Kummer um den Verlust – war zu viel für ihn. Das konnte er nicht ertragen und heulte mit hässlich klingender Stimme los.

»Lass es ihm«, griff seine Frau zaghaft ein. »Mag er damit spielen.«

Ohne auf ihre Worte zu achten, packte Iwan Dmitrijewitsch Wanetschka bei der Hand.

»Nein, Brüderchen«, sagte er rachsüchtig und versuchte die kleine Faust aufzuziehen, um dieses verdammte Scheibchen herauszuholen, doch sein Sohn leistete verzweifelten Widerstand, und dass er die Sache zu Ende brachte, wurde durch das Anschlagen der Türklingel verhindert.

Gaipel erschien.

»Iwan Dmitrijewitsch«, berichtete er, »ich habe ihn gefunden.«

»Wen?«

Der begann wieder auf seine Tour:

»Den Sie gesucht haben… Den ich finden sollte…«

Schließlich stellte sich heraus, dass er bloß das Hotel ausfindig gemacht hatte, in dem Fürst Pantschulidsew nach fluchtartigem Verlassen des »Arkadia« jetzt wohnte.

Es waren staatseigene Pferde, und der Polizeikutscher schonte sie nicht sonderlich, zumal für Iwan Dmitrijewitsch. Sie jagten los, als brenne es irgendwo.

»Es steht außer Zweifel«, sagte Gaipel, »dass in den Mord an Kukolew zwei verwickelt sind: ein Mann und eine Frau. Sie, Iwan Dmitrijewitsch, sind zu dem Schluss gekommen, dass es einer von den Pseudo-Iwanows und seine Freundin gewesen sind, aber genauso kann man vermuten, dass der eine von diesem Paar unschuldig ist und dem anderen lediglich als Tarnung gedient hat. Möglicherweise haben nicht Iwanow und seine Bettgenossin Kukolew ermordet, sondern Iwanow und irgendeine andere Frau aus einem anderen Zimmer, die mit einem anderen Mann ins Hotel gekommen war. Oder umgekehrt, die Frau war die von Iwanow, beging ihre Tat aber nicht zusammen mit Iwanow, das heißt nicht mit diesem Iwanow aus dem Nebenzimmer, sondern mit irgendeinem anderen, der mit einer anderen Frau hergekommen war und gar nicht unbedingt ein Iwanow sein muss. Stimmen Sie mir zu? Auf jeden Fall«, fuhr Gaipel fort, da die erhoffte Antwort ausblieb, »habe ich, nachdem Sie mit meiner Hilfe Marfa Nikititschna gefunden haben, es verdient, angehört zu werden. Ich bin es gewohnt, die Meinung anderer zu achten, aber ich möchte auch, dass die meine geachtet wird. Wenn Sie mir nicht zustimmen, dann lassen Sie uns darüber sprechen und streiten…«

Er sah Iwan Dmitrijewitsch an und stellte fest, dass der schlief.

II

Der Furcht gebietende Fürst entpuppte sich als schmächtiger dicklippiger Mann mit dem Gesicht eines gelehrten Affen. Nichts an ihm verriet den großen Herzensbrecher, dessen Geschenke untreue Frauen unter Lebensgefahr an ihrem Busen trugen. In Bezug auf seine eigene fühlte sich Iwan Dmitrijewitsch auch einigermaßen beruhigt. Er wusste, dass sich ihre Liebe mit keinem Geld erkaufen ließ.

Nachdem der Fürst seinem Besucher einen Sessel angeboten hatte, blieb er stehen und begegnete allen Versuchen Iwan Dmitrijewitschs, entweder selbst wieder aufzustehen oder zu erreichen, dass sein Gegenüber ebenfalls Platz nahm, mit östlicher Höflichkeit:

»Keine Sorge, mir ist es lieber so.«

»Euer Durchlaucht, ich nehme an, Sie können sich denken, was mich zu Ihnen führt?«, fragte Iwan Dmitrijewitsch.

»Wahrscheinlich hat der Besitzer des ›Arkadia‹ mein Pseudonym aufgedeckt.«

»Das ist die zweite Frage. Die erste aber… In unserem Revier ist eine Anzeige eingegangen: Sie, Euer Durchlaucht, werden geheimer Verbindungen zu General Garibaldi bezichtigt.«

Pantschulidsew lachte auf:

»Warum nicht zum türkischen Sultan? Schließlich ist es von Pensa nach Istanbul etwas näher.«

»Damit ist nicht zu spaßen. In der Anzeige heißt es, die Agenten Garibaldis hätten Ihnen in Kenntnis Ihrer Beziehungen bei Hofe und der Gunst des Gossudars, die Sie genießen, einen beträchtlichen Geldbetrag übergeben. Dafür hätten Sie sich verpflichtet, die russische öffentliche Meinung gegen das Königreich beider Sizilien aufzubringen. Als Zielscheibe der ersten Intrige sei der neapolitanische Botschafter in Petersburg ausersehen worden. Das Komplott sei bereits geschmiedet und auf dem nächsten Ball im Anitschkow-Palais werde keine anständige Dame die Aufforderung des Botschafters zum Tanz annehmen... Was haben Sie dazu zu sagen?«

»Dazu habe ich zu sagen, dass Signore Garibaldi, verfügte er über solche Agenten wie Sie, längst ganz Italien in der Hand hätte.«

»Danke für das Kompliment.«

»Denn egal was man von sich gibt, alles benutzen sie, um einen zu denunzieren, diese Schufte! Drehen einem überdies das Wort im Mund herum. Doch mit Erpressung haben Sie Pech bei mir, nicht eine Kopeke werde ich Ihnen geben.«

»Sie haben mich falsch verstanden, Euer Durchlaucht...«

»Richtig habe ich Sie verstanden! Ich habe viele Feinde, sie warten nur auf die Gelegenheit, mich beim Gossudar anzuschwärzen. Aber Sie haben nicht berücksichtigt, dass unser Gossudar im Grunde seines Herzens mit Garibaldi sympathisiert.«

»Umso besser«, meinte Iwan Dmitrijewitsch lächelnd. »Obwohl ich mich nicht um Politik kümmere, hört man in gewissen Kreisen auf meine bescheidene Meinung. Bevor ich die Anzeige den Instanzenweg gehen lasse, könnte ich ein

Begleitschreiben beilegen, des Inhalts, dass Sie die Intrige gegen den neapolitanischen Botschafter nicht aus Eigennutz spinnen, sondern aus Sympathie mit Garibaldi.«

»Und was verlangen Sie dafür?«

»Den Namen der Frau, die in jener Nacht mit Ihnen im ›Arkadia‹ war.«

Pantschulidsew geriet sichtlich in Erregung:

»Verdächtigen Sie sie des Mordes an diesem Kukolew?«

»Waren Sie mit ihm bekannt?«

»Nein, nein!«

»Woher wissen Sie dann seinen Namen?«

»Ich habe einfach von ihm gehört.«

»Und Ihre Geliebte? Kannte sie den Toten?«

»Falls das ein Verhör sein soll«, sagte Pantschulidsew, »erkläre ich, dass ich kein Jüngling mehr bin. Welche Leidenschaft eine Frau in mir auch entfachen mag, schlaflose Nächte sind nichts mehr für mich. Von Zeit zu Zeit bin ich eingeschlafen und konnte nicht sehen, ob sie nachts das Hotelzimmer verlassen hat oder nicht. Was ihren Namen betrifft ...«

»Lassen Sie«, stoppte ihn Iwan Dmitrijewitsch, »wir kommen ohne den Namen aus. Ich weiß, wer sie ist.«

Gaipel wartete in der Kutsche, und kaum waren sie losgefahren, fragte er:

»Nun, ist er der Mörder? Pantschulidsew?«

»Nein.« Iwan Dmitrijewitsch schüttelte den Kopf.

»Seine Geliebte?«

»Kann sein. Ich weiß es noch nicht.«

»Hat er Ihnen ihren Namen genannt?«

»Ich weiß ihn auch so, aber dir sage ich ihn nicht.«

»Warum?«

»Und wenn sie unschuldig ist? Strapazieren wir nicht unnütz den Namen einer Frau, die womöglich gar nichts mit der Sache zu tun hat.«

Gaipel verstummte, dann lachte er plötzlich auf:

»Ich habe ganz vergessen, es Ihnen zu sagen! Der Onkel hat ja doch alles ausgeplaudert.«

»Was für ein Onkel?«

»Der Mann meiner Tante, der in der Kanzlei des Grafen Schuwalow angestellt ist. Sie rieten mir, über meine Tante vorzugehen, und die hat aus ihm alles über diese Großfürstin herausgekriegt. Wie sich herausstellt, ist das absoluter Blödsinn!«

»Wie das?«

»Diese Fürstin hat sich einfach angewöhnt, allein, ohne Begleitung, und mit Droschken in Fleurys Laden zu fahren, um sich Spangen, Strumpfhalter, Schnallen, Haarklemmen und alles Mögliche noch zu kaufen. Sie hat es satt, diese Sachen aus Paris zu bestellen. Will nämlich Geld sparen. Und wo sich Fleurys Laden befindet, soll ich Sie daran erinnern?«

»Nicht nötig.«

Das Geschäft lag genau vis-à-vis dem »Arkadia«. Man brauchte nur die Straße zu überqueren.

»Und da plötzlich dieser Mord!«, fuhr Gaipel fort. »Offenbar hat jemand von ganz oben Pjotr Andrejewitsch Schuwalow einen määächtigen Rüffel verpasst: Wo haben Ihre Leute bloß ihre Augen? Die Sicherheit eines Mitglieds der kaiserlichen Familie ist in Gefahr! Graf Schuwalow hat unseren Vorgesetzten die Leviten gelesen und Beine gemacht. Also, das können Sie total vergessen!«

Na warte, Freundchen, das zahle ich dir heim! dachte Iwan Dmitrijewitsch, auf Schitkowski gemünzt. Das wird ein Fest für dich, tanzen wirst du und singen mit Schweinestimme!

III

In der siebenten Abendstunde lag Iwan Dmitrijewitsch, von seiner Frau umsorgt, in ihrem Ehebett auf frisch duftenden Laken und schickte sich an einzuschlafen, um bis zum Morgen nicht mehr aufzuwachen. Der Kopf brummte ihm, das war die Nachwirkung der schlaflosen Nacht. Seine Frau saß neben ihm. Ihren Augen sah Iwan Dmitrijewitsch an, dass sie wollte, was er selbst die ganzen Tage gewollt hatte, doch nun war es ihm vergangen.

Sie schlug die Revers ihres Morgenrocks zurück:

»Sieh mal, Wanja, was für ein hübsches Hemd ich habe! Ganz neu …«

Er streckte die Hand aus und befühlte die ihm dargebotene Stelle, ohne etwas zu verspüren – weder Erregung noch Zärtlichkeit. Zu erschöpft war er.

»Warte«, sagte seine Frau mit heißem Flüstern. »Sag mir erst mal was.«

»Was denn?«

»Irgendetwas. Als ob du jetzt an was andres denkst.«

»Was meinst du denn, woran ich denke?«

»Ich weiß es schon«, sagte sie, stand auf und ging zur Tür, um den Haken einzuhängen, kam jedoch nicht dazu: Auf der Schwelle stand Wanetschka.

Er trat mit irgendwie merkwürdigem Gang näher, blieb zwei Schritte vor dem Bett stehen und sagte drohend:

»Sie, Papi, haben gesagt, dass Lügen schlecht ist und Stehlen auch.«

»Stimmt das etwa nicht?«

»Und Sie selber«, erklärte Wanetschka mit einer Stimme, die von der bezwungenen Furcht hell tönte, »sind ein Dieb und Lügner!«

Klatsch! Iwan Dmitrijewitschs Frau gab ihm eine Ohrfeige.

Er schwankte, fing aber nicht an zu weinen und schrie mit noch hellerer Stimme:

»Dieb! Lügner!«

»Moment, Moment! Was ist passiert?«

Wanetschka streckte die Hand vor, öffnete die Faust.

»Mein Dingelchen … Ich habe es selber im Wald gefunden, dann haben Sie es mir geklaut, und ich konnte nicht ohne schlafen. Gestern haben Sie's geklaut und heute zurückgegeben und wollten es mir wieder wegnehmen, als ob es nicht meins wäre.«

»Das ist ein anderes. Genauso eins, aber ein anderes, verstehst du?«

»Nein, meins«, versteifte sich Wanetschka.

»Du, mein Freund, hast so schreckliche Anschuldigungen gegen mich vorgebracht«, sagte Iwan Dmitrijewitsch gelassen, »dass ich um deine Beweise bitten darf.«

»Ich habe gestern mit einem Nägelchen einen Kratzer draufgemacht, dass es meins ist.«

»So, aha …«

Als Wanetschka sich mit stolz erhobenem Kopf entfernte, wie ein Parlamentär, der die Kapitulation des Feindes entgegengenommen hat, sank Iwan Dmitrijewitsch in seliger Kraftlosigkeit aufs Kissen. Jetzt verstand er vieles, fast alles, und konnte wohl gerüstet in den morgigen Tag gehen.

Seine Frau verschloss hinter Wanetschka sachte die Tür des Schlafzimmers, kam, im Gehen ihre Häkchen öffnend, zurück und beugte sich über das Bett. Iwan Dmitrijewitsch sah noch, wie das hübsche neue Hemd ihre Brüste umspannte, dann klang es in seinem Kopf auf, vor seinen Augen drehten sich Kallisto und Arkas und Lykaon, die Großfürstin, der Abbé Bonneville, Freimaurer, Wölfe, Bären, Shulka und der rote Schirm, sie glitten vorbei und verschwanden in der heranrückenden Finsternis.

»Wanja!«, rief seine Frau.

Er schlief.

SECHZEHNTES KAPITEL

DAS TOTENMAHL: DIE GÄSTE NEHMEN PLATZ

I

Iwan Dmitrijewitsch war mit seiner Frau sowohl bei der Seelenmesse in der Kirche als auch auf dem Friedhof dabei, und als der Sarg ins Grab hinabgesenkt wurde, dachte er an Marfa Nikititschna. In diesen Minuten fuhr sie in glücklicher Unkenntnis an armseligen, hinter aufgespannten Fischernetzen liegenden estnisch-finnischen Inseln vorbei. Dann kamen Deutschland, Frankreich, das Königreich Spanien. Würde sich die Mutter ihres Sohnes erinnern, wenn sie die leuchtende mediterrane Bläue hinter den weißen Felsen von Gibraltar betrachtete? Würde sie im Möwengeschrei seine Stimme vernehmen?

Sie waren schon auf dem Rückweg zum Friedhofstor, als Scharlotta Genrichowna plötzlich ihre sie stützenden Begleiter beiseite stieß, zu den Nichten stürzte, sie umarmte, kräftig an sich drückte und dabei schrie:

»Katjuscha! Lisanka! Versprecht mir, dass ihr, wenn ich sterbe, Oljuschka lieben werdet!«

Hinter den Bäumen loderten Feuer. Dort verbrannte man Laub, der Rauch zerrann am wolkenlosen Himmel.

»Sie ist eure Cousine! Versprecht mir«, bat Scharlotta Genrichowna schluchzend, »dass ihr sie, wenn ich sterbe, immer, immer lieben werdet! Katjuscha! Lisanka! Meine Mädchen! Versprecht es mir!«

Von der Beerdigung kehrte Iwan Dmitrijewitschs Frau tränenverquollen zurück. Schlafwandlerisch taumelnd, stieg sie aus der Droschke, und bevor das Totenmahl in der kukolewschen Wohnung begann, ging sie zu sich nach Hause, um sich zurechtzumachen und zu pudern, eine Beruhigungspille zu nehmen und den Kater und Wanetschka zu atzen. Für dieses Programm glaubte sie mit zehn Minuten auszukommen, obwohl es völlig klar war, dass ihr auch eine halbe Stunde nicht reichen würde.

Iwan Dmitrijewitsch blieb so lange draußen. In dem Moment, als er seine Pfeife hervorholte, trat ein vor dem Eingang wartender junger Mann mit Havelock, bleichem Gesicht und schulterlangen ungewaschenen Haaren auf ihn zu.

»Sind Sie Putilin?«, fragte er grußlos.

»Genau der.«

»Helfreich hat mir Ihr Äußeres beschrieben. Mein Name ist Rjabinin.«

»Ach ja, ach ja!« Iwan Dmitrijewitsch wurde sofort lebhafter.

»Ich weiß, dass Sie mich gesucht und gebeten haben, Sie im Dienst oder zu Hause aufzusuchen, aber ich war die ganze Zeit bei meiner Mutter in Gattschina zu Besuch. Gestern Abend erst bin ich zurückgekommen.«

»Ausgezeichnet. Vielleicht gehen wir hoch zu mir? Trinken Tee zusammen?«

»Nein, ich habe keine Zeit. Sagen Sie, wozu Sie mich brauchen, und dann trennen wir uns.«

»Wie Sie wünschen… Sehen Sie, Herr Rjabinin, mich interessiert eine Ihrer Arbeiten. Ein Aquarell. Darauf ist die Treppe im Aufgang eines Hauses reicher Leute dargestellt, ein Sockel mit Marmorvase, die Außentür steht offen, Nacht, am Himmel das Sternbild des Großen Bären und unten, neben der Tür, tauschen zwei Männer einen Händedruck. Der eine ist modisch gekleidet, der andere, ein Ritter, ganz in Eisen.«

»Was heißt in Eisen?«

»Genauer gesagt, trägt er eine Rüstung.«

»Sie ist nicht aus Eisen«, sagte Rjabinin ärgerlich.

»Na, dann aus Stahl. Der Unterschied ist nicht groß.«

»Auch nicht aus Stahl.«

»Woraus dann?«

»Mein Gott, sieht man denn nicht, woraus sie gemacht ist? Ich denke deutlich gemacht zu haben, dass sie das Licht von Mond und Gestirnen völlig absorbiert. Kein Strahl, nicht einmal der winzigste, spiegelt sich darin.«

»Und was, entschuldigen Sie, folgt daraus?«

»Dass das eine steinerne Rüstung ist.«

»Ach so! Und warum das?«

»Wie sollte sie Ihrer Meinung nach denn sein, wenn ich Puschkins Tragödie *Der steinerne Gast* illustriert habe? Haben Sie sie gelesen?«

»Nein«, gab Iwan Dmitrijewitsch ehrlich zu, »aber den Inhalt kenne ich.«

»Der Ritter«, erklärte Rjabinin mit hochmütigem Stirnrunzeln, »ist das Standbild des Komturs, des toten Mannes von Doña Anna. Ich habe den Moment dargestellt, in dem er Don Juan die Hand drückt. Erinnern Sie sich? ›... oh, schwer legt sich um meine Hand die Faust von Stein ...‹«

»Ich bitte um Entschuldigung, aber erklären Sie mir Dummkopf doch, warum Ihr Don Juan ohne Degen ist, dafür aber Mantel und Melone trägt.«

Rjabinin geriet in leichte Verlegenheit.

»Verstehen Sie, das erklärt sich so. Helfreich, Sie kennen ihn ja, hatte einen Kunden, der ein Porträt seiner Katzen bei ihm in Auftrag gab. Dann kamen beide zu mir, damit ich zu den Katzen noch ein Sofa male, der Herr sah bei mir die Illustration zum *Steinernen Gast* und fragte: ›Können Sie eine Kopie für mich machen?‹ Ich antworte: ›Nehmen Sie diese, ich male für mich noch eine.‹ Er lehnt ab. ›Nein‹, sagt er, ›machen Sie mir eine Kopie, auf der alles bleibt, wie es ist, aber statt Don Juan stellen Sie mir einen Mann mit langem Mantel und Melone dar, und das eine Bein soll ein wenig kürzer sein. Den Bart nehmen Sie weg, den Gesichtsausdruck aber lassen Sie wie bei Don Juan …‹ Nun, gleich in seinem Beisein habe ich das für zehn Rubel erledigt.«

»Und der Große Bär war auf Ihrem Original?«

»Nein, bei mir waren es einfach Sterne. Er bat, ihn dazuzumalen.«

»Danke, weitere Fragen an Sie habe ich nicht. Ich bin Ihnen sehr dankbar, dass Sie die Zeit für ein Gespräch mit mir gefunden haben.«

»Das ist alles?«

»Ja, alles. Jetzt ist es schon fast alles«, erwiderte Iwan Dmitrijewitsch, bereits mit eigenen Überlegungen beschäftigt. »Wünsche Wohlergehen.«

Er trat ins Haus, und während er die Treppe hinaufstieg, sang er vor sich hin: »Die Faust von Stein, oh, schwer legt um meine Hand sie sich!‹« Es war Zeit, seine Frau zur Eile anzutreiben. Wie lange dauerte denn das!

II

Die Gäste trafen in Gruppen vom Friedhof ein und zerstreuten sich in der Wohnung, bis es so weit war, dass sie an die Tafel des Totenmahls gebeten wurden. Überall hörte man angeregte Gespräche. Geredet wurde über alles Mögliche, nur nicht über Jakow Semjonowitsch, manchmal kam gedämpftes Lachen auf, doch beschämt verstummte man, sobald jemand von den Verwandten des Verstorbenen auf der Bildfläche erschien. Fast alle Nachbarn waren gekommen, selbst Gnetotschkin mit Gattin. Offenbar hatte ihm Scharlotta Genrichowna seine alten Sünden vergeben. Lediglich Neihardts fehlten: Sie hatten Bescheid gesagt, dass sie nach der Beerdigung kurz in ihre Wohnung gehen wollten, um sich umzukleiden, ließen aber auf sich warten.

Ganz allein, ohne mit jemandem ein Gespräch anzuknüpfen, spazierte Laurenz hin und her. Er trug eine Uniform mit Degen und eine polierte Medaille am nagelneuen Band, doch fiel Iwan Dmitrijewitsch auf, dass der Major a.D. in den letzten Tagen sichtlich gealtert war. Wie er seine Beine setzte, hatte etwas vom Gang eines verirrten Clowns.

Iwan Dmitrijewitsch legte Laurenz die Hand auf die Schulter, führte ihn mit sanftem, aber beharrlichem Druck zu dem unglückseligen Aquarell, das nach wie vor an der Wand hing, und sagte:

»Jakow Semjonowitsch erzählte mir, das sei das Geschenk eines Freundes. Nicht Ihres zufällig?«

»Ja, meins«, erwiderte Laurenz ohne das geringste Anzeichen von Verlegenheit.

»Ausgezeichnet! Da Sie das nicht verhehlen, wollen wir ohne Umschweife sprechen, aber leise bitte, um unnötigem Gerede keinen Vorschub zu leisten... Was hatten Sie für einen Grund, Rjabinin statt Don Juan einen Mann darstellen zu lassen, der Jakow Semjonowitsch ähnlich sieht?«

»Daher also kennen Sie Helfreich!«, erriet Laurenz. »Und ich dachte, Sie hätten beschlossen, bei ihm ein Porträt Ihres Mursik zu bestellen.«

»Antworten Sie bitte. Weshalb haben Sie das getan?«

»Um es ihm vor Augen zu halten. Jaschka und ich waren früher einmal befreundet, und ich habe ihm immer begreiflich zu machen versucht, dass seine Romanzen mit verheirateten Damen kein gutes Ende nähmen, dass jemand von den Gehörnten ihn über die Klinge springen lassen würde. Als er sich mit diesem Luder einließ...«

»Wen meinen Sie?«

»Die Baronin. Als er es mit ihr zu treiben begann, habe ich ihn gleich gewarnt: Sieh dich vor, Jaschka, Neihardt wird dir das nicht nachsehen! Da ergab sich das mit dieser Illustration zum *Steinernen Gast*. Um die zehn Rubel tat es mir nicht Leid, ich ließ die Illustration von Rjabinin etwas abändern und schenkte sie Jaschka zum Namenstag.«

»Und was sagte er dazu?«

»Nichts. Hängte sie hier bei sich auf und machte weiter wie zuvor.«

»Wozu hat er sie dann aufgehängt?«

»Aus Spaß. Er machte sich aus allem einen Spaß, und nun ist eingetreten, was ich prophezeit habe.«

»Sie glauben, der Mörder ist der Baron?«

»Ich glaube es, aber verbürgen kann ich mich nicht, Beweise habe ich keine.«

Das Gespräch wurde fast im Flüsterton geführt, und dann fragte Iwan Dmitrijewitsch ganz offenherzig:

»Sagen Sie, warum haben Sie Rjabinin gebeten, den Großen Bären dazuzumalen?«

Laurenz zuckte zusammen und trat einen Schritt beiseite:

»Nein, Iwan Dmitrijewitsch, das sage ich Ihnen nicht.«

»Warum?«

»Das sage ich nicht, da hilft kein Bitten. Die es wissen, mögen es wissen, verplappern werden sie sich schon nicht, sonst aber braucht niemand solche Dinge zu wissen.«

»Aber warum? Erklären Sie mir wenigstens, warum.«

»Geben Sie sich zufrieden, ich werde Ihnen nichts erklären!«, erwiderte Laurenz und hinkte zur Tür.

»Warten Sie! Wo wollen Sie hin?«

»Nach Hause. Mit den Katzen ist es besser.«

»Sie wollen sich nicht an den Tisch setzen? Nicht Ihres alten Freundes gedenken?«

»Ich tue es zu Hause.«

»Die Witwe wird beleidigt sein.«

»Der Kuckuck soll sie holen!«, sagte Laurenz schon in der Diele. »Sie ist selbst schuld, dass ihr Mann umgebracht wurde. Hätte Jaschka eine andere Frau gehabt, würde er sie vielleicht nicht betrogen haben und noch leben. Sie habe ich übrigens auch gewarnt, aber sie hätte mir fast die Augen ausgekratzt… Also dann!«

Nachdem er ihn zur Tür gebracht hatte, kehrte Iwan Dmitrijewitsch ins Wohnzimmer zurück, wo Madame Saizewa die Szene beherrschte. Alle Männer, die eintraten, beschenkte sie mit einem so strahlenden Lächeln, als ob das hier ihr Fest und sie die Hauptperson wäre. Einigen streckte sie die Hand zum Kuss hin.

»Wo haben Sie denn nun den Schirm gekauft?«, fragte Iwan Dmitrijewitsch, indem er seine Lippen an ihre dicklichen Finger legte in der Hoffnung, eine wahrheitsgemäße Antwort zu erhalten.

»Diese Frage habe ich Ihnen bereits beantwortet. In Paris.«

Nachdem sie Iwan Dmitrijewitsch kaum merklich angelächelt hatte, wandte sie sich seiner Frau zu:

»Meine Liebe, was für ein wunderschönes Trauerkleid Sie haben.«

Seine Frau wurde verlegen, weil das Kleid ihrer Mutter gehört und an die fünfzehn Jahre, seit irgendeiner wichtigen Beerdigung, in einer Truhe gelegen hatte.

»Wunderschön, einfach wunderschön!«, fuhr Saizewa fort, die die Verlegenheit seiner Frau offenkundig genoss. »Ich erkenne diesen Schnitt wieder. In meiner Jugend hatte ich genauso eins, bloß grau. Damals trug ich meine Ältere unter dem Herzen.«

Ein Stück weiter stand ihr Mann, der den beiden alten Jungfern vom dritten Stock erklärte:

»Dazu erhalten wir vom Fiskus Wohngeld, dass wir mit unseren Ehefrauen zusammenleben...«

Ihrer Obhut überließ Iwan Dmitrijewitsch seine verschüchterte Frau und machte sich auf die Suche nach Jewlampi. Der saß in der Küche und aß, was ihm die erhitzten Köchinnen in seine Schüssel gaben.

Ohne alles Leugnen bekannte er sich zu dem vor ihm auf den Tisch gelegten blutverschmierten Strickende: Ja, er sei zu faul gewesen, es gleich zu säubern, und habe es abschneiden müssen. Sollte er vielleicht das ganze Bündel wegwerfen? Guter Strick, Schiffstau, holländischer.

»Shulka lebt ja noch«, sagte Iwan Dmitrijewitsch.

»Hat sich also erholt. Ich habe sie gewürgt, aber nicht erwürgt. Ich brachte es nicht übers Herz, als sie zu winseln anfing. So klagend!«

»Und warum hast du gelogen?«

»Ich dachte, Sie sagen es dem Baron«, gestand Jewlampi, »und er nimmt mir die drei Rubel wieder weg. Sagen Sie ihm doch nichts. Shulka ist jetzt so verängstigt, dass sie sich tagsüber nicht rauswagt.«

Zur Strafe ließ Iwan Dmitrijewitsch das Strickende in seine Schüssel fallen und ging zurück. Im Korridor holte er seine Tabaksdose heraus und steckte sich eine Prise ins Nasenloch. Seine Pfeife hier anzustecken, genierte er sich. Er hatte sich schon fast ausgeniest, als ihm jemand von hinten unter den Arm fasste. Iwan Dmitrijewitsch blickte über die Schulter und sah den älteren Kukolew.

»Tabak rauchen ist nicht gut, aber schnupfen, Herr Putilin, ist noch schlechter.«

»Ist es denn schädlicher für die Gesundheit?«

»Mit körperlicher Gesundheit hat das nichts zu tun.«

»Warum dann?«

»Urteilen Sie selbst«, sagte Kukolew spöttisch, während sie den Korridor entlanggingen, »der Mensch von heute sündigt doch durch alle seine Öffnungen. Jedes unserer Löchlein weiß der Satan weidlich auszunutzen. Den Mund, die Augen, die Ohren. Den Rest übergehe ich schweigend. Ob man seinen leiblichen Gelüsten frönt oder Rauch schluckt, ist im Prinzip einerlei. Allein die Nase bildete eine glückliche Ausnahme: Große Sünden waren ihr nicht anzulasten. Die Nase hat sich am längsten gehalten, jetzt aber ist auch sie gefallen.«

Iwan Dmitrijewitsch ging unwillkürlich im Gedächtnis die Verfehlungen seiner Öffnungen durch. Eine zumindest blieb unschuldig: Eine sodomitische Neigung hatte er nicht.

»Verzeihen Sie mir diese kleine Moralpredigt, Herr Putilin.«

»Macht nichts, macht nichts. Ich mag erbauliche Gespräche«, antwortete ihm Iwan Dmitrijewitsch im gleichen Ton, er konnte sich nicht genug darüber wundern, dass bisher niemand von dieser netten Familie auch nur mit einem Wort Marfa Nikititschnas Flucht erwähnt hatte.

Im Wohnzimmer hatten sich inzwischen Neihardts eingestellt. Die Baronin trug ein Luxuskleid, das mehr nach Brautkleid aussah, nur dass es schwarz war. Iwan Dmitrijewitsch fing den auf sie gerichteten Blick seiner Frau auf und erkannte, dass zu allen Abschnitten, an denen er heute die Schlacht zu schlagen hatte, noch einer hinzugekommen war. Unter ihren dichten seidigen Augenbrauen hervor schleuderte sie Blitze nach der Baronin. Einstweilen waren sie kalt, doch ein Glas Wodka konnte sie auf tödliche Grade erhitzen.

Beim Anblick seines Feindes verfinsterte sich auch Kukolews Miene.

»Ich bin nach wie vor davon überzeugt«, sagte er, »dass am Tod meines Bruders Neihardt seinen Anteil hat. Ich kann diesen Menschen nicht sehen! Auf dem Friedhof war ich gezwungen, seine Anwesenheit zu ertragen, aber ich kann mir überhaupt nicht vorstellen, wie ich mich mit meiner Frau und unseren Töchtern mit ihm an einen Tisch setzen soll.«

»Übrigens, erzählen Sie mir doch mal genauer, unter welchen Umständen sich Lisa vergiftet hat. War das an einem Wochentag?«

»Einem Samstag. Ich erinnere mich genau daran, weil nach den Grundsätzen meiner Frau unser Dienstmädchen samstagabends volle Freiheit genießt. Katja war auch nicht zu Hause. Sie wollte zusammen mit Lisa bei einer Freundin auf der Datscha übernachten, aber Lisa geriet dort mit jemandem in Streit, kam ganz irritiert nach Hause und griff in ihrem Kummer nach meinem Jerez. Ich war noch nicht zurück, Nina Alexandrowna also allein in der Wohnung. Schrecklich, die Vorstellung, was sie auszustehen hatte.«

»Grässlich«, bestätigte die hinter Iwan Dmitrijewitschs Rücken auftauchende Nina Alexandrowna selbst.

»Lisa«, sagte Kukolew mit säuerlichem Lächeln, »kommt nach der Großmutter. Nicht zufällig haben sie sich verschworen und uns alle hinters Licht geführt.«

Auf dem Weg zurück zu seiner Frau wurde Iwan Dmitrijewitsch von Selenski abgefangen:

»Schenken Sie mir fünf Minuten.«

Sie traten zum Fenster, und Selenski fragte:

»Der Mörder ist, wie ich verstehe, nicht gefunden?«

»Bisher nicht.«

»Na, dann – revenons à nos moutons*, wenn Sie nichts dagegen haben.«

Iwan Dmitrijewitsch begriff, dass niemand sich bemüßigt gefühlt hatte, ihm von Marfa Nikititschnas Flucht zu erzählen, und beschloss, sie ihm ebenfalls zu verschweigen.

»Wenn Sie sich erinnern, hatte Kallisto neunundvierzig Brüder, und alle waren an der Ermordung Arkas' durch Lykaon beteiligt.« Selenski holte aus seiner Jackentasche ein Blatt Papier samt Bleistift hervor und legte beides auf das Fensterbrett. »Notieren wir also. Marfa Nikititschna ist, wie wir vermuten, Kallisto. Jakow Semjonowitsch ist Arkas. Lykaon bezeichnen wir mit x. Seine Söhne dementsprechend mit x1, x2 und so weiter bis x49. In unserer Variante können sie natürlich auch weniger zahlreich sein. Zeus mag ein y bekommen.«

»Mag er.« Iwan Dmitrijewitsch betrachtete gelangweilt diese Schreiberei.

»Jetzt passen Sie auf. Diese beiden streichen wir weg.« Selenski strich schwungvoll und anscheinend mit Vergnügen die Namen von Jakow Semjonowitsch und dessen Mutter durch. »Lykaon versehen wir mit einem Fragezeichen. Er lebt, muss aber sterben. Seine Söhne leben bisher auch, und unter den heutigen Bedingungen ist es schwer vorstellbar, dass ein Blitz sie alle auslöschen könnte. Ein Mythos, das habe ich Ihnen hundertmal gesagt, ist kein Schema, sondern eine Andeutung. Kallistos Brüder sind natürlich keine leiblichen Brüder Marfa Nikititschnas, sondern die an der Ermordung von Arkas, das heißt Jakow Semjonowitsch, Beteiligten, denen daran gelegen ist, dass das Geheimnis seines Todes im Dunkeln bleibt. Wer aber sind sie, diese Brüder?

* (Franz.) Zurück zur Sache (wörtlich: »Kehren wir zurück zu unseren Schafen« – Ausspruch aus der anonymen, um 1470 verfassten französischen Farce *Maistre Pierre Pathelin*).

Meiner Meinung nach haben wir es hier mit den Interessen höchst einflussreicher Personen zu tun. Am wahrscheinlichsten ist, dass irgendeine Handelsgesellschaft in Jakow Semjonowitschs Tätigkeit eine Gefahr erkannte und ihn beseitigt hat.«

»Oho«, lachte Iwan Dmitrijewitsch, »da haben Sie sich aber weit forttragen lassen von der arkadischen Prinzessin!«

»Da gibt es nichts zu lachen. Ich denke, mit der Aufklärung des Falls gehen Sie ein großes Risiko ein. Ihr Leben ist in Gefahr.«

»So?«

»Ja, der Meinung bin ich. Sagen Sie, haben Sie kein ... nun, nicht ein gewisses Zeichen erhalten?«

»Ich verstehe Sie nicht.«

»So etwas wie eine Drohung. Eine Art Warnung. Nichts bekommen? Falls ja, dann würde ich Ihnen raten, sie ernst zu nehmen. Mit diesen Brüdern, mögen es auch keine neunundvierzig sein, ist nicht zu spaßen. Sie sind gefährlicher als die Freimaurer, für die Sie sich interessierten.«

»Ich habe auf die Jäger gebaut, Sergej Bogdanowitsch, aber die haben geschlafen.«

»Wollen Sie Soldaten zu Hilfe holen? Wovon reden Sie? Was für Jäger?«

»Aus Zinn«, sagte Iwan Dmitrijewitsch, ohne sich auf Erklärungen einzulassen.

Seine Frau machte ihm schon lange und verzweifelt Zeichen, dass sie nicht allein dastehen möchte, wo doch alle Männer bei ihren Frauen seien. Das verhielt sich freilich nicht ganz so, wie sie es hinstellte. Sie wurde durch Saizews Plauderei unterhalten, während sein Hühnchen mit Baron Neihardt kokettierte. Dessen kurzer Atem im Sinne von nichtplatonischer Liebe bildete kein Hindernis für einen unschuldigen nachbarlichen Flirt.

»Gestern habe ich bei Ihrer Gattin einen entzückenden roten Schirm bemerkt«, sagte Iwan Dmitrijewitsch, zu Saizew tretend.

»Mein Geschenk«, rühmte der sich.

»Ist es schon lange her, dass Sie ihr diese Freude gemacht haben?«

»Drei Tage. Am Sonntagabend habe ich vor dem Schlafen einen Spaziergang gemacht und bin mit Beute zurückgekehrt. Sie werden es nicht glauben, diesen Schirm habe ich am Haus im Müllkasten gefunden. Ich komme zufällig vorbei, und da sehe ich etwas rot leuchten. Ein Schirm, und zwar völlig in Ordnung.«

»Haben Sie seine Herkunft Ihrer Frau erklärt?«

»Natürlich! Ihr bereitet es doch doppelt Freude, etwas zu besitzen, was keine Kopeke gekostet hat.«

Saizew sprach ziemlich laut, sodass seine Frau mitbekam, wovon die Rede war.

»Komm!«, sagte sie zu ihrem Mann, wobei sie dessen Gesprächspartnern und allen denen, die dieses Eingeständnis hatten hören können, ein bezauberndes Lächeln schenkte.

»Habe ich mir etwas zuschulden kommen lassen, Schätzchen?«

»Komm…«

Sie gingen in den Korridor, und einen Augenblick später war das Schallen einer Ohrfeige zu hören.

III

Jetzt war die Baronin an der Reihe, um mit ihr sprechen zu können, musste er allerdings erst einmal seine Frau loswerden. Keine leichte Aufgabe, doch fand sich eine Lösung: Er schickte sie in das Nebenzimmer, wo Scharlotta Genrichowna die Beileidsbezeugungen entgegennahm.

»Geh ohne mich«, schlug Iwan Dmitrijewitsch vor, »unter vier Augen wird dir das natürlicher gelingen. Ihr seid beide Frauen, ich würde bloß stören. Sagst etwas Einfaches, Herzliches.«

Er berührte seine Frau zärtlich an der Schulter und fügte einschmeichelnd hinzu:

»Wie du es so gut kannst.«

Sie biss an, und Iwan Dmitrijewitsch machte der Baronin hinter Neihardts Rücken ein Zeichen, mit in den Korridor zu kommen. Dort führte er sie rasch in das leere Arbeitszimmer des Hausherrn, schloss die Tür und sagte:

»Wir haben wenig Zeit, schenken wir uns also die Vorreden. Mir ist bekannt, dass Sie in der Nacht, in der Jakow Semjonowitsch starb, im ›Arkadia‹ waren.«

»Ja, mit Fürst Pantschulidsew«, erwiderte sie erstaunlich ruhig. »Und was weiter? Wen von uns beiden verdächtigen Sie des Mordes, mich oder den Fürsten?«

»Den Fürsten«, sagte Iwan Dmitrijewitsch, um ihr die Zunge zu lösen.

»Das ist lächerlich.«

»Und wenn ich Sie verdächtige?«

»Noch lächerlicher.«

Sie griff nach der Klinke, doch er hielt die Tür mit dem Fuß zu.

»Entschuldigen Sie, unser Gespräch ist noch nicht beendet. Sie werden, denke ich, ja nicht wollen, dass Ihr Mann erfährt, wo und mit wem Sie jene Nacht verbracht haben.«

»Sie können sich die Mühe sparen. Er weiß es auch ohne Sie.«

»Er weiß es?« Iwan Dmitrijewitsch war verblüfft.

»Er hat mich selbst zu Pantschulidsew geschickt.«

»Zu ihm ins Bett?«

»Ja, der Fürst hatte meinem Mann Unterstützung bei einer außerordentlich günstigen Finanzoperation versprochen, aber eine Bedingung gestellt. Sie verstehen …«

»Hat Ihnen der Baron solche Aufträge oft erteilt?«

»Selten, aber es kam vor.«

»Weshalb hatten Sie dann Angst, dass er von dem Geschenk Ihres Liebhabers erfahren könnte?«

»Weil mir das Medaillon ein anderer geschenkt hat. Mich zu Pantschulidsew zu schicken ist das eine, das berührt unser gemeinsames eheliches Interesse und gegenseitiges Vertrauen. Mir einfach so einen Liebhaber zuzulegen ist etwas ganz anderes. Das wird mir der Baron nie verzeihen. Es macht ihm gar nichts aus, mich ohne eine einzige Kopeke zu lassen.«

»Dieser Ihr Liebhaber … Was ist denn so Großartiges an ihm dran, dass Sie das Risiko der Armut nicht scheuen, um sein Geschenk zu tragen?«

»Ich habe nicht die Absicht, seine männlichen Qualitäten aufzuzählen.« Die Baronin blickte, als sie das sagte, an Iwan Dmitrijewitsch vorbei. »Wenn wir aber schon bei solchen Intimitäten sind, will ich nur das eine sagen: Er besitzt eine außergewöhnliche Phantasie in allem, was die Liebe angeht.«

»Das möchte wohl sein«, sagte Iwan Dmitrijewitsch leise, wobei er seinerseits nach unten und zur Seite blickte. »Schließlich lahmte er ja wie der Teufel.«

»Wie Lord Byron«, sagte sie. »Dort im Wald haben Sie mich also doch erkannt?«

»Ich habe Ihren roten Schirm erkannt, den Sie dann in den Müll geworfen haben. Weshalb haben Sie das getan?«

»Sicherheitshalber. Ich befürchtete, Sie würden mich erpressen. Mir drohen, es meinem Mann zu stecken, mir mit

Geldforderungen kommen. Entschuldigen Sie, aber die Nachbarn erzählen sich so allerlei über Sie.«

»Es ist ja wohl so«, meinte Iwan Dmitrijewitsch schmunzelnd, »dass nicht ich Sie erpresst habe, sondern Sie mich. Sie sahen meinen Sohn draußen mit so einem Scheibchen spielen und wollten mir einreden, ich sei gehörnt wie der Baron.«

»Ihr Junge hat mir selbst gesagt, dieses Spielzeug hätte ihm seine Mami gekauft.«

»Zurück zu dem Schirm. Vielleicht haben Sie beschlossen, ihn loszuwerden, damit ich keine Verbindung zwischen ihm und Ihnen und zwischen Ihnen und Jakow Semjonowitschs Tod herstelle?«

»Ich habe ihn doch schon am Sonntag weggeworfen! Gleich nach meinem Waldspaziergang mit Jakow.«

»Sie wussten also bereits, dass er in jener Nacht sterben musste?«

Sie presste ihre Hände an die Brust:

»Ich schwöre bei allem, was mir heilig ist, ich habe gar nichts gewusst!«

»Was ist Ihnen schon heilig, Baronin! Und Ihrem Gatten genauso. Wenn er sie zu anderen Männern geschickt hat, die Sie nicht liebten, und Sie des Geldes wegen hingingen, so waren Sie aus den gleichen Erwägungen heraus durchaus fähig, einen Mann zu töten, den Sie liebten. Auf Anweisung des Barons, versteht sich.«

»Wozu sollte er es anweisen? Er ahnte nichts von unserem Verhältnis.«

»Die beiden konnten ihre eigenen Rechnungen haben. Finanzielle zum Beispiel.«

»Ich versichere Ihnen, ich habe mit der Sache nichts zu tun. Und der Baron noch weniger.«

»Aber warum hat er mich so beharrlich davon überzeugen wollen, Jakow Semjonowitsch habe Selbstmord begangen?«

»Ganz einfach. Erstens bat Pantschulidsew darum, alles zu tun, damit bei den Ermittlungen sein Name nicht hochkommt. Der Fürst achtet sehr auf seinen Ruf, er hat viele Feinde. Zweitens befürchtete mein Mann, dass Pantschulidsew, wenn Sie mit ihm reden, meinen Namen nennen könnte. Und Sie dann den Baron mit der Drohung erpressen, alles den Nachbarn zu erzählen.«

»Was denken Sie bloß alle von mir, zum Teufel!«, erboste sich Iwan Dmitrijewitsch.

»Kann ich gehen?«, fragte die Baronin.

»Sagen Sie mir erst einmal, was die Inschrift auf Ihrem Medaillon bedeutet.«

»Bitte nicht, Herr Putilin!«, rief sie flehentlich. »Sie wissen ohnehin schon zu viel von mir. Lassen Sie mir wenigstens dieses Geheimnis! Bei Gott, Ihnen bringt es nichts. Wenn Sie möchten, falle ich vor Ihnen auf die Knie.«

»Das haben Sie schon heute Nacht getan, mir reicht's!«

»Ich habe Jakow doch wirklich geliebt, es ist zu schwer für mich, darüber zu sprechen.«

Iwan Dmitrijewitsch bekam Mitleid mit ihr. Schließlich konnte er das auch über jemand anders herausbekommen. Eine Weile kämpfte in ihm das Mitleid mit der Ungeduld – und obsiegte.

»Nun gut«, sagte er. »Wie Sie meinen.«

IV

Iwan Dmitrijewitschs Frau hatte verweinte Augen und einen zufriedenen Gesichtsausdruck. Das zeugte vom Erfolg ihrer Mission. Gewiss hatten sich die passenden Worte gefunden, und sie und Scharlotta Genrichowna konnten ihren Tränen freien Lauf lassen.

»Wo steckst du bloß?«, fragte sie streng.

Sie quälte nicht mehr das Gefühl der Einsamkeit, dass keiner sie brauchte und niemand sich für sie interessierte. Jetzt hatte sie eine Aufgabe: Auf persönliche Bitte der Witwe holte sie die verstreuten Gäste an die Tafel des Totenmahls. Dieser Auftrag erschien ihr offensichtlich sehr verantwortungsvoll. Ihre Miene war ernst wie die einer Erstklässlerin im Gymnasium, die der Lehrer vor der Unterrichtsstunde damit betraut hat, die Wandtafel abzuwischen.

»Treibst dich irgendwo herum, so was Gewissenloses«, sagte sie. »Die Witwe wartet, ist doch peinlich. Geh, setz dich hin, ich mache noch einen Rundgang durch die Zimmer.«

Als Iwan Dmitrijewitsch das Wohnzimmer betrat, begannen die Gäste gerade Platz zu nehmen. Er setzte sich in die Nähe der Tür, zu den Gnetotschkins. Außer den Nachbarn und der Familie des älteren Kukolew hatten sich Kommis aus Jakow Semjonowitschs Kontor eingefunden, Scharlotta Genrichownas Schwester mit ihrem Mann, irgendwelche alten Männlein und Weiblein und drei Freunde des Toten – alles Junggesellen, wie Nina Alexandrowna flüsternd sagte. In einer Schüssel stand die aus Buchweizen angerichtete düster graue Gedächtnisspeise bereit. Neben der Witwe ein leerer Stuhl, auf dem Tisch ein Glas, ein Teller, ein Besteck für Jakow Semjonowitsch.

Gnetotschkin rutschte auf seinem Stuhl hin und her und versuchte über seine Schulter zu blicken.

»Ich kontrolliere, ob der Schatten da ist«, erklärte er. »Wer bei einem Totenmahl keinen Schatten hat, wird bald selbst sterben.«

Der Schatten war da.

»Ein Glück«, beruhigte sich Gnetotschkin. »Ich habe Ihnen ja erzählt, dass der Sarg nicht maßgerecht war.«

Iwan Dmitrijewitsch zeigte ihm unauffällig das aus der Tasche gezogene Scheibchen:

»Kennen Sie das hier?«

Gnetotschkin verneinte, ohne überhaupt richtig hinzusehen. Nein und Schluss. Keinerlei Fragen, obwohl doch jeder an seiner Stelle hätte wissen wollen, woher er das Ding habe und wieso ausgerechnet er danach gefragt werde.

»Sind auseinander gelaufen wie die Kakerlaken«, sagte Iwan Dmitrijewitschs Frau, als sie geschäftig neben ihm Platz nahm. »Man müsste glatt die Trommel schlagen, anders kriegt man sie nicht zusammen.«

»Wird es dir zu viel?«, fragte Iwan Dmitrijewitsch teilnahmsvoll.

Ganz selbstverständlich, wie bei sich zu Hause, ging sie daran, ihm Gedächtnisspeise auf den Teller zu laden.

Gnetotschkins tuschelten aufgeregt über etwas. Iwan Dmitrijewitsch hörte hin. Es ging darum, dass es schon spät war und sie Johnnylein am frühen Morgen spazieren geführt hatten, weswegen Darja Bescheid gesagt werden musste, dass sie mit dem Pudel Gassi ging, von allein kam sie nie im Leben auf die Idee.

»Wie soll ich gehen?«, quälte sich Gnetotschkin. »Jetzt kann man doch hier nicht einfach aufstehen.«

»Wenn du nicht gehst, gehe ich«, drängte seine Gattin.

»Mascha, ich bitte dich! Das schickt sich nicht …«

»Was ist für dich wichtiger: die Schicklichkeit oder dass Johnnylein leidet?«

»Gut, gut, aber nicht gleich. Etwas später.«

»Und sag Darja, Spaziergang mindestens eine Stunde.«

»Pssst!«

Nina Alexandrowna erhob sich, das Glas in der Hand.

»Vielen Dank, liebe Gäste, dass Sie gekommen sind, um die Trauer mit uns zu teilen und unseres Jakow Semjonowitschs zu gedenken, möge ihm die Erde leicht werden…«

Sie tranken schweigend, ohne anzustoßen. Eine Weile herrschte Stille, nur das Geräusch der Löffel auf den Tellern mit der Gedächtnisspeise war zu hören. Bald jedoch kamen Gespräche auf, und nach einer Viertelstunde füllte gleichförmiges Stimmengewirr den Raum. Gnetotschkin stahl sich hinaus und war nach fünf Minuten zurück. Da flüsterte Iwan Dmitrijewitsch mit leidend verzogenem Gesicht seiner Frau zu:

»Irgendwie rebelliert mein Magen. Ich gehe mal nach oben und sehe gleich mit nach Wanetschka.«

Als er aufstand, fing er ein paar aufmerksame Blicke auf. Es gab an diesem Tisch Leute, die ihn nicht aus den Augen ließen. Zwei, drei Augen- und Ohrenpaare erhaschten jede seiner Bewegungen, jedes von ihm gesagte Wort.

Er ging auf die Treppe hinaus. An der Leine zerrend und Darja hinter sich herziehend, lief Johnnylein vorbei. Die Haustür fiel zu. Iwan Dmitrijewitsch stieg zum zweiten Stock hoch, klingelte aber nicht bei sich, sondern bei den Gnetotschkins. Wie vermutet, öffnete keiner. Er langte sein Täschlein hervor, zwölf Nachschlüssel schnellten mit stählernem Klang heraus. Iwan Dmitrijewitsch steckte den erstbesten ins Schlüsselloch, drehte ihn, trat in die Wohnung und schloss lautlos die Tür hinter sich.

Gnetotschkin war Graveur an der Akademie der Künste, arbeitete aber auch zu Hause. Seine häusliche Werkstatt erinnerte an das Arbeitszimmer des Doktor Faust, nur dass der Totenschädel auf dem Tisch fehlte. Dafür befanden sich in den Regalen alchimistische Retorten und Gläschen mit bunten Flüssigkeiten, verschieden geformte Stichel, die wie Folterwerkzeuge aussahen, Kupfertafeln und bloße Kupferbarren, die dazu vorbereitet schienen, in einem Zaubertiegel

– so etwas Ähnliches war auch in dem Zimmer zu sehen – in Gold umgeschmolzen zu werden. Mitten im Raum stand eine Graviermaschine, daneben ein Hundenapf.

Auf dem Tisch türmten sich akkurat gestapelte Mappen mit fertigen Drucken. Iwan Dmitrijewitsch nahm die oberste und löste die Bänder. Er sah sich einen Bogen an, den zweiten, fünften, zehnten. Es handelte sich um Gravuren nach Bildern, auf denen Ruinen bizarrster Art dargestellt waren. Eine komplette Palette für jeden Geschmack. Ruinen von Ritterburgen und heidnischen Tempeln aus Griechenland und Rom, Festungsmauern mit gähnenden Löchern, ins Wasser gestürzte Brücken, Überreste von Triumphbögen, verfallene Tee- und Gartenhäuschen bis hin zu bemoosten Steinen oder einsamen efeuumrankten Säulen. Wobei auf keinem der Stiche irgendwo seitlich ein Häufchen menschlicher Gebeine und ein Totenschädel fehlten.

Iwan Dmitrijewitsch band eine zweite Mappe auf. Hier waren ausschließlich Schiffbrüche zu sehen. Fregatten mit mehreren Kanonen, Galeeren, Galeonen, Fischerbarkassen, türkische Feluken, allesamt mit zerrissenen Segeln und zerbrochenen Masten als klägliches Spielzeug der Wellen den entfesselten Elementen ausgeliefert. Schwarze Wolken verbargen das rettende Licht von Leuchtfeuern, Schiffe rammten Riffe, Boote kenterten, vereinzelte Glückspilze klammerten sich an Schiffstrümmer und freuten sich, dass sie ein bisschen später sterben würden als ihre Gefährten. Aus dem schäumenden Wasser sahen hier und da Köpfe mit Dreispitzen, Turbanen, Matrosenmützen mit Bommel und Piratentüchern über zum Schwanz gebundenen Haaren heraus. Schöne ertrunkene Frauen mit nackten Brüsten, unterhalb der Hüfte von Tang umschlungen, der ihre Blöße verbarg, lagen im Küstensand.

Johnnylein sollte eine Stunde spazieren gehen, Zeit war

also genug. Neugierig geworden, griff Iwan Dmitrijewitsch nach der dritten Mappe. Sie enthielt Stiche mit der Darstellung verschiedenster Folterarten und Hinrichtungen. Die Garrotte wetteiferte mit der Wippe, der spanische Stiefel mit der russischen Knute. Abgehauene Arme hingen von einem auf eine Stange gesetzten Wagenrad. Die Schrecken der Inquisition verblassten neben der chinesischen Folter, bei der der Körper des Delinquenten durch ein Loch in einer Münze hindurch stückchenweise zerpflückt wurde. Nein, dieser Gnetotschkin! Wer hätte das gedacht? Rädern, Vierteilen, Verbrennen auf dem Scheiterhaufen, Auf-den-Pfahl-Setzen. Iwan Dmitrijewitsch verspürte aufsteigende Übelkeit und verzichtete darauf, die vierte Mappe zu öffnen. Nach den ersten drei zu urteilen, konnte darin durchaus etwas noch Grässlicheres zum Vorschein kommen. Obwohl, konnte es denn noch Schlimmeres geben?! Hinter dem würdigen Aussehen des Nachbarn steckte, wie sich herausstellte, die Seele eines manisch Besessenen.

Iwan Dmitrijewitsch beschloss, sich nun die zuunterst liegenden Mappen anzusehen. Er zog aufs Geratewohl eine heraus und begriff sofort: Das, was er suchte, war entweder hier oder nirgends zu finden.

Zwischen den Deckeln dieser Mappe kamen leicht geschürzte schalkhafte Mamsells zum Vorschein, mit aufgeschnürten Korsetts, ohne Strümpfe, manche gar mit nackten Brüsten. Sie machten einen sehr munteren Eindruck, zwei von ihnen ritten in spitzenverzierten knielangen Schlüpfern, die ihr ganzes Reitkostüm darstellten, auf sich wie wild gebärdenden Männern mit Trikots und schwarz gefärbten Schnurrbärten und amüsierten sich köstlich dabei. Die Hengste waren über solche Reiterinnen ebenfalls glücklich. Überhaupt fehlte hier alles Schreckenerregende, keiner folterte und peinigte jemanden, abgesehen davon, dass ein auf allen vieren laufendes

Dämchen von einem gewichtigen Herrn mit einer kleinen Peitsche gehütet wurde. Aber auch sie hatten zufriedene Gesichter: Sie spielten einfach Hirt und Schäfchen.

Darauf bedacht, sich nicht mit ihren Reizen aufzuhalten, blätterte Iwan Dmitrijewitsch alle Mamsells durch und entdeckte ganz unten einen Abdruck des bekannten Metallscheibchens. Sieben Sterne, die Inschrift. Alles da. Er legte die Mappe zurück, dieses Blatt aber faltete er viermal zusammen und steckte es in die Tasche.

In der Diele der kukolewschen Wohnung war es leer und still. Ein paar Handtaschen hingen an der Garderobe, aber die eine, auf die es ankam, fand Iwan Dmitrijewitsch nicht darunter. Das war der letzte Beweis, dass er auf der richtigen Spur war. Die Ermittlungen konnten als abgeschlossen betrachtet werden, das Vergnügen der öffentlichen Entlarvung wollte er sich jedoch nicht versagen. Obwohl die Tragödie kurz vor ihrem Ende stand, konnte Iwan Dmitrijewitsch nicht der Versuchung widerstehen, die Zuschauer mit einem wahrhaft shakespeareschen Finale zu erschüttern. Warum nicht? Die Geschichte war es wert, zum Schluss nicht durch banales Zurückgreifen auf Indizien verdorben zu werden. Nein, er würde es so machen, dass der Mörder sich selbst verriet. Die Bühne ist vorbereitet, die Akteure stehen bereit. Der letzte Akt kann beginnen.

Mein Gott, wie er es hinterher bedauerte!

V

»Du bist ja ganz grün«, stellte seine Frau besorgt fest, als er an den Tisch zurückkehrte. »Tut dir der Magen weh?«

»Hat sich alles gegeben«, sagte Iwan Dmitrijewitsch.

»Was macht Wanetschka?«

»Er malt«, erwiderte er.

Vor ihm standen Weißfisch in Aspik, Pastete mit Welsschwänzen und noch etwas Mageres, aber Schmackhaftes. Er stocherte ein bisschen herum und schob es weg. Hunger hatte er keinen.

»Hast dir den Magen ganz und gar verdorben«, meinte seine Frau verdrossen. »Läufst durch die Gegend bis spät in die Nacht, denkst nicht an deine Gesundheit.«

»Ich denke daran.«

»Nein, tust du nicht. Und wenn du nicht an deine Gesundheit denkst, denkst du auch nicht an Wanetschka und mich. Wenn dir etwas zustößt, wie sollen wir leben ohne dich? Hast geheiratet und einen Sohn in die Welt gesetzt, nun hab auch die Güte, an deinen Magen zu denken, das ist deine Pflicht mir und Wanetschka gegenüber.«

Iwan Dmitrijewitsch widersprach nicht, hörte sich das entgegen seiner Gewohnheit ergeben an.

»Bald wird abgeräumt«, prophezeite seine Frau.

Offenbar war sie in den Ablauf des Mahls eingeweiht worden, und das ihr erwiesene Vertrauen machte sie stolz.

»Danach kommen alkoholische Getränke und das Dessert. Du trink und iss bitte nicht davon, Süßes schadet deinem Magen, nimm nur zwei Törtchen für Wanetschka. Ich würde es selbst tun, aber Scharlotta Genrichowna hat mich gebeten, beim Servieren zu helfen, ich kann also nicht.«

»Warum das?«

»Weil mir Vertrauen erwiesen wurde und es so aussähe, als ob ich meine Position ausnutze.«

Eines freute Iwan Dmitrijewitsch: Von ihrer Aufgabe in Anspruch genommen, hatte seine Frau jeden Gedanken an die Baronin vergessen.

Sie trat zu Scharlotta Genrichownas Schwester, ihnen

schloss sich Nina Alexandrowna an, und zu dritt begannen sie eifrig etwas zu erörtern, wobei sie auf verschiedene Stellen des Tisches zeigten. Wahrscheinlich entwickelten sie die Strategie der bevorstehenden Operation: die Torte – an die rechte Flanke, die Eclair-Redouten – ins Zentrum, links die Stellungen mit Apfelkuchen decken, die Liköre vorschicken, damit sie das Gefecht eröffnen, sodann die Hauptkräfte heranführen – Madeira, Champagner, wonach der Feind mit Preiselbeerwasser und Konfitüre zu attackieren ist. Samowar und Zuckerdosen bleiben in Reserve.

Madame Saizewa wagte sich mit Hinweisen auf gewisse taktische Fehler vor, doch ihre Ratschläge blieben unbeachtet.

Von allen Anwesenden wusste allein Iwan Dmitrijewitsch, dass diese wohl überlegten Pläne durcheinander kommen und die Dinge nicht bis zum Tee, ja nicht einmal bis zum Preiselbeerwasser gedeihen würden.

Als der Platz neben Selenski frei wurde, setzte er sich zu ihm.

»Sergej Bogdanowitsch, mein Sohn hat Ihretwegen gestern den ganzen Tag geweint. Und vorgestern konnte er nicht einschlafen.«

»Meinetwegen?«

»Vorgestern sind Sie bei uns im Kinderzimmer gewesen, haben es zufällig in der Schachtel bemerkt und konnten sich nicht enthalten, es zu entwenden... Sie wissen schon, was.«

Selenski zuckte leicht zusammen:

»Was?«

»Sie wissen es... Und am Abend haben Sie es mir, mit Honig beschmiert, an die Tür geklebt.«

Selenski schwieg. Seine Hand zitterte, die Gabel, die sie umklammerte, trommelte leise gegen den Tellerrand.

»Vor dem Eingang«, fuhr Iwan Dmitrijewitsch fort,

»stand Saizew, und er hätte Sie gesehen, wenn Sie auf der Straße vorbeigegangen wären. Doch von Ihrem Treppenhaus zu unserem gibt es noch einen anderen Weg. Sie sind über den Dachboden zu uns gelangt.«

Der Gedanke war ihm in der Nacht gekommen, als er im Dachfenster Licht gesehen und begriffen hatte, warum die Baronin mit einer Kerze in der Hand zu ihm auf den Treppenabsatz heruntersteigen konnte. Sie hatte denselben Weg genommen wie Selenski kurz vorher. Auf die Straße hatte sie sich offenbar nicht getraut, um nicht jemandem von den Nachbarn zu begegnen, aber hätte Wanetschka nicht mit einem Nagel einen Kratzer auf sein Dingelchen gemacht, wäre mit der Ahnung, die ihm gekommen war, nichts anzufangen gewesen. Außer Selenski, der an dem Tag im Kinderzimmer gewesen war, konnte niemand das Scheibchen entwendet haben. Abgesehen von seiner Frau natürlich, aber gegen sie hatte er längst jeden Verdacht fallen lassen.

Immer lauter schlug die Gabel gegen den Tellerrand, Iwan Dmitrijewitsch nahm sie Selenski ab und legte sie aufs Tischtuch.

»Sie bewegten sich am Rande des Abgrunds, Sergej Bogdanowitsch, und der Teufel flüsterte Ihnen zu: Spring, spring, du stürzt nicht in den Tod. Schließlich sind Sie gesprungen. Und was nun? Übrigens haben Sie von Anfang an versucht, mich in die Irre zu führen. Kallisto, Lykaon … Hätte mir das ein anderer erzählt, ich würde nur gelacht haben, aber bei Ihnen sah alles durchaus glaubwürdig aus. Fast wäre ich darauf hereingefallen. Aber allzu viel ist ungesund, Sie haben ganz eindeutig den Bogen überspannt. Besser, Sie hätten mich nicht mit den neunundvierzig Brüdern einzuschüchtern versucht, da haben Sie einen Bock geschossen. Ist Ihnen eigentlich bekannt, dass Marfa Nikititschna lebt?«

»Ich habe ihn nicht umgebracht«, sagte Selenski leise.

»Das weiß ich. Aber Sie wissen, wer es gewesen ist, und ich nicht«, flunkerte Iwan Dmitrijewitsch.

»Meinen Sie, ich werde es Ihnen sagen? Niemals! Sie können mich in einer Festung einsperren, mit der Knute schlagen, nach Sibirien verbannen, ihren Namen werde ich Ihnen nicht nennen.«

»Da ist es Ihnen herausgerutscht«, lächelte Iwan Dmitrijewitsch. »Den Mord hat also eine Frau begangen?«

Selenski geriet einen Moment lang in Verwirrung, sagte dann jedoch ruhig und fest:

»Nun, umso begreiflicher werden die Gründe meiner Unbeugsamkeit sein. Ich liebe diese Frau.«

»Und sie Sie?«

»Ebenfalls. Aber machen Sie sich keine Hoffnungen, etwas auszuschnüffeln. Auf der ganzen Welt weiß keine Menschenseele von unserer Liebe.«

»Diese Frau ... sie hat nicht zufällig Jakow Semjonowitsch geliebt?«

»Früher ja, hat sie. Dann verkehrte sich ihre Liebe in Hass. Ein verderbter, niederträchtiger Mensch war das, und sein Los hat er verdient. Sie wissen ja sicher nach wie vor nicht, was die Inschrift auf diesem ungeheuerlichen Scheibchen bedeutet.«

»Wissen Sie es denn?«

»Leider Gottes.«

»Und können es mir erklären?«

»Lassen Sie uns aufstehen«, schlug Selenski vor.

Er trat ans Fenster des Wohnzimmers, öffnete es und atmete genussvoll die feuchte Abendluft ein. Es wurde langsam dunkel, Wind wehte. Die gebauschte Gardine raschelte über das Fensterbrett.

»Ist Ihnen aufgefallen«, fragte Selenski, »wie merkwürdig und stark das Geräusch des Nachtwinds auf uns wirkt? Darin liegt Verheißung.«

»Verheißung wovon?«

»All dessen, wovon man in der Jugend träumt. Im Elternhaus ging das Fenster meines Zimmers nach dem Garten, abends saß ich mit einem Buch da, und jedes Mal wenn der Wind durch das Laub der Bäume fuhr, erschauerte mein Herz im Vorgefühl des Glücks. Mein Leben lang habe ich mich betrogen gefühlt, doch stellen Sie sich vor, es ist in Erfüllung gegangen. Wie sich herausstellte, hatte jener Wind mir späte Liebe verheißen.«

»Mit einer Gleichaltrigen?«, erinnerte ihn Iwan Dmitrijewitsch.

»Diese Gefühle weckt jetzt in mir das Atmen der geliebten Frau, wenn sie an meiner Schulter einschläft und mir ins Ohr atmet.«

»Und als Sie im ›Arkadia‹ bei diesem beseligenden Geräusch einschliefen und später aufwachten, stellten Sie mit Verwunderung fest, dass Ihre Geliebte nicht mehr neben Ihnen war. Ist es so? Ihnen konnte natürlich nicht in den Sinn kommen, dass sie in einer Nacht gleich zwei zum Rendezvous bestellt hatte. Und zwar an ein und demselben Ort.«

Selenski sah zum Fenster hinaus und gab keine Antwort.

»Sie stürzten auf den Gang und sahen sie plötzlich aus dem Nebenzimmer herauskommen. Was weiter war, kann ich nur ahnen. Vielleicht verlangten Sie eine Erklärung und erhielten sie auch gleich, aber es ist nicht auszuschließen, dass Sie alles erst tags darauf begriffen, als Sie bereits von Jakow Semjonowitschs Tod erfahren hatten. Anzunehmen, dass Sie die Gelegenheit fanden, mit Ihrer Freundin zu reden, und sie Ihnen sagte, was sie veranlasst hatte, dem Toten dieses Scheibchen unterzuschieben.«

»Sie hat ihm sein eigenes Geschenk zurückgegeben, das ist alles«, erwiderte Selenski, ohne sich umzudrehen. »Hätte

Kukolew ihr dieses Geschenk nicht gemacht, würde er noch leben.«

»Irgendwie kapiere ich den Zusammenhang nicht«, gestand Iwan Dmitrijewitsch.

»Sie hat ihn einmal geliebt, aber er erniedrigte und verhöhnte sie. Das begriff sie, als sie mich lieb gewann, und beschloss, sich an ihm zu rächen, um sich unserer Liebe würdig fühlen zu können. Das hat sie mir in jener Nacht selbst erzählt, und ich glaube ihr.«

»Ich fürchte, ich werde Ihre Überzeugung erschüttern müssen.«

»Andere Gründe, ihn zu töten, hatte sie nicht.«

»Wegen eines Metallscheibchens also?«

»Wegen unserer Liebe. Was sie getan hat, ist entsetzlich, ich weiß nicht einmal, ob ich sie jetzt noch werde lieben können wie zuvor, aber verstehen … Verstehen kann ich sie. Sie musste sich vor mir reinigen.«

»So hat sie es Ihnen gesagt?«

»Ja.«

»Was hat das Scheibchen aber damit zu tun?«

»In ihm«, sagte Selenski hasserfüllt, »ist die ganze teuflische Finsternis und Abscheulichkeit der nicht von Liebe erleuchteten Wollust. Es ist ein Talisman des Satans, er vermag die Frau zur Sklavin ihres eigenen Fleisches zu machen, sie in ein Tier zu verwandeln. Das lässt sich schwer erklären, Ihnen ist ja der Sinn der Inschrift nicht bekannt.«

»So verraten Sie ihn mir doch endlich!«

»Ich weiß nicht, wie Sie zu einem zweiten solchen Scheibchen gekommen sind, aber ich würde Ihnen raten: Werfen Sie beide weg. Sie werden Ihnen Unglück bringen.«

»Das Zeichen der sieben Sterne öffnet das Tor«, sagte Iwan Dmitrijewitsch. »Ich warte.«

Selenski schloss das Fenster.

»Dieser Wind macht mich noch wahnsinnig!«

»Sagen Sie es mir nun oder nicht?«

»Ich sage es... Anders werde ich Sie ja nicht überzeugen können.«

Damit Selenski, ohne Befürchtungen zu hegen, seine Geliebte über die neue Situation ins Bild setzen konnte, sagte Iwan Dmitrijewitsch zu ihm, er gehe mal für eine Viertelstunde zu sich hoch, um nach seinem Sohn zu sehen, dann komme er zurück. Das gehörte zu seinen Plänen – ihnen die Möglichkeit eines ungestörten Gesprächs zu geben. Das Weitere hing davon ab, was ihr der Teufel eingab, erraten ließ es sich nicht. Allerdings sagte ihm sein Gefühl, dass er ihr genau das eingeben würde, woran er dachte. Der Teufel war natürlich listig, aber Iwan Dmitrijewitsch wusste von sich, dass er es in dieser Hinsicht mit ihm aufnehmen konnte.

Er trat hinaus auf die Treppe und zündete sich die Pfeife an.

Wie so viele Russen mochte Iwan Dmitrijewitsch keine Treppenhäuser. Selbst sein eigenes weckte in ihm keine angenehmen Erinnerungen. Der Rauch des häuslichen Herdes erreichte den Boden des steinernen Schachtes nicht, in dem er jetzt stand, und der des Tabaks kratzte ihm im Hals. Das Treppenhaus war keine Vorhalle des Heims, kein verlängerter Vorraum der Wohnung, keine Befestigung vor der Einfahrt in die Zitadelle des Privatlebens, sondern lediglich ödes Niemandsland zwischen Wohnung und Straße. Es war kalt und ungemütlich, hier zu stehen, trotzdem wartete er, bis er nach einem nochmaligen Blick auf die Uhr meinte, Selenski genug Zeit gegeben zu haben, mit seiner Geliebten zu sprechen, damit sie alles bedenken und ihren verhängnisvollen Entschluss fassen konnte. Dieses Scheusal würde es kaum glauben, dass Selenski bereit war, lieber in die

Katorga* zu gehen, als sie preiszugeben. Iwan Dmitrijewitsch selbst traute es dem armen Latinisten zu, dass er tatsächlich fähig war, sich zu opfern. Gott sei Dank würde das nicht notwendig sein!

Das Scheibchen lag in seiner Tasche. Iwan Dmitrijewitsch klopfte die Asche aus der Pfeife und ging zurück in die Wohnung.

* Schwerste Zwangsarbeit, verbunden mit Verbannung in entlegene Landesteile.

SIEBZEHNTES KAPITEL

DAS TOTENMAHL: DER TOD IM KRISTALL

I

Vor dem Eingang zum Wohnzimmer wartete unruhig Selenski. Sein Gesicht war grau und von Irrsinn gezeichnet, die Augen schienen von innerer Hitze ausgetrocknet wie bei einem Malariakranken.

»Ich möchte Ihnen sagen, Iwan Dmitrijewitsch«, flüsterte er ihm zu, »wenn Sie jemanden festnehmen müssen, bitte, ich stehe zu Ihren Diensten. Nehmen Sie mich fest.«

»Als Komplizen?«

»Nein. Als Mörder.«

»Sergej Bogdanowitsch, kommen Sie zur Besinnung! Sie wollen doch nicht etwa die Schuld auf sich nehmen? Natürlich haben Sie sich schuldig gemacht, weil Sie von dem Mord wussten und ihn nicht angezeigt haben, und auch jetzt wollen Sie mir nicht helfen …«

»Lassen Sie mich vor Gericht stellen, ich schwöre Ihnen, ich werde Sie nicht hintergehen und alles gestehen.«

Iwan Dmitrijewitsch trat zur Seite, um Lisa und Katja durchzulassen, die an der Tür von seiner Frau in Empfang genommen wurden.

»Katjuscha, Lisanka«, sagte sie geschäftig, »Scharlotta Genrichowna bittet, dass sich alle dorthin setzen, wo sie gesessen haben. Sie möchte alle auf ihren Plätzen sehen, so macht es sich besser für sie.«

Mhm, dachte Iwan Dmitrijewitsch.

Jetzt war er sich fast sicher, richtig kombiniert zu haben, und letzte Gewissheit erlangte er, als er beim Betreten des Wohnzimmers feststellte, dass die Gläser schon gefüllt waren. Die Gäste nahmen gerade erst Platz, doch der Johannisbeerlikör leuchtete bereits wie Mondlicht im Kristall.

»Mit dem Likör anzufangen, habe ich geraten«, rühmte sich seine Frau. »So wird weniger Wein getrunken. In diesem Herbst ist der Wein ziemlich teuer.«

Während Iwan Dmitrijewitschs Abwesenheit hatte sich die Tafel wie von Zauberhand verwandelt. Das schmutzige Tischtuch war gegen ein frisches ausgewechselt worden, Schüsseln, Menagen und Saucieren hatten silbernen Tabletts mit Luftschlössern aus der Konditorei Platz gemacht.

»Zwei Törtchen«, sagte seine Frau, ihn an das Wanetschka versprochene Mitbringsel erinnernd. »Vergiss sie nicht! So eins und das zweite von hier. Hast du es dir gemerkt? Die da nicht, solche mag er nicht.«

Alle setzten sich an den Tisch, aber einige Stühle blieben frei. Die alten Männlein und Weiblein waren gegangen, verabschiedet hatten sich auch die zwei alten Jungfern vom dritten Stock. Nachdem jeder einen Rubel erhalten hatte, um der Seele seines Dienstherrn zu gedenken, waren Jakow Semjonowitschs Kommis verschwunden, seine Freunde hingegen blieben, obwohl die Witwe offenkundig gern auf sie verzichtet hätte. Sie mochten verständlicherweise das Feld nicht räumen, ohne von dem Champagner getrunken zu haben.

Links von Iwan Dmitrijewitsch saßen wie zuvor Gnetotschkins, weiter folgten in der Runde Selenski mit Lisa und Katja, die er am Gymnasium in Latein unterrichtet hatte, dann der Baron und die Baronin. Rechts neben ihm war seine Frau platziert, danach kamen Saizews. Rechter Hand von Scharlotta Genrichowna hatten sich ihre Schwester und deren Mann hingesetzt, links stand ein freier Stuhl, und zwischen diesem Stuhl, auf dem, unsichtbar, Jakow Semjonowitsch thronte, und seinen Freunden hatten der ältere Kukolew und Nina Alexandrowna Platz genommen. Es herrschte Stille, alle warteten auf irgendwelche Worte, um ihr Glas zu leeren und sich über den Nachtisch herzumachen. Iwan Dmitrijewitsch schwieg ebenfalls und wartete.

»Torte nimm nicht, die ist zu fett«, instruierte ihn flüsternd seine Frau, »iss lieber Apfelkuchen, der ist sehr gut, ich habe von den Rändern gekostet. Likör kannst du ein bisschen trinken, Wein aber nicht. Überhaupt, benimm dich nicht wie ein Kind, denk an deinen Magen. Ich werde nicht auf dich achten können, ich muss noch in die Küche, Scharlotta Genrichowna hat gebeten, dass ich mich um den Samowar kümmere.«

»Bleib sitzen!«, sagte Iwan Dmitrijewitsch in einem Ton, dass seine Frau vor Verblüffung den Mund aufriss. »Du gehst nirgendwohin, es reicht!«

»Wanja, was ist mit dir?«

»Hast du mich verstanden?«

»Wanja…«

»Ob du mich verstanden hast.«

»Ja.«

»Also bleib sitzen.«

Sein Herz pochte. Er wusste, es war Zeit anzufangen, sonst würde es zu spät werden, und konnte sich nicht entschließen.

Selenski vermied es so konsequent, zu seiner Geliebten hinzusehen, dass er den Kopf wegdrehte. Hätte Iwan Dmitrijewitsch nicht gewusst, wer es war, er wäre unschwer draufgekommen.

Diese Frau bewahrte auf ganz erstaunliche Weise die Ruhe. Zwei Leben hatte sie auf dem Gewissen, und jetzt, um ihr eigenes zu retten, blieb ihr nichts anderes übrig als der Anschlag auf ein drittes. Dabei verhielt sie sich völlig natürlich, machte weder einen düsteren noch einen übertrieben lebhaften Eindruck. Lediglich die Finger verrieten ihre Erregung. Nein, ihre Hände zitterten nicht, aber die Finger zerkrümelten nervös ein Törtchen. Genauso hatte sie das Biskuit zerkrümelt, als sie im »Arkadia« mit ihrem ersten Opfer zusammengesessen hatte.

»Wanja«, sagte seine Frau mit leidenschaftlichem Flüstern, »schämst du dich denn nicht, so mit mir zu reden! Sie hört es doch, in welchem Ton du mit mir redest.«

»Wer hört es?«

»Dieses Miststück.«

Er begriff, dass von der Baronin die Rede war. Sobald seine Frau an ihrer Pflichterfüllung gehindert wurde, fiel ihr sogleich wieder ihre Beleidigerin ein.

»Wenn du dir erlaubst, vor allen so mit mir zu reden«, flüsterte sie, »wird sie denken, dass du ihr Glauben geschenkt hast. Sie ist so schon Millionärin, kennt keine Sorgen, und da kommst du noch mit deinen groben Reden, die wie Musik in ihren Ohren sind. Bitte, Wanja, sag mir laut etwas Achtungsvolles, damit sie nichts Falsches denkt.«

»Du bist mein kluges Kind«, sagte Iwan Dmitrijewitsch. »Eine Bessere als dich gibt es nicht. Und du hast es überhaupt nicht nötig, sie zu beneiden!«

Als Saizewa diese Erklärung hörte, lachte sie demonstrativ auf, verstummte jedoch unter Nina Alexandrownas missbilligendem Blick.

»Dabei ist ihr Regenschirm vom Müll«, fiel Iwan Dmitrijewitschs Frau ein.

Alle warteten auf ein Zeichen von Scharlotta Genrichowna, doch die unterhielt sich weiter mit ihrer Schwester. Auf der anderen Seite neben dem für Jakow Semjonowitsch hingestellten leeren Stuhl suchte dessen älterer Bruder, mutig geworden durch die Wirkung des Wodkas, auf herausfordernde Weise Neihardts Blick zu erhaschen. Wenn ihm das gelang, sog er sich für einen Sekundenbruchteil mit eisigen Augen an seinem Feind fest, bevor er sich abwandte. Nach einer Weile wiederholte sich das Manöver.

Die Freunde des Toten waren inzwischen ordentlich berauscht und wechselten untereinander geheimnisvolle Sätze in einer ihnen allein verständlichen Sprache. Lisa und Katja schnatterten mit ihrem ehemaligen Lehrer in der Hoffnung, ihn damit zu zerstreuen. Gnetotschkins sprachen weder mit ihren Nachbarn noch miteinander.

Iwan Dmitrijewitsch wusste, dass er sich auch irren konnte, doch schwanden seine Zweifel immer mehr. Gewisse Anzeichen ließen darauf schließen, dass er den Gang der Ereignisse richtig vorhergesehen hatte. Zugleich wurde ihm immer klarer, dass er gegen diese Frau eigentlich nichts in der Hand hatte. Es würde nicht so einfach sein, ihr ihre Schuld nachzuweisen, wenn das jetzt nicht klappte. Sie hatte keinerlei Spuren hinterlassen, und Selenski, das stand außer Frage, würde schweigen wie ein Grab. Ein Held, der Teufel sollte ihn holen! Ein Märtyrer, von ganz anderem Kaliber als Fürst Niktodse.

Iwan Dmitrijewitsch beobachtete die Gäste aufmerksam. Bisher wahrten alle Gott sei Dank den Anstand, keiner machte den Versuch zu kosten, ob der Likör auch gut war.

Endlich ließ Scharlotta Genrichowna ihren abwartenden Blick um den Tisch schweifen. Sie wollte anscheinend, dass jemand von den Gästen ein paar Worte über den Toten sagte. Seine Freunde stießen einander an, Neihardt rückte seinen Schlips gerade und schickte sich an, dem Andenken seines alten Freundes, Nachbarn und Kompagnons die Ehre zu erweisen. Iwan Dmitrijewitsch begriff, dass ihm jemand zuvorkommen konnte.

Er erhob sich.

Alle sahen ihn an, Scharlotta Genrichowna machte erstaunte Augen, nickte ihm jedoch sogleich zustimmend zu. Seine Frau glaubte auch, dass er eine Rede halten wolle, und zischte von unten:

»Nimm dein Glas! Das Glas! Das Glas! Sprich, das Glas in der Hand!«

Iwan Dmitrijewitsch überhörte ihren Hinweis.

»Hier steht der Stuhl für Jakow Semjonowitsch«, begann er, »aber Jakow Semjonowitsch ist nicht unter uns.«

Diese Worte wurden ruhig hingenommen, niemand ahnte, wie die Fortsetzung sein würde.

»Nein, ich spreche nicht von dem lebenden Jakow Semjonowitsch. Er weilt nicht unter den Lebenden, und wir alle wissen das, aber jetzt ist auch der tote nicht unter uns. Umsonst, Scharlotta Genrichowna, haben Sie sein Glas gefüllt, er wird es nicht anrühren. Seine Seele ist nicht neben Ihnen, der Stuhl ist leer. Haben Sie das noch nicht verspürt? Ihr Mann kann sich nicht an die Tafel seines Totenmahls setzen, weil an dieser Tafel…«

Iwan Dmitrijewitsch machte eine Pause und schloss:

»…die Person sitzt, die ihn umgebracht hat!«

Totenstille trat ein. Er sah, wie sich Scharlotta Genrichownas Gesicht verzerrte, wie Saizewa sich an einem kleinen koketten Lacher verschluckte, der einem von Jakow Semjonowitschs Freunden galt, während ihr Mann lächelnd seinen schweren Blick auf Neihardt richtete, der aus irgendeinem Grund nach dem Arm der Baronin griff. Frau Gnetotschkina ließ ihr Handtäschchen fallen, und Katja schmiegte sich erschrocken an ihre ältere Schwester, die sie jedoch wegstieß, damit die dumme Gans sie nicht daran hinderte, zu beobachten, was weiter geschehen würde. Iwan Dmitrijewitschs Frau sah sich triumphierend um. Ungeachtet der

Schrecklichkeit des Augenblicks dominierte bei ihr ein einziges Gefühl – Stolz auf ihren Mann.

Noch immer brachte niemand ein Wort hervor.

»Hier unter uns ist noch ein anderer Mensch. Nein, kein Mörder, aber ein unfreiwilliger Mittäter. Er weiß, wer Jakow Semjonowitsch umgebracht hat, und er… Er ist zum Tode verurteilt. Bisher hat dieser Mensch geschwiegen, aber niemand kann ja besser schweigen als ein Toter. Er sitzt an unserem Tisch, dieser Mensch, und ahnt nichts. Indessen ist das Gift, mit dem Jakow Semjonowitsch vergiftet wurde, von derselben Hand bereits in sein Glas geschüttet worden.«

Wieder war die Antwort erschüttertes Schweigen.

»Aber ich kenne auch den Namen des Mörders«, fuhr Iwan Dmitrijewitsch fast flüsternd fort, »was der Mörder nicht weiß. Und ich habe unbemerkt zwei Gläser vertauscht. Noch einen Tod wird es nicht geben. Jetzt steht der vergiftete Wein vor dem, der das Gift selbst hineingeschüttet hat.«

Als Erster fasste sich der älteste von Kukolews Freunden. Um den Verdacht loszuwerden, packte er sein Glas und hob es an den Mund, doch Iwan Dmitrijewitsch herrschte ihn an:

»Stellen Sie es wieder hin!«

»Warum?«, widersprach der. »Ich habe niemand ermordet, und ich trinke. Sollen alle sehen, dass ich unschuldig bin.«

»Stellen Sie es hin, habe ich Ihnen gesagt!«

»Aber warum, Herr Kriminalist!«

»Ich bitte alle Männer, ihre Gläser nicht anzurühren. Nur die Frauen trinken.«

»Das heißt«, fragte Neihardt fröhlich, »Sie meinen also, dass den Mord eine Frau begangen hat? Habe ich Sie richtig verstanden?«

»Ja. Allein die Damen trinken.«

»Und die Mädchen?«, erkundigte sich Katja.

Nina Alexandrowna zuckte mit den Schultern:

»Ich hoffe, Sie scherzen, Herr Putilin. Nicht gerade ein gelungener Scherz.«

»Ich meine es so ernst wie noch nie. Trinken Sie, Madame.«

»Ich denke gar nicht daran! Wie kommen Sie dazu, mir zu befehlen?«

»Ich stehe im Dienst der Polizei ...«

»Keine Polizei der Welt hat derartige Befugnisse.«

»Iwan Dmitrijewitsch«, fragte Saizew, »und wenn Sie, Gott behüte, etwas durcheinander gebracht haben? Was ist, wenn wir uns nicht wie gedacht hingesetzt haben und der vergiftete Wein nicht vor jenem Menschen, sondern vor einem ganz anderen steht?«

»Ich sehe, dass alle sitzen, wie sie vorher gesessen haben. Seien Sie unbesorgt, ich habe mich nicht geirrt. Die Plätze getauscht haben allein zwei Gläser, und darauf kam es an.«

»Hören Sie«, bemerkte Scharlotta Genrichownas Schwager zu Recht, »wozu dieses Theater? Treten Sie zu der, die Sie verdächtigen, und fordern Sie sie auf zu trinken. Wir werden ja sehen, ob sie sich weigert oder nicht.«

»Ich befürchte, allein trinken wird sie nicht. Da ich sie angeblich mit meinem Verdacht allein kränke, kann sie sich weigern. Wenn alle es tun, ist es etwas anderes.«

»Machen Sie, was Sie wollen, ich jedenfalls trinke nicht«, erklärte Frau Gnetotschkina und starrte Iwan Dmitrijewitsch mit ihren farblosen Äuglein an. »Für mich ist das erniedrigend.«

»Ich trinke auch nicht«, schloss sich ihr Nina Alexandrowna an.

»Ich auch nicht«, sagte Lisa kapriziös. »Warum soll ich trinken, wenn ich gar keinen Alkohol trinke?«

»Wer hat denn von dem Jerez Ihres Papas getrunken?«, erinnerte sie Iwan Dmitrijewitsch.

»Umso mehr. Einmal habe ich mich schon vergiftet, das reicht!«

Ablehnung gab es mehr als erwartet. Das Gemurre wurde lauter, im allgemeinen Stimmengewirr musste Iwan Dmitrijewitsch die Schwankenden ermuntern, die Widerspenstigen zähmen und gleichzeitig jene Frau im Auge behalten, damit sie nicht so tat, als trinke sie, und sich das Glas hinter den Büstenhalter kippte.

»Ich trinke!«, verkündete seine Frau. »Sehen Sie, ich trinke!«

Sie leerte ihr Glas und bekam unter den auf sie gerichteten Blicken einen Hustenanfall.

Iwan Dmitrijewitsch sah die Witwe an. Ganz in Schwarz, bleich, mit tiefdunklen Augenringen, erhob sich Scharlotta Genrichowna wie ein Schatten und sagte, über die Tafel gebeugt, heiser:

»Als Hausherrin bitte ich alle zu trinken. Ich bitte Sie …«

Die Stimme versagte ihr, die Schultern zuckten, und ihre Schwester setzte sie auf ihren Platz zurück.

»Lottotschka, Lottotschka, beruhige dich«, sagte sie dabei. »Wenn du darum bittest, dann natürlich.«

Sie trank, ihrem Beispiel folgend, leerten Lisa und Katja flink ihre Likörgläser. Jetzt saßen beide mit steinernen Gesichtern da und lauschten angespannt auf das, was in ihrem Magen vor sich ging.

»Ich trinke nicht, nein, ich trinke nicht«, wiederholte Frau Gnetotschkina.

Katja sagte:

»Ich glaube, mir wird schlecht.«

Und lauter:

»Mama, mir wird schlecht!«

Nina Alexandrowna schien es nicht zu hören, dafür sprang der ältere Kukolew auf, dass sein Stuhl umkrachte, warf im Vorbeilaufen Iwan Dmitrijewitsch etwas Unverständliches, aber Drohendes zu und stürzte zu seiner Tochter, die, als er näher kam, mit unschuldigem Lächeln erklärte, das sei ein Scherz gewesen.

»Dumme Gans!«, sagte Lisa zu ihr.

»Ich trinke nicht«, quengelte Gnetotschkina, »ich habe Angst...«

»Oi!«, schrie plötzlich Saizewa auf.

Sie hatte mit dem Ellbogen ihr Glas angestoßen, aber der neben ihr sitzende kukolewsche Freund konnte es abfangen.

»Halb so schlimm«, tröstete er seine Nachbarin in jesuitischem Ton, »es ist nicht alles verschüttet, etwas ist noch drin.«

Scharlotta Genrichowna starrte Saizewa mit glasigem Blick an und erhob sich wieder langsam von ihrem Stuhl, doch in dem Moment ließ sich die sonore und ruhige Stimme der Baronin vernehmen:

»Herr Putilin, was ist mit der Witwe, muss sie auch trinken?«

»Ich bitte dich, was soll das?«, versuchte Neihardt sie zu beschwichtigen. »Hör auf!«

»Was ist denn dabei? Ich frage nach etwas, was alle denken.«

Tatsächlich, zwar hatte bisher kaum einer daran gedacht, doch jetzt wurden auf einmal alle nachdenklich. Stille trat ein, lediglich das zornige Flüstern Lisas war zu hören:

»Sergej Bogdanowitsch, sagen Sie dieser dummen Gans, dass sie eine dumme Gans ist.«

Selenski gab keine Antwort. Er saß da wie trunken, mit einem Gesichtsausdruck, als hätte er diese Welt bereits verlassen, und alles, was hier vor sich ging, beträfe ihn nicht.

»Scharlotta Genrichowna«, sagte die Baronin unverändert ruhig, »ich habe mein Glas genommen, nehmen auch Sie das Ihrige. Gedenken wir Jakow Semjonowitschs.«

Iwan Dmitrijewitsch bekam einen ernsthaften Schreck, als er seine Frau furchtlos flüstern hörte:

»Miststück«, sagte sie leise, aber deutlich hörbar.

Die Folgen waren unabsehbar. Alles hing am seidenen Faden, doch zum Glück ging das schlimme Wort in Gnetotschkins Geschrei unter:

»Ich habe anstelle meiner Frau getrunken! Iwan Dmitrijewitsch, warum achten Sie nicht darauf? Haben Sie es gesehen?«

»Ja, ja.«

»Ich bin mir meiner Frau sicher und habe statt ihrer getrunken ...«

»Und meine Frau hat selbst getrunken!«, triumphierte Saizew und rief seine Nachbarn als Zeugen an. »Haben Sie es bemerkt? Und Sie? Komm, mein Hühnchen, ich gebe dir einen Kuss!«

Unterdessen hatte Scharlotta Genrichowna auf die Aufforderung der Baronin reagiert und nach ihrem Glas gegriffen. Zwei Frauen in Schwarz, ihre Blicke kreuzten sich über dem Apfelkuchen, den Iwan Dmitrijewitsch nun doch nicht probiert hatte, und er spürte deutlich, wie Brandgeruch aufkam. Das stumme Duell dauerte einige Sekunden. Beider Hände zitterten. Der eiskalte Likör schaukelte merklich in den beschlagenen Gläsern. Endlich drückten beide gleichzeitig ihre Lippen an das Kristall. Es war zu hören, wie bei der einen die Zähne gegen das Glas schlugen.

»Fuu«, atmete Neihardt erleichtert aus.

Die anderen saßen still. Bei Saizewa verzerrte sich von der fieberhaften Erwartung, jeden Augenblick eine dieser beiden in Todeszuckungen verfallen zu sehen, sogar ein wenig das Gesicht, doch nichts geschah, und da wurden plötzlich alle gewahr, dass Nina Alexandrowna ihr Glas immer noch nicht angerührt hatte. Der Likör glänzte darin wie Mondlicht – tot, giftgelb, er schien sogar eine andere Farbe zu haben als in den übrigen Gläsern.

»Ninotschka!«, flüsterte Kukolew. »Du... Du trinkst nicht?«

Sie schwieg.

»Ich hatte es mir schon gedacht, dass Sie nicht den Mut aufbringen würden, sich das Leben zu nehmen.« Iwan Dmitrijewitsch lächelte spöttisch.

Er nahm ihr Glas und hielt es gegen das Licht. Die Farbe des Likörs war sehr schön. Wie wohl der Geschmack war?

Ehe jemand so recht begriff, was geschah, setzte Iwan Dmitrijewitsch das Glas an den Mund. Seine Frau kreischte auf, aber es war zu spät. Zu spät! Die bernsteinfarbene Flüssigkeit rann bereits über den Gaumen, strömte in den Schlund und die Speiseröhre hinunter.

»Wanjaaa!«, schrie seine Frau.

Er schmatzte genüsslich, trocknete die Lippen mit der Serviette und stellte das leere Glas auf den Tisch zurück. Nina Alexandrowna hob ihre Ziegenaugen zu ihm auf. Eben noch hatte in ihnen das Entsetzen gestanden, jetzt wich es lüsterner Hoffnung.

»Ihr Selbstmord, Madame, selbst wenn Sie sich dazu entschlossen hätten, gehörte in keiner Weise zu meinen Plänen«, sagte Iwan Dmitrijewitsch. »Gläser vertauscht habe ich nicht. Das vergiftete steht, wie es stand, vor dem, dem Sie es zugedacht hatten.«

Möglicherweise hätte er noch verhindern können, was im nächsten Moment geschah, doch seine Frau lenkte ihn ab. Sie schluchzte an seiner Brust und bearbeitete sie mit ihren kleinen Fäusten, und während er sie abwehrte, sie um Verzeihung bat und zugleich tröstete, packte Selenski plötzlich das vor ihm stehende Glas und kippte den Inhalt in seinen Mund.

II

»Und ist er gestorben?«, fragte Safronow.

»Genau sagen kann ich es nicht«, antwortete Iwan Dmitrijewitsch nach kurzem Überlegen.

»Wie, das können Sie nicht?«

»Er wurde ins Krankenhaus gebracht, und dann hörte man von den einen, dass er gestorben, von den anderen, dass er durchgekommen sei. Jedenfalls habe ich ihn nie wieder gesehen. In unser Haus ist er nicht zurückgekehrt.«

Jeder andere wäre verwundert gewesen, dass Iwan Dmitrijewitsch sich nicht die Mühe gemacht hatte, Erkundigungen über Selenskis Schicksal einzuholen, doch nach den zwei mit ihm verbrachten Wochen wunderte sich Safronow über vieles nicht mehr. So wusste er, dass Iwan Dmitrijewitsch auf Kosten der Wahrheit des Öfteren Helden seiner Geschichten wieder zum Leben erweckte – solche, versteht sich, die ihm sympathisch waren.

»Nichtsdestoweniger hatte sich Gnetotschkin nicht umsonst Sorgen gemacht«, fuhr Iwan Dmitrijewitsch fort. »Ein nicht maßgerechter Sarg war ins Haus gebracht worden, und bitte schön – alles kam wie von ihm vorhergesagt.«

»Als Sie in seine Wohnung eindrangen, wo Sie dann diesen Abdruck fanden, habe ich, ehrlich gesagt, geglaubt, der Mörder sei er«, sagte Safronow.

»Aber nein! Er hatte einfach für Jakow Semjonowitsch einen Prägeentwurf gemacht, so, wie er früher für ihn die

Mamsells gemalt hatte. Deshalb betrachtete Scharlotta Genrichowna ihn als ihren Feind.«

»Und warum hat er nicht zugegeben, dass er das Scheibchen kannte? Wusste er denn, welcher Sinn sich dahinter verbarg?«

»Das glaube ich nicht. Aber vermutlich argwöhnte er, dass es einen Zusammenhang mit den Mamsells geben könnte, und beschloss zu schweigen, um sich nicht sein Verhältnis zur Witwe zu verderben. Sie hatte ihm ja verziehen und zum Totenmahl eingeladen. Deshalb hielt er sich lieber aus der Sache heraus.«

»Aber wozu haben Sie sich Zutritt zu seiner Werkstatt verschafft?«

»Ich brauchte die Gewissheit, dass das Metallscheibchen im Auftrag Jakow Semjonowitschs hergestellt worden war.«

»Und Selenski hat Ihnen noch die Bedeutung der Inschrift erklären können?«

»Ja.«

»Wieso verbergen Sie sie dann vor mir?«

»Lassen Sie uns etwas später darauf zurückkommen«, sagte Iwan Dmitrijewitsch. »Sie haben ja bestimmt noch mehr Fragen. Ist Ihnen zum Beispiel klar geworden, weshalb sich Lisa vergiftet hat?«

»Ich nehme an, dass Neihardt nichts damit zu tun hat, Nina Alexandrowna wollte ihren eigenen Mann vergiften.«

»Nein, nein«, lachte Iwan Dmitrijewitsch befriedigt. »Das heißt, zum Teil haben Sie schon Recht, aber das war kein Gift, sondern bloß ein Schlafmittel. Kukolew pflegte sich ein Gläschen zu genehmigen, während Lisa gleich ein volles Weinglas austrank, kein Wunder, dass ihr davon schlecht wurde.«

»Ah, ich glaube, ich verstehe. Das alles geschah an einem Sonnabend, wo ihr Dienstmädchen nicht im Hause war. Lisa und Katja wollten auch irgendwohin fahren, und Nina Alexandrowna beschloss, ihren Mann einzuschläfern, damit sie ungehindert ihren Liebhaber empfangen konnte. Und ihr Liebhaber war Jakow Semjonowitsch ... Richtig?«

»Sie machen Fortschritte«, sagte Iwan Dmitrijewitsch. »Übrigens, in jener Nacht im ›Arkadia‹ verabreichte sie auch Selenski ein Schlafmittel, aber der wachte trotzdem auf. Bei nervösen Leuten wirken solche Mittel schwächer.«

»Eines verstehe ich nicht«, gab Safronow zu, »wer hat denn dem älteren Kukolew dieses Scheibchen untergeschoben?«

»Niemand. Jakow Semjonowitsch hatte es Nina Alexandrowna geschenkt, wie er es allen seinen Geliebten schenkte. Das Scheibchen bewahrte sie in einer anderen Schatulle auf, die genauso aussah wie die mit den Manschettenknöpfen, und das Dienstmädchen hat sie verwechselt. Das ist das ganze Geheimnis.«

»Petrow ist von ihr vergiftet worden? Von Nina Alexandrowna?«

»Ja. Sie war ihm zufällig im ›Arkadia‹ begegnet, und davor hatte er sie in Begleitung Jakow Semjonowitschs gesehen. Nicht auf den Kopf gefallen, stellte er einen Zusammenhang zu dessen Tod her und verlangte Schweigegeld. Sie versprach ihm, das Geld zu bringen, hielt es aber letzten Endes für besser, sich seiner zu entledigen. Petrow hat es mir später selbst erzählt.«

»Wie das?« Safronow war verblüfft. »Ist er denn nicht gestorben?«

»Nein, er ist durchgekommen. Alle dachten, dass er gestorben sei, aber er ist durchgekommen. Ein Mann mit einer robusten Physis, dazu spritgetränkt. Solchen kann kein Gift etwas anhaben.«

»Jakow Semjonowitsch ist nicht zufällig auch durchgekommen?«, fragte Safronow sarkastisch.

»Leider nicht«, Iwan Dmitrijewitsch zog die Schultern hoch, »da kann ich Ihnen keine Freude machen. Er ist gestorben.«

»Schade.«

»Wenn Sie wollen, können wir natürlich schreiben, dass er seinen Tod inszeniert und der zweite Sarg sich ebenfalls als leer erwiesen hat, aber dann muss die ganze zweite Hälfte der Erzählung gestrichen werden. Machen wir es von mir aus so, mag auch er am Leben bleiben. Große Sympathien hege ich nicht für ihn, aber Leid tut er mir doch. Er war keineswegs das Ungeheuer, als das ihn Selenski hingestellt hat. Ja, wollüstig, mit einer krankhaften Phantasie, ein untreuer Ehemann, ein eitler Liebhaber, aber er muss ja wohl etwas an sich gehabt haben, weshalb ihn die Frauen liebten, das Hinkebein! Wissen Sie, ohne dieses Hinken hätte ich eine wesentlich schlechtere Meinung von ihm. So aber ... Ich denke, es wird tatsächlich besser sein, wenn wir ihn nicht beerdigen. Möchten Sie das?«

»Aber nein! Erklären Sie mir lieber, wie Sie dahinter gekommen sind, dass Nina Alexandrowna die Mörderin war.«

»Da war erstens dieses Scheibchen. Nach dem Gespräch mit der Baronin erkannte ich, dass Jakow Semjonowitsch mit solchen Dingern seine Geliebten beschenkt hatte. Zwar hat sich die Baronin das mit Katharina der Großen ausgedacht, aber nicht ohne Grund. Zweitens ... Sie werden sich erinnern, als ich frühmorgens bei Selenski saß und wir zusammen vergoldeten Tee tranken, kreuzte Nina Alexandrowna auf. Selenski leistete ihr Hilfestellung, und sie sagte, ich solle zu Scharlotta Genrichowna kommen – die Witwe hätte meine Stimme gehört und herausgefunden, wo ich mich befände. Doch dann trafen wir Jewlampi, und der erzählte, Scharlotta Genrichowna sei zu ihrer Schwester gefahren. Sie dachte gar nicht daran, nach mir zu verlangen!

Das alles hatte sich Nina Alexandrowna ausgedacht, um ihr Aufkreuzen bei Selenski zu motivieren. Beide wollten ihr Verhältnis vor mir verbergen. Übrigens, ist Ihnen aufgefallen, dass sie Ziegenaugen hat?«

»Ich habe sie doch nie zu Gesicht bekommen.«

»Ach ja, ich vergaß. Gucker ganz wie bei einer Ziege, schreiben Sie das auf, für den Fall, dass wir Jakow Semjonowitsch nicht wieder zum Leben erwecken. Um wen es mir überhaupt nicht Leid tut, das ist sie. Ein Schandweib! Ich hätte die Gläser tatsächlich vertauschen sollen. Wäre ihr klar geworden, dass ich alles von ihr wusste, dann hätte sie womöglich doch getrunken. Den Mann zu vergiften, der dich mehr liebt als sein Leben! Muss man das nicht ein niederträchtiges Aas nennen?«

»Also, was ist?«, fragte Safronow. »Machen wir ihr den Garaus? Bitte schön, ich kann schreiben, dass Sie die Gläser vertauscht haben und sie ihres geleert hat. Keine große Mühe.«

»Besser doch nicht«, entschied Iwan Dmitrijewitsch nach kurzem Schwanken. »Ich will mir an ihr nicht die Hände schmutzig machen.«

»Dann fahren Sie fort.«

»Wo war ich stehen geblieben?«

»Sie trafen Jewlampi ...«

»Ach ja, er klagte noch darüber, dass der Tag so zeitig anbreche. Bei ihnen in der Wohnung zeigte die Uhr fünf, während es auf meiner Taschenuhr um sieben war. Erinnern Sie sich? Aber meine Uhr ging richtig, obwohl Wanetschka sie im Puppenwagen spazieren gefahren hatte. Der Grund war, dass Nina Alexandrowna gleich nach der Ermordung Petrows, das heißt, nicht Ermordung... Kurz und gut, vom Hafen fuhr sie direkt zu ihrer Schwägerin und stellte deren Wanduhr zwei Stunden zurück.«

»Wozu das?«

»Damit Scharlotta Genrichowna, sollte sie danach gefragt werden, bestätigen konnte: Ja, dann und dann ist sie bei mir eingetroffen. Und zwar als Petrow noch gesund und munter war. Die Witwe hatte andere Sorgen, als auf die genaue Zeit zu achten, sodass Nina Alexandrowna mit dem unbemerkten Verstellen der Uhr kein Risiko einging. Doch das hätte sie sich glatt schenken können. Wer sollte sie danach fragen? Das war wohl das einzige Mal, dass ihr die Nerven versagten. Und überhaupt wäre sie besser nicht zu Scharlotta Genrichowna gefahren. Sie wollte mir ihre Gutherzigkeit und ihr gutes Verhältnis zu dem Toten demonstrieren, weckte indessen im Gegenteil meinen Argwohn. Ihr Mann verhielt sich weit natürlicher. Er dachte gar nicht daran, hinzufahren!«

»Der ältere Kukolew hatte also von allem keine Ahnung?«

»Nicht die leiseste. Können Sie sich vorstellen, was er durchzumachen hatte?«

»Aber weshalb hat sie Jakow Semjonowitsch umgebracht? Ihren ehemaligen Geliebten, den Bruder ihres Mannes … Doch nicht aus Eifersucht, wegen seiner Romanze mit der Baronin?«

»Selbstverständlich nicht. Der Grund war, wie mir Selenski erzählte, banalster Art. Lisa hatte der Mutter von ihrer Abmachung mit Marfa Nikititschna doch erzählt, und die beschloss, die Gelegenheit zu nutzen. Nina Alexandrowna nahm zu Recht an, dass die Schwiegermutter für verschollen erklärt und im Falle von Jakow Semjonowitschs Tod das gesamte Erbe dem älteren Bruder und nicht Olenka zufallen würde. Das Gesetz hätte sie tatsächlich auf ihrer Seite gehabt. Wahrscheinlich überredete sie Lisa, auch weiterhin niemandem etwas von der Flucht der Großmutter zu erzählen. Lisa selbst hat mir das nicht eingestanden, aber ich bin überzeugt, dass es so gewesen ist.«

»Irgendwie stimmt es einen traurig«, bemerkte Safronow, »dass den Mord eine Frau begangen hat.«

»Wer hat denn davon gesprochen: Krone der Schöpfung, Krone der Schöpfung!«

»Mir scheint allerdings, dass Ihre Geschichte einen wesentlichen Mangel hat. Der Charakter Nina Alexandrownas ist blass geraten. Finden Sie nicht?«

»Nein, finde ich nicht.«

»Meiner Meinung nach fehlt ihr etwas, sie kann den Lesern unglaubwürdig erscheinen. Eine ganz normale Frau, Mutter, Ehefrau, mochte sie auch untreu sein, wie konnte sie sich zu so etwas entschließen? Vom psychologischen Standpunkt aus ist das Ganze nicht so recht überzeugend.«

»Ich habe Ihnen doch gesagt, dass sie Ziegenaugen hatte.«

»Ich fürchte, das wird den Lesern nicht reichen.«

»Na, ich weiß nicht, ich weiß nicht, was Ihnen noch fehlt«, sagte Iwan Dmitrijewitsch gekränkt.

»Es bedarf der Erklärung, woher diese kalte, berechnende Grausamkeit bei ihr kommt. Wer ist schuld daran, dass sie zur Mörderin wurde? Die Zeit? Unsere Gesellschaft? Oder rührt alles von schlechten Veranlagungen her, die sich unter dem Einfluss der Außenwelt entwickeln?«

»Haben Sie schon einmal eine Ziege gesehen?«

»Selten, aber doch«, lautete die ehrliche Antwort Safronows, der Stadtbewohner in der dritten Generation war.

»Gehen Sie mal morgen früh ins Dorf«, sagte Iwan Dmitrijewitsch, »und sehen Sie sich welche an. Und danach reden wir darüber, ob das reicht oder nicht.«

Wie gewöhnlich hatte Iwan Dmitrijewitsch zum Ende seiner Erzählung beide Backenbarthälften zu Zöpfchen geflochten. Es gab niemanden, der ihm hätte sagen können: »Ach, du meine Vogelscheuche! Guck dich mal im Spiegel an!« Seine Frau war vor einem Jahr gestorben und lag nicht weit von hier auf dem Dorffriedhof. Auf ihren Grabstein hatte Iwan Dmitrijewitsch selbst gedichtete Verse meißeln lassen:

Vollendet die irdische Reise,
Vorbei des Körpers Qual,
Rein wie das Licht, ganz leise
Entflog die Seele ins Freudental.

Es war schon nach Mitternacht, als Safronow das Heft zuklappte und beide sich erhoben.

»Gehen wir noch ein Stück?«, schlug Iwan Dmitrijewitsch vor.

Sie traten hinaus in den Garten. Am Boden war der Wind kaum zu spüren, doch in den Wipfeln der Bäume raschelte beunruhigend das Laub – bereits angetrocknet und leicht, reagierte es auf die geringste Luftbewegung. Es war die Jahreszeit, in der Birken und Linden im Wind zittern wie die Espe – der Judasbaum.

Über das Gras legte sich Nebel, die sieben Sterne des Großen Bären standen am üppig bestirnten Septemberhimmel.

»Erinnern Sie sich? Sie erzählten mir von dem Spiel, das Sie mit Wanetschka spielten«, sagte Safronow. »Am Ende des Weges erwartete den Sieger ein Engel mit einer Schachtel, aber was darin lag, in dieser Schachtel, wusste Wanetschka nicht. Sagten Sie es absichtlich nicht, weil ein gelüftetes Geheimnis unausbleiblich Enttäuschung hinterlässt?«

»Richtig«, bestätigte Iwan Dmitrijewitsch lächelnd. »Wenn man etwas unbedingt herausbekommen möchte, dann bleibt es einem nicht erspart, sich am Ende betrogen zu fühlen.«

»Jetzt befinde ich mich in der Lage Ihres Wanetschka. Die

Geschichte ist zu Ende, der Mörder gefunden, doch ich weiß immer noch nicht, was der Sinn der Inschrift auf dem Scheibchen ist. Befürchten Sie, ich könnte enttäuscht sein?«

»In jedem Fall bin ich verpflichtet, es Ihnen zu sagen. Sie können es aufschreiben, obwohl, die Zensur dürfte es kaum durchlassen.«

»Ist es etwas Politisches?«

»Überhaupt nicht. Der arme Jakow Semjonowitsch hatte schlicht und einfach irgendwo auf seinem Geschlechtsteil kleine Muttermale. Sieben Stück an der Zahl und genauso angeordnet wie die Sterne des Großen Bären. Nun, und das Tor… Was gibt es da lange zu erklären! Wir beide sind keine Kinder.«

Eine Weile schwieg Safronow verdattert, dann lachte er laut auf.

»Und alle seine Geliebten«, schloss Iwan Dmitrijewitsch, »bekamen zur Erinnerung solche Scheibchen oder Medaillons, nennen Sie es, wie Sie wollen.«

»Wozu das?« Vor Lachen bekam Safronow kaum Luft.

»Weiß der Teufel! Er schenkte sie ihnen einfach. Was kann es hier für einen besonderen Grund geben? Ein Ausdruck von Übermut.«

Safronow umschlang einen Baum und lachte weiter.

»Sie lachen, und mir ist traurig zumute«, sagte Iwan Dmitrijewitsch. »Ich rufe mir unser Haus in Erinnerung, und das ›Arkadia‹, und jenes Haus in Moskau, von dem Sie mir erzählt haben, wie dort die Fluraufsicht auf einen Knopf drückt und die Zimmertüren bald zu-, bald aufgemacht werden, damit die Liebe jedes Paares für die Übrigen ein Geheimnis bleibt, ich rufe mir das in Erinnerung und denke: Was stellt eigentlich, von unserem menschlichen Standpunkt aus betrachtet, diese ganze Welt dar?«

Er zog mit der Hand einen Kreis durch die Luft, der alles

einschloss, was sie umgab: den dunklen Obstgarten mit den im Laub versteckten Früchten, den bestirnten Himmel, den Nebel, das taubedeckte Gras, die Silhouette des Hauses mit Veranda vor dem Hintergrund eines vom Fluss aufsteigenden rätselhaften Leuchtens.

Safronow hörte gleichgültig zu, für ihn war es wider den guten Ton, sich derartige Fragen laut zu stellen, die, wie er meinte, von mangelhafter Bildung herrührten.

»Diese Welt«, wiederholte Iwan Dmitrijewitsch, »was ist sie für uns alle, die wir darin einen kurzen Augenblick zwischen Geburt und Tod leben?«

Der Wind fuhr wieder durch die Baumwipfel. Das Schweigen zog sich in die Länge, und Safronow, der aus Charakterschwäche keine langen Pausen aushielt, fragte:

»Was stellt sie also dar, diese unsere Welt?«

»Ein Haus der Begegnungen«, erwiderte Iwan Dmitrijewitsch. »Wir treffen uns, wir trennen uns, ob wir uns aber dort begegnen werden« – seine Hand wies auf den Großen Bären –, »das weiß Gott allein.«

Ein letztes Mal blickte er zum Himmel empor und versuchte zu erraten, wie das Wetter morgen werden würde, dann machte er kehrt und ging auf das Haus zu. Die treue Kallisto hatte nie das Licht in ihrer Schlafkammer gelöscht, sein Schlafzimmer aber stand das zweite Jahr leer, kein Fenster leuchtete ihm entgegen.

Epilog

Das Metallscheibchen, das Nina Alexandrowna im »Arkadia« hinterlassen hatte, um die Polizei zu verwirren, warf Iwan Dmitrijewitsch gleich am nächsten Tag nach dem Totenmahl unauffällig in die Fontanka. Dann begann er geduldig darauf zu warten, dass Wanetschka das zweite, im Wald gefundene satt bekam, um es ebenfalls heimlich zu beseitigen, ohne dass es unnötigen Krach gab.

Es vergingen vier Tage, draußen trug Wanetschka nach wie vor sein Dingelchen mit sich in der Tasche herum, tagsüber steckte er es in die Halwaschachtel und nachts unter sein Kopfkissen, doch gewisse Anzeichen deuteten darauf hin, dass die Entfremdung nicht mehr lange auf sich warten ließ.

Als Iwan Dmitrijewitsch eines Tages vom Dienst nach Hause kam und das Kinderzimmer betrat, fiel ihm auf, dass neben der bewussten Schachtel keine Posten mehr standen. Die Jäger, die unermüdlich Tag und Nacht hier gewacht hatten, lagen zusammen mit den Würfeln in einem Haufen.

»Na«, sagte Iwan Dmitrijewitsch, »ist die Wache ermüdet?«

Er warf einen Blick in die Schachtel und zuckte unwillkürlich zusammen. Das Scheibchen hatte sich in einen großen schwarzen Käfer mit kräftigen Flügeln verwandelt.

»Nanu! Wo ist denn dein Dingelchen?«

Verlegen erklärte Wanetschka, dass er im Hof mit einem

Nachbarjungen getauscht habe. Aus dem Blick des Sohnes sprach eine stumme Frage: Hatte er es nicht zu billig weggegeben?

»Der Käfer ist besser«, sagte Wanetschka vorsichtig.

»Wesentlich besser«, pflichtete ihm Iwan Dmitrijewitsch freudig bei.

»Er ist ja lebendig.«

»Natürlich.«

Seine Frau kam herein. Iwan Dmitrijewitsch zog sie an sich, alle drei hockten sie sich vor die Schachtel, um den Käfer zu betrachten. Er war matt, Wanetschka hatte ihn schon mit seiner Liebe überstrapaziert. Träge raschelte er mit seinen haarigen Beinchen auf dem Grund der Schachtel, und draußen rauschte der Regen. Der Altweibersommer war zu Ende, der Herbst angebrochen.